SHENGZHANG ZAI
XIANGXIANG DE LEISHENGZHONG

生长在想象的雷声中

赵目珍 —— 著

百花洲文艺出版社

图书在版编目（CIP）数据

生长在想象的雷声中 / 赵目珍著. -- 南昌：百花
洲文艺出版社，2024.1
ISBN 978-7-5500-4110-3

Ⅰ.①生… Ⅱ.①赵… Ⅲ.①诗歌研究-中国-当代
-文集 Ⅳ.①I207.22-53

中国版本图书馆 CIP 数据核字（2021）第 007582 号

生长在想象的雷声中　　赵目珍　著
SHENGZHANG ZAI XIANGXIANG DE LEISHENGZHONG

责任编辑　杨　旭
特约编辑　张立云
装帧设计　云上雅集
出　版　者　百花洲文艺出版社
社　　址　南昌市红谷滩新区世贸路 898 号博能中心一期 A 座 20 楼
电　　话　0791-86895108(发行热线)0791-86894717(编辑热线)
邮　　编　330038
经　　销　全国新华书店
印　　刷　长沙市精宏印务有限公司
开　　本　889 毫米×1194 毫米　　1/16
印　　张　20.5
版　　次　2024 年 1 月第 1 版第 1 次印刷
字　　数　310 千字
书　　号　ISBN 978-7-5500-4110-3
定　　价　98.00 元

赣版权登字　　05-2022-49

网　　址　http://www.bhzwy.com
图书若有印装错误,影响阅读,可向承印厂联系调换

序　诗歌批评：
认知的和诗意的

◎ 耿占春

当代诗歌批评，它是一种活跃的、多样的，或许还是非常混乱的批评实践，它既是对应于异常丰富的鱼龙混杂的诗歌文本的一种阐释性的文体，亦是一种关于感受、感性、经验世界与语言表达的论述，还是诗学与社会历史之间的一种辩论。诗歌作为一种文本景观深深地吸引着具有理论心智的人加入到诗歌批评的话语实践当中。赵目珍作为一位年轻的批评家，有着对"未知的诗学"的探索雄心和开拓精神，他的批评既拥有现代诗的历史脉络，又处在当下诗歌的批评现场。从研究新时期"朦胧诗"开始直至结集前2020年的诗歌批评，显示出他对诗歌写作现场的关注，但缘于对诗歌语言传统的关注，又有着对现代及古典诗歌的回溯式论述，或许正如目珍所提出的，"历史正在现场"，或者说，现代诗亦充满"古典的回响与再造"。

赵目珍的《生长在想象的雷声中》这本新的批评著作，是当代诗歌批评领域的一本深耕之作，体现出某种让批评转化为诗学的意向，对"未知的诗学"领域而言，一种学科化的意图似乎总是首先体现在一个研究领域中最基本的分类行为，知识化的努力总是与某种分类方式及分类标准有关，即根据某种潜在或明显的"图表"或"目录"对一个领域进行认知性区分。作者依据"认同、近似与类比"来划分诗歌研究对象与经验，试图据此赋予纷繁的当代诗歌景观以认知性秩序，对写作现象进行认知性的分类。诚如赵目珍在后记中所言：有现象类的诗歌研究、有对"批评家诗人/诗歌"的研究、有中西诗歌比较和古今诗歌浑融的研究文章、有汇集了关于青年诗歌研究的几篇文章，涉及"80后"先锋诗歌、"90后"诗歌、"新生代女性诗歌"和地域青年诗歌写作等话题。由此观之，赵目珍的研究对象和范围是多角度、多层次的。这样的分类学研究建立在诗歌阐释的基础上，既有文本细读的功夫，又提供了某种背景式的理解。

赵目珍的《生长在想象的雷声中》一书，所批评所涉及的对象大多属于正在写作中的诗人，在人文学科领域，这种对当下诗歌文本与诗人的了解，未必被视为是一种值得炫耀的知识，但也是批评家履行价值判断、文本阐释和审美的责任，当代批评常常是一种判断力的历险，他所研究的对象并不具有知识权威性，然而让杰出的文本成为经典、完成"未完成的批评"是批评家的另一种责任。

对当代诗歌批评来说，没有现成的、经典的或权威性的言论可以引用，对诗歌文本的阐释来说，没有权威话语佐证自己的论述，在这样的批评生态之中，任何对当代诗学或未知诗学的探索，都无法避免认知的主观性。诗歌批评更多的时候似乎只是一种指向诗歌文本的阐释活动与"主观论述"，而非指向经验世界或经典文献的客观论述。因此，当代批评的一个策略在于，正像目珍所做的，以文本解读为核心的诗歌批评，回归于"文学性"批评或"诗意的"批评，将批评自身视为一种文学性的写作，然而并非因此就会放弃认知性的意图。

可以看出，目珍旨在使这一诗意的批评上升到诗学层面，或让"鱼龙混杂的诗歌文本"呈现出一种意义的秩序，期待着某种规范化的知识形态并确立起一种客观知识图景，目珍在本书中提出了诸多诗学观念，而且常常呈现出一些"概念对子"，诸如"先锋的烈度与传统的深刻"，"婉转的怀乡"与"繁富的现代性"，"向内的生长与向外的扩展"，"个体经验"与"多元叙事"等，除了这些显现在同一个题目中的概念对子，他的批评文章中隐含着更多的概念对子，比如狂欢与神性，语言与意识，浪漫与理性……，这些概念对子的建构显露出目珍正在展开的诗学抱负，在繁复的经验世界里通过概念对子描述其结构性的认知图景，这是批评家的责任。

是认知的，也是诗意的，这是当代诗歌批评兼而有之的元素，由此，赵目珍将当代诗歌批评，当作是一种建造内心之神的工作和对时代内心话语的倾听，他的《生长在想象的雷声中》，是对充斥在当代语言中噪声和乐音的倾听，也是"一种对文本中雷声的倾听"。

耿占春，著名批评家。大理大学教授，河南大学特聘教授、博士生导师，北京大学中国诗歌研究院研究员。

目 录

第一章 经典的回响与再造

第二章 建造内心之神的工作

第三章 诗歌作为一门"手艺"

第四章　生长在想象的雷声中

第一章
经典的回响与再造

DI YI ZHANG

第一节
选本视野中"朦胧诗"的传播与接受研究
（1980—1986）

　　"朦胧诗"的源头，可以追溯到1969年前后的"白洋淀诗人群"，其成员多是当时到白洋淀插队的知青，代表人物有芒克、多多、根子、方含等人。大约十年后的1978年12月，北岛和芒克主编的《今天》文学双月刊以油印的方式创刊，第一期上发表了舒婷的《致橡树》《啊，母亲》、芒克的《天空》《冻土地》《我是诗人——给北岛》，以及北岛的《回答》《微笑·雪花·星星》《一束》《黄昏：丁家滩——赠M和B》等12首诗①，算是"朦胧诗"（有的学者称之为"新诗潮"）正式诞生的标志。此后的第二期到第九期，以及其后出版的三期"《今天》文学研究会内部交流资料"还陆续发表了芒克、食指、北岛、方含、江河、齐云、舒婷、严力、古城（顾城）、杨炼、小青等人的诗。这一批诗人后来都是"朦胧诗"的中坚。有的学者认为"朦胧诗"具有文学社团或流派的性质，因为他们有明确的章程、组织和文学主张。②主要成员即是为《今天》杂志撰稿的诗歌领域的代表人物。

----

　　①见《今天》文学第一期（创刊号），1978年12月23日出版。按，另有乔加的《风景画》《给——》《思念》3首，合计共12首。正文中，舒婷的诗题标为《致橡树》（外二首），应为《致橡树》（外一首）。
　　②如程光炜在其主编的《当代中国文学史资料丛书》总序中就持这样的观点。

关于"诗群"或"诗派"的认知，有的学人也持其他意见，如王家新认为："存在的只是'今天派'，而所谓朦胧只不过是它在历史上形成的某种'氛围'"①。从事实上看，王家新的观点更符合历史实际。然而历史就是如此"偶然"，因为在"论争"中受到"攻击"的某些缘故，"朦胧诗"就这样不可思议地被选择性命名了。②如果从1978年12月《今天》文学双月刊的创刊算起，到今天"朦胧诗"已经走过了42个年头。尽管从1980年停刊了近10年，后来才在海外复刊以至于今。仍记得在《今天》创刊号的《致读者》中，北岛如是说："历史终于给了我们机会，……我们的今天，植根于过去古老的沃土里，植根于为之而生、为之而死的信念中。"③不得不说，《今天》杂志能够坚持到今天，与这种坚强的信念息息相关。

时至今日，"朦胧诗"已经走过了它的不惑之年，但其传播与接受的历程却不是一帆风顺的。从一开始，它就没有得到主流诗界的普遍认可。从某种意义上讲，"朦胧诗"这一称谓即是当时论争的结果。其时，《今天》刊出的诗歌，因为创作模式、诗歌观念、艺术手法、结构技巧等的突破与创新，很快引起诗坛"震荡"。关于它的讨论，在几年之间，一直此起彼伏地进行着。1979年，公刘在《星星》复刊号上发表《新的课题——从顾城同志的几首诗谈起》，揭开了这场论争的序幕，一直到1985年李黎发表《中国当代文坛的奇观——近年来新诗潮运动述评》为这场论争画上句号。尽管此后还有零星的评论发表，如美国作家郑树森1986年主要"讨论顾城及其作品"的《论"朦胧诗"》，陈绍伟1991年在《诗刊》发表的《重评北岛》等，但至1985年，整个论争已基本结束。70年代末至80年代中期，"朦胧诗"在公共领域大致经历了一个从被发现到论争到被广泛接受的过程，这从当时的很多史料中都可以得到证实。不过，一直以来有一个"点"似乎很少被研究者系统地触及，这就是80年代的诗歌选本。在这些林林总总的诗歌选本中，"朦胧诗"有过怎样的遭遇？本文就试图从这一视角入手，揭开"朦胧诗"在当年传播与接受

---

① 王家新：《回答四十个问题》，《中国诗选》，成都：成都科技大学出版社，1994年版，第417页。

② 据言是章明最早在其文章《令人气闷的"朦胧"》（《诗刊》1980年第8期）中将这种诗体称为"朦胧体"。

③ 今天编辑部：《致读者》，《今天》文学第一期（创刊号），1978年12月23日出版。

的面纱。为了与"朦胧诗"的论争保持同步，本文将所论述的选本出版年限限定在1980年至1986年之间。

一

20世纪80年代，最早出现的诗歌选本，应该是诗刊社编选的1980年3月由人民文学出版社出版的《诗选1949—1979》的第一部。在此之前，1979年3月，《诗刊》已经刊发了北岛发表于《今天》创刊号上的《回答》；后来，舒婷的《致橡树》发表于《诗刊》1979年第4期，《祖国呵，我亲爱的祖国》《这也是一切》发表于《诗刊》1979年第7期；顾城的《抒情诗19首》发表于四川《星星》诗刊1979年10月的头条。不过，在这部"作为建国三十年诗选"的选本中，并未收入"新诗潮"诗人的作品。这一方面或许因为年轻的诗人们并未引起足够的重视，另一方面或许也与当时该选本出版时的具体情形有关。一如此书的编选说明中所言："应收入从一九四九年十月至一九七九年十月的诗作。实际上，因排印所需的出版周期较长，所收诗作截止于一九七九年三月。"①如此，则无法更改的时间节点已完全将早期朦胧诗人的作品客观性地排除在外。似乎这是一个很有力的解释，然而到了1981年，诗刊社编《诗选1949—1979》（二）和《诗选1949—1979》（三）时，两个选本最终分别选了77位诗人的171首诗，以及77位诗人的185首诗，仍然未见到"新诗潮"诗人的影子。这其中，或许有两方面的原因，一是诗选的（二）（三）延续的是（一）当年编定的诗稿，只是时间拖到了1981年的2月和5月才出版，没有增加新的作品；二是"朦胧诗"在当时尚存在争议（如《诗刊》1980年8月号还在"问题讨论"栏目刊发章明的《令人气闷的"朦胧"》和晓鸣（郑敏）的《诗的深浅与读诗的难易》等讨论文章），未被官方认可，故而作品未能增入。从当年的一些资料看，后者的可能性比较大。如1980年《诗刊》在北京举办"诗人谈诗"讲座时，时任《诗刊》副主编的柯岩对"朦胧诗"的态度是这样的："曾有人当场问我：'允不允许朦胧诗存在？'我回答说：'当然允

---

① 诗刊社编：《诗选1949—1979》（一）"编选说明"，北京：人民文学出版社，1980年3月版。

许。不但允许，我们《诗刊》还发表几首呢！但坦白地说，也只能发表很少的一点点，因为朦胧诗永远不该是诗歌的主流。朦胧虽然也是一种美，但任何时代都要求自己的声音，只有表达了人民群众思想感情和自己时代声音的歌手才会为人民所拥戴，为后世所记忆。'"①不过，由诗刊社编选、陕西人民出版社1981年4月出版的抒情诗集《在浪尖上》却选入了一些"朦胧诗人"的作品，如北岛的《回答》、骆耕野的《不满》、舒婷的《祖国呵，我亲爱的祖国》等。其实，"朦胧诗人"的很多诗篇并不朦胧，尤其是那些有关国家、民族命运和具有现实主义色彩的诗歌，时常表现出一种非常强烈的历史责任感和时代担当精神。这可能是这部"抒情诗集"选入少量"朦胧诗人"的重要原因。该选本之所以选入的"朦胧诗人"不多，也跟编选"限制"有一定关系。据该选本的"出版说明"，该诗集编选的是"《诗刊》自'四人帮'粉碎后至一九七九年底三年间发表的优秀新体抒情诗（按发表时序编排）。"②如此，则该选本在发表时间、发表刊物、诗歌题材和表现方式上都有一定的要求。对于"朦胧诗"而言，1979年底是一个比较尴尬的时间。如果从《今天》1978年12月创刊算起，至1979年底，"朦胧诗"才刚刚走过一年的历程，很多诗人的诗作尚未登上《诗刊》。故此时只有少量"朦胧诗人"入选，是有其客观原因的。

不过，早在1980年8月，由榕树文学丛刊编辑部和中国作家协会福建分会合编、福建人民出版社出版的《榕树文学丛刊》1980年第2辑的"诗歌专辑"中，却早就遴选了作为"朦胧诗人"的江河的《纪念碑及其他》（三首）、方含的《谣曲》（四首）、北岛的《陌生的海滩》（七首）、舒婷的《海岛集》（八首）等诗歌。③《榕树文学丛刊》是1979年9月由著名散文家、儿童文学作家郭风创办的不定期大型文学刊物。第一辑是散文专辑，刊发了巴金、萧乾、秦牧以及蔡其矫等一批著名作家、诗人的作品，在全国引起很大的反响。此

---

① 参看柯岩《关于诗的对话——在西南师范学院的讲话》，《诗刊》，1983年第12期。

② 诗刊社编：《在浪尖上》"出版说明"，西安：陕西人民出版社，1981年4月版。

③ 按：本文判断诗人是否"朦胧诗人"的主要参照，是看是否入选了阎月君等编选的《朦胧诗选》（含1982年油印版和1985年春风文艺出版社的版本），洪子诚、程光炜编选的《朦胧诗新编》（长江文艺出版社2004年版），以及杨克、陈亮编选的《朦胧诗选》（中国青年出版社2009年版）。另有一些选本，因与后来公认的"朦胧诗人"名单有较大出入，故未做参照，如喻大翔、刘秋玲编选的《朦胧诗精选》（华中师范大学出版社1986年4月版）。

后，刊物因势利导，打算出版诗歌专辑。1980年5月，由蔡其矫牵头，担任该辑的编辑。曾在《福建文学》担任诗歌编辑的朱谷忠在一篇回忆蔡其矫的文章中，曾谈到蔡介绍、推荐舒婷诗作《致橡树》给《诗刊》和北岛的情形，以及他本人与蔡交流北岛诗歌《一切》的情景，从对舒婷诗作的推荐看，蔡其矫是认可舒婷作品的；而从交流《一切》时的观点——"写得是不错，不过有点偏。这首诗的主要好处是发出个人的声音"看，略显谨慎，不过从整体上看，也是持肯定的评价。蔡其矫在编辑这一辑诗歌专刊时曾许诺要"把全国著名诗人的好稿约来"[①]。后来还谈到他向福建省内外著名诗人如艾青、北岛等约稿的情形。可见蔡其矫当时对于"朦胧诗"持一种认可的态度。另外，该诗选的编者虽然署名中国作家协会福建分会，但挂名的情形较大，因为蔡其矫曾一度在福建省作家协会任职，所以这部诗选大抵上可归属于一种具有"民间"视野的选本。

1980年下半年，当时还是武汉大学中文系学生的王家新，与张天明、徐业安、张水舟共同编选了一部《中国现代爱情诗选》，选本按时间顺序分为三辑：第一辑（1918—1949），第二辑（1950—1965），第三辑（1978—1980），由谢冕先生作序。王家新等在编后记中交代编选此选本的目的时说："为满足广大青年的迫切需求，并对当今新诗特别是爱情诗的创作起一点借鉴和促进作用，在有关方面的支持下，我们利用课余时间，编选了这本《中国现代爱情诗选》。"在谈到"粉碎'四人帮'以来"的"爱情诗"时，编选者认为此一时间段内的"爱情诗突破了'禁区'，佳作不少"，故而"也选得多一些，尤其注重从诗坛新人新作中选取。"[②]从第三辑选录的诗人和作品看，其中有不少是当时"朦胧诗派"的诗人和作品，如舒婷的《致橡树》《赠》《自画像》、杨炼的《秋天》《给爱人》、顾城的《别》《远和近》、北岛的《黄昏》《雨夜·丁家滩》、徐敬亚的《在一种节奏里，我走向你》、王小妮的《假日·湖畔·随想》、方含的《谣曲》、李钢的《省略号》等。可见编选者对

---

①参看朱谷忠：《他从〈榕树〉下走过——蔡其矫与〈榕树〉诗歌专辑》，见李伟才主编《永远的蔡其矫》，福州：海峡文艺出版社，2016年版，第681页。

②王家新编选：《中国现代爱情诗选》，武汉：长江文艺出版社，1981年9月版，第356~357页。按：此选本虽然迟至1981年9月才出版，但编后记落款时间为1980年12月，说明此书的选诗工作在1980年已启动。

于"朦胧诗"尤其是其中的爱情诗比较认可。此外，对比1985年阎月君等编选的《朦胧诗选》看，这其中大约一半的作品，在《朦胧诗选》中也出现了。这说明，在诗（尤其是爱情诗）的遴选标准上，两个选本有某些共通之处，也说明"朦胧诗人"的爱情诗有一定的代表性。另有一点需要指出，王家新也入选了阎月君等编选的《朦胧诗选》。或许这更能说明，王家新等对"朦胧诗"是持认同和亲近态度的。此外，在选本序言的第三部分，批评家谢冕还对舒婷的诗歌进行了肯定，指出："在为数众多的青年的歌者中，我愿意举出舒婷的名字来。"紧接着，还对其作品《致橡树》和《自画像》进行了详细评论；最后对青年一代的爱情诗写作进行了肯定："爱情诗将在这一代青年手中恢复它的个性和价值。青年的歌者们在把诗的触角深入到现实发展的脉搏的同时，也深入到人的和社会同样丰富的内心世界——这后一点，对于爱情诗的创作尤为重要：爱情之歌是心弦的颤动。"[1]一直以来，谢冕对"朦胧诗"都持"允许探索"的宽容态度。早在1980年5月7日《光明日报》上发表的《在新的崛起面前》一文中，他就指出："我们一时不习惯的东西，未必就是坏东西；我们读得不很懂的诗，未必就是坏诗。……世界是多样的，艺术世界更是复杂的。即使是不好的艺术，也应当允许探索。"[2]从艺术发展的角度讲，谢冕的观点是客观的，并非全然是为了支持"朦胧诗"而发出如此论调。但我们亦不能排除，他对舒婷的肯定，与对"朦胧诗"的态度没有任何关系。

1980年是"朦胧诗"自1979年小有争论后引起论争较多的一年。1979年，公刘在《星星》复刊号上发表《新的课题——从顾城同志的几首诗谈起》，后来《文艺报》于1980年第1期转载了这篇文章，在转载时的"编者按"中有这样一段话："怎样对待像顾城同志这样的一代文学青年？他们肯于思考，勇于探索，但他们的某些思想、观点，又是我们所不能同意，或者是可以争议的。如视而不见，任其自生自灭，那么人才和平庸将一起在历史上淹没；如加以正确的引导和实事求是的评论，肯定会从大量幼苗中间长出参天的大树

---

① 谢冕：《不会衰老的恋歌——序〈中国现代爱情诗选〉》，见王家新编选《中国现代爱情诗选》，武汉：长江文艺出版社，1981年版，第13~14页。
② 谢冕：《在新的崛起面前》，《光明日报》，1980年5月7日。

来。……本刊特转载《星星》复刊号上的这篇文章，请文艺界同行们读一读、想一想。"①或许正是这样的一种观点慢慢引发了"朦胧诗"的大讨论。后来徐敬亚在《今天》第9期发表《奇异的光——〈今天〉文学读痕》，孙绍振在《福建文艺》发表《恢复新诗根本的艺术传统——舒婷的创作给我们的启示》，谢冕在1980年5月7日《光明日报》发表《在新的崛起面前》，丁慨然在《诗探索》1980年第1期发表《"新的崛起"及其它——与谢冕同志商榷》……据不完全统计，1980年全国报纸、杂志上发表的有关"朦胧诗"论争的文章至少有100余篇。1980年4月7日—22日在广西南宁举办的"全国当代诗歌讨论会"上还专门就"懂与不懂""一些青年诗人的近作的评价"等问题进行了研讨。但纵观该年度内的论争，基本上还都是在文艺研究的范围内进行的讨论。故而，学界对于"朦胧诗"虽然持不同意见，但是在一些诗歌选本（甚至官方主持的选本）的编选上，"朦胧诗"仍得到一定程度的体现，这是值得注意的。

二

1981年，"朦胧诗"的论争仍在继续，像《诗刊》《河北师院学报》《文艺理论研究》《文艺报》《诗探索》《文学报》等报刊仍然在开辟专栏或者提供阵地对这一"现象"进行研讨，刊发了陈敬容、牛汉、臧克家、舒婷、孙绍振、峭石、程代熙、艾青、周良沛、吴思敬、李黎等人论述"朦胧诗"的大量文章，《福建文学》等刊物除了刊发讨论文章，还发表了青年诗人如杨炼、徐敬亚、顾城、骆耕野、梁小斌、王小妮等对诗的观点与看法②，以供争鸣。本年度最值得一提的文章是孙绍振在《诗刊》第3期上发表的《新的美学原则在崛起》，在这篇文章中，作者从人性、人的价值、自我表现、人道主义等比较敏感的问题出发，分析和阐述了诗歌艺术中的"新的美学原则"，对"朦胧诗"进行声援。后来，《诗刊》《文艺报》《诗探索》等报刊连续发表了一系列争论的文章，将这一论争推向了高潮。1981年4月29日《人民日报》转载了《诗刊》第4期发表的程代熙的《评〈新的美学原则〉——与孙绍振同志商榷》的文章，

---

① 公刘：《新的课题——从顾城同志的几首诗谈起》，《星星》，1979年复刊号。后《文艺报》1980年第1期转载。

② 杨炼等：《青春诗论》，《福建文学》，1981年第1期。

并将孙的文章观点摘录附后。有的研究者从转载这一行为事件出发，认为本属于文艺论争的研讨，到此时已经起了些许变化。从实际情形看，这一转载并未引起什么大的"波动"，如当时人的一些回忆录中认为："1980 年和 1981 年，'朦胧诗'生长的大气候可算得风调雨顺。"[1]这是值得注意的。据不完全统计，1981 年发表的有关"朦胧诗"的争论文章，至少在 150 篇以上。其时的这些争论，对于"朦胧诗"的看法不尽相同，有的在整体上持肯定的意见，有的在整体上持反对的态度，有的认为应该宽容对待、加以引导。尽管论争中还存在这样那样的声音，但不论如何，论争对于"朦胧诗"在诗界和大众那里取得认同和广泛传播起到了一定的推动作用。

1981 年 11 月，中国社会科学院文学研究所编的《1980 年新诗年编》由江苏人民出版社出版。该"年编"共选诗人 123 人，其中入选的"朦胧诗人"有徐敬亚、骆耕野、北岛、梁小斌、江河、傅天琳、顾城、杨炼、王小妮、舒婷、杜运燮、孙武军等 12 人，占了总人数的近十分之一。据作"序"的文艺理论家荒煤所言，该年编是中国社会科学院文学研究所为编写"当代文学思想斗争史"或"当代文学史"所进行的资料准备工作[2]，可见该"年编"对"朦胧诗人"的重视。同年 12 月，中国青年出版社编选出版了一部《青年诗选》，该选本共选青年诗人 45 人，其中"朦胧诗人"有徐敬亚、舒婷、王小妮、傅天琳、骆耕野、梁小斌、孙武军等七人，占了总人数的 15% 以上，可见选本的编者对"朦胧诗"也大致持一种认同的态度。

不过，相比于王家新等 1980 年编选的《中国现代爱情诗选》，1981 年 12 月由人民文学出版社编辑部编选、出版的《恋歌——爱情诗选》，在观念上则显得相对保守，诗选共分两卷，第一卷选中国现代诗人 28 人，第二卷选中国当代诗人 23 人，共 51 人，涉及到的"朦胧诗人"只有舒婷和李钢两位。[3]"朦胧诗人"中爱情诗写得比较好的，还有顾城、杨炼等多位诗人，却都没有入选。由此，我们大略可以看出人民文学出版社在对待有争议的"朦胧诗"上

---

[1] 吴嘉：《一个诗编辑的中年记忆》，《诗探索》（中国新诗会所会刊），2012 年第 2 期。

[2] 荒煤：《人民的呼唤，时代的要求》，见中国社会科学院文学研究所编《1980 年新诗年编》，南京：江苏人民出版社，1981 年 11 月版，第 1 页。

[3] 类似的尴尬，在 1982 年广西人民出版社出版的《爱情诗选》（伊仲希选编）中又一次遇到。在这一次的爱情诗遴选中，"朦胧诗人"全军覆没，一个也未入选。

的谨慎态度。

值得注意的是，"朦胧诗"在全国引发的大讨论，也影响到各大高校，很多大学生意欲参与到这一讨论中来，但是苦于缺乏相应的资料，无法参与。于是一部在后来非常有影响的朦胧诗的选本便在当年应运而出了，这就是辽宁大学中文系七八级学生阎月君、梁云、高岩、顾芳"在课业之暇"编选的《朦胧诗选》。该选本"编选了朦胧诗的部分作品和有关论文索引，虽不完备，尚可窥见概貌。"最初，它"作为中文系师生教学参考资料，少量刊印，在内部发行。"①在书的"情况简介"中，编选者先对"朦胧诗"做了一个介绍："一九七九年下半年以来，我国诗坛上出现了一种与传统诗在题材、内容、表现手法上都形成对照的新的诗歌现象，一般统称之为'朦胧诗'。其作者大都是十年文化大革命中过来的青年人，代表人物和创作成就以舒婷、北岛、顾城、梁小斌等为突出。这些诗之所以引起较大反响，是因为内容上更多和更深地表现了这一代人的思考和内心的感受、矛盾和奋进的决心。形式上，由于表现内容决定，倾向于探索一种新的表现手法，有些诗吸收了某些西方现代派的表现手法，特点大致是感受、观察和进入的角度新，象征派、意象派手法的吸收，行进节奏快，意象的组合及跳跃的空间大，电影蒙太奇手法的运用等。所达到的效果，扩大了诗的概括力和容纳量，增强了诗歌的表现力，尤其是对于人的内心世界的表现力。同时，也有一些不成熟之处，出现某些问题。"接下来，"简介"指出，"'朦胧诗'出现至今，引起了我国文学界、诗歌评论界、学术界以及广大诗歌爱好者的广泛关注，可以说是引起了震动"，并根据所翻阅的近三年出版的国内省级文学刊物和学术专论得出四个结论，大意是：一，"五四"以来，特别是1949年以来，有关诗歌创作和流派的探讨与争论，从未达到如此热烈的程度，整个诗坛的著名的新老诗人都参加了讨论；二，这种争论体现了文艺的民主气氛，推动了新诗的发展；三，"朦胧诗"的出现，给诗坛灌注了新的生命；四，有相当数量的作品和讨论文章。②这部"诗选"的编订，可以说是

---

① 阎月君、梁芸、高岩、顾芳编选：《朦胧诗选》"出版前言"，辽宁大学中文系，1982年。按，此选本为内部资料，"出版前言"落款时间为1981年12月，印行时间为1982年。可见选诗的主要工作应当是在1981年完成的。

② 阎月君、梁芸、高岩、顾芳编选：《朦胧诗选》"情况简介"，辽宁大学中文系，1982年。

对1979—1981三年间"朦胧诗"发展状况的一个有力概括。虽然其时的编选者认为，主要是为大学生和研究机关中的文学工作者以及社会上其他行业中的诗歌爱好者们提供方便。现在回顾看来，这一总结非常有力度，并且有着非常重要的学术研究价值，不容忽略。与后来正式出版的春风文艺版《朦胧诗选》（1985年11月第1版）不同的是，此最初版本除了收录"朦胧诗讨论索引"，还收录了杨炼、北岛、舒婷、梁小斌、顾城、徐敬亚、王小妮的"青春诗论"。此版本入选的诗人及其顺序是：舒婷、北岛、顾城、梁小斌、江河、杨炼、吕贵品、徐敬亚、王小妮、芒克、李钢、杜运燮，共计12人，诗歌110首。谢冕先生在为该版所做的序言中曾对此前的编选略作回顾，并对阎月君等对"新诗潮"的"声援"做了肯定："当所谓的'朦胧诗'处于逆境时，人们寻找这些材料也感到了困难。当时辽宁大学中文系四位同学阎月君、梁云、高岩、顾芳，在该校老师的支持下，编选印行了《朦胧诗选》。这是当代新诗有特色的一个选本：它集中显示了新诗潮主要的组成部分的创作实力。诗选对这些有着大体相同的追求目标和在这一目标下表现了大致相近的创作倾向的诗人群，作了最初的总结与描写。入选者大都是此中艺术个性较突出，创作实绩较显著的。当这些诗歌受到形形色色的压力时，编者的举动无疑是无声的抗议与声援。"① 从以上描述中我们可以感受到，"朦胧诗"曾经有过一段"受到形形色色的压力"的时期。谢冕先生所言的这一时期可能是指1981年—1982年编选印行《朦胧诗选》的那个时段，也有可能暗含1983年—1984年《崛起的诗群》被批判的那段时期在内。虽然1981年前后"新诗潮"并未遭受大的压力，但当时也出现了某些过激的言论，如有的老一辈诗人认为："现在出现的所谓'朦胧诗'，是诗歌创作的一股不正之风，也是我们新时期的社会主义文艺发展中的一股逆流。"② 不过，到1985年春风文艺出版社正式出版《朦胧诗选》时，这种"受到压力"的情形已得到很大缓解。

其实，在《朦胧诗选》编选之前，中国作家协会江西分会、《星火》文学月刊社曾编过一部《朦胧诗及其他》的诗歌文献。这部书大致也属于研究资

① 谢冕：《历史将证明价值——〈朦胧诗选〉序》，见阎月君、梁芸、高岩、顾芳编选《朦胧诗选》，沈阳：春风文艺出版社，1985年11月版，第5页。
② 臧克家：《关于"朦胧诗"》，《河北师范学报》（哲学社会科学版），1981年第1期。

料的性质，据编者介绍，是"为了更好地探讨我国新诗发展中的有关问题，求得新诗更进一步地为人民服务、为社会主义服务，发挥新诗在四化建设中的号角作用"而编的，"旨在研究参考之用"（《后记》）。该书共分三大部分，第一部分为"文选"，开篇是冯牧的《关于文学的创新问题》的文章，类似于序言或前言的性质，大致标明书的编选意图，即讨论文学的创新问题。紧接着还选录了章明的《令人气闷的"朦胧"》、孙绍振的《给艺术的革新者更自由的空气》等27篇讨论新诗发展和"朦胧诗"的文章。据编者在"后记"中说："这些文章有不同的观点，各自阐明了自己的意见，我们认为这是必要的，也是有益的"。第三部分为"附录"，选录了意象派的七首诗，然后附了关于"意象派"的介绍，"旨在了解该流派的一般状况"（《后记》）。由于"朦胧诗"的写作，有很多借鉴了西方"现代派""意象派"的写作，也许是为了与"朦胧诗"做对比研究，所以编选者有意做了这个附录。第二部分为"诗选"，选录了中国新诗史上九位诗人的诗歌，分别是郭沫若（四首）、李金发（五首）、徐志摩（三首）、何其芳（十四首）、卞之琳（三首）、戴望舒（五首）、舒婷（十二首）、顾城（二十首）、北岛（二首），其目的或许如编者在"后记"中所说："为了便于深入探讨，我们还选收了"五四"以来几位名家早期诗作和近年来诗坛新人的作品，从中可以看出，某些发展情况，对于新诗的探讨是有所裨益的。"[1]这部文献最值得注意的，也许正是编选者在此处将"朦胧诗"代表诗人与中国新诗史上"五四"以来的著名诗人进行并举，从而使整个思考有了一个"史"的观念。这意味着，编选者可能在潜意识中就认为"朦胧诗人"是会进入新诗历史的。后来的事实为他们证明了这一点。实际上，从那一段历史看，主流诗界的官方刊物《诗刊》最先接受的也是北岛、舒婷、顾城三人。

三

前文提到，"朦胧诗"的论争在1981年略显激烈。到了1982年，"朦胧诗"的论争虽仍在继续，但整体上看，略显平稳，讨论的文章也比1980和1981年

---

[1] 中国作家协会江西分会、《星火》文学月刊社编：《朦胧诗及其他》"后记"，内部资料，1981年4月。

少了很多，有代表性的能引起广泛讨论的文章几乎没有。故而在这一年，"朦胧诗"的"压力"也相对小了很多。虽然徐敬亚于1981年1月已经写出《崛起的一代——评我国新诗的现代倾向》，并在1982年4月油印成册，后来又以《崛起的诗群——评我国诗歌的现代倾向》为题发表于辽宁师范学院的学生社团刊物《新叶》1982年第8期上，但也许因为是学生社团刊物，传播度不广，并未引起大的反响。此文真正产生影响是在《当代文艺思潮》1983年第1期发表此文的删改版（1982年9月徐敬亚曾对此文进行过删改）之后。这或许意味着，"朦胧诗"在经过1980—1981两年的热潮之后，热度略有回落。从选本的角度看，即使是某些有关"青春"的选本，如王一萍等选编的《青春诗选》（上海教育出版社，1982年5月版），收录的"新诗潮"诗人也极少，只有傅天琳、舒婷和孙武军三人。或许该选本意在收录以"青春"为主题的诗歌，而非意在收录正处于"青春"时期的诗人的诗歌，这从其中入选了贺敬之、田间、李季、密茨凯维支等人的诗可以得到验证。否则以《诗刊》1980年举办的"青春诗会"作参照，其中的"朦胧诗人"如梁小斌、舒婷、江河、徐敬亚、顾城、王小妮、孙武军等，漏掉的真是太多了。

当然，这不意味着"朦胧诗"一直没有进入到主流诗界，完全未被官方注意到。前文已述及诗刊社编选的三大部《诗选1949—1979》中未收录当时正引起争论的"新诗潮"诗人的诗，但是在1981年编选，1982年10月由成都人民出版社出版的《诗选1979—1980》中已经开始正视中青年诗人的诗歌。其时，"诗刊社受中国作家协会委托，举办了1979—1980年全国中青年诗人优秀新诗评奖。经广大读者推荐和评奖委员评定，共选出三十五首（组）获奖作品。"①这部分诗即是该《诗选》的"上辑"部分。1981年5月17日的《人民日报》曾专门刊发刘湛秋对35篇获奖作品的评价。刘湛秋认为，这些诗歌"有自己的力量，自己的特征。……第一，它要求高度的抒情性，把对时代和现实的感受溶于诗的感受中，或奔放，或沉郁，或洒脱，或隽永，忌平铺直叙，忌干巴说教。……第二，它要求独特而典型的构思，这种典型性不仅表现在一、两个细节中，而且要渗透在整个构思和意境的创造中。第三，它要

---

①诗刊社编：《诗选1979—1980》"编者的话"，成都：四川人民出版社，1982年10月版，第1页。

求经过提炼的来自生活的新鲜而形象的语言，深深地打动别人的心灵。把平凡的东西用不平凡的语言表达出来。"①从具体的编选看，这三十五人中后来被视为"朦胧诗"成员的，有骆耕野、舒婷、傅天琳和梁小斌四人。既然是获奖，说明当时的这几位"朦胧诗人"其时已经进入了官方视野，并且得到了广大读者和评委的认可。这是一个非常重要的信号。其后在诗刊社编选的年度选本中，"朦胧诗人"几乎年年都有入选，如1983年3月由人民文学出版社出版的"诗刊社正式编的第一本年选"《1981年诗选》中，顾城、骆耕野、傅天琳、舒婷、王小妮等人入选。1983年11月由人民文学出版社出版的《1982年诗选》中，王家新、舒婷、傅天琳、梁小斌、骆耕野、江河等人入选。据《1982年诗选》编者介绍，这是"从全国几十种报刊（主要是省市以上的）所发表的诗作中直接选出的"②。可见，"朦胧诗人"的诗作在当时已时常在省市级的报刊上发表，这也意味着"朦胧诗"在全国已被广泛接受。

此外，中国社会科学院文学研究所当代文学研究室于1982年启动编选③的"中国文学作品年编1981"的《新诗选》中也收录了不少"朦胧诗人"的作品，如第一辑收录了徐敬亚的《长征，长征》、江河的《让我们一起奔腾吧》、骆耕野的《觉醒》（二首）、傅天琳的《心灵的碎片》（外一首）、顾城的《我是一个任性的孩子》、杨炼的《沉思》、舒婷的《在诗歌的十字架上》，第三辑收录了王小妮的《在北京的街上》、傅天琳的《在孩子和世界之间》、梁小斌的《神秘的笑容》、顾城的《给安徒生》、舒婷的《无题》（外一首）、北岛的"抒情诗二首"、杜运燮的《访德杂咏》等诗篇。从入选的阵容看，这个规模不小。杨匡汉在"前言"中指出："回顾一九八一年的诗歌创作，我们看到许多勇于探索的诗人，在生活素养的汲取中，在独标真愫、融进独特审美感受

---

① 刘湛秋：《诗歌中现实主义的新开拓——简评1979年—1980年获奖的新诗》，《人民日报》，1981年5月17日。

② 诗刊社编：《1982年诗选》"编者说明"，北京：人民文学出版社，1983年11月版。

③ 中国社会科学院文学研究所当代文学研究室编：《中国文学作品年编1981·新诗选》，北京：中国社会科学出版社，1984年1月版。按：此选本虽然迟至1984年1月才出版，但书的"编辑说明"落款时间为1982年3月，杨匡汉所作"前言"落款时间为一九八二年四月三日，可见书的编选工作是在1982年初启动的。选本的具体工作由杨匡汉、楼肇明、雷业洪负责。

的艺术创造中，表现了他们的艺术个性。"接下来，在被例举的诗人中，舒婷是其中的一位。可见，舒婷被杨匡汉认为是当年有"艺术个性"的诗人之一。杨匡汉说："舒婷的诗常常与感兴对象有一种心灵上的呼应，她的《在诗歌的十字架上》，依情设景，虚虚实实，在自己'心中的诗'和读者眼前的诗之间用独异的语言和形象架起了桥，让人们理解这位有个性的诗人的衷肠"。此外，他还对傅天琳的《心灵的碎片》等作品进行了评价，指出：他们"都在各自独特感受的基础上驰骋诗情，让读者明显地窥见他们气质不同的艺术心灵。"①从以上可以见出，在1982年已经有非常有影响力的研究机构开始关注到"朦胧诗人"及其作品的价值，并在当时的年选中予以保留席位了。

1982年10月，福建人民出版社还出版了一部两个人的诗选——《舒婷、顾城抒情诗选》（一九七一年——一九八一年）。该出版社出版这部选本，一部分原因可能是因为舒婷是有影响力的诗人并且是福建人的缘故，再加上顾城也是"朦胧诗"的代表人物，在当时也颇有影响，优秀的女诗人与优秀的男诗人搭配，在发行上可能也比较有市场。据出版数据，该书在当年的第一次印刷量就达到了近万册。这其实也证明，"朦胧诗人"的诗歌在当时很受欢迎。当然，从"朦胧诗"传播、接受的角度讲，这部诗选更重要的意义可能是，进一步奠定了舒婷、顾城作为"朦胧诗派"核心诗人的地位。因此，它不应被研究"朦胧诗"的人们所忽略。

四

1983年，首先需要提到的选本是《当代文艺思潮》杂志为了研讨"当前文艺思潮"而编印的《部分青年诗选》。此诗选为该杂志"当代文艺思潮研究参考资料"的第一辑，收有舒婷的《致橡树》、北岛的《回答》、顾城的《一代人》、江河的《纪念碑》、杨炼的《织与播》、梁小斌的《雪白的墙》、王小妮的《我感到了阳光》、徐敬亚的《别责备我的眉头》、骆耕野的《不满》、傅天琳的《一个快乐的音符》、杜运燮的《秋》等一大批"朦胧诗人"的诗

---

①杨匡汉：《前言》，见中国社会科学院文学研究所当代文学研究室编《中国文学作品年编1981·新诗选》，北京：中国社会科学出版社，1984年1月版，第10~11页。

歌。据编者介绍，这部诗选的编选是出于新诗研究之用："作为参考资料的第一辑，这本《部分青年诗选》是根据徐敬亚同志的文章《崛起的诗群——我国诗歌的现代倾向》中所列举到的诗作，并适量增补了一些篇目编辑而成的，目的在于将这场自一九八〇年以来有关新诗问题的讨论继续深入地进行下去。"①徐敬亚的《崛起的诗群》发表于《当代文艺思潮》杂志1983年第1期，可见这部诗选的编印大致在文章发表前后。

　　不过，徐敬亚这篇文章的刊发，很快引起了文艺界和诗歌理论界的广泛关注。《当代文艺思潮》杂志社"忙趁东风放纸鸢"，于是年1月7日和10日分别在兰州和北京召开了两次文艺座谈会，对新诗的前途、现实主义传统等问题进行了广泛深入的讨论。其后《当代文艺思潮》《文艺报》《光明日报》等陆续刊发了一些回应文章。后来，《文学评论》编辑部于是年9月5日就徐敬亚的文章进行了座谈，据后来刊出的会议纪要《〈文学评论〉编辑部召开座谈会讨论有关诗歌发展和"现代派"的问题》（《当代文学研究参考资料》1984年第2期）看，主要持一种批判的态度。紧接着，10月4日—9日，重庆举行了一次"以批判'朦胧诗'和'三个崛起'为主题的专题会议，会议以政治话语代替学术话语，对艺术思潮和学术观念上纲上线，具有明显的'左'的倾向。在被批判者缺席的情况下，会议使'朦胧诗'和'三个崛起'的讨论转向了非学术领域，在当时和后来都产生了很大的影响。"②如当时会议上郑伯农的书面发言《在"崛起"的声浪面前——对一种文艺思潮的剖析》（后来发表于《诗刊》1983年12月号），就开始公开质疑"三个崛起"到底"是社会主义，还是现代主义"③。后来《作品》编辑部也于11月对"三个崛起"进行了深入的分析批评，甚至认为"《崛起的诗群》对新诗传统进行了全面否定"④。11月9日《人民日报》刊出新华社讯《三十多位诗人、诗歌评论家在重庆举

---

①当代文艺思潮杂志社编：《部分青年诗选》"编者片语"，内部资料，1983年2月。

②蒋登科：《"重庆诗歌讨论会"及其影响》，《西南大学学报》（社会科学版），2012年9月第5期。

③郑伯农：《在"崛起"的声浪面前——对一种文艺思潮的剖析》，《诗刊》，1983年第12期。按，此文为作者在1983年10月4日—9日重庆召开的诗歌讨论会上的书面发言，当作于1983年10月前后。

④史纵整理：《是"崛起"还是"倒退"？——〈作品〉编辑部召开的诗歌座谈会纪要》，《作品》，1984年第3期。按，纪要的整理时间，据落款为"一九八三年十一月中旬"。

行讨论会，批评诗歌界三个"崛起"的错误理论》，指出："十月上旬在重庆举行的诗歌讨论会提出：兴旺、活跃的我国诗坛上，近年出现了一股值得注意的错误思潮。这就是以《在新的崛起面前》、《新的美学原则在崛起》和《崛起的诗群》为代表的三个'崛起'论，它们的错误理论程度不同地背离了社会主义的文艺方向和道路，脱离了广大人民群众，给诗歌创作和诗歌理论带来了混乱和损害。社会主义文艺工作者应该对这股错误思潮做出认真分析并进行必要的批评和斗争。"[1]最后，这场批判以徐敬亚1984年3月5日在《人民日报》上发表《时刻牢记社会主义的文艺方向——关于〈崛起的诗群〉的自我批评》而告终。因此，"朦胧诗"在1983年秋至1984年春这一段时间里，因为这一场批判而在诗界尤其是主流诗界进入到了一个发展的低谷，传播与接受也受到一定程度的影响。如1983年12月，由中国青年出版社编选、出版的《青年诗选1981—1982》，入选的52人中，"朦胧诗人"大幅减少，只剩下了吕贵品和王家新二人，这不能说与文艺界的这场大批判没有关系。从诗刊社1984年启动编选的《1983年诗选》（人民文学出版社1985年4月版）中，也可看出这场批判所带来的影响与焦虑。该选本中，"朦胧诗人"也只入选了李钢、车前子、杜运燮和傅天琳四位"边缘"人士。他们四位或许正因为一直未被看作"朦胧诗"的核心人物才未被摒弃于年选之外。

不过，在由"民间"主持编选的一些选本中，这种影响似乎不是很大。例如，1983年8月，由周良沛选编、花城出版社出版的《新诗选读111首》，该选本编选自新诗诞生以来的共71位诗人的诗歌，其中"朦胧诗人"北岛的《回答》和舒婷的《祖国呵，我亲爱的祖国》得以入选。这也标志"朦胧诗人"再一次跟着进入了新诗史的行列。再如，1983年7月，由张永健编选、长江文艺出版社出版的《中国当代短诗萃》，选现当代诗人128人的175首诗，傅天琳的《我是苹果》、舒婷的《致橡树》、顾城的《给我的尊师安徒生》也进入选本。同样，在由百花文艺出版社（张志民、雁翼、林呐）编选、1984年5月出版的《当代短诗选》中"朦胧诗人"也占有一席之地，王小妮的《地头，有一双鞋》、北岛的《宣告》、江河的《星星变奏曲》、杨炼的《耕》、骆耕

---

① 新华社讯：《三十多位诗人、诗歌评论家在重庆举行讨论会，批评诗歌界三个"崛起"的错误理论》，《人民日报》，1983年11月9日。

野的《复活》、徐敬亚的《既然》、顾城的《一代人》、梁小斌的《玫瑰花盛开》、傅天琳的《晨》、舒婷的《致橡树》等都得到入选。从人数上看,"朦胧诗人"所占的比例还很高。1984年1月,由雁翼主编,贵州人民出版社出版的《中国当代抒情短诗选》中也可见到多位"朦胧诗人"的影子,在这部以"近三十年的抒情短诗"为遴选对象的选本中,杨炼的《秋天》、骆耕野的《杜鹃》、顾城的《春景》《别》《远和近》、梁小斌的《中国,我的钥匙丢了》、傅天琳的《血和血统》、舒婷的《呵,母亲》《致橡树》《祖国呵,我亲爱的祖国》进入了编选者的视野,可见在当时他们的某些抒情短诗已经得到诗坛的认可,经过时间的洗礼,渐渐成为新诗中的"经典",得到广泛流传。雁翼在为该诗选所做的序言中说:"打倒'四人帮'之后,诗歌像其他文学样式的作品一样,出现了一个'复兴',入选的作品特别的多而且好。这至少可以说明,诗歌的命运和人民的、国家的命运是紧紧连在一起的,这是其一。其二,政治标准第一这一口号,三十年历史检验的结果证明是不太科学的。凡是离开了诗人的实感,用政治口号写的诗,几乎全被历史检验掉了。相反,凡是尊重诗创作的规律,着力用诗的艺术表现诗人的生活实感的作品,却被历史所肯定。"[1]从此处看,雁翼的观点是客观的,也符合文艺自身发展的规律,其中也包含了对"朦胧诗"的认可。

1984年出版的诗歌选本中,还有两部专门的女性诗歌选本。一是由阎纯德主编、福建人民出版社于4月份出版的《她们的抒情诗》[2],一是由钟文选编、贵州人民出版社出版的《中国当代女诗人诗选》。前者遴选新诗诞生以来的女性诗人的抒情诗,后者着力于对当代女诗人在诗歌领域中所取得的成就进行勾勒。这两部选本中,都有几位"朦胧女诗人"入选。由于"朦胧诗人"中的女诗人本身并不太多,所以比较优秀的女诗人如舒婷、王小妮、傅天琳基本上都是入选的。其实对照一下就可发现,两个选本中入选的朦胧女诗人都是这三位。前一选本中,三位女诗人出场的顺序和作品分别是:王小妮的《假日在北戴河》《在北京的街上》、傅天琳的《我是苹果》《团圆饭》《在孩子和

---

① 雁翼:《接受历史的检验——写在〈中国当代抒情短诗选〉前面》,见其主编《中国当代抒情短诗选》,贵阳:贵州人民出版社,1984年1月版,第4页。

② 按:此书虽然迟至1984年4月出版,但是诗集扉页所载时间为1983年9月,谢冕先生所作序言的落款时间为一九八三年岁首。可见此选本的编选于1983年前后即已启动。

世界之间》、舒婷的《祖国呵，我亲爱的祖国》《呵，母亲》《双桅船》《致橡树》《？。！》和《黄昏里》；后一选本中，三位女诗人出场的顺序和作品分别是：王小妮的《雨中的北京》《我要写一本小说》《农场的老人》、舒婷的《致橡树》《祖国呵，我亲爱的祖国》《神女峰》《黄昏里》《这也是一切》、傅天琳的《我是果林一条河》《红红黄黄的八月》《我是男子汉》《心灵的碎片》和《复活》。《她们的抒情诗》由著名批评家谢冕作序，在序言中，谢先生首先肯定了女性及其诗歌的重要价值和意义，然后对古代女诗人中的优秀代表及其作品，以及"五四"以来的女性诗歌做了详细论述。在对当代女性诗歌的论述中，他对诗人舒婷进行了一个长达近两百字的评述："舒婷的出现引起了当代人的关注。她以青年女性特有的细腻，写出了充满矛盾的内心世界的渴望与怅惘，少女初恋的朦胧的喜悦掺和着噩梦的惊悸，造成了属于她自己的'美丽的忧伤'的风格。她的诗也许不免失之纤弱和委婉，但若论及空前的社会动乱以及政治生活的失常所带给人们的精神伤痛，一种受到长久压抑之后重获生机的惊喜交加的复杂心理，特别是青年女性的微妙情绪的倾诉，无疑的在她的诗中得到了艺术的凝聚。"[1]其实，谢冕一直以来对舒婷都比较推重，这从他在众多选本的序言中对舒婷所做评述之多、之精彩可以得到可靠的验证。《中国当代女诗人诗选》由诗人雁翼作序，在序中，他对青年女诗人的诗歌创作做了一个简单的评价："但更多的是新涌现出来的青年人。她们由于各自的年纪、经历、生活、环境、学识、性格、美学兴趣、创作经验的差异，就写出了不同面貌的诗作品。有的比较成熟，也有的比较稚嫩，这是正常的现象。但有一点是相同的，她们都是根据各自对社会、对人生、对生活的经验和感受来写诗的。"[2]雁翼的评价，对当代青年女诗人的作品在整体上持一种肯定的态度，"朦胧女诗人"当然也在被肯定之列。

　　1984年的另一重要选本是由谢冕挂名主编的《中国当代青年诗选（1976—1983）》。据谢冕在诗选的"导言"中所说，该选本的主要工作是由当时北京大学当代文学专业的研究生黄子平、张志忠、季红真所做。该诗选虽然迟至

---

① 谢冕：《她们在创造——序〈她们的抒情诗〉》，见阎纯德主编《她们的抒情诗》，福州：福建人民出版社，1984年4月版，第12页。

② 雁翼：《序》，见钟文选编《中国当代女诗人诗选》，贵阳：贵州人民出版社，1984年7月版，第3页。

1986年2月才出版，但是实际工作于1984年春就已完成。[①]在这部收入82位诗人212首诗的诗选当中，"朦胧诗人"及其作品占了其中的16人65首，分别是车前子1首，王小妮3首，王家新4首，孙武军1首，北岛6首，李钢4首，芒克1首，江河5首，杨炼5首，吕贵品3首，骆耕野3首，梁小斌4首，徐敬亚2首，顾城4首，傅天琳6首，舒婷13首。人数比例差不多占了整本书的20%，诗歌比例则超过了整本书的30%。可见整个选本对"朦胧诗"的推重。这其中的原因，一方面可能是编选者受到了谢冕先生对"朦胧诗"的态度的影响。谢冕先生对"朦胧诗"一直持包容与认同态度，早在1980年就对那种粗暴干涉和不容忍的态度提出警告："对于这些'古怪'的诗，有些评论者则沉不住气，便要急着出来加以'引导'。有的则惶惶不安，以为诗歌出了乱子了。这些人也许是好心的。但我却主张听听、看看、想想，不要急于'采取行动'。我们有太多的粗暴干涉的教训（而每次的粗暴干涉都有着堂而皇之的口实），我们又有太多的把不同风格、不向流派、不同创作方法的诗歌视为异端、判为毒草而把它们斩尽杀绝的教训。而那样做的结果，则是中国诗歌自'五四'以来没有再现过'五四'那种自由的、充满创造精神的繁荣。"[②]编选者也许受到谢先生的影响，在谈选诗的标准的时候，也说："唯一能要求我们自己的是尽量做到有一种阔大的胸怀，一种历史的眼光。也就是说，尽量做到从总体上，从运动和发展中，从新诗创作的多种多样的联系和中介中，来把握浩如烟海的这些作品。"并且针对特殊历史时期和青年创作的特点指出："更由于我们编选的是一个历史新时期里青年诗作者的作品，对象的某种特殊性也决定了方法、标准上的某种特殊性。对新诗创作上一切有益的探求，我们都抱热情的同时又是审慎的支持态度。"[③]他们的观点，与谢冕先生一样，也是客观的。另一方面，青年编选者对"朦胧诗"的这种推重当

---

①据谢冕的"导言"中说："编选《中国当代青年诗选》是他们久存的心愿，今春李士非、罗沙同志到京，直接点燃了他们的热情。他们立即投入了浩瀚的资料收集和整理，并以青年人特有的速度和效率，在最短时间内完成了本书的初稿。""导言"的落款是"一九八四年于北京"。

②谢冕：《在新的崛起面前》，《光明日报》，1980年5月7日。

③谢冕编：《中国当代青年诗选（1976—1983）》"编选后记"，广州：花城出版社，1986年2月版，第473~474页。

也与他们对"朦胧诗"的认同有关。从前文的叙述可以看出，大部分青年编选者（如大学生、研究生等）对"朦胧诗"都持一种比较认可的态度，故而选诗也很多。或许这是因为大家在年龄上相仿，故而在思想和理念上也容易产生共鸣和理解的缘故。在1984年春对《崛起的诗群》之批判尚未完全结束的时候，年轻的编选者能有这样的一种认知、一种认同，是非常难能可贵的。

除了这部研究生编选的诗选，复旦大学复旦诗社还编选了一部《海星星——大学生抒情诗集》，由复旦大学出版社于1983年12月出版。在这部诗选中，也可见到少量不太著名的"朦胧诗人"（如孙晓刚和邵璞）的影子。不过，由于这是一份有明确地域（复旦大学复旦诗社）和身份限制（在复旦诗社社团刊物《诗耕地》上发表诗歌的作者）的诗选，故而"朦胧诗人"席位很少是正常的。

五

1984年春，对《崛起的诗群》的批判告一段落。经过几个月的缓和，1985年文艺界对"朦胧诗"的争论已大大减少，相反，对"朦胧诗"的评述和研究却开始呈上升之势。可以说，"朦胧诗"在经过一年左右的渐进回暖后，又进入了一个相对活跃和繁荣的时期。就像1985年春风文艺出版社正式出版《朦胧诗选》时，谢冕先生在序言中所说："时间过去了将及三年，如今当编者再度扩编她们的诗选，诗歌的发展又处于一个令人昂奋的转折点上。许多人都在这个'冬天里的春天'的美好季节中感受到了生活跃动的活力。"[1]当然，这一点从1985年"朦胧诗"在选本中的被广泛接受也可以得到有力的印证。

1985年，贵州人民出版社策划出版了《当代青年哲理诗选》《当代青年爱情诗选》等选本，其中"朦胧诗人"的作品被选入不少。如在前一选本中，选入了北岛的《回答》《主人》、车前子的《我从山中归来》、傅天琳的《血和传统》《柠檬》、顾城的《弧线》《远和近》《山影》、江河的《让我们一起奔腾吧》、李钢的《灵魂》《影子》《那天下午》、梁小斌的《青春协奏》、骆耕野的《死火山》《诗不是苛求者》、芒克的《阳光中的向日葵》、舒婷的《献

---

① 谢冕：《历史将证明价值——〈朦胧诗选〉序》，见阎月君、梁芸、高岩、顾芳编选《朦胧诗选》，沈阳：春风文艺出版社，1985年11月版，第5页。

给我的同代人》《怀念》《这也是一切》、王小妮的《我感到阳光》《方位》、徐敬亚的《黑鸟》《超越》、杨炼的《永乐大钟》《北方的太阳》《告诉孩子》《航海者》等13人的27首诗，占了全书74位青年诗人109首诗的近四分之一。①在后一选本中，选入了北岛的《无题》、车前子的《我是个跛腿少年》、岛子的《婚礼：蓝色小夜曲》《海风，轻轻地吹》、傅天琳的《我们》《秋雨声声》、顾城的《来临》《我不知道怎样爱你》、江河的《从这天起》、李钢的《一个早晨的回忆》、舒婷的《致橡树》《思念》《往事二三》、王家新的《潮汐》、徐敬亚的《雪，为我们记着》等10人的15首诗，占了全书79位青年诗人96首诗的近六分之一。②在一个诗歌的选本中，入选这么多的"朦胧诗人"及其作品，除了《朦胧诗选》和《新诗潮诗集》之外，这似乎还是第一次。在《哲理诗选》的编后记中，编者指出："这本集子……连同《当代青年抒情诗三百首》和《当代青年爱情诗选》，共汇集了当代近二百位青年诗人的五百首作品，试图从几个侧面展现当代青年诗人的勇于探索和创新的实绩。"③这一方面说明了编选者对这一批青年诗人及其作品的重视，对他们的探索与创新表示肯定，另一方面也可以见出"朦胧诗"写作在"哲理"和"爱情"两个方向上的偏重。

5月份出版的选本中，还有一部向明选析的《抒情短诗》（花城出版社，1985年5月出版），其中受到编者选析的"朦胧诗人"有两位，她们及其入选的作品分别是舒婷的《思念》和傅天琳的《汗水》。编选者在书的"小引"中说："历来选诗有两种作法：一是以人存诗；一是以诗存人。……三条标准：思想上要健康，艺术上要有特色，形式上要短小精干，便于背诵。"④由此可见，编选者首先是对作品表示认可，进而才认同作品背后的诗人。舒婷和傅天琳两位女诗人在创作方式上都以抒情见长，这是她们二人入选该选本的重要原因。同年6月，由侯洪等编辑的《当代大学生抒情诗》由四川文艺出版社出版。其

---

① 黄邦君编选：《当代青年哲理诗选》，贵阳：贵州人民出版社，1985年5月版。

② 这与1981年12月由人民文学出版社编辑部编选、出版《恋歌——爱情诗选》和1982年伊仲希选编、广西人民出版社出版《爱情诗选》中所遭遇的情形完全不同，所受"待遇"简直有天壤之别。

③ 黄邦君编选：《当代青年哲理诗选》"编后小记"，贵阳：贵州人民出版社，1985年5月版，第161页。

④ 向明选析：《抒情短诗》"小引"，广州：花城出版社，1985年5月版，第2~3页。

中入选的"朦胧诗人"及其作品有徐敬亚的《长征，长征》、孙晓刚的《蓝天》（外一首）、吕贵品的《故宫》和王小妮的《雪》。据选本的"出版说明"："这里编选的，是一部从七七级至今的《当代大学生抒情诗》。……本书采用的诗，主要是从部分高校最近出版的诗集以及各地大学生的大量来稿和《飞天》等杂志中挑选出来的。"[①]由于其在选诗上有一定的"局限"，故而入选的"朦胧诗人"不多。8月，由哈尔滨师范大学"北斗"文学社、北方文艺出版社合编的《中国当代大学生诗选》由北方文艺出版社出版发行，当时尚在高校的诸多年轻的"朦胧诗人"入选了这一选本。据编者介绍，该选本的编选工作自1983年就已启动。其中入选的"朦胧诗人"及其作品有：王小妮的《我感到了阳光》、王家新的《"希望号"渐渐靠岸》、孙武军的《我的愿望》《我在用男中音唱着歌》、吕贵品的《笑声·他》、邵璞的《火山》、林雪的《乡村和二十岁的诗》、徐敬亚的《长征，长征》和《活着，并且发光》。这说明，当年"朦胧诗人"在"大学生诗人"群体中也占有一个比较突出的位置。在该诗选的后记中，编选者还对当时的"大学生诗人"这一群体做了非常高的评价："在金灿灿的阳光下，透过诗的这面三棱镜，……看到了一代青年的眼泪和崛起；更看到了80年代中国大学生们的特有风貌和他们的诗创作给中国诗坛带来的新的美学价值。他们的诗，是在新旧更替的痛苦与欢乐中写就的。因此，既葆有'五四'以来中国新诗的优良传统，又有国门打开之后，向世界学习的生动的创新，以新的风姿表现了我们的时代。"[②]当然，这一评价也包含对年轻的"朦胧诗人"的褒奖，是对他们诗歌创新的一种肯定。

　　1985年出版的诗歌选本，还有中国青年出版社编选的《青年诗选（1983—1984）》。在这一双年诗歌选本中，出现的"朦胧诗人"主要有三人，他们及其作品是：李钢的《蓝水兵（组诗）》、岛子的《大山·森林·我们（组诗）》《雪野上，拓荒者的足迹》《印下一页晶莹透彻的履历》《致"老垦荒"》《伐木女工录像》，以及孙晓刚的《球的消息》《鸽子》《请柬》《国际海员》《周末之歌》。这三位诗人，后来一般不被认为是"朦胧诗"的核心人物。结合

[①]侯洪等编辑：《当代大学生抒情诗》，成都：四川文艺出版社，1985年6月版。

[②]哈尔滨师范大学"北斗"文学社、北方文艺出版社合编：《中国当代大学生诗选》"后记"，哈尔滨：北方文艺出版社，1985年8月版，第273页。

此前该社出版的另两部《青年诗选》来看，青年出版社在对"朦胧诗"的编选上时重时轻，或许有一种谨慎的态度在里面。这一点是值得注意的。与此相仿佛，诗刊社编的《1984年诗选》选入的"朦胧诗人"也只有车前子、北岛、王小妮、舒婷等少数几位，该选本的"编后记"中曾提到其编选标准："为了'反映出新诗创作在这一年的概貌，有一定的史料性'，这就要使所选的作品：1，尽可能反映出这一年内我国社会生活的重大方面，如农村新貌，城市改革等等；2，尽可能反映出新诗创作在这一年的实际成就和普遍趋向，如各种形式、体裁、风格等量的统计；3，尽可能反映出有别于往年的特点，如新人和'新作'。"①结合这几条标准，对照诗刊社此前编的另几部年选可以看出，诗刊社确实有其"坚持"。但相比敏感时期编选的1983年年选而言，1984年的选本与另外几部选本一样，"朦胧诗人"的数量虽少，但是分量较"重"，因为入选的大多都是"朦胧诗派"的核心人物，而1983年的年选明显没有突出这一点。此外，由中国社会科学院文学研究所当代研究室编的《1983中国新诗年编》和《1984中国新诗年编》，也由花城出版社分别于1985年5月和12月出版。与往年相比，这两部年度选本对于"朦胧诗人"的推重有所减弱。1983年，入选的"朦胧诗人"只有王家新、杜运燮、李钢、傅天琳四人，1984年入选的"朦胧诗人"只有王家新、梁小斌、吕贵品三人。或许编选时也受到1983年—1984年对《崛起的诗群》的批判的影响。对比而言，由《青春》编辑部编选的诗集《中国狂想曲》（浙江文艺出版社，1985年12月出版），则比较多地推出了一批"朦胧诗人"，吕贵品、岛子、车前子、王家新、顾城、北岛、王小妮、杨炼、徐敬亚等人尽皆入选。据该选本葛洛所作的"序"介绍，《青春》杂志五年来发表了很多优秀作品，推出了一批文坛新秀，故编选者想将《青春》五年多发表的作品，连同《青春》青年文学丛刊上发表的作品，"按文学体裁分类，分别加以精选，编成丛书出版。"②可见，这一批"朦胧诗人"是时常在《青春》或其"青年文学丛刊"上露面的诗人。同时说明，他们的作品得到了该杂志

---

① 诗刊社编：《1984年诗选》"编者的话"，北京：人民文学出版社，1986年2月版，第482页。按，此选本虽然迟至1986年2月才出版，但编后记落款时间为1985年7月，可见主要工作是在1985年完成的。

② 《青春》编辑部编：《中国狂想曲》"序"，杭州：浙江文艺出版社，1985年12月版，第3页。

的认可。

1985年的诗歌选本中，还有谢冕、杨匡汉主编的《中国新诗萃（50年代—80年代）》，由人民文学出版社于11月出版。这是一部20世纪50年代—80年代的诗歌断代选集，按年代分为四个部分，其中收入的"朦胧诗人"有杜运燮、北岛、江河、舒婷、傅天琳、江河、李钢、梁小斌、骆耕野、王家新、王小妮、徐敬亚、杨炼等13人。之所以能有这么多的"朦胧诗人"入选，可能与两位主编的诗歌观念有关。谢冕对于"朦胧诗"的立场不必再叙述了。杨匡汉的诗歌观念，从其编选"中国文学作品年编（1981）"的《新诗选》时即已显出端倪，其中收录的"朦胧诗人"及其作品之多，也是不容易见到的。与此相类似，邹荻帆主编的《中国新文艺大系（1976—1982）》中的《诗集》，由中国文联出版公司于12月出版。其中入选的"朦胧诗人"有王家新、李钢、杜运燮、骆耕野、舒婷、傅天琳等六位。作为一部反映"中国新文艺优秀成果及其发展历程的拔萃本总集"[1]，能有几位年轻的"新诗潮"的代表诗人入选，算是比较幸运的。更何况，选诗的时间节点截止于1982年，此时的"朦胧诗"才刚刚走过四年的历程。

此外，雷抒雁、程步涛以及殷文光、朱先树分别编就的《朗诵诗》，也由花城出版社和人民文学出版社于本年6月和9月出版。此前曾经提及，"朦胧诗人"的作品很多都具有抒情的品格和朗诵的质地，故而这两部诗选中也出现了一些"朦胧诗人"的作品，前者如舒婷的《致橡树》、傅天琳的《母爱》；后者如骆耕野的《不满》、舒婷的《这也是一切》、李钢的《省略号》、傅天琳的《在孩子和世界之间》等。虽然所选篇目不多，但是毕竟也都进入了编选者的视野。

对于"朦胧诗"而言，除了上面的这些选本，1985年还有几部具有重要意义的选本值得提出和纪念。首先是1985年1月，尚在北大读书的老木（刘卫国）编选印行的《新诗潮诗集》（内部资料），该诗集长达两万余行，是由"一个人在一个月内编选出来"的，分上下两编，收入当时所谓的"新诗潮"诗人86人，几乎囊括了当时所有代表性的"朦胧诗人"（如北岛、舒婷、江河、芒克、顾城、杨炼、食指、多多、方含、严力、林莽、

---

① 邹荻帆主编：《中国新文艺大系1976—1982·诗集》"出版说明"，北京：中国文联出版公司，1985年12月版。

晓青、梁小斌、王小妮、吕贵品、徐敬亚、李钢、孙晓刚、王家新、孙武军、车前子等），并且收录了他们的大量作品，是一次"朦胧诗人"的大集结。该诗集的另一个重要意义是，集中推出了诗人多多的36首诗，这是"多多的诗第一次集中在出版物上与读者见面"[①]，对树立多多作为"朦胧诗派"代表人物起到了非常重要的作用。这部诗集还对后来的某些"朦胧诗"选本产生了很大影响，如喻大翔、刘秋玲编选的《朦胧诗精选》（华中师范大学出版社，1986年4月版），几乎是把《新诗潮诗集》中所有的诗人都当"朦胧诗人"来对待的。当然，《新诗潮诗集》更重要的贡献可能是对自"朦胧诗"以来的"新诗潮"诗人进行了一个全面而又完备的呈现与总结。[②]谢冕先生在为这部诗集所做的序言的最后部分，对当时的新诗潮及其未来做了一个前瞻性的概括："他们以横向的扫描和纵向的研讨，造成了纵横交错的繁复，人的内心世界的开掘与当代抒情史诗多层建构的建立，造成了绵长的时间与深邈的空间的深广融汇。这种局面给人信心，使人确信艺术的现代表现与东方文化传统以及民族心理结构的熔铸，终将使中国诗歌走向世界并受到世界的承认。当我们对新诗潮的出现及发展作这样概略的描写之后，我们更加坚定了如下的判断——中国新诗现阶段的探索不仅是开拓性的，而且因它的日趋成熟而证明是充满希望的。"[③]可见他对以"朦胧诗"为主的"新诗潮"的发展及未来充满了信心。

[①] 洪子诚、程光炜编选：《朦胧诗新编》，武汉：长江文艺出版社，2004年6月版，第328~329页。

[②] 老木在《重印〈新诗潮诗集〉跋》中说："《新诗潮诗集》在上册和下册一共推出了87位诗人，虽然不是很全面，但也大致把当时国内诗坛的朦胧诗人、'第三代诗人'（后朦胧诗诗人）选排进来了，可谓是一次检阅。……。新诗潮是一个文学潮流，包含一些文学运动、诗歌流派、诗人群落。新诗潮产生了一批优秀的诗人，北岛、芒克、多多、杨炼、江河、顾城、舒婷、林莽、严力、西川、海子、骆一禾、翟永明、欧阳江河、于坚、韩东、吕德安、陈东东、陆忆敏、王寅、柏桦、张枣等则是其代表者。这也是我当年编选《新诗潮诗集》并能够于今天正式出版所感到的成功。"（《中国现代文学研究丛刊》，2021年第1期）可见，老木当时所选并不完全是针对"朦胧诗人"的，而是针对当时所谓的整个"新诗潮"，它包含了"朦胧诗"和"第三代诗人"在内。而"第三代诗人"已经归属于"后朦胧诗诗人"的行列了。

[③] 谢冕：《新诗潮的检阅——〈新诗潮诗集〉序》，见老木编选《新诗潮诗集》（上），北京大学五四文学社未名湖丛书编委会，1985年1月，第Ⅳ页。

其次，是辽宁大学中文系阎月君等编选的《朦胧诗选》由春风文艺出版社正式出版。不过，春风文艺出版社出版的这个版本，无论是对入选诗人还是他们的出场顺序都做了一定程度的调整，本次入选的诗人及其出场顺序是：北岛、舒婷、顾城、梁小斌、江河、傅天琳、李钢、杨炼、王小妮、徐敬亚、吕贵品、芒克、骆耕野、邵璞、王家新、孙武军、叶卫平、程刚、谢烨、路辉、岛子、车前子、林雪、曹安娜、孙晓刚，共计25人，比1981年原版本少了杜运燮，增加了傅天琳等14人。①可见，经过三年时间的洗礼，编选者在视野和理念上又有了一定程度的变化。但不论如何，《朦胧诗选》的正式出版，标志着"朦胧诗"作为一个诗歌现象或者诗学概念被正式接受，从而进入了诗坛，有其象征意义。谢冕在为该诗选所做的序言《历史将证明价值》中，对"朦胧诗"的特质进行了一番前所未有的分析，并对其价值和意义进行了既合情又合理的推定，指出："它意蕴甚深却不求显露；它适应当代人的复杂意识而摒弃单纯；它改变诗的单一层次的情感内涵而为立体的和多层的建构。模糊性使诗歌的错综复杂的内涵的展现成为可能。急速的节奏，断续的跳跃，以及贯通艺术诸门类手法的引用与融汇如电影蒙太奇的剪接与迭加，雕塑的立体感，音乐的抽象，绘画的线条与色彩。这些'引进'，都使新诗艺术有一个突进的扩展。这更加重了这些新诗潮对于已有新诗的挑战性。"②从这部诗选后来的出版情形看，"朦胧诗"在后来确实有了相当力度的传播，并得到了大面积的接受。据考察，该选本自1985年11月第1版第1次印刷，至1990年3月，短短四年多的时间内一共印刷了7次，销售量达到235500余册。③这不能

---

① 值得注意的是，《朦胧诗选》在2002年还出版过一个重印本，这个版本有一点再版的性质。在书的《再版后记》中，编选者对此次再版的变化有一个说明："几位年轻姑娘当时的编选并不完备精严，曾有不少诗人和读者朋友建议增订，但它已属于历史，甚至属于永恒了，就让它以原来面目存在下去吧。不过，在朦胧诗运动早期有过突出贡献的食指和多多的作品还是不可或缺的，这次增订补选了他们的作品。原来的编选好像并不是按时间顺序排列先后的，为了尽量少改变原貌，就把他们二位的诗排在最后了。"落款为：2001.11.25，春风文艺出版社。

② 谢冕：《历史将证明价值——〈朦胧诗选〉序》，见阎月君、梁芸、高岩、顾芳编选《朦胧诗选》，沈阳：春风文艺出版社，1985年11月版，第4页。

③ 按，因本文主要考察20世纪80年代"朦胧诗"的传播与接受，故未进一步对该选本90年代及其后的印刷情况做进一步考索。

不说是一次诗歌的震撼。

本年度最后一部值得一提的诗选是福建省文学讲习所编的《南风——抒情诗、朦胧诗选》，"这是一本富有南国韵味的现代抒情诗集"，于1985年12月由鹭江出版社出版。在这部诗选中，"老一辈诗人及'崛起的诗群'的诗人们运用寓有深意的象征手法及多层次的空间结构，表达了对祖国山河真挚的爱恋与对社会、人生不倦的思索。作品风格各异，意境幽远，发人深思。"①对于"朦胧诗"而言，这是一部明确标注有"朦胧诗"的选本，有"正名"的意义，不可忽略。据具体的编选看，其中选入的"朦胧诗人"及其诗作主要有：舒婷的《黄昏剪辑》（二首）、北岛的《空间》（九首）、江河的《星》（二首）、顾城的《在夕光里》（九首）和杨炼的《墓地·祭祀》。此选本虽然选入的"朦胧诗人"不多，但在对"朦胧诗人"的经典化上有其重要意义。一直以来，"朦胧诗"的代表人物无论如何变化，舒婷、北岛、江河、顾城、杨炼五人基本都是核心人选。这部诗选首次奠定了"五人同台"在"朦胧诗人"经典化上的意义。与当年的《舒婷、顾城抒情诗选》有同样巧妙的意蕴，也可以说是作家出版社于1986年出版《五人诗选》的一个滥觞。

六

1986年出现的诗歌选本，首先有陕西省朗诵艺术研究会、陕西省中国现代文学学会编的《中国新时期朗诵诗选》，5月份由陕西师范大学出版社出版。值得注意的是，这部朗诵诗选中出现了不少"朦胧诗人"的作品，如"祖国篇"中出现了舒婷的《祖国啊，我亲爱的祖国》、杨炼的《沉思》、吕贵品的《一支黄肤色的歌》、徐敬亚的《长征，长征》；"新生活礼赞"专栏中，出现了江河的《让我们一起奔腾吧》、傅天琳的《在孩子与世界之间》；"追求·理想"专栏中，出现了顾城的《我是一个任性的孩子》、骆耕野的《不满》、舒婷的《这也是一切》。其实，"朦胧诗人"的很多作品并不朦胧，而且有很强烈的情感取向。舒婷、顾城等人的作品之所以能够入选，跟他们诗歌的情感饱满、

---

① 福建省文学讲习所编：《南风——抒情诗、朦胧诗选》"内容提要"，厦门：鹭江出版社，1985年12月版。

节奏明快有很大的关系，这从编选者的选诗标准，——（1）思想内容的积极性和情感的真实性；（2）题材与主题的广泛性和多样性；（3）生动新鲜的形象和意境；（4）语言清新明朗，适于朗诵，易于为群众听懂和接受；①等——也可以见出。这从另一个角度证明了当年对"朦胧诗"的命名是有失偏颇的。当然，从编选者的另一些想法中，我也还能看到其他层面的考虑，如这部诗选是"献给青年朋友们的一份礼物"，故而青年的作品选的多一些，由于"朦胧诗人"是当时青年中的一个重要群体，故而有作品入选是必然的。

按照出版时间顺序，1986年的第二个选本是辽宁师范大学编选的《大学生诗选》，该选本于是年8月由春风文艺出版社出版。也许是因为此前大学在读的"朦胧诗人"大多都已毕业，故而这个选本中出现的"朦胧诗人"只有林雪一人。另外出现了春风文艺版《朦胧诗选》的编者三人，即阎月君（阎月君）、高岩、梁云。这部诗选之所以值得一提，除了收录阎月君等三人的诗，还有一点值得说明的是，"编这本诗集的辽宁师范大学绿岛文学社，过去（可能是它的前身吧）曾编过《新叶》。那《新叶》是最先发表徐敬亚的《崛起的诗群》的。虽然这篇文章曾引起一番争论，诗群却实实在在是崛起了。"②

1986年值得注意的第三个诗歌选本，是代表官方意志，由诗刊社编选、人民文学出版社于12月出版的《1985年诗选》。此一年度的选本，与以往历年有很大不同，主要是这一年的选本选入了大批"朦胧诗人"，细数一下，竟然有江河、顾城、王家新、芒克、杨炼、舒婷、岛子、李钢、杜运燮、孙武军、王小妮、北岛、傅天琳等13人之多，并且在刘湛秋所作的"编后记"中，很多人被点名做了评价，如江河的"以神话来写史诗"，杨炼的"西部诗"，杜运燮的哲理诗，北岛用荒诞手法处理的诗（《触电》），舒婷、傅天琳、王小妮的抒情诗、顾城的带童幻色彩的诗，等等。刘湛秋其时为《诗刊》的编辑。这一年的年选之所以与往年不同，可能与当时整个诗坛的氛围有莫大关系。尽管刘湛秋在《编后记》中指出1985年是诗坛比较平静的一年，这种体

---

① 陕西省朗诵艺术研究会、陕西省中国现代文学学会编：《中国新时期朗诵诗选》"编者献词"，西安：陕西师范大学出版社，1986年5月版，第4页。按："编者献词"落款时间为1986年2月22日，可见选本的编选工作大概是此前进行的。

② 阿红：《青春的诗，诗的青春——序〈大学生诗选〉》，见辽宁师范大学编《大学生诗选》，沈阳：春风文艺出版社，1986年8月版，第1页。

现主要是：一是在理论上没有发生大的争论，也没有新的观念的注入，故而也没有什么大讨论；二是在创作上没有引起社会广泛注意的作品；三是社会对诗比较淡漠，对诗的议论或指摘减弱了很多，诗基本上没有闯什么"祸"；四是在文学总体评论中，诗已经没有位置，逐渐被综合性文学刊物摒弃，并不得不开始自立门户。然而，仍然指出，1985年的诗坛不仅没有萧条，反而有虎虎生气。主要表现在：一，诗歌报刊异峰突起；二，各地诗社如雨后春笋地出现；三，诗歌活动频繁；四，诗的选本蜂起；五，老中青诗人都有作品发表；六，朗诵活动有所发展。①也许正是在诗歌发展如此繁荣的基础上，"朦胧诗人"也跟着水涨船高。这是值得注意的一点。

1986年最值得注意的诗歌选本，是由作家出版社推出的《五人诗选》②，收录了杨炼、江河、北岛、舒婷、顾城五人的诗歌，这是最早推出的"朦胧诗"的"五人诗选"。这部诗选紧接着1985年12月出版的福建省文学讲习所编的《南风——抒情诗、朦胧诗选》，再次推出了"朦胧诗"五人，将"朦胧诗人"中杨炼、江河、北岛、舒婷、顾城的"经典化"推向了一个高峰。

---

① 刘湛秋：《1985年的新诗——〈1985年诗选〉编后记》，见诗刊社编《1985年诗选》，北京：人民文学出版社，1986年12月版，第410~412页。按：本年度诗选虽然迟至1986年12月出版，但刘湛秋的编后记落款时间为1986年1月~2月，可见是1986年年初就完成了选诗的工作。

② 北岛等著：《五人诗选》，北京：作家出版社，1986年12月版。

第二节
21世纪初"狂欢化诗学"的几个关键词

引言

狂欢的仪式起源于欧洲的中世纪甚或更早。作为一种民间文化，这种存在的独特性非常明显。而"狂欢"或"狂欢化"作为文化研究或者文学理论研究的话题，一般都追溯到米哈伊尔·巴赫金的小说研究。的确，巴赫金通过"对拉伯雷的《巨人传》的研究，颇为独特地探讨了中世纪'低俗'或通俗文化与宗教和封建政治文化的关系"①，从而为民间文化的研究提供了一种非常新颖的视角。张清华先生曾借助巴赫金对狂欢化的研究指出，"这种'与官方节日相对立'的狂欢节，'仿佛是庆祝暂时摆脱占统治地位的真理和现有的制度，庆祝暂时取消一切等级关系、特权、规范和禁令。这是真正的时间节日……同一切永恒化，一切完成和终结相敌对……'这也许可以用来解释我们世纪之交以来中国的文化状况。"②尤其是21世纪初的诗歌现场，与这种状

---

① （美）于连·沃尔夫莱：《批评关键词：文学与文化理论》，北京：北京大学出版社，2015年版，第32页。

② 张清华著：《存在之镜与智慧之灯——中国当代小说叙事及美学研究》，福州：福建教育出版社，2009年版，第156~157页。

况最为接近。这种状况的主要表现：一是诗歌现场中仪式景观的宏大、热烈，包括轰轰烈烈的网络诗歌运动，难以计数的诗歌民刊的繁荣，以及纷繁喧闹、铺天盖地的各种官方和民间诗歌活动；二是反对正统、严肃语言形式的各种喜剧化的诗歌创作类型层出不穷；三是低级、荒诞、戏谑化的各种诗歌讽刺与幽默现象混杂、流动，波涛暗涌。尤其是那些看起来充满了欲望、有异端表征的诗歌写作或被哄抬的诗歌事件，如"下半身写作""废话写作""垃圾派写作""低诗歌写作""梨花体事件"等等，更是为诗歌的狂欢化制造了多层次的"复调"迹象。本文不拟对各种狂欢化的诗歌写作做历史性的清理与回顾，而是从对几个关键词的剖析来对21世纪初的狂欢化诗学做一个管中窥豹式的观察。

颠覆/解构

一如欧洲中世纪的狂欢要与宗教和封建政治文化相对立，要对古老、正统、高雅的对话、讽刺体和正经的酒会进行戏仿和嘲弄，中国21世纪初狂欢化诗歌的一个重要特征，也是要与传统、斯文、追求思想、追求崇高等的严肃、严谨、正面、正统的诗歌写作进行决裂，从而造成一种对立，并且致力于解构或颠覆它们，以取得自己的地位。

"下半身写作"的代表诗人沈浩波直接点出："我们将义无返顾地在文化的背面呆看，永远当一个反面角色。"[①]所以在"下半身写作"的宣言中，他直言不讳地说："知识、文化、传统、诗意、抒情、哲理、思考、承担、使命、大师、经典、余味深长、回味无穷……这些属于上半身的词汇与艺术无关，这些文人词典里的东西与具备当下性的先锋诗歌无关。""我们尤其厌恶那个叫做唐诗宋词的传统，它教会了我们什么？……唐诗宋词在很大程度上使我们可笑地拥有了一种虚妄的美学信仰，而这，使我们每个人面目模糊，丧失了对真实的信赖。""源自西方现代艺术的传统就是什么好东西吗？只怕也未必，……更多的时候，它已经作为一种负担而必将为我们抛弃，看看吧，叶

---

①沈浩波：《下半身写作及反对上半身》，见杨克主编《2000中国新诗年鉴》，广州：花城出版社，2001年版，第546页。

芝、艾略特、瓦雷里、帕斯捷尔纳克、里尔克……这些名字都已经腐烂成什么样子了。"①可以看到，古今中外的一切传统，在沈浩波这里统统被驱逐了。其用意显然是要通过"破"来进行"立"，从而建构自己的先锋诗学。"废话写作"的代表人物杨黎也宣称：我们生活中充满了官话、套话、假话，诗歌就是让我们说人话。人话常常被人称为"废话"。这似乎是从话语体系上来进行一种有意识的颠覆。"垃圾派"则公开提出和宣扬"崇低主义"，他们要颠覆一直以来的"崇高"思想，以为"崇低"思想争取地位："占中国思想史统治地位的从来都是崇高思想。在中国，此前不可能存在真正意义上的非崇高思想。崇低思想的出现填补了中国思想史的一大空白。"②《低诗歌宣言》中宣布"低诗歌"的使命即是："对现有各种'合理性'存在和'非合理性'存在以及当下文化艺术潮流（包括主流和先锋）进行彻底颠覆。低诗歌的任务，就是破坏，不顾一切地破坏。破坏现有的秩序，破坏一切所谓的先锋和主流意识。"③低诗歌运动代表诗人龙俊在《低诗歌的精神姿态》中也指出低诗歌的三原则之一是"解构（批判）"，并进一步阐释："低诗歌就是要力求颠覆、抛弃现有的美学观念，摆脱一切包括理性的、逻辑的、道德的、艺术的围限，解构人们长期以来所形成的关于诗歌和文学的观念，断裂诗歌与崇高艺术的联系，打掉诗歌的傲气，回到'低性写作'道路，用'人本'的尺度重新审视和评判世界。"④低诗歌运动理论家张嘉谚在《低诗歌运动——网络话语革命的前潮》中则指出，低诗歌写作的关键，就是要对"上"与"下"、"黑"与"白"、"美"与"丑"、"真"与"假"、"善"与"恶"、"鄙俗"与"崇高"等等进行"消解"或"建构"式的"转化"，⑤实际上也有一种解构或颠覆的味道。从以上诸狂欢化诗学类型的主张和理论看，"颠覆/解构"是他们写作的主要使命之一。各个派别都自认自己是"真正的先锋"，甚至宣称是"先锋诗

①同上，第544~545页。

②《垃圾派理论（节选）》，见蒋原伦主编《今日先锋》第14辑，上海：上海人民出版社，2007年版，第146页。

③转引自张清华主编《中国当代民间诗歌地理》（下卷），北京：东方出版社，2014年版，第682页。

④同上，第683~684页。

⑤吴海歌主编：《大风》（2005春），北京：中国文学出版社，2005年版，第138页。

歌的终结者"。而"先锋"的姿态或使命之中，颠覆传统乃至所有的一切恰恰是一个思维上的必然。故而，颠覆的理念在21世纪初狂欢化诗学中此起彼伏，并不足为怪。

不过，倒是有另外一层意义上的"颠覆"值得引起关注。美国学者于连·沃尔夫莱在阐释"狂欢/狂欢化"时指出，"狂欢化就部分而言……目的是为了颠覆秩序，让社会秩序内部严肃的东西显得滑稽可笑。"[1]21世纪初的狂欢化诗学，从表面看无疑有对诗学理念、诗学思想颠覆的一面，而其内在企图恐怕也像于连·沃尔夫莱所说，是针对秩序和话语权力的。长期以来，诗坛的话语权都不被"民间"掌握。他们强烈渴望参与到诗坛应有的"民主"当中，然而却迟迟得不到兑现，世纪之交的这一历史时期，各种复杂情势的出现可以说为他们提供了一个契机。其实，低诗歌运动早已明确指出了这一点，"低诗歌运动的反叛，势必指向权力话语的标准化、统一化、集中化、同步化、共性化、集权化、非人性化等等，对之发起持续不断的话语冲击与话语消解，其基本目的，是争取话语权力。"并且指出，"争取话语权力的主要路线是'以下犯上'"[2]。彼得·斯塔利布拉斯和阿龙·怀特指出："一方面狂欢是一种特殊的秘密仪式……另一方面，狂欢也指一些流动的象征性实践、形象和话语，在19世纪以前，这些恰恰是社会暴动和冲突所使用的。"[3]因此，狂欢内部所蕴含的"颠覆"力量不可小觑。当然，不得不说，这种颠覆有其负面影响，但也有某种程度上的积极意义。

崇低/向下

"崇低"是狂欢化诗学中颠覆理念下的一个重要内容。"低诗歌运动"的理论家把空房子写作、下半身写作、垃圾写作、反饰写作、中国话语权力写作、俗世此在主义写作、平民与贱民写作、民间说唱写作、放肆写作等纠结

---

①（美）于连·沃尔夫莱：《批评关键词：文学与文化理论》，北京：北京大学出版社，2015年版，第34页。

②吴海歌主编：《大风》（2005春），北京：中国文学出版社，2005年版，第138页。

③（美）于连·沃尔夫莱：《批评关键词：文学与文化理论》，北京：北京大学出版社，2015年版，第36页。

在一起，认为低诗歌运动的形态已经基本形成，并且公开宣称中国新诗的历史"走的是一条不断向下的路线"，指出中国先锋诗歌的共通点是："不约而同地干着'向下'或'崇低'的诗歌写作"①，且"具有共同的以'崇低''审丑'为价值取向的特征"②。权且不论"低诗歌"运动对中国新诗的发展判断正确与否，但他们对21世纪初狂欢化诗学在"崇低/向下"和"审丑"上的表现的确是洞若观火。

以沈浩波为核心的"下半身写作"指出："所谓下半身写作，追求的是一种肉体的在场感。注意，甚至是肉体而不是身体，是下半身而不是整个身体。……而回到肉体，追求肉体的在场感，意味着让我们的体验返回到本质的、原初的、动物性的肉体体验中去。我们是一具具在场的肉体，肉体在进行，所以诗歌在进行，肉体在场，所以诗歌在场。仅此而已。"③很显然，"下半身写作"已开始从早期诗歌写灵、写神、写存在、写生活转而向"身体/肉体"进行过渡，在写作的走向上有了一种"向下"的趋势。《垃圾派宣言》则公开宣布："垃圾诗歌就是一个主张崇低的诗歌，垃圾文学就是一个主张崇低的文学，垃圾写作就是一个主张崇低的写作，垃圾文化就是一个主张崇低的文化，垃圾精神就是一个主张崇低的精神，垃圾哲学就是一个主张崇低的哲学，垃圾派就是一个主张崇低的流派，垃圾（派）运动 就是一个主张崇低的运动，垃圾革命就是一个主张崇低的革命。"并且将"崇低思想"作为其理论的核心。从垃圾派代表人物老头子的具体阐述看，其"崇低思想"的诗学核心主要就是其所提倡的垃圾写作三原则："崇低、向下，非灵、非肉；离合、反常，无体、无用；粗糙、放浪，方死，方生。"④从理论上看，这"三原则"虽有某些程度上的"哲学"意味，但总脱离不了"崇低、向下"的主导意识。龙俊阐释"低诗歌"的

---

① 张嘉谚《低诗歌运动——网络话语革命的前潮》，见吴海歌主编《大风》（2005春），北京：中国文学出版社，2005年版，第131页。

②《关于低诗歌的访谈——老象、小王子对谈录》，转引自张清华主编《中国当代民间诗歌地理》（下卷），北京：东方出版社，2014年版，第684页。

③ 沈浩波：《下半身写作及反对上半身》，见杨克主编《2000中国新诗年鉴》，广州：花城出版社，2001年版，第546页。

④《垃圾派理论（节选）》，见蒋原伦主编《今日先锋》第14辑，上海：上海人民出版社，2007年版，第145~146页。

三原则，其中之一也有"形而下"，其重要内涵之一即"低"的意识。从某种程度上看，"崇低"显然是对"崇高"的一种反拨。它有削弱崇高权威的一种效力，同时会对崇高所依赖的语言结构和话语体系产生一定的冲击。其目的，显然就是要为这种思想本身赢得一定的合法、合理地位。

当然，"崇低/向下"到最后可能会成为一种策略。最终它需要与"崇高"一样，无论是否具有这种内在意义，它需要被看起来成为"崇高"之一种，或者至少具有某一种"崇高"的意义。"下半身写作"代表诗人沈浩波在阐释"下"的诗歌精神时说："'下'从诗歌精神上来说，试图体现一种'向下'的精神，这是对诸如崇高、文化、社会学意义上的道德体系、权威、精英秩序等一切高高在上的'庞然大物'的反抗，也是对诗歌中'人性'价值的确认，以及对'真实'的确认。……对'人性'这一题材的大规模书写，以及直接、真实的写作风格，是'下半身'诗歌对于中国当代先锋诗歌的重要开创和贡献。"[①]如此，"下"虽然名义上是"下"，然而却成了真正的"上"。"垃圾派写作"为了取得与"崇高"思想平起平坐的地位，同样会将辩证法作为工具来进行理论阐述："中国的精神世界将因崇低思想的出现而变得完整。崇低思想既是作为崇高思想的对立而存在，同时与崇高思想也是互为统一的。"[②]甚至要把这种思想提升到哲学高度，让其成为阐释世界的一种理论，认为崇低思想就是以"垃圾"为基本范畴，对世界进行重新发现和认识。龙俊在阐释低诗歌"形而下"原则时，除了"低"的意识这一内涵，还有意将"人本思想"拎出，来作为重要内涵，在具体展开论述的过程中，"人本思想"替代"低"的意识，成了重点。[③]由此，"低诗歌"其实一点也不低，相反它成了一种具有"人本"尺度的写作。因此，从某种意义上看，崇低思想也是相对的。它只能是狂欢化诗歌在崇高思想逼迫下一种无可奈何的应变或突围之举。然而他们又不能标榜自己是真正"低"的，必须通过"反者道之动"的理念，将其作出高调转换。然而这也只能是一种理

①沈浩波：《新世纪以来的中国先锋诗歌》，见张执浩主编《汉诗·六口茶》，武汉：长江文艺出版社，2017年版，第252~253页。
②《垃圾派理论（节选）》，见蒋原伦主编《今日先锋》第14辑，上海：上海人民出版社，2007年版，第146页。
③龙俊：《低诗歌的精神姿态》，参看张清华主编《中国当代民间诗歌地理》（下卷）第五辑"低诗歌"部分，北京：东方出版社，2014年版，第683页。

论上的解释，其具体的实践写作即使有向理论靠拢的意识，最终却无法企及，甚或被不光彩的一面所掩盖，最后都陷入被诟病的困局。

身体/肉体

对"身体/肉体"的重视是"崇低"思想的一个重要方面。研究巴赫金的学者潘牧·莫里斯深刻地指出了"身体"在"狂欢"文化中的重要作用："巴赫金强调狂欢的姿态和仪式的具体感觉形式，因为狂欢的整个意义衍生于人的身体的物质性。……狂欢中身体和生殖器的荒诞的夸张嘲笑了中世纪宗教对肉体的排斥……荒诞的身体是所有狂欢的核心……那是全体人民的身体，因此是不朽的。"[1]也许21世纪初狂欢化诗学的诗人尤其是兼具理论家素养的诗人对这一见解有着非常精准的把握，否则很难解释为什么"荒诞的身体"或者说"肉体"对他们的诗歌创作而言那么重要。只不过在"不朽"这一点上，他们离中世纪的"狂欢"差得太远了。

21世纪初"狂欢化诗学"体系中，以"身体/肉体"为第一要义的是"下半身写作"。尽管沈浩波明确意识到"中国诗歌的先锋性主要表现在语言意识的觉醒上，'语言'问题是这个时代的主要问题"，但是为了"下半身"仍然要毅然决然地宣布"语言的时代结束了，身体觉醒的时代开始了。"[2]该派别除了公开标榜以"下半身"安身立命，同时还将对诗歌的理解定义为："诗歌从肉体开始，到肉体为止。"[3]甚至将"肉体"当成艺术产生的第一推动力，认为："只有肉体本身，只有下半身，才能给予诗歌乃至所有艺术以第一次的推动。这种推动是唯一的、最后的、永远崭新的、不会重复和陈旧的。因为它干脆回到了本质。"并且还堂而皇之地亮出了因"下半身"而生出的无畏精神："我们亮出了自己的下半身，男的亮出了自己的把柄，女的亮出了自己的漏洞。我们都这样了，我们还怕什么？"[4]"下半身写作"另一代表人物朵渔也曾

---

①（美）于连·沃尔夫莱：《批评关键词：文学与文化理论》，北京：北京大学出版社，2015年版，第33页。

②沈浩波：《下半身写作及反对上半身》，见杨克主编《2000中国新诗年鉴》，广州：花城出版社，2001年版，第546页。

③同上。

④同上，第547页。

说："'下半身写作'的核心理念在我看来就是诚实地遵从肉体法则，它以'选择'的可能性对抗社会的'给定性'，以激情、疯狂和热情来捍卫人的原始的力量。……对于'下半身'来说，写作是一种肉体的召唤，一种感觉，一种强烈的愿望，除此之外，没有其他路可走"①。因此，"下半身写作"中的代表诗人几乎无一没有以"肉体"扬名的"佳作"。不过，全面考察沈浩波在理论上的阐释，"下半身写作"也有其理论上的价值和文化上的意义，毕竟它的出现打破了文化一度僵死的格局。同时，"下半身写作"也突破了某些禁区，它"撕开了'性'这个对于上个世纪的中国人来说的'道德禁区'"，并借助对"性"的书写突破了对这一领域的话语禁锢。然而，"下半身写作"中突出生理描写的鄙俗化的一面毕竟容易被放大。很多诗人为了在写作上逞一时快感，不惜以粗鄙和猥陋为代价，从而也导致人们对"下半身写作"产生巨大争议。随之而来的当然有鄙夷和排斥，以致于"下半身写作"最终不得不流于污渎之中。

从"身体/肉体"再往"下"，就到了身体的"垃圾"部分——屎尿屁等。"垃圾派"的代表人物之一徐乡愁曾公开说自己要"做一个屎人"，这是一位以"屎尿屁"等为核心意象来建构诗歌的人物。尽管皮旦曾指出徐乡愁"屎尿写作"一类的作品与"身体写作"有其区别，"它写的一般是已经或将要排出人体的种种排泄物，而不是什么肉体"②，甚至徐乡愁还曾公开反对包括"下半身"在内的各种东西："一切思想的、主义的、官方的、体制的、传统的、文化的、知识的、道德的、伦理的、抒情的、象征的、下半身的、垮而不掉的东西或多或少都有些伪装的成分，只有垃圾才是世界的真实！"甚至标榜："'橡皮写作'强调废话（口水），'下半身'强调性（鸡巴），而'垃圾派'强调崇低（屎），从上到下，'垃圾派'最彻底，最反动。如果说'橡皮写作'是一场诗歌语言的革命，'下半身'是一场诗歌题材的革命，那么'垃圾派'就是一场诗歌精神的革命。"③他们都标榜自己是最"牛"的。但是从溯源的意义上看，他们都把"身

<hr>

① 朵渔：《我现在考虑的"下半身"——并非对某些批评的回应》，见杨克主编《2000中国新诗年鉴》，广州：花城出版社，2001年版，第561~562页。

② 皮旦：《论作为隐喻的垃圾派》，转引自《垃圾派理论（节选）》，见蒋原伦主编《今日先锋》第14辑，上海：上海人民出版社，2007年版，第150页。

③《垃圾派理论（节选）》，见蒋原伦主编《今日先锋》第14辑，上海：上海人民出版社，2007年版，第150~151页。

体/肉体"及其附属物作为狂欢的道具，二者并无实质性的分别。

口语/口水

于连·沃尔夫莱早就指出狂欢文化有三种非常重要的表现形式，其中两种与"语言形式"有关，即"喜剧式的语言创作"和"各种类型的粗话"。其对前者的总结，主要是指"拉丁语和本土语的口头和书面的戏仿"，而对后者的总结则是"咒语，誓言，各种炫耀的夸口"[1]。后来，彼得·斯塔利布拉斯和阿龙·怀特对"粗话"进行转述时，点出了更丰富的内涵："这里指的是诅咒、誓言、俚语、幽默、杂耍和笑话、各种粪便。"[2]从某种意义上来说，狂欢化对于诗歌秩序的破坏与改变，语言形式上的颠覆最具穿透力。遥想二十世纪中国的"白话文运动"，语言形式的改变使得一代知识分子在思想和言说方式上都得到了革新，并促使中国文学在形式和内容上产生了翻天覆地的变化。二十世纪八、九十年代的"口语写作/后口语写作"之所以瞄准语言形式上的机制，使之发生再变革，或许正是从五四先驱们那里得到了启示。

那么21世纪初的狂欢化诗学呢？实际上，21世纪初的狂欢化诗学更多地延续了"口语写作"的路子。沈浩波就宣称："必须更客观地看到，'下半身诗歌运动'仍然是80年代以来，以口语化为基本标志的，中国当代先锋诗歌发展的成果。"同时，指出"下半身诗歌"有"对90年代后口语诗歌成就的汲取和承继，特别是对后口语写作对在场感、及物感和身体感的强调。"[3]不过，从"下半身写作"群体的具体创作实践看，"下半身诗歌"对于"纯正口语"的破坏也起了不小的作用，尤其是那些建立在"性描写"基础上的诗歌，内容上的赤裸与暴露，让语言也变成了赤条条的文字。2001年，杨黎从"非非"出走，进入"下半身写作"的行列。尽管他被视为一个对语言相当敏感且对语言有化钧力的诗人，但其"下半身写作"时期的语言囿于题材的局限，也

---

[1]（美）于连·沃尔夫莱：《批评关键词：文学与文化理论》，北京：北京大学出版社，2015年版，第32页。

[2]同上，第33~34页。

[3]沈浩波：《新世纪以来的中国先锋诗歌》，见张执浩主编《汉诗·六口茶》，武汉：长江文艺出版社，2017年版，第254页。

无法摆脱掉被"欲望"所带来的感官包围，许多诗篇都沦落到了"口水"的级别，成为诗歌低俗化创作的"典范"。相应于"下半身写作"，垃圾派写作在对"口语"的亵渎上也颇多"建树"，尤其是"粗话"中"粪便"和各种身体器官一类的词汇入诗，使得诗歌处处洋溢出一种低俗味。他们甚至标榜"为了让世界还原成它的本来面目，不惜把自己变成动物，变成猪，变成垃圾，变成屎"，并骄傲地宣称："屎尿写作是对垃圾派写作的一种切实拓展"①，大有一种"真理在握"的无知无畏的勇气。

21世纪初狂欢化诗学中的其他类型写作，有的在"口语写作"上更"进"了一步，在对语言的要求上，更放松了，也更无畏了。在语言形制上直接进行自我标榜的，是以杨黎为代表的"废话写作"。"废话写作"者公开宣称"废话"是诗歌的标准，杨黎甚至直接指出："废话是诗歌的本质。……诗歌就是废话"②和"在中国只有'废话'是可信的"③，并通过诗歌与语言的关系为其"废话写作"的理念寻找合理依据。龙晓滢概括这一依据为："语言即世界，语言是有用的，诗歌是无用的；诗歌因其无用而超越语言之有用，诗歌在世界之外。从语言到诗歌，就是个从有到无的过程。因此，言之无物的废话诗歌则是超越了语言的诗歌。"④这样的理论看起来有些道理，而实则不然。庄子虽言"无用之用"，但并不说是超越了"用"。细细寻思，"废话写作"把"无用"和"言之无物"等同于"超越"终是让人费解。既然如此，那诗歌存在的意义又何在呢？杨黎曾借法国著名诗人瓦列里的话——"诗就是表达完意义以后，它还有存在的价值，它就是诗"——来阐述什么是诗："诗就是你把这个意义表达完以后，它还有意义。"但是这个意义是什么呢？他解释说："一言以蔽之，就是诗意，它不关乎实用。"⑤其意仍然是无关实用而又有存在价值的

①《垃圾派理论（节选）》，见蒋原伦主编《今日先锋》第14辑，上海：上海人民出版社，2007年版，第150~151页。

②《杨黎在北京：答马策问》，见杨黎著《我写，故我不在》，南昌：百花洲文艺出版社，2015年版，第16页。

③《废话里的杨黎：答于一爽问》，同上，第170~171页。

④龙晓滢：《"他们诗派"研究》，昆明：云南大学出版社，2017年版，第172页。

⑤《废话里的杨黎：答于一爽问》，见杨黎著《我写，故我不在》，南昌：百花洲文艺出版社，2015年版，第169页。

语言就是诗。但"废话"的取名，总给人以荒诞无稽之感。名不正则言不顺，"废话写作"在理论与正名上始终缠绕不清，估计连杨黎本人也没有真正把这个问题想清楚，这给其被正确理解带来很大困扰。不过，通过阅读杨黎"废话写作"时期的作品可以发现，其诗歌创作与理念有吻合处，大量的口水诗证实了这一点。徐乡愁说"橡皮写作"①强调废话（口水），"废话写作"的诗歌在语言表现上的确有如此形态。以致于后来"口语写作"的代表人物于坚不得不出来澄清口语与口水是有区别的，指出口语诗有其写作的理念，而后来的年轻人却走向了口水这个方向。但杨黎的写作也有一部分是与理论脱节或者说不十分吻合的。这种现象，不仅仅是在"废话写作"上有所表现，狂欢化诗歌的每一个类型几乎都存在创作实践与理论脱节这样的问题。

从某种意义上看，许多理念的倡导者有时只是打出一个旗帜，树立一个"山头"，以便更好地"推出"自己及其群体。当然，理论的阐释者在某种程度上也只能从理论出发，出于理想化的状态来阐释理论，或者根据自己及几个代表诗人的创作实践来应对理念，至于更大群体中的更加个性化的创作，即使理论再全面也无法涵盖。此外，即使群体中的成员根据理念来进行创作，也未必能与理论完全吻合。一是创作者对理论的理解是否到位，二是理论与实践之间本就存在着一个巨大空间，转换过程本身就是一种迷失。更何况还有"取法乎上，仅得其中；取法乎中，仅得其下"的认知学习规律横亘在前。

余论

21世纪初狂欢化诗学从仪式景观和表现形态上看，的确是展现出了"狂欢"的一面，但与欧洲中世纪的"狂欢节"仍有其不同。伊格尔顿指出，"狂欢不管怎么说都是受到特许的事件，是经过许可的对霸权的颠覆，被控制的民众暴乱，就像革命的艺术一样既搅动人心，又相对无效。"②21世纪初的诗歌狂欢，一方面没有所谓"特许"的情事，更不是"是经过许可的对霸权的颠覆"，因为没有什么"上层建筑"在主观故意上许可它。它是一场经由政治、

---

① 21世纪初，韩东、杨黎、何小竹等人曾发起成立"橡皮"文学网站，故称。

② （美）于连·沃尔夫莱：《批评关键词：文学与文化理论》，北京：北京大学出版社，2015年版，第35页。

经济、文化等诸多因素的演变而自发形成的一场"狂欢"，但它的结果却既搅动了人心，又相对有效，并且在狂欢期间，诗歌的一切演变只服从狂欢的法则，服从于它自己的自由法则。

然而，"狂欢化诗学"毕竟有其弊端。诗歌如果丧失了诗意，丧失了其应有的特质与品格，那诗歌将不成其为诗歌。而"狂欢化"使诗歌受到的最大伤害，即是诗意被扫除殆尽。其实，即使是"口语诗"也有它的底线，并且有其追求，"那种诗是朴素的，大巧若拙的，直截了当，少隐喻象征、形容词，与人的日常生活世界有关的那种诗。"①即使像沈浩波那样宣称"对于现代艺术来说，取消诗意将成为一个前提。……我们干脆对诗意本身心怀不满。我们要让诗意死得很难看"②的诗人，在全面阐述"下半身诗歌"时，也还要承认"下半身诗歌"是"对80年代中国早期口语诗歌运动中，建立在口语语感基础上的语言诗意的承继，并在此基础上更为凸显个人语言的生命气质"③。可见，在理念上，"下半身写作"仍是要承继口语诗歌的"语言诗意"，并进而强调"凸显个人语言的生命气质"的。但无论如何，"狂欢化诗学"毕竟没有像欧洲的狂欢节那样给人带来巴赫金所谓的那种"狂欢式的笑"，那种"朝向所有人和每一个人，包括狂欢节的参与者"的"全体人民的笑"，相反，它带来更多的尴尬，更多的不堪，甚至被嘲弄，被谩骂，被唾弃。这不能不说是一种巨大的遗憾。当然，这其中也裹挟了少量真正有诗学抱负的诗人，他们的贡献将被历史见证。

---

①于坚、符二：《我其实是一个抒情诗人：于坚访谈》，《大家》，2011年第13期。
②沈浩波：《下半身写作及反对上半身》，见杨克主编《2000中国新诗年鉴》，广州：花城出版社，2001年版，第546页。
③沈浩波：《新世纪以来的中国先锋诗歌》，见张执浩主编《汉诗·六口茶》，武汉：长江文艺出版社，2017年版，第254页。

第三节
个体意识、乡愁，以及死亡
——中国当代新城市诗歌写作的三个关键词

　　智利诗人聂鲁达在其散文《城市人的生活》中曾细致描述城市底层劳动者的生存状态。他把城市里的男人比喻成"一个可怜的、好像肩负着整个大地的躯体的破碎的力量"，遭受着不同于其他人的压制和痛苦。很显然，"这是任何一个大城市都可能存在的体力劳动者群体的写照。"（见阚牧野赏析）在文章中，聂鲁达进一步指出，底层阶级并不明白自己的处境，不明白他们当下的生活是不合理的，甚至不明白自己正遭受剥削和压迫，更遑论肉体和精神所受到的双重攫取。为此，他代替他们发声："我们都在这里，我们已经不孤立，我们和你一样；和你一样，我们也遭受着剥削、生活痛苦。不过，我们有反抗精神。"[1]聂鲁达是活跃于二十世纪中叶前后的诗人。他所描述的国度中的底层劳动人们还没有主体觉醒和反抗的意识。与之相对比，中国的南方在经历新的工业浪潮之后，底层打工的劳动者也面临着一系列生存和精神上的困境。不过，值得欣慰的是，他们中间出现了一大批反映这一群体生存状况的写作者。尤其是二十一世纪以来，迅速崛起的"打工诗歌"凝聚成了

---

　　[1]聂鲁达：《城市人的生活》，见王立新主编《外国散文鉴赏辞典2》（现当代卷），上海：上海辞书出版社，2010年版，第1060~1063页。

一股潮流，在诗坛和社会上引起了巨大反响。这些底层的诗歌写作者，用诗篇替底层人士发声，为群体代言，将这一群体活生生的现实和隐秘幽微的精神世界进行了有力揭橥，让底层劳动者受到了世人的关注，从而也为世界打开了一扇认知当代中国的窗口。

一、个体意识："遭劫一场身渊"

秦晓宇曾指出，新时期诗歌中的"今天派"，虽然其中很多人是工人身份，但他们却很少创作具有身份意识、工人生活或工厂经验的诗作。[1]据笔者看，这可能与诗人们所处的时代环境与意识形态有关。但不论如何，个人意识和身份觉醒都是当代工人走向理性和成熟的一个标志。秦晓宇曾例举当时罕见的舒婷的《流水线》来论证工人关注到了"个体意识的觉醒"："在时间的流水线里"，诗人感受到"星星的流水线拉过天穹""小树在流水线上发呆"，感受到星星的疲倦和小树的病态，"但是奇怪/我惟独不能感觉到/我自己的存在/仿佛丛树与星群/或者由于习惯/对自己已成的定局/再没有力量关怀"。舒婷的这首诗作于1980年。其时诗人所处的国家环境与二十一世纪以来的国家环境大不相同。由于那时的工人身份还是一种"先进"身份，故而诗人那时对于个体意识的觉醒，还只是对工厂流水线生活的一种厌倦，并非针对后现代工业浪潮中不合理制度的反抗和不满。

到了二十一世纪，农民工诗人笔下的中国南方工业中的"流水线"与舒婷所写的流水线可以说有着本质的区别。且看"80后"代表诗人郑小琼的《生活》中所叙述的："你们不知道，我的姓名隐进了一张工卡里/我的双手成为流水线的一部分，身体签给了/合同，头发正由黑变白，剩下喧哗，奔波/加班，薪水……"这是典型的二十一世纪农民工生活的一种真实写照。在诗歌中，郑小琼对于个体意识的觉醒有这样两层表现：首先，她意识到了个人的身份（作为人的身份）的消弭，姓名被隐去，人成为了一个从事劳动的符号。正如她在《流水线》一诗中所描述的：尽管他们是流水线上"流动的人"，但

---

①秦晓宇：《"在其所创造的世界中直观自身"》，见其选编《我的诗篇——当代工人诗典藏》序，北京：作家出版社，2015年版，第17页。

他们被"编号","蓝色的工衣/白色的工帽,手指头上工位,姓名是A234、A967、Q36……/或者是插中制的,装弹弓的,打螺丝的……"基于这种现象,她对此做了一个十分形象的描述:"她们是鱼,不分昼夜地拉动着/老板的订单,利润,GDP,青春,眺望,美梦/拉动着工业时代的繁荣"。其次,她意识到个体自由的限制,一方面是机器对人的统治,使人成为了"流水线"的一部分,另一方面人被工厂压制,合同在成为契约的同时也铸就了一个钳制性的精神牢笼。正如雅斯贝斯所说:"在现时代,人们是像沙粒一样被搅合在一起的。他们都是一架机器的组成部分,……他们不是这样一种历史实体的组成部分:在这个历史实体中,他们注入他们自己的个体自我。"[1]相对于有生命的鱼,郑小琼还把工人想象成没有生命的物:"从扳手到螺丝,从图纸到卡尺/从孤独到丢失的青春,它有着五金工具的味道/你不过是一块铁"(《在五金厂》)。同时,将铁被加工的历程与人类作类比,体现了人被异化的程度:"从铁块到制品,它遇见马不停蹄的时间/它们被切割成不完整的形式,昨天,今天,明天/历史,未来,现在,或者二十一世纪,这些正是我或者你的/片段"。铁的意象,是郑小琼诗歌中一个非常重要的意象。它对于工业流水线上劳动者的隐喻,让我们看到了这一底层群体沉默、暗哑的精神世界。那种无言的冰冷给人带来震撼,但更让人震惊。

与郑小琼的个人觉醒略有差异,深圳诗人许立志对个体的反观与自省,也让人感到惊诧。2011年许立志进入富士康成为该厂流水线上的一名工人。在进厂后不久写的一首诗中,他这样描绘自己:"双手如同机器/不知疲倦地,抢,抢,抢/直到手上盛开着繁华的/茧,渗血的伤/我都不曾发现/自己早站成了一座古老的雕塑"(《流水线上的雕塑》[2])。许立志一入手,便将人隐喻成无生命之物,可见机器工厂将人异化的程度。这种思考在他初入工厂时的作品中时有流露:"啊,车间,我的青春在此搁浅/我眼睁睁看着它在你怀里/被日夜打磨,冲压,抛光,成型/最终获得一点饥饿的,所谓薪水"(《车

---

① (德)卡尔·雅斯贝斯著:《时代的精神状况》,王德峰译,上海:上海译文出版社,2013年版,第24页。

② 按,本文所引许立志诗篇均出自其所著《新的一天》,北京:作家出版社,2015年版。不一一注引。

间，我的青春在此搁浅》），"沉沦于打工生活/我眉间长出一道孤苦/任机台日夜打磨"（《打工生活》），不过那时他还只是将人的"被雕塑"归咎于机器和流水线，没有达到令人震惊的认知高度。但很快，他便经由对自我的观察开始审视群体，这无疑是一个巨大的转变："曾经我还不知，与我相似的人有千千万万/我们沿着铁轨奔跑/进入一个个名叫城市的地方/出卖青春，出卖劳动力/卖来卖去，最后发现身上仅剩一声咳嗽/一根没人要的骨头"（《失眠》）。时间大约过了两年半，在深刻体会到工厂"流水线"对人的禁锢和"变形"之后，他写出了另外一首震惊的诗——《流水线上的兵马俑》："沿线站着/夏丘/张子凤/肖朋/李孝定/唐秀猛/雷兰娇/许立志/朱正武/潘霞/苒雪梅/这些不分昼夜的打工者/穿戴好/静电衣/静电帽/静电鞋/静电手套/静电环/整装待发/静候军令/只一响铃功夫/悉数回到秦朝"。这一次，他同样将视野对准流水线上的群体，但觉醒更深了一层。我们现在无法得知，许立志是出于何种心理而将流水线上的工人们设想为兵马俑。也许他从日常密布在流水上工人们的阵势排列的壮观联想到了历史，从而意识到兵马俑与这样的阵势有着不同凡响的相似。历史上的兵马俑有两个显著特征，首先它呈现为一种无生命的被制作的物，其次作为一个庞大的奴隶群体，它是帝王寿终正寝的陪葬品。也许多年来在工厂受到压迫的经历与对之进行的思考，让许立志意识到他们不过是现代工业文明的"奴隶"，从而最终意识到殉葬的结局。许立志和郑小琼还在他们的诗篇中屡次写到青春被搁浅、被埋葬这样残酷的现实。从资本发展的现实看，雅斯贝斯早就洞察到了青春对于资本的重要性："当生命变成了单纯的功能时，它就失去了历史的特征，以致消除了生命之不同年龄的差别。青春作为生命效率最高和性欲旺盛的阶段，成了一般生命之被期望的类型。只要人仅仅被看成是一种功能，他就必须是年轻的。"[1]从这个角度而言，许立志和郑小琼们对于青春被摧残的敏感就非常容易被理解。加以"机器"统治所带来的身心颓败，一个对生活无望的人便很快走上绝路了。李泽厚先生曾言："个体存在的巨大意义和价值将随着时代的发展而愈益突出和重要，个体作为血肉之躯的存在，随着社会物质文明的进展，在精神上将愈

---

①（德）卡尔·雅斯贝斯著：《时代的精神状况》，王德峰译，上海：上海译文出版社，2013年版，第22页。

来愈突出地感到自己存在的独特性和无可重复性。"①也许对于许立志们而言，这是一个太深刻的哲学问题，他们从自身的现实处境出发还意识不到这一点。因此他们的悲剧既有着深刻的社会性因素，也有着深刻的个人性因素。

一直以来，"农民工"这一阶层的身份都在使人尴尬，并且带来诸多困惑。打工者本人也常常为身份的悬疑而意欲问诘，但又无处告诉，最后只能向宏大的"中国"发出质问："我不是国家工人，也不是农民/我以一个悬疑者的身份/在南方，一隅，某个小工厂/打螺丝，打钉子……我努力地在短板上打钉子，打螺丝/我想问：中国！你的身体疼不疼？"（田晓隐《我用钉子螺丝悬疑中国短板》）同时，法律和国家政策的缺失，让这一群体缺少应有的法律和政策支持；或者，因为工人处于弱势地位，无力、无法或无勇气维权，于是连最基本的权利也得不到应有保障，有的工人在"合模时"被"压烂"手指，《工伤报告》中认为她"违反工厂安全操作规程"，而实际上"她已连续工作了十二小时"（谢湘南《一起工伤事故的调查报告》②）；也许更让他们心里不能平衡的是，他们在付出巨大劳动的同时无法找到自我在城市中的存在感："我们建！花园别墅。你们住/所谓的公子王孙，城市主人/我们年纪相仿，你们遛着狗，有高贵血液的狗/他们是杂种。瞪着我们干什么//我们建筑工人的血汗，砌在砖缝/给你们遮风挡雨。所谓的达官显贵/大款，国家干部，人民公仆。我要喊醒你们/用你们的良知称一称，我们灵魂的钢筋//国家枢纽，机关大楼，政府厅，市长大厦/我们建！我们建造给你们的门槛，从此跨不进来/我们建了劳动法大楼，有人在打瞌睡/我们建下了人民大厦，只能抬头去望/抢镐和榔头锈成我们前进的旗帜"（程鹏《建筑工人之歌》）。卡夫卡曾说："受苦是这个世界上的积极因素，是的，它是这个世界和积极因素之间的唯一联系。"③现在看来这个观点并不全面，把"积极因素"换成"消极因素"并无不可。因为审视"受苦者"的人生，我们看到更多的是一种"消极因素"。从底层诗歌的叙事看，面对着苦难的人生，有的人无奈感叹，以自嘲

① 李泽厚著：《李泽厚哲学文存》（下编），合肥：安徽文艺出版社，1999年版，第629页。
② 谢湘南著：《零点的搬运工》，北京：华夏出版社，2000年版，第30~31页。
③（奥地利）卡夫卡著：《卡夫卡书信日记选》，叶廷芳、黎奇译，天津：百花文艺出版社，1991年版，第105页。

来缓解压抑的现实："我满意这里的生活/一群没有身份和户口的人/一间用灵魂打扫过的屋子/两室一厅。除了每月要交房租之外/我像主人一样活着"（安石榴《边缘客栈》）；有的人从自身和群体出发发出理性的呼吁："让这些卑微者，也做回自己而不是产品/拥有一个身份做回人的尊严"（程鹏《流水线下的女子》）；极少数人则因无法压抑内心的愤怒，发出狂暴而具有象征意义的吼声："我在祖国的南方怒吼/万头狂狮因此落泪/这一串贯穿生活的血肉之躯/花朵之上盛开万丈骨头"（许立志《怒吼》）。然而，无论是自嘲、呼吁还是怒吼，他们都意识到了个人在时代中的处境：他们大多数人"遭劫一场身渊"（《程鹏《身渊》），无法做回自己，他们是一群"庞大的单数"（郭金牛《庞大的单数》）。然而这些底层的写作者是一群觉醒了的人，他们正在以清醒的文字替同类人发出"孤独的呐喊"。

二、乡愁："月光是一个巨大的讽刺号"

从某种意义上来讲，乡愁是一个人的心理"疾患"。它更多地体现为一个人在历经漂泊之后肉体上的无处安顿以及精神上的无所皈依。自古以来，以乡愁为主题的诗作代不乏篇，从《诗经》中的《采薇》到余光中的《乡愁》，无不表现出对逝去的童年、久违的亲人或封存的桑梓、暌隔的故国的怀恋，其中充斥着无尽哀愁和大量的感伤情绪。江弱水先生曾借助德国浪漫派诗人诺瓦利斯的名言——"哲学是一种乡愁"——来申说诗也是一种乡愁。[1]很有见地。至于引述席勒所说："诗如神秘的精灵，使世俗的事务暂时抛开，让浮世的欢乐沉静下来。诗会引领人们回到幸福的屋檐下，回到自然的怀抱中"，则很值得商榷。尤其是当我们接触到底层打工诗人的"乡愁"作品时，席勒的观点俨然成为一种截然相反的体验。由于这一类诗歌，在产生机制上有一个基本的写作背景——背井离乡，故而悲情的生发总是在所难免。当然，在不同历史时期，诗人们在抒发这种悲情时所采取的表现方式是不同的。当下城市底层诗歌中对于这种悲情的表现就有很多层面。

在二十一世纪以来的底层写作中，诗人们对于这一母题的展开，既体现

---

[1] 江弱水著：《诗的八堂课》，北京：商务印书馆，2017年版，第129页。

出与以往写作有承继性的一面，也体现出了许多与以往写作不同的特征。就承继性的一面来看，诗人们仍然有许多用传统的"思亲-怀乡"方式建构的诗篇，如："少年终将老去，哦！他在异乡。"（谢湘南《一台收音机伴我入睡》）；"秋天了。二胡拉着异乡的曲调/从我的脸上，一阵一阵的思绪，吹过钢筋丛中"（《程鹏《工地上的秋歌》》）；"一场失根的漂泊"（程鹏《装修工》）；"偶尔一两声列车长鸣　唱出开机人/一支思乡的曲儿"（阿北《五金厂之夜》）。当然，承继性写作中也有一些不同写法，不过仍带着传统乡愁诗中的意象或者心理表征。前者如："蝴蝶驮着旧日的噩梦/飞过古老的村庄/异乡人在城中村/以疲倦的眼神饮下落叶秋雨"（许立志《异乡人》）；"置身于城市与农村之间/我体内的血，混同时光的傀儡/山间哀怨的鹧鸪成群飞过"（许立志《开往南方的火车》）。这样的表述已有很强的现代质地，但其中蝴蝶、落叶、秋雨、鹧鸪等陪衬意象仍夹杂着一丝传统气息。此外像邬霞的《谁能禁止我爱》："来深圳十八年，故乡反倒成了异乡"，虽然看起来写法新异，但唐人早已有类似的心理流露："客舍并州已十霜，归心日夜忆咸阳。无端更渡桑干水，却望并州是故乡"（刘皂《度桑干》）。诗人张枣说："故乡是一种诗歌心理。"[1]其实仔细地寻味一下，做一个反观，"诗歌心理"经过几千年的历史积淀，实际上也成为了一种心理意义上的"故乡"。因此，在集体无意识笼罩之下，乡愁在心理表征上存在似曾相识的感觉也就不足为怪了。

　　相比而言，二十一世纪以来底层乡愁诗歌写作与以往写作不同的特征更值得重视。这种不同的特征，主要体现在疼痛的震颤程度、特殊的时代环境映照以及对以往乡愁诗歌书写模式的解构等方面。在《第十二个月份的外省》一诗中，郭金牛将自己作为叙述主体。诗中这样写道：临近春节，在外地的异乡人都箭一般地返归故乡。而他因为某些原因不能返乡，只能"从一个异乡搬到另一个异乡"，"又一次与回家的路途，相反"，以至于到最后"成为母亲眼里的仇人"。很显然，现实中的母亲不可能将自己的儿子真的当成仇人，或者说这只是爱极生恨的一种"埋怨"。而笔者则倾向于认为，这是诗人内心的一种自责，是诗人在想象自己已经像是母亲眼中的"仇人"。在一年中最关键的时节不能回家与母亲团聚，诗人内心无疑充满了深深歉疚，这从此

---

① 转引自江弱水著《诗的八堂课》，北京：商务印书馆，2017年版，第169页。

诗最后的叙述也可以见出："年更月尽啊/村头那个年迈的妇人，我害得她/把汉水忘穿"。此外，像其在《重金属》中所描述的："祖父埋在南坡/父亲埋在南坡/年轻的叛徒，一抬腿，就把南坡推到了千里之外//草木，枯荣。母亲走得太快/我跑得太慢，追至南坡，不见她的人影//……这个叛徒，割断脐带，头也不回"。①很显然，郭金牛的这种叙述颠覆了以往乡愁诗的写作模式，"仇人"与"叛徒"的表达，极具情感和视觉上的冲击。

"'还乡'的心理诉求来源于人们对生命的体验和思考——对从诞生到死亡的生命过程的惊颤，对肉体和灵魂分离、归栖的生命构成的想象。"②唐代大诗人李白的著名诗篇《静夜思》，虽写于青年时期，但却堪称乡愁诗史上的第一诗篇。尤其是"举头望明月，低头思故乡"，更是为后世奠定了一个"望月怀乡"的乡愁范式，千百年来早已深入人心。但这种范式到了二十一世纪城市底层写作这里却被彻彻底底地解构了，这不能不说是城市底层诗歌的一大贡献。诗人郭金牛的《在外省打工》，写"表哥"在外地打工得了病，"舍不得花钱打针、吃药"。也许是出于经济层面的考虑，底层的打工者对于钱物倍加珍惜，即使生了病也希望能通过抵抗自动变好。然而像司马迁所说，人穷则反本，劳苦倦极时会呼天，疾痛惨怛时会呼父母。当一个人身处异乡，在遭遇凄凉、前景惨淡时，必然会对家产生深深的眷念。但事实可想而知，打工者在外看病都舍不得花钱，动辄往返故乡更不可能。于是他只能"学李白，举头，望一望明月"。从《静夜思》来看，李白写思乡未尝不感人、不深刻，然而郭金牛在这里通过对比所采取的反转化用，无疑更具心灵上的震撼。当然，现代工业制度和工厂管理制度的缺陷所导致的不公平、不正义，也让打工者不敢随意离去："他迟迟不敢坐上一枚邮票回家/一写信:/662大巴车，就在宝石公路将他撞伤/大光明电子厂，就欠他的薪水/南镇，就要他/坐牢"（郭金牛《离乡地理》）。这显然已经是"乡愁"背后的黑暗面在作怪了。诗人程鹏有几首诗，也写到月亮和思乡，其中有一首诗将"月光"比喻成"会

---

① 按，本文所引郭金牛诗篇均见其所著《纸上还乡》，上海：华东师范大学出版社，2014年版。不一一注引。

② 何平:《〈诗经〉〈楚辞〉"还乡"母题原型比较》，《南京师范大学学报》（社会科学版），2004年第2期。

飞的白钢"，从而引出"白色的钢愁"和"一堆堆皓皓的白愁"（《月》）；诗人许立志则把月亮想象成一把刀："想家的时候/……/任凭那弯弯的月亮/一次次地/把我瘦瘦的乡愁/割出血来"（《乡愁》），有时他还把月光想象成一个"收集者"："月光穿过丰腴的云层/在薄暮中收集异乡人"（《信仰》）。这样的写作，在修辞上已有很大创新，并且底层书写的尖锐性让它们很容易在读者心中留下印记。程鹏的《大铺歌》在传统乡愁写作的路数上也跃出了很大一步："他坐在大铺上月光偷偷进来/照在他思乡的面庞他没有钱回家过年"，尽管他挂念母亲的疾病、分开的妻儿，然而摆在眼前更现实的问题让他陷入更深的忧虑："他坐在大铺上月亮也犯了愁/明天工棚要拆他将宿在哪里"。很显然，这明晃晃的月亮，在郭金牛和程鹏的笔下都不再是单纯用于寄托乡愁的借代物，而成为了一个奇怪的存在，或者巧妙反转的"工具"，一如程鹏的诗所收束的那样："月光是一个巨大的讽刺号"。而月亮之所以被异化，很显然与诗人所受到的外在压力以及内心对生存的焦虑有莫大关系。钱中文先生曾指出："今天的乡愁，在很大程度上已经改变了其性质与面貌，原有的形态仍然存在，但同时新的形态已经出现。这已是一种涉及人的生存的乡愁，是人的精神飘零无依、栖居艰辛的乡愁了。"[1]此处月亮的变形可以看作是此观点的一个具体实证。

与郭金牛相比，许立志的乡愁由于带上了更深沉的痛苦与绝望，从而也更让人触目惊心。其实也正是出于这样的背反意义，真正的"还乡"才成为一种可能。正如海德格尔所说："唯有这样的人方可还乡，他早已而且许久以来一直在他乡流浪，备尝漫游的艰辛，现在又归根返本。因为他在异地已经领略到求索之物的本性。"[2]由于出身于农村，许立志对于乡村"逝去的历史"是熟悉的（《乡村》），甚至对故土抱有一种"旨意"式的接受和责任感（《故土》）；同时由于常年的打工经历，也使他认知到工业文明与农业文明之间的差距，他甚至觉察到二者之间因劳动力迁移等因素所导致的矛盾冲突："工

---

① 钱中文：《文学的乡愁：谈文学与人的精神生态》，《中国人民大学复印报刊资料》（文艺理论），2006年第3期。

②（德）海德格尔著：《人，诗意地安居》，郜元宝译，上海：上海远东出版社，2011年版，第87页。

厂散落于荒野/荒野上布满了我的毛细血管/这涓涓细流将祖国南方的加工业日夜浇灌/而我的皮肤，日渐龟裂/头上的稻田在秋天的风中枯萎"（《我的粮仓》）。在另外一首诗中，他甚至梦到了"工业"对"农业"横下毒手："黑暗中我目睹城市的挖掘机/正朝着我童年的乡村挖去/朝睡梦中的父老乡亲下手"（《梦回故乡》）。很显然，许立志对于农村和故乡有着深沉的情感，一旦他在城市中遭遇挫折或者感受到非人的对待，其诗歌必将制造出一种更大的反转。在许多诗歌中，许立志都写到个人凄惶的遭际和无法把握的命运："从清晨到夜晚/从活人到石像/对于未来，他无从下手/天黑了，乌云擦破他的头颅/竟淅淅沥沥地，下了一场青春/他仰头一饮而尽/醉梦中他看见，自己的命运/总被一纸粉红改来改去"（《异乡人》）；同时，他对工业进程所带来的发展与死亡也有着深刻的认知："流下丝绸般的血，横亘着哭泣的失业/我心脏里弯曲的两岸，溢出的都是伤/工业区呼吸粗粝疆域扩张，无视工人集体爆发/集体失眠集体死亡一样活着/保质期内的棺材，在GDP怀里腐烂/像二奶在官员床上侧躺/他们寻找退役的蛆虫，发展的轨迹用血书写/爱的墓碑刻满儿孙的诅咒，妈妈末日的叫喊"（《发展与死亡》）。如此切肤的人生体验，反馈到屈辱的意念上，诗人的内心一定充满了愤怒和绝望。体现到诗歌上，那就是我们所看到的他对城市的绝然无望和心灰意冷，一如其《进城务工者》所呈现的那样："多年前/他背上行囊/踏上这座/繁华的都市//意气风发/多年后/他手捧自己的骨灰/站在这城市的/十字路口//茫然四顾"。很显然，务工者在城市中一前一后的对比，其实是一种生与死的对比，由此可见许立志对于城市的厌恶和绝望已到了什么程度。有学人指出："现代人的'还乡病'更多的是出于人类对现代文明的情感上的不适应，……这正表明现代文明并没有有效地安顿人类的精神生活，现代文明许诺的美好的生活并没有实现。"[①]对于许立志而言，这一分析比较恰切。至于说许立志是否对农业文明有一种偏执，或者说他对农耕文明是否有一种"乡愁"式的依恋，则很难确证。尽管他在《梧桐山巅》中曾流露出"我渴望拥抱祖国大地/以血肉之躯扛起农业/扛起民族不朽的语言"这样的思想。但从其大量作品看，这仅仅是一种偶然表现，或如秦晓宇所说，该诗是因为受到了海子《祖国（或以梦为马）》一诗的影

---

① 彭锋著：《美学的感染力》，北京：中国人民大学出版社，2004年版，第82页。

响①，才有了"农业"的偶然入诗。

与此前的乡愁写作对比来看，谢湘南、许立志、郭金牛、程鹏等人的乡愁写作无疑具有很大的创新性，他们通过这种新异的写作颠覆了人们对底层写作的看法，具有非凡的价值。不过，由于此类"乡愁的落日"多"押在累与屈辱的韵脚里"（程鹏《乡愁》），带着对时代中某些特殊环境的映照，因此在开阔性和广泛性上表现得还不是太有力。

三、死亡："纸上还乡"

死亡是文学写作中的一个永恒母题。相对于其他体裁和类型的文学写作，城市底层诗歌写作中所触及的死亡更让人震撼。透过这些底层作者所写的关于死亡的作品，以及他们自身面临死亡时的情感经验，甚至他们自己经历死亡后被同行进行的追踪式描述，我们见证了一个群体在"死亡"历程中的方方面面。他们是回击死亡的写作者。陈超先生曾非常虔诚地向他们致敬，并愿意加入他们的行列，成为他们中的一员："回击死亡的写作者，双手攥着本质的诗人，请让我和你一起为希望流血，把灵魂挂在死亡的尖钩上面歌唱。"②

2009年，诗人谢湘南写下一首《葬在深圳的姑娘》③，这些姑娘的籍贯分布于全国各地，但却不约而同地来到深圳。"似乎没有人知道你们怎样生活过/用怎样的情怀来投入这片土地/此刻你们用微笑/静立在墓碑上"。她们曾经是活泼青春的年轻少女，"在制衣厂玩具厂电子车间柜台前写字楼"里打过工，也有个人隐秘的生活，然而当"珠链滚入不同的白天与黑夜/青春戛然而止/生命的刻度在城市的表盘上取得一个终点"，然后"真正成为亚热带的一株植物"。同时令人悲哀的是，她们为这个城市付出了那么多（包括生命在内），但当她们在夜晚"来到城市上空散步"的时候，这个城市已认不出她们。这是多么滑稽多么荒诞的事情。即使对于没有失去生命的女孩子而言，青春是最宝贵的财富。当她们将青春全部奉献，青春戛然而止的刻度其实也正是她们的生命在城市里结束的刻度。她们就像是流星一样，从城市上空一闪而

---

① 许立志著：《新的一天》序，北京：作家出版社，2015年版，第21页。
② 陈超著：《生命诗学论稿》，北京：中国青年出版社，2018年版，第410页。
③ 谢湘南著：《谢湘南诗选》，武汉：长江文艺出版社，2014年版，第89~91页。

过。这是另一种意义上的葬礼，向青春做着最后的祭奠。也许是因为有着类似的人生体验，诗人程鹏也写过一首《葬在深圳的姑娘》[1]，从程鹏的描述来看，这些姑娘都是尘世中身份卑微的人。因此，她们的死也显得非常"细微"："一个打工妹，她的死亡，比一张白纸绝望/风在抱着她坟上的荒草，与她的名字一样/杂草般丛生"。更让人感到凄凉的是，她们是一个非常庞大的群体，她们或因工厂爆炸，或因火灾，或因工伤，或因疾病，或因过度劳累……而失去年轻的生命，"众多姐妹，把青春葬在乱石岗/暮春后，风吹着，所有坟头上的石头/站立起来，一致朝着故乡"，而更为可怖的是，"半夜三点，鬼魂听到草虫的鸣叫/她们走出坟墓"，竟然还"以为是机器的织布声"。她们的魂魄在死后仍不得安宁。为了安抚她们心灵的创伤，诗人特地设置了一个看似惬意的场景："用月光把乱石岗照得大又亮，所有的草木/孤独，整齐地排列着像仪仗队/蚂蚁在搬运着她们的肉体和灵魂"。然而正像清人王夫之所说："以乐景写哀，以哀景写乐，一倍增其哀乐。"[2]程鹏的诗也完全有这样的效果。

与书写性别群体的死亡不同，郭金牛在其诗歌中淋漓尽致地展现了某些个体的死亡，这样的叙事从惨痛上来讲，一点也不逊色于群体的"阵亡"，并且深具"见证"的价值。以其《左家兵还乡记》为例，我们可以见证一下这其中的"动魄惊心"：农民工左家兵被人介绍去福建打工——挖电缆沟，在施工过程中被银环蛇咬伤，最终死于非命。不幸的是，左家兵在医院死去，命未捡回，却欠下医院1300元医疗费。对于农民工来讲，1300元是一笔不小的数目。正像郭金牛诗中所叙述的："这些外乡奔波的人/一根稻草，也能压断生路。"接下来的描写，就是几个工人"为了躲掉医疗费"而采取的惊人行动："刘国兵负责在前面引路，谢田拿行李，何三毛则协助李绍为偷走左家兵。/他们避开电梯，从4楼住院部一路走楼梯，然后绕到后门，出住院部铁门，上一个30度的斜坡/穿过医院家属区/再出一个/铁门，李绍为等人将左家兵从医院悄悄背出。"后来他们直奔火车站，"佯装成醉汉"，最后在"1月2日晚上，李绍为等4人'千里背尸'取道广州，被巡警发现。"从郭金牛的叙述看，

① 程鹏著：《装修工》，广州：花城出版社，2019年版，第20~21页。
② 谢榛、王夫之著：《四溟诗话·薑斋诗话》，北京：人民文学出版社，1961年版，第140页。

"千里背尸"的场面是壮观的，但又何其惨烈！从各种资料的记述看，这样的案例在全国不在少数。正如郭金牛在诗的末尾所指出的那样："祖国的一个影子浮出水面。/祖国的水底埋着许多火山。"然而这样的事情发生在底层，他们的命运如何才能引起国家的关注和重视？他们如何才能有意愿去了解并且懂得去维护个人的权益，并且有力量、有能力能够维护个人的权益？到现在仍是一个大问题。现在我们反观郭金牛等人的诗歌，可能已经意识到其重要价值所在。不过，其价值并不仅仅是作为底层叙事的"见证者和参与者"，一如米沃什所说，"诗歌见证我们"[①]，见证我们的中国。

与写"看见"的死亡不同。当诗人们亲身体验"死亡"并写下这种震撼的时候，作为读者的我们，精神上则会形成另一种形式的碾压。"90后"诗人许立志，2014年9月30日从大厦17楼完成了眺望"新的一天"的"纵身一跃"，从而实践了他对死亡的亲身体验。而在此之前，他对死亡的意想，一直跟他的生活密不可分。2014年元旦后不久，他曾写下《一颗螺丝掉在地上》。许立志所在的工厂，此前曾发生十几人跳楼事件。他也许是想到这样的事故，从而产生了联想："一颗螺丝掉在地上/在这个加班的夜晚/垂直降落，轻轻一响/不会引起任何人的注意/就像在此之前/某个相同的夜晚/有个人掉在地上"。很显然，在工厂里，螺丝是一个寻常得不能再寻常的事物。诗人将螺丝的掉落与人的坠落联系到一起，则是一种既熟悉又陌生的想象。然而其举重若轻的处理效果无法不让人感到战栗。自杀之前的两个多月，许立志又写下《我弥留之际》。与前诗不同，在此诗中，诗人表达了自己的诸多愿望："我想再看一眼大海/目睹我半生的泪水有多汪洋//我想再爬一爬高高的山头/试着把丢失的灵魂喊回来//我想在草原上躺着/翻阅妈妈给我的《圣经》//我还想摸一摸天空/碰一碰那抹轻轻的蓝"，然而到最后却表示出了一种绝望："可是这些我都办不到了/我就要离开这个世界了"，这本来是一个沉重而令人悲恸的事，然而他不向外在世界控诉，却反过来做出一种劝慰的姿态："所有听说过我的人们啊/不必为我的离开感到惊讶//更不必叹息，或者悲伤/我来时很好，去时，也很好"。就像海子的《面朝大海，春暖花开》，一个人一定是绝望到

---

①（波兰）切斯瓦夫·米沃什著：《诗的见证》，黄灿然译，桂林：广西师范大学出版社，2011年版，第4页。

极点才会对外在世界表达出一种惊心的美好和慰安。布罗茨基曾断言："写诗也是一种死亡的练习。"①果然，没过多久，他便抱着一种"诗人的信念"——"无论以哪种方式/走向死亡/作为一名合格的诗人/你都将死于/自杀"（《诗人之死》）——出发了。陈超先生曾说："诗歌作为诗歌，它本身就是诗人信仰的对象，这种信仰绝对是无条件的。"②从许立志创作的大量诗歌看，他未必真正有将诗歌当作信仰的理念，在一首诗中他甚至对诗人有一种非常悲哀的论调："诗人其实就是/湿人/食人/死人/似人"（《诗人是什么》）。也许是现实中个人的处境使他认识到，他个人之所以选择诗歌作为精神依靠实在是万不得已，诗人在最后都没有好的归宿。但不可否认的是，在面对生存和精神的诸多困境时，他一直实践着以诗来实现人生突围的理念，这是他生命的最后一根稻草。从这个角度看，诗歌对于许立志又有"信仰"的一面。包括他最后选择自杀，应该说都受到了前辈诗人的影响。

从现实中的处理和回应来看，许立志之死与其在诗歌中描摹的"螺丝之死"并无太多的异质性。他们不过是普通工人中的一员。他们的死是一种重，更是一种轻。然而，这种"轻"反映到诗里，或许将成为另一种别有价值的存在。后来诗人程鹏曾多次对这样的死进行祭奠和反思："生命还是如蝼蚁，被压在废墟/朝着蓬勃的集权中心，物质为后盾的国家/横刀夺爱的良知，卑微如尘土"（《解构》）；"我还活着，只代替了另一种活。"（《纪念碑》）其实早在2010年，诗人郭金牛就写过这样一种"螺丝式"的"许立志们"之死。那时郭金牛还是富士康的一员，他被公司委派去安装"防跳网"，触景生情后写下著名的《纸上还乡》。该诗的第一节这样描述一个少年的死："少年，在某个凌晨，从一楼数到十三楼。/数完就到了楼顶。/他。/飞啊飞。鸟的动作，不可模仿。/少年划出一道直线，那么快/一道闪电/只目击到，前半部分/地球，比龙华镇略大，迎面撞来/速度，领走了少年；米，领走了小小的白。"《纸上还乡》深刻地让我们领略到，死亡或许可以是一种飞翔，但最终它仍是一个不可回溯的深渊。郭金牛的处理与许立志写"螺丝"有着异曲同工之处，

① 布罗茨基著：《文明的孩子》，刘文飞译，北京：中央编译出版社，2007年版，第78页。

② 陈超著：《生命诗学论稿》，北京：中国青年出版社，2018年版，第41页。

他们都用"轻"来处理"重"的话题，结果更加重了"重"的质地和分量。其实也是加重了"反抗"的分量。一如陈超先生在评价先锋诗歌时所认为的那样："诗歌的文本即使在呈现绝望和空虚时，也共时性地弥漫着进取斗争和理想精神的人格色彩。"[1]这的确是一种"变血为墨迹的阵痛"。

四、结语

诗人、评论家秦晓宇曾将底层诗人群体所创作的诗歌命名为"当代工人诗篇"，并且认为，"它有为底层立言的意义和历史证词的价值"，同时具有"启蒙价值"和"相当的文学价值"[2]，这一认识是准确的。作为打工者，谢湘南、许立志、郭金牛、程鹏、邬霞、阿北、田晓隐、郑小琼等人从主体参与的角度观察和思忖当代中国的工业文明，以及由此所映照出来的底层现实，将由工业"文明"所带来的生命之轻以及由人性之暗所触发的各种"隐痛"剥离出来给人看，让世界看到了另一个未知的"世界"。具体来说，他们写自己在个体意识上的觉醒，一方面表现个人对作为存在的世界的困惑和疑惑，同时对不公平、不公正的工业制度进行控诉，彰显底层劳动者被压榨的悲惨命运，替同类人进行代言，发挥了良好的"诗性正义"作用；他们写离乡人出门在外的林林总总的乡愁，既体现出底层进城务工者对家国、亲人眷恋的一面，也展现出工业文明对农业文明所造成的"侵蚀"，同时呈现出底层人在城市中遭遇各种困境时所面临的精神依附和寄托，传递出了既传统又现代的乡愁意识；她们写一个性别群体的死亡、写已死之人的"肉身"还乡的惊心动魄，写"螺丝"之死和少年的"飞翔"的怵目惊心，在对死亡的书写中加重了自我反省的分量，并且呈现出了一定的担当意识。这是一种非常难能可贵的精神，值得我们不断地去发掘和深究。

---

[1] 陈超著：《生命诗学论稿》，北京：中国青年出版社，2018年版，第256页。

[2] 秦晓宇：《"在其所创造的世界中直观自身"》，见其选编《我的诗篇——当代工人诗典藏》序，北京：作家出版社，2015年版，第2~3页。

第四节
古典的回响与再造
——当下诗歌创作现状观察的一个维度

中国新诗与古典诗学传统的关系从新诗甫一诞生就在被谈论，比如胡适1919年评价早期白话诗人时就说："我所知道的'新诗人'，……大都是从旧式诗、词、曲里脱胎出来的。"①其实近百年来，对这一话题的讨论从未间断。到今天为止，尽管议论仍然存在，然而普遍性的共识似乎也已经形成，那就是：新诗的渊源不全然来自于西方，古典诗学传统对于新诗仍然是一个源头活水，它一直在为新诗提供营养和某些新变的可能。

中国新诗发展到当下阶段，尤其是进入百年之龄这一命运的隘口，对于古典的呼应也变得主动与自觉起来，很多诗人都开始从古典传统中发掘、移植有效经验，并且以之作为突破和自立的关键。这其中，有对古典诗歌风雅精神的回响，有对屈骚文章体式及内涵的领会与熔铸，有藉对古典深度的谋求以更好地融贯古今中西的尝试，有借鉴古典诗歌范式对新诗写作体式所进行的探求，有对照古典诗歌题材对新诗表现范围进行的拓展，同时亦有对古典诗学意境的隔空寻求。为此，我们不得不说中国新诗总是若隐若现地与古典诗歌传统保持

---

① 胡适：《谈新诗——八年来一件大事》，见陈金淦编《胡适研究资料》，北京：北京十月文艺出版社，1989年版，第376页。

着某些程度上的契合，并且在开拓和新建上也多少依赖后者的"支撑"。

当下新诗创作对于古典诗歌风雅精神的回响，主要体现在诗人对《诗经》所开创的现实主义写作传统的接续上。尽管当下的社会语境与《诗经》及其以后的现实主义精神高扬的时代有了很大差异，但是诗歌中的现实主义精神仍然一脉相承。近年来，在这方面做得比较突出的有诗人郑小琼、赵思运、杨克等。郑小琼是一个比较有担当的"80后"诗人，她出身于底层，其诗歌也以书写底层人物见长。其近年出版的诗集《女工记》就是这个写作方向上的一个优秀范本。郑小琼曾经谈到，"如果说早期《黄麻岭》是一部我在某地打工的现实，写的是一个地方的个体的事情，那么《女工记》强调的是一群个体，在这个时代遭遇到困境。"[1]《女工记》可以说是"以诗存史"，像司马迁一样为很多名不见经传的小人物作记录，但郑小琼的这些传记可能更真实，因为这都是她的亲历亲闻，那些"女工"的生存状态就在她的生活当中。《诗经》开创的现实主义文学传统，到了中唐体现为"即事名篇"的新乐府精神以及"不平则鸣"的抒愤精神。当下诗歌的书写中，赵思运的诗歌与此历史精神颇多吻合之处。一如当年白居易作《秦中吟》和《新乐府》，"闻见之间，有足悲者，因直歌其事"。赵思运的《丽丽传》等诗篇也是如此。尽管这些诗篇的编铸大多以客观呈现为手段，但是却让人将对当下社会和时代的认知提升到了一个新高度。他的诗歌与历史中的现实总是保持着一种"敌意"，其诗中所蕴含的对时代的"攖犯"既深刻又真实。此外，诗人杨克对于"人民"和"祖国"的书写，虽然意象宏大，立意深远，然而皆从小处着笔，体现出一种底层关怀意识。杨克曾说："民间是诗人的精神立场和写作的出发点，是诗歌的在场。"[2]这可以作为他创作《我在一颗石榴里看见了我的祖国》和《人民》的最好诠释。另外，诗人聂权的《人间》、王夫刚的《异乡人》、张二棍的《原谅》等也都是这方面的代表作品。

对屈骚文章体式及内涵加以领会并熔铸到新诗写作中去的诗人以陈先发

---

[1] 郑小琼、王士强：《"我不愿成为某种标本"——郑小琼访谈》，《新文学评论》，2013年第2期。

[2] 杨克：《二十一个问题：回答一份书面采访》，见《广西当代作家丛书·杨克卷》，桂林：漓江出版社，2004年版，第59页。

为代表。近年来，诗人陈先发致力于以"九章"为命名的系列诗歌书写，在诗坛产生了重大影响。尽管阐释者对于陈氏"九章"命名的解读有很多，但无论如何也摆脱不掉屈原"九章"的影子。尽管屈原的"九章"并非出于一时，由后人辑录而成，然而其后发建构起来的体式却对后世形成了垂范效应，其后文人所作的"九怀""九思""九叹"等均是如此。陈先发的"九章"系列，也是以九首诗为一组，每一组大都围绕相同的主题，这与屈原的"九章"一脉相通。此外，二者在精神上的关联更为深刻："屈原是中国第一位个体性诗人，也是中国诗歌最重要的源头。从某种意义上说，他是所有中国诗人的精神之父。把自己的组诗诗体命名为九章，应有向这位诗歌之父致敬之意。但更重要的是，这样命名，也在精神层面为这两部相距两千多年的作品之间构成某种对应。屈原的声音作为一种背景音也在陈先发的九章中回响，成为后者共时性结构中的一个组成部分。……屈原的天问精神与忧世情怀也与陈先发的形上之思与现实关切构成某种同构性。因此，从某种意义上说，两个九章的关系也可以看成是诗歌创造上的父子对话。"①陈先发曾说："传统几乎是一种与'我'共时性的东西"，尽管他也强调要打破传统的束缚，认为"'传统'的声音向我涌过来，并穿过我——仅此而已"，但他仍然非常注重诗歌的本土性和历史感，强调"好诗必须具有一种史学气质"，②因此对于屈骚文章体式及其内涵加以领会并熔铸到个人的诗歌写作中既可以看作是陈先发诗歌突围的一个策略，也可以认为是他对古典传统的一种承续或回归。容格曾经说："谁讲到了原始意象，谁就道出了一千个人的声音，可以使人心醉神迷，为之倾倒。"③"九章"虽不是原始"意象"，但它无疑已成为中国诗歌文化的一个符码，也正因为此，陈先发的"九章"系列才在诗坛引起了如此大的反响。

当下诗人中，更有凭借对古典深度的谋求以融贯古今者，"80后"诗人和批评家茱萸是这方面的代表。他近年来的诗集《炉端谐律》和《花神引》即是对这一诗学观念的有力实践。在这两部诗集中，作者用尽心力对其"融贯

<hr>

① 刘康凯：《"湖水与语言的战争"——陈先发〈九章〉系列阅读札记》，《江南（江南诗）》，2017年第2期。

② 陈先发：《黑池坝笔记》，合肥：安徽教育出版社，2014年版，第64~65页。

③ 容格：《论分析心理学与诗的关系》，朱国屏、叶舒宪译，见叶舒宪选编《神话－原型批评》，西安：陕西师范大学出版社，1987年版，第101页。

诗学"的抱负进行了展露，"既为古典诗人招魂，又为现代汉语赋形"。其作品尤以诗集《花神引》第二辑中的"系列诗"最引人注目，主要包括了"群芳谱局部"（含《花神引》等5首）、"夏秋手札"（含《广陵散》等9首）、"穆天子和他的山海经"（含《精卫辞》等12首）以及"九枝灯"（含《叶小鸾：汾湖午梦》等12首）四个部分。其中的"夏秋手札"以当代语境中的言说方式再现古人的生活；"穆天子和他的山海经"试图以现代观念重述古代神话。尤为值得注意的是他的"九枝灯"系列，该系列在两部诗集两次出现，尽管有部分重复，但已足见作者对它的看重。在这些诗歌中，茱萸汲取古典传统中的优秀资源，然后将所处时代中的个体经验按诗的构成"秩序"配置其中，实现了古典诗学资源和现代私密经验的深度合流。茱萸曾为自己的诗被贴上古典的标签而辩解，他不认为自己的诗歌写作仅仅是"接续传统，接续古典"，从辨体的意义上认定自己的诗歌依然是"当代诗"。所谓"别有传承"，有一种"借尸造魂"的味道。但不可否认的是，他的诗深受中国古典诗学资源的有力影响。在这些诗歌中，他企图与古典传统进行一场新异的对话，试图将古典传统与现代经验进行一种别开生面的重构。

在借鉴古典诗歌范式对新诗写作体式进行探求这一点上，当下阶段也有诗人进行了有效探索。比如，"80后"诗人肖水借鉴古典绝句的形式对新诗中的"绝句"进行尝试，称之为"新绝句"，其成果为2014年出版的《艾草：新绝句诗集》。从形式上看，肖水的"新绝句"每首四行，与古典绝句相同，只不过有的四行一节，有的四行两节。以此而言，"新绝句"在形式上并未有什么突破。其重点在语言和内容上，"作者试图在经过西方语言、文化改造过的现代汉语的基础上，重新激活和突破以'唐绝句'为代表的中国古典诗歌传统的形式，容纳当下的更复杂的生活现场，构筑、延展更广阔的精神空间，承载多维表达的可能性。"① 此外，诗人唐毅也借鉴古典绝句和律诗进行了新诗形式上的探索，其成果为2016年出版的诗集《十九张机》。唐毅的探索有其明显特征，那就是：全诗都是八行，又明显地分成两节，每四行为一节。这种形式很容易让人想起传统的律诗和绝句。唐毅认为这是一种"相对固定的形式"，并且认为找到了"一把开启诗歌的钥匙"。不过，他们的探索并没有

---

① 此为"读秀"学术搜索中所收录诗集"简介"。

在诗坛引起较大反响，正如唐毅所言："仅是作为一种尝试，……还不能上升到那个'高度'去。"①

镜鉴古典诗歌题材的书写对新诗表现范围进行拓展，也是当下新诗创作中一个值得注意的视点。五四以来，文人的生存境遇发生了很大变化，古典诗歌中常见的送别、纪游、山水、游仙等题材在新诗中变得寥若晨星。然而近年来，由于新诗界对古典传统的重新审视，这些题材又逐渐引起了一些诗人的关注，并开始尝试这类题材的写作。2012年，诗人孙文波出版了诗集《新山水诗》，集中很多诗歌都"依题山水"，"呈现耳目所及的山水状貌声色之美"成为了诗人创作的主要目的之一。其实，取"新山水诗"作诗集名，"可能会使读者将之看作类型诗"，然而作者之所以如此定名则是基于如下考虑："新诗以来，如何处理文化传统的关系一直作为问题存在。如何表态，怎么取法，已成为检察写新诗者文化观的衡量标尺。"②以此，我们可以看出孙文波对古典传统的态度，除了要达到对生命的理解，"进入与文化传统的勾连"也是其诗歌的理想诉求之一。此外，"80后"诗人郁颜也于2013年出版了诗集《山水诗》，与孙文波在"新山水诗"中同时要"把更深入地探究人与世界的关系放在重要位置"不同，在这本诗集中，郁颜所做的却是要真正地效法古人"回归自然"，尽管当下时代为天地立心已经不可能，但是"胸怀一颗山水之心。以此，复活朴素的情怀，获取宁静的力量"③却还可以做到。在《山水间》一诗中，诗人深情地写道："徜徉山水间/仿佛就过不完这一生"。一个如此执著于山水自然的诗人，对于古典山水诗的传统也一定是汲汲追求的。此外，诗人蒋浩开启了在新诗中书写游仙题材的先河。2016年其诗集《游仙诗·自然史》出版，收录了其创作的游仙诗18首。游仙诗本是古代汉诗的一个类型，主要描写世人对神仙的羡慕，或者通过对仙境的幻想表达成仙的愿望。从艺术特色上来看，游仙诗主要以夸张、拟人、象征等为修辞手法，侧重想象上的奇瑰和境界上的罗曼蒂克，给人以无限的遐想。蒋浩的"游仙诗"在特色

---

① 唐毅谈诗：《大境界与小清新》，http://blog.sina.com.cn/s/blog_46cf7b9a0102vlqk.html

② 孙文波著：《新山水诗》后记，北京：人民文学出版社，2012年版。

③ 郁颜著：《山水诗》自序，桂林：漓江出版社，2013年版。

上也有与古人一致之处，然而时过境迁，古典游仙诗中登山遇仙、服药飞升的创作模式在他这里已不复存在，他更多的是以现代语言修辞来驱遣个体的想象，在现代生活中神游，既超然又现实。蒋浩以"游仙"为题，一方面有致敬传统的意图，另一方面也昭示出他意欲于古典中求异变的野心。一如赵晓辉所言：蒋浩"在诗的体式、修辞、语言、章法的多样性方面，以及新诗在遥契古典世界和熔铸当代生活的可能性方面，提供了一座永不匮乏的迷楼，它唤起了我们迷失其中的渴望，也昭示了诗人不断蝉蜕，遍寻世间可能之镜（境）的博奥诗心。"[①]另外，在赠别和纪游等题材上，也有诗人进行了相当好的开拓，主要有孙文波、臧棣、庞培、阿翔、张尔、慕白等。

在对古典诗歌意境的隔空寻求上，当下的一些诗人也进行了有效探求。李少君曾有"自然诗人"之称，擅长写乡土、山水和自然。在其诗歌中，人往往只是自然很小的一部分，或者隐于其中，或者作为客体闪现，有一种追求人与自然合一的味道。而正是基于这样一种情愫，李少君特别喜欢在诗歌中营造古典诗境，他的一些小诗往往写得古色生香，文字尽处而意犹未尽，像《抒怀》《神降临的小站》《南山吟》《春天里的闲意思》《云国》《境界里有芬芳》等诗歌都是如此。诗人飞廉的诗，往往也写得短小精炼，意境唯美，暗中透出一股古典的味道。以其《青松十四行》为例，这一组诗，句式短促，铿锵有力，节奏感很强，新鲜的意味从诗中瘦身而出。就对"青松"这一意象的描写来看，它一反历来对青松"岁寒后凋"高洁性的赞美，加强了意境的布局与开拓。诗歌耽于美的质素，有禅乐感，读之可以使人的内心得以安居。新诗的意境建构向来是一个很有难度的"企及"，飞廉的诗在这方面无疑带来了一道灵光。此外，擅长化用古典诗学资源、尝试进行"新古典主义"写作的诗人，也大多都注重对意境的寻求。

当下诗人对于古典诗学传统的征用与再造，是一个很好的现象。有心的诗人往往化普遍的文化焦虑为一种致敬或陶然，对于诗歌创作亦是一种有效开拓。然而，在对古典诗学资源的征用上也存在很多问题。有的诗人对古典诗学资源未能很好地理解和掌握，只能从表面上得到启发，或者出于猎奇心理有意套用，随意化用，加以自身的诗学修为不够，结果不伦不类，导致诗

---

①此为赵晓辉为蒋浩诗集《游仙诗·自然史》在"飞地"印制时写的评语。

歌乱作一团，杂糅不堪。江弱水先生说得好："我很怀疑，一种文化传统居然能够这样地得来全不费功夫，一种文化身份只须先天的坐享而不必后天的习得。"[①]此外，一些诗人对于古典诗学资源的发掘具有强烈的功利性，求新变、自树立并没有错，然而是否也可以让以往伟大作家的心灵在个人的心灵中存留并一起活下来呢？

---

①江弱水著：《中西同步与位移——现代诗人丛论》"引言"，合肥：安徽教育出版社，2003年版，第11页。

第五节
重启"诗到语言为止"
——对口语诗的再认知

一

关于"诗到语言为止",很多人认为它口号的意义大于实际意义。如果不做过分的理论上的开掘,"诗到语言为止"其实传达出了它作为诗学理念的重要价值。不过需要指出的是,它表达出的是一种创作学上的理念,而非其他。韩东当年提出这一口号,显然亦是从创作学的角度而言的。他认为:"在语气中,说话的语气是最自由的,最本质的,最能表达特性的。……说话的语气是我之钟爱。"①因此,"诗到语言为止",就是追求一种明白如话的写作方式,诗的所有意义到语言这里都尽了,没有额外的过多的进一步的阐释。所谓明白如话,就是诗如说话,说完了,你就懂了。

二

后来韩东说,"文学语言应是示意性语言,传达意思即可,此外的要求就

---

① 韩东:《关于文学、诗歌、小说、写作……》,见于坚主编《诗与思1》,重庆:重庆大学出版社,2013年版,第19页。

是舒服活泛，准确性、逻辑性之类的则是误会。"①这也是口语诗初期所标榜的，其目的就是要祛除口语诗以前诗歌所被赋予的各种语言上的修辞功能，诸如隐喻、象征、互文、通感、移时、易色、旁逸、别解，等等。从言意之间的关系而言，这种写作在某种表达阈值内是可以达成的。清末黄遵宪谓"我手写我口"，即提早道出了这种达成机制。

三

关键的问题是，研究者在理解这句话时，大多不是从创作学的角度入手的，于是有种种误解。从接受美学的角度而言，阐释者认为一部作品的意义取决于千千万万的读者，作品的意义就是所有读者赋予它的意义的总和。每个人对作品的理解不一，作品的阐释五花八门，公说公的理，婆说婆的理，便无法到语言为止了。比如一首再简单的诗，不同的人也可能读出不同的内涵来。这是由多人理解的取向不同带来的误解，并非创作者的"意图"。准确地说，这不是创作者本人所理解的"诗到语言为止"。从文学理论的角度而言，文学理论主张好的文学作品应当在言意关系上产生一定的矛盾，好的文学作品应该充满张力。作品可阐释的含义愈是丰美、繁复，可阐释的角度愈是多样、多元，就愈是好的作品。同时，这也受到中国传统文学理论当中"言不尽意""意在言外""言有尽而意无穷"等理论观念的影响。从语言学的角度而言，汉语文字本身就有多义性，故有人认为"诗到语言为止"从根本上就是不可能的。而实际上，文字本身虽有多义性，但在具体的语境中，它一般只能选择一种意义，不可能多种意义并发。只要稍有理解能力的人，都能够认知到这一点。从某种意义上，要理解"诗到语言为止"，就必须要反对这些理论上的阐释。

四

后来杨黎说，"诗和语言是一种东西，一块玻璃的两个面"，"在语言之外

---

①同上，第7页。

没有诗"①，大抵都和"诗到语言为止"有类似意指。但是杨黎对于诗的言说有时是自相矛盾的，比如他说："诗隐藏于语言之中"②，这明显与前述观点相抵触。此外，他还说："诗和语言是平行的"③，"诗的本质就是超语言"④，这样的表述，即使不相互抵牾，在一致性的理解上也让人感到为难。这反过来说明，他可能意识到，诗歌除了和"语言"有同一的一面，也还有其他可以并存的可能。韩东其后不也有关于"质量或重力的诗歌"的论述吗？——"再论诗歌：重力使光线弯曲，在诗歌中，语言的弯曲由一定的质量引起，但我经常看见试图摆脱质量和重力的诗歌（直白乏味，不弯），或者故作弯曲的怪异（缺乏重力或质量弯曲的只是语言的铁丝，而非语言之光）。"⑤可见，韩东也意识到"诗到语言为止"的局限性。他后来论艺术或诗歌不应寻求统一之道，认为诗的问题不单是语言问题，诗和情绪有关，诗歌没有公理、没有绝对价值和绝对标准等，就是非常通达和有高度的认知。

五

"诗到语言为止"自然有其局限性，但并不意味着它就要被解构出局。它仍然是诗歌被挽救被解放的一种形态。前面已论述到，韩东对"诗到语言为止"最青睐的语气是说话的语气。这种语气其实是古人那里一脉相传而来的。至于这种语气具体可以追溯到什么时代，暂不去认真稽查了。至少唐人之诗中已有这种说话的语气。李白的《赠汪伦》在《李太白诗醇》中就已被评为神童出口所成之诗。细拟《赠汪伦》一诗所发生的现场，李白无疑是从当时情景出发，随口吟出了这首诗。《李杜二家诗钞评林》中说此诗："诗不必深，一时雅致。"《唐诗解》中说："太白于景切情真处，信手拈来，所以调绝千

①杨黎：《杨黎说：诗》，见于坚主编《诗与思1》，重庆：重庆大学出版社，2013年版，第35页。

②同上。

③同上。

④同上，第36页。

⑤韩东：《关于文学、诗歌、小说、写作……》，见于坚主编《诗与思1》，重庆：重庆大学出版社，2013年版，第15~16页。

古。"①都是说，这首诗不难理解，就像是信手拈来。与前文所言"明白如话"，并无二致。即使有"踏歌"这样的文化疑难，现代人大致可以意会。更何况这是唐人的诗，放到唐代的语境中去理解，"踏歌"肯定不是什么难解的事儿。司空见惯，便也明白如话了。从这种意义上说，《赠汪伦》虽然属于古诗范畴，但意义全在二十八字之上，也可以说是"诗到语言为止"的典范。

六

如果认可上述观点，那我们将发现一个显而易见的问题：《赠汪伦》虽然明白如话，但不是直白的表述，而是运用了比喻修辞。从这种表达的案例看，"诗到语言为止"似不应排斥修辞格的介入，而应取其表达阈值中"明白如话"的一面为妥。前文韩东不也提到"直白乏味，不弯"的弊端吗？当然，我们也不应被于坚当年抛出的"拒绝隐喻"所误会。需要指出，于坚所谓"隐喻"非一般比喻修辞格中"明喻""暗喻"之类的手法之谓。他认为："今天我们所谓的隐喻，是隐喻后，是正名的结果。"其所言是从认识论角度、从文化和文明产生后诗被遗忘、被奴役的角度着眼的。他认为，正名所创造的诗歌被更多地赋予了其他内涵，它们被阅读，被阐释，被经验化，被阉割。在时间中是封闭的、凝固的。它们"只可意会不可言传。"而真正的诗，应该是"开始，是神性的，是创造的，个体的、局部的、偶然的、直接的，清楚、独一无二的，他在实践中是开放的，流动的。是说。"可见于坚排斥的是文化文明这些会固化诗歌的东西，并不是排斥修辞，他所强调的是"创造"，是"直接"，是"清楚、独一无二"，是"说"。而《赠汪伦》无一不满足这样的"强调"。以于坚自己的诗歌为例，其代表作《尚义街六号》（1985）的结尾："大家终于走散/剩下一片空地板/像一张空唱片　再也不响"，虽有修辞的使用，却也明白清晰。倒是他1995年写《拒绝隐喻》的时候所作的长诗《三个房间》《上教堂》等，反而有了"隐喻"的迹象，并且颇为深刻。可见提出主张不难，践行起来并不容易。他2007年创作的《只有大海苍茫如幕》："春天中我们在

① 以上二评转引自陈伯海主编《唐诗汇评》（增订本），上海：上海古籍出版社，2015年版，第996页。

渤海上／说着诗 往事和其中的含意／云向北去 船往南开／有一条出现于落日的左侧／谁指了一下／转身去看时／只有大海满面黄昏／苍茫如幕"，这首诗后来成为他的代表作之一。尽管"大海满面黄昏"也使用了修辞，但自然得就像真正的大自然一样，全然没有斧凿的痕迹。可以说也是"拒绝隐喻"、明白如话的典范。2012年，他创作的《左贡镇》，开篇如此："我曾造访此地 骄阳烁烁的下午／街面空无一人 走廊下有睫毛般的阴影／长得像祖母的妇人垂着双目 在藤椅中／像一种完美的沼泽 其实我从未见过祖母／她埋葬在父亲的出生地 那日落后依然亮着的地方"。短短几行，连续使用了三处比喻，但我们明显可以感受得出这几个修辞并不晦涩，而且使用得恰到好处。于坚反对文化专制所带来的诗歌遮蔽，认为"诗是从既成的意义、隐喻系统的自觉的后退"，"诗要言传，不要意会"，"诗就是明白的过程"。这些观点为"诗到语言为止"增添了一种既崭新又强有力的阐释。

七

最后提出一个问题："诗到语言为止"还可以停留在什么层面？独白，或者对话有没有可能？美国诗人约翰·阿什贝利的诗歌被指称有一种口语特质，在访谈中他曾被问到这样的问题。阿什贝利拒绝承认是自己在写诗，并且认为自己的诗并非口授。他一直认为有"另一个我的自我在诗中说话，他不会厌倦，也不会停止。"①如果回到前述关于创作学理念的论断，我想这种独白或者对话的方式无疑构成了"诗到语言为止"的一种新的可能。无论是创造人物让他们在诗歌中说话，还是通篇都是诗人自己的声音，诗人都会明白自己的言说。但这样的探讨似乎偏离到了另一个方向。它不像阿什贝利在谈自己的散文诗时所说的，"我的诗中一直存在着一种非常散文化的语言，一种平常说话的语言。""我们在谈话的时候才最像我们自己。"②我想，正像阿什贝利最后这一句话所说的，"最像我们自己的时候"所呈现出来的诗歌就是"到语言为止"的诗歌，它带有一种"谈话"的性质。

---

① 美国《巴黎评论》编辑部编：《巴黎评论·诗人访谈》，明杰等译，北京：人民文学出版社，2019年版，第157页。

② 同上，第162页。

第六节
文化、乡愁与个体经验中的多元叙事①

新诗近百年，尤其"第三代"诗歌以来，诗人们的创作在题材和表现领域上不断拓展、开辟与推陈出新。有的在传统与历史之间找寻着诗意，有的回归日常与当下生活，有的则在非常个体化的综合体验中进行着私密叙事。不过，通过对大量诗歌写作的考察，新诗中对文化、乡愁与个体经验的抒写至少占据了当下诗歌写作的半壁江山。

一

第三代诗人中曾经兴起一股文化潮流，以欧阳江河、廖亦武等人为代表，"他们热衷于在史诗与大诗中表现文化，审视历史与探索存在的价值。"②另外亦有打着"反文化"旗号的写作群体，其实也可以看作是对文化焦虑的一种反拨。当然诗歌的文化书写可以有很多种方式，最常见的是回归与解构，只看作者本人在哪方面擅长或者驾轻就熟。而真见功力者则会游刃于传统与现代之间，以重构为指归。

---

① 本文为基于《山东文学》2015年第1—6期诗歌栏目刊发的诗歌所作的考察。
② 刘波著：《"第三代"诗歌研究》，保定：河北大学出版社，2012年版，第142页。

诗人李笠有着在异域生存的经验，他对传统文化节日中秋及其附带的意象"月亮"的书写就有多元化的趋势。他别出心裁地将不同年份（1989/2000/2005/2009/2014）、不同地点（斯德哥尔摩。午夜/罗马/宁静的波罗的海海边/瑞典北方/黄浦江边）对中秋的观察与体验并置在一起，体现出对文化的一种多角度审视。这其中有对传统叙述经验的置入，比如诗中反复出现"嫦娥""吴刚""李白""东坡"等人物意象，又比如"仰望，你会听到上面玉兔捣药的声音"这种常见的叙述，但是诗人的"意图"似乎更着重于对"中秋"的另一种建构，比如"但一天，那仙女的脸庞/突然变成了黑洞。月蚀/让你，一个孩子，思考宇宙的奥秘"，比如"'我是东坡。我把西湖端到了这里！'/银色水面。一只装木乃伊的棺材浮出"，比如"我摇晃。杜甫的夜泊船/在雪光里黑成一只巨大的棺柩"。这种建构无疑体现出了中西文化合璧的特色。同样，李笠对"祖国"的再认识也具有一种诗的情怀和个体独立的气象："敞开的词语打开布满蜘蛛网的时间/让竹林七贤的东晋和岳飞的南宋聚在闲适的下午茶里/'这才是真正的祖国！'咯吱作响的椅子说/'与祖先开辟的生存地无关！'//是，祖国不是身份证。祖国是一种气氛/祖国是此刻：一个男人/与一个女人的手缠在一起，像藤/或女人把脸贴向男人，像船依偎着海水//'祖国对于我并不存在，存在的/仅仅是不可逃脱的抖颤。'风中的草说/宋词里面的寒蝉在风加剧时/提高嗓门，为了让宇宙听到自己的歌声。那唯一的祖国"（《真正的祖国——写给潘维、树才、陈东东》）。从某种程度上讲，这也是一种解构与重构，但它加重了"独立"的色彩。

此外，韩簌簌写黄河的诗篇，也具有精神文化的向度。她对这条"裹挟了几千年文明的大河"充满了敬畏与赞美，其中无论是对刻满了"密码"的远古时期的探寻，还是对"地皮紧俏"的"蜗居年代"的省视，都体现出对黄河国度或黄河文明的深沉热爱，看看诗人的理想，我们也许就能明白："我要做一个不规矩的牧人，逆流而上/须先安置一柄芦苇，把我的乳名种植于水边。"林雪的《九州之中》也是体现文化情怀的诗篇，诗中流露出她对"中原"质朴文明尤其是对具有象征意义的"麦地"的莫名热爱与渴望。此外，陈忠的组诗《水润的济南》写地方文化，突出对"历下秋风"、"老舍故居"、"芙蓉街的清晨"和"黄河公园"的书写，弥漫着一股地域风情。另外，像鱼鱼的《纪念一场决斗》，将西方文化经典元素打并入诗，同时将个我的体验注入其中；孙国章的《海边》写海边渔人的生存与海的文化；邹瑞峰的《方塔》借写塔来反思对"意志"的服从："你又见过几座/这样的塔？/人们建造、捣毁/又重新修建/皆为了服从一个意志/有时候我想/千百年来/它是不是一直站立在/恐惧之中"，都从文化的角度给读者带来不一样的阅读感受。

二

乡愁可以说是千古不变的文学（诗歌）母题，无论在什么时代，它似乎都有着顽强的生命力。从《诗经》中的《小雅·采薇》《豳风·东山》到屈原的《九章·哀郢》，从《古诗十九首》中的游子思乡到六朝时期的各种"拟古"思乡、人日怀乡，从唐代的漫游、流离、迁谪带来的苦闷思乡到宋人"解脱了悲哀穷愁的困扰"的旷达思乡，从现代诗歌中冰心、徐訏等人的"乡愁"书写到余光中、洛夫等的经典"乡愁"建构，这种感伤、奖勉式的人生体验可谓不绝如缕。新时期诗歌中的"乡愁书写"既有继承传统的一面，也有变异的地方。

李笠的诗篇《秋夜一个人在街上喝酒》对"乡愁"的诠释可谓是一种突破，诗中将"故乡"与"游子"对调，突出时代的异变对故乡所造成的疏离感，这不是对乡愁的"再现"，而是对"乡愁"被泯灭的一种批判和谴责：

酒拨着悬空的琴弦。你听见宇宙
如血液绕着你循环。你是心脏
哦，在故乡做一个游客多好！
湿漉漉的夜幽深着你迷恋的七月的草原

你喝着啤酒，喝着北欧雪夜的炉火
雨声时缓时急，说有人得了
不治之症，有人刚刚自杀……
路灯下，受伤的语言聚散成战栗的雨伞

杯里升腾的泡沫！凝视，就变成

一副副面具，周围急功近利的劣质楼盘

你拿起手机。但随即又放了下来

哦，在故乡，在故乡做一个游客多好！

正如夏海涛所说，从他的诗中，我读到的是一种宿命的存在感。"在故乡，做一个游客多好。"这是诗人内心无法言说的痛。

对乡愁的书写，更多地体现为对乡情、亲情的一种回归。许晓宇的组诗《天上牧羊》，我的解读是，它隐喻了乡愁。《陌生的亲人》写在城市中遇见老乡，他们"在漂亮的花园口还是有些显旧/说穿了，泥土像来自于他们的命""互不相识，但认定他们/就是老乡，他们的脸上/写着不为外人觉察的胎记/身上带着一种只有我能闻见的气息/盘根错节的乡下，到处都有血缘"；《天上牧羊》写"领头羊，带头回望/那些苍翠欲滴的日子"，似乎也是在回首故乡的"烟火"，而《速度遗弃的老路》则从"长满时间的荒草"进行开拓，表现出诗人对故乡被遗忘的一种感慨，但是由于时代的加速，是寻求回归还是求日新月异？这却是一种复杂的情感涌动："速度，再次提速，强调速度/但老路只容忍并行的单车，每缩短一里目标/都需要付出一里汗水/那时我们在进城的土路上辗转，翻过/几座大山，沿途时常掉链子/青春消磨在路上，为数众多的人歇在途中/一条路捅破了故乡故梦，一条老路/既是连接也是阻挡，既打滑也有摩擦/一条路被速度最终抛弃，并随树向后撤退"。综合看来，二十一世纪的"乡愁"书写更多体现的是对"故乡"被瓦解和沦陷的一种内心焦灼。

孙梧的组诗《母亲的红棉袄》，是一组渗透着乡愁的好诗。在《生活在民间》中，他一方面以"低微的姿态""简单地表达着对村庄的爱"，一方面也对"分解村庄，瓦解田野"的作为充满深深的忧虑；《母亲的红棉袄》是以一件"含着泥土气息"的特殊事物来引领亲情的，但这件暗红色的事物，每年都"像一把带血的刀"，刺痛着"生锈的冬夜"。《乡村秋月》写月光，而实际上诱发的依然是乡愁："这些年，明月照常从东面升起/月光像往年一样落到田野里/落到屋檐下，落到刚收获的庄稼里/然后又顺着树叶、红瓦流下来/惹得家狗叫几声//这些年，一壶浊酒照常温热/几碟小菜摆在八仙桌/人们忙于杀鸡剁排骨，忙于酒桌的笑语/在月光下品尝月饼，没有诗句吟唱/孤独并不在月色的寂静里"。吕政保的《飞机的等待》归属于乡愁书写似乎有些牵强，但"面对那垅黄土"的痛传达出的正是一种乡愁的情结。与此类似的是吴少东的诗歌《描碑》，这同样是对生命与土地关系的一种深度抚摸。董喜阳的《炊烟的呢喃》也通过炊烟勾连起母亲，写只有被放逐于故乡的安静，才能够时常打开内心，还原自我。另外，像林平的《深秋》，将"欲揽炊烟"的遐想与"梦寻衣衫"的哀愁，以点带面地展现出来；潘新日的《遥远的村庄》写"油菜花消失于一首老歌的水中"，写"村里的老人和传说坐着谁家的船走了"，写"山路弯弯，我只让那回家的小道，拐进乡情/村子里丑陋的树以及茅草，背负着一句诺言等待终老"，写隐喻的"黄花"，日夜为他"点燃回家的灯"，漂泊的意义和无根感跃然纸上。此外，孟宪华也用"冬意"酿造出"故乡古老的调子"，揭示出"一个游子栋梁的乡愁"；秋水的组诗《虚妄的收割》、鲁北的《庄稼人》也都绽露出"乡愁"的影子。

三

批评家刘波说，"文化潮"诗歌的盛行，直接导致了90年代个人化写作的兴起。这是一个比较宏观的诗歌写作命题。其实，沿着个人化写作的路子，二十一世纪诗歌尤其网络诗歌盛行以来，更加个人化的诗歌书写已成为一种趋势。这种趋势渐趋细密与精致，逐渐朝着更加私密化的个体经验渗透，或注重语感，或强调理性，或注重避而不宣，或看重单纯流露，而大多数情形下则体现为一种综合式的"独言"或者"对白"。

伊沙早年是以"口语写作"的先锋姿态登上诗坛的，他的这种诗学思想一直贯穿到现在。《美国行》这一组诗虽然写异域的见闻与感受，但其间的格调仍然不脱中国式"口语写作"的"灵性"。比如《在伯灵顿的森林中》写在伯灵顿的森林中看到松鼠的体验："每一颗参天大树上/都上蹿下跳着/一只小松鼠/吓了我一跳/又吓了我一跳/反反复复/不停地吓我一跳/起先我是为它们的/突然出现而受惊吓/后来我是为它们/根本不怕我/而感到害怕"，这明显带着"伊沙"的独到风格。《在美国再忆钟品》仍然是从一只小松鼠入手写对人生"功名"的体验："所以说起来/你是什么都想要啊/从凡夫俗子/从芸芸众生/我也就释怀了/一只小松鼠/从高大的枫树上/一跃而下/与我对望/小眼睛里/只有欣喜/没有恐惧/是你升入天堂的/灵魂"。《印象》则写美国画家对他本人的一种观感："在洞悉人性恶方面/一个中国人的敏感/（何况中国诗人呢）/通常是没错的/几天后我听说/这位男画家对一位女作家说：/'这个中国诗人整天晒太阳/很懒惰——不像中国人'"。 其实，认真地去读伊沙的诗，你会发现，他的诗不仅仅体现为嬉皮士般的戏谑式口语，还体现为带有普遍性特征的理性之思，吴思敬先生说："伊沙与北岛在精神上是一致的，他继承了北岛身上为正义、为理想与时代对抗、与黑暗和罪恶抗争的精神，是战士诗人，只是披上了嬉皮士的外衣。"这话不知是否全对，但至少说对了一半。

林雪的组诗《九州之中》表面上是写人在旅途的感受，但是其中个人的复杂体验异常丰富，正如编者所言："林雪的诗歌看起来云淡风轻，实则有一种穿越事物表象、直抵内心的力量。"诗人朵渔是一位思辨型的写作者，同时具有良善的情怀，在组诗《我歌颂穷人的酒杯》中，他让自己的写作肩负起责任感，处处洋溢着爱的力量，"浸透着满腔的悲悯情怀及对自由精神的向往与歌唱"。相对而言，诗人胡弦的《剧情》写作，则弱化了责任感与思想深度，偏于追求语言的美与个体体验的精致，这是当下诗歌写作中另一种美学追求，表现出非常强烈的个人化特色。与追求语言的可能性表达相一致，臧棣的诗歌写作也注重语言的可能性生发与语义再生成。臧棣对于当代诗语言的"游戏性"有独钟之意。他认为，"相对于我们的传统，当代诗确实更频繁地遭遇到一个新的主题：非凡的游戏。"[1]这种观点在当代诗歌理论中其实并不罕见，但是很多人会误解他的观点。臧棣所说的"游戏性"，并非是指诗歌的娱乐性或着竞技功能。他受法国诗人瓦雷里"词有激发功能"观点的影响，十分注重语言求新与变异，这其中的技巧包含了跳跃、嫁接、断裂，甚至强制性链接。同时，他也关注语言塑造中的物本身的象征性，这是臧棣诗歌的重要特点。他的《春秋结》组诗正好将这些特点作了淋漓尽致的体现。

个体经验（包含认知的与语言的）在二十一世纪诗歌写作中的渗透越来越普遍，使得这类写作成为一股不可遏止的潮流。除以上有影响力的诗人外，杜立明的一组诗，或写对"读兰亭序"的感受，或写对秋天的"大马车"的

---

① 臧棣：《诗道鳟燕》，见《骑手与豆浆：臧棣集1991—2014》，北京：作家出版社，2015年版，第356页。

情感性"收割",或写对秋天的"眼神"的沉溺以及所产生的疑问;吴少东的《苹果》与《立夏书》、李皓的组诗《自我揭开》、董喜阳的组诗《建造柔软的内心》、苏琦的《微笑》与《光斑》、苇青青的长诗《穿梭在冬天的早晨》、殷晓媛的《光涌高磁纬》二首、微雨含烟的组诗《河流之中》、孟宪华的组诗《雪疗》、微紫的组诗《黑夜里,苹果落下来》、芦苇岸的组诗《第三人称》、曹立光的组诗《低飞的蜻蜓》、张伟锋的组诗《大街上》、柴画的组诗《审视》、谢明洲的组诗《子弹穿过梨花的白》、苍凉逐梦的组诗《一个人的草原》、流苏的组诗《世界不被注意的那一部分》等也都极尽对个体体验的宣泄与铺陈。这已经成为诗人处理诗歌与现实关系的一种重要途径。

四

就当下诗歌写作的整体情势看,激情的年代已经不再,某种主义主导诗歌大潮的时代也已经成为过去式,日常化的个人写作已呈普泛化状态。这其中,坚守朴实写作的诗人仍在,强调传统与现代对话者屡见不鲜,坚持诗歌应具有批判和承担精神的诗人不时涌现,将诗歌写作视为个人"日常消遣"或"冒险"者也不乏其人。总之,二十一世纪的诗歌写作呈现的完全是一种多元化的审美机制。这是诗歌的一种良性发展态势,由此我们有必要对新诗的前途充满信心。

第七节
新世纪以来"山水诗"的几副面孔

沈苇：西域归来，重新发现江南

此岸，彼岸；彼岸，此岸

揭谛，揭谛，波罗揭谛……

——沈苇《骆驼桥》

沈苇有着30多年的西域生活经历。面对离居已久的江南故土，他将如何审视这个"新的沉潜着的世界"？从其2018年底以来的写作中，我们发现其用了两种非常重要的方式来处理这一题材，一是以西域视角重新发现江南，一是将"当代性"与"江南性"相结合，以当下来回应传统。

以西域的视角重新发现江南，是沈苇后期写作的一项重要使命。如其所言，他要用一粒沙、一片沙漠和海市蜃楼的眼光来重新发现江南的山山水水。①这是一个相互对应和相互映衬的世界，它帮助我们打开了另一重观察江

---

① 沈苇：《西域归来，重新发现江南》，见其所著《诗江南》序，北京：中国言实出版社，2021年版，第3~4页。

南的视角。对于这一点，沈苇的内心是清晰的。在《关于水的十四种表达》中，诗人开篇即是这样的陈述："三十年干旱西域/运河一直在你身旁流淌/——这昼夜不息的命运之河！"短短的三行诗，既简洁又有力地将诗人一生中的两个栖息地很好地关联在了一起。其实沈苇回到江南之后的写作，一直都是围绕着这两个命运之地在展开。

在诗集《诗江南》的写作中，他的这种理路也很清晰。典型的诗作，如《骆驼桥》即是如此。骆驼桥本是诗人故乡湖州的名胜，然而诗人并不直写"骆驼桥"，而是将其当作一个"点"，"向东"写到"湖州城外/钱山漾的地下世界/碳化的丝、桑园、孤独的高杆桑/王大妈的面、淤泥里不腐的檀香木……"，"向西"则借助"骆驼"的意象尽力向曾经熟悉的地域拓展："骆驼的肉身已是合金/从荒寂到繁华/一条黄沙路似乎没有尽头/仿佛你凌乱一脚/就踏入了西域的隐喻"。一如作者所说："骆驼桥，只是一个水乡隐喻/一次与远方的对话和关联"。沈苇懂得，唯有如此，才能对江南有一个独到的新发现。唯有如此，他写出的江南才是他自己的江南，而不是别人的江南。因为江南的传统，尤其是江南诗歌的传统在很多人的血脉里都有。而西域对照下的江南写作，只有他自己有。当然，反过来推想，江南视野中的西域，不也是不一样的西域吗？这一点也只有沈苇有。沈苇在《关于水的十四种表达》的末节说："一切都散失了/只剩下了水与沙/帕斯说的'两种贫瘠的合作'/和'强盛'"。看起来，这的确是"两种贫瘠的合作"。不过对于沈苇而言，这一类写作却是"强盛"的。

沈苇进行江南写作时产生的另外一种反思也值得重视。他深知，江南是一个大主题，也是一个大传统，今天的江南写作，无论你采取何种方式进行传统转化，都摆脱不了"当代性"这一主题的渗入。为此，必须在写作中将"江南性"和"当代性"结合起来，"换言之，要置身纷繁复杂的现实，回应伟大悠久的传统。"①这是一个看起来司空见惯但却非常有警惕性的思考。为此，我们有必要来审视其诗集的开篇之作《雨中，燕子飞》。因为这首诗是奠定其"江南性"和"当代性"相结合的典型写作范例。在这首诗中，江南传统里的"燕子"与"当代性"结合得相当紧密。如"在雨中

---

① 同上。

飞"的燕子，"备好了稻草和新泥"的燕子，"在雨中成双成对飞"的燕子，"逆着水面这千古的流逝和苍茫"的燕子，都是江南传统里的燕子。然而这燕子又是21世纪的燕子："燕子在雨中闪电一样飞/飞船一样飞，然后消失了/驶入它明亮、广袤的太空"，在诗人的笔下，这只燕子具足了现代性和当代性。所以，这21世纪的燕子亦是21世纪的江南，是21世纪的"新山水"的一部分。它与我们的时代密不可分，与时代之中诗人的内心密不可分。诗歌是诗人内心世界的投射，透过诗歌中的数行描述，我们可以非常真切地体会到这一点：

燕子领着它的孩子在雨中飞/这壮丽时刻不是一道风景/而是词、意象和征兆本身/燕子在雨中人的世界之外飞/轻易取消我的言辞/我一天的自悲和自喜/燕子在雨中旁若无物地飞/它替我的心，在飞/替我的心抓住凝神的时刻

不过，对于诗人沈苇而言，江南在他的内心中经历了一个"反复"的过程，虽然三十年西域生活之后重返江南的他意欲"用无言的、不去惊扰的赞美/与它缔结合约和同盟"（《雨中，燕子飞》），但毫无疑问，他必须"再一次重建自己内心"（《驶向弁山》），因为"再次归来"，他所置身的江南已发生了世纪性的变化。

沈苇对自己的写作是警醒的，在大量的江南诗歌写作中，他"将自然、人文与'无边的现实主义'相结合"，形成了一种"并置"和"多元"的效果。[1]套用卡林内斯库的观点，沈苇以他的"混血写作"和"综合抒情"创造出了文学艺术通过浑融既有的趣味范型获得发展的新模式。这是他在当代山水诗写作上的贡献。

---

①同上。

大解：燕山与太行之子

当我抬起头来 感受体内的震颤

总会有一种力量 穿越心灵

——大解《眺望》

大解生长于河北地界。据说，河北"是中国唯一兼有高原、山地、丘陵、平原、湖泊和海滨的省份"，或许正是如此丰富多彩的地貌特征，为大解进行诗歌写作提供了肥沃的地理养料，从而使其"山水诗"具有了不同于他人的独特风貌。

从具体的地理形势看，河北东临渤海，北负燕山，西依太行。应该是很小的时候，大解就对山水有了情感，故而在大量的诗歌写作中，他总是会将山水付诸笔端。检视诗人1990年出版的第一部诗集《诗歌》，我们发现其中写及"山""水"的诗句居然有100处之多。而出版这部诗集的时候，诗人只有24岁。在这部诗集中，诗人对山水的认知和思考已经达到了相当的深度与高度，比如《深山》一诗中说："依旧是山 见证着我们/依旧是水 流去了又回来/我们一次次走出自己"。进入新世纪，尤其是第一个十年的后半期及其以来的十余年光阴，是大解在山水诗写作上力量迸发并产生高质量作品的一个阶段。如2007年创作出的《山的外面是群山》《这是一条干净的河流》《大河谷》《河套》诸诗，已经展示出诗人独到的山水视野。不过，这些诗篇大多以诗人的故乡（如村庄、河流）为背景，展现生于斯长于斯的乡人生活，同时融入个人对这种生活的一种省思或考量，时而也生出一种淡然、哀婉的乡愁。相对而言，这一类诗歌的视野还较为窄狭。

时间如白驹过隙，转瞬就到了2009年。这一年是大解山水诗创作的一个转捩点因为这一年的6月25日，诗人创作出了其名作《燕山赋》。2010年又创作出《山顶》，2011年则有《夜访太行山》和长诗《江河水》。如此，一个宏大而开阔的山水诗视野便横亘到了世人面前。如《燕山赋》的开篇："田野放低了自己 以便突出燕山/使岩石离天更近"，这是一个恢弘的开篇。然而如果你认为诗人会沿着这样的思路一直透视燕山，你就大错特错了。大解的山水诗写作有一个突出的特点，那就是密切关注山水与人类相存相依的辩证关系。

故而，无论他将山水写得如何繁复，如何高远，最终都要回降到人类生存的基点来做题材处理。故而诗人接着写道："山顶以上那虚空的地方／我曾试图前往 但更多的时候／我居住在山坡下面 在流水和月亮之间／寻找捷径／／就这样几十年 我积累了个人史／就这样一个山村匍匐在地上 放走了白云"；在《山顶》一诗中，诗人也如是说："燕山是这样一座山脉 山上住着石头／山下住着子民 中间的河水日夜奔流"。从某种意义上说，这是诗人面对宏大叙事的一种姿态，他知道自然山水固然重要，但最有温度的依然是大山里的万家"灯火"，最有生命力的依然是那些"继续劳作和生育"的延续着血脉的人们：

　　燕山有几万个山头撑住天空／凡是塌陷的地方 必定有灯火／和疲惫的归人／他们的眼神里闪烁着光泽／而内心的秘密由于过小 被上苍所忽略

　　我是这样看待先人的 他们／知其所终 以命为本／在自己的里面蜗居一生／最终隐身在小小的土堆里／模仿燕山而隆起

　　外乡人啊 你不能瞧不起那些小土堆／你不知燕山有多大 有多少人／以泥土为归宿 又一再重临

——大解《燕山赋》

　　诗人首次正面触及太行山的诗篇，大概是2004年5月创作的《车过太行山口》。此诗写诗人于傍晚时分坐车经过太行山口的情形，短短17行诗将旅途所见所感一一呈现，尤其是其中写到的"震撼"场景及诗人反应，既给诗人自己也给他人留下了非常深刻的印象。也正因如此，诗人此后写下大量有关太行山的作品，如《太行山已经失守》《太行游记》《夜访太行山》《蚂蚁奔向太行山》《太行山里》等。与我们前面述及的情形类似，诗人写太行山亦不是为了展现太行山而写太行山，在诗人的骨子里，人事与山的关系依然是诗歌至关重要的一部分。故而在这些书写太行山的诗篇中，诗人或写"太行山失守"给村庄带来的"灾难"，或写游宿太行而产生的冥想，或写潜入太行夜访故人而感受到的"隐秘的力量"……

　　不过，值得注意的是，大解在其山水诗写作中一直潜藏着一个"史"的意识，这让其诗歌蔓延出一种厚重的力量。2013年诗人曾创作出长篇叙事诗

《史记》，近三年来又别有匠心地挥洒出叙事诗《太行山》和《燕山》，这些叙事诗与此前述及的有关"燕山"和"太行山"的诗篇一起，将诗人的"个人史""村庄史"以及"山水史"完美地呈现了出来。当然，诗人的这些努力，也使其个人在建构"太行山"和"燕山"史诗精神中的形象逐渐丰富和伟岸起来。在叙事诗《燕山》中，诗人曾虚构出一个胡须雪白、灵魂透明的长老形象，这位老者是燕山的长子，是他从远方带回了火种。"他必须存在，且不能死去。"这是一个象征性的人物，他的身上肩负着神圣的使命。"一个生于燕山的人，必须认命。"与这位长老一样，大解的身上似乎也肩负着一种责任，那就是：他必须从诗人的身份出发，完成自己作为"燕山与太行之子"的使命。

雷平阳：沉默于云南的山水之间

　　——许多年了，我就这么
　　来往于苍山和怒江，鸡骨支床
　　像一个停不下来的信徒
　　——雷平阳《信徒》

　　雷平阳在随笔集《旧山水》的自序中曾坦言："那时候我觉得自己是一个山水间的行吟诗人，热爱山水，也能从山水里得到教育和安慰"[1]，尽管这里所说的"那时候"是指写作"旧山水"的2000年前后，但是我们分明能发现"山水诗"在其一直以来的写作中占有非常大的分量。尤其是2009年以来，其出版的诗集大多都以带有"行旅"之意或者与"山水"有关的名字命名，如《云南记》《出云南记》《基诺山》《雨林叙事》《悬崖上的沉默》《山水课》《大江东去帖》《我住在大海上》《送流水》《鲜花寺》等。此外还有大量寄意"山水"的散文和随笔作品，与其大量的山水诗歌相呼应、相应和，这使得我们完全可以将其视为一个完整意义上的山水诗人。

　　雷平阳为云南昭通人，故其耳濡目染的首先是云南的山山水水。如有一

---

[1] 雷平阳：《旧山水》序，桂林：广西师范大学出版社，2016年版，第1页。

段时间，他常常寄身滇南山中，生活中发生的一些情事使其与山水、密林、寺庙等多了一层亲近关系。故其诗篇中与这些事物有关的文字也逐渐增多。大概是受到"父亲西游"等情事的影响，他的心境有些散淡，对于人事也逐渐看开。一如他在《本能》一诗中所写的那样："沉默于云南的山水之间/不咆哮，不仇视，不期盼有一天/坐在太平洋上喝酒"。为此，他这一时期的山水之作，大多呈现一种平淡孤立的心境，即使看到绚烂之极的桃花，他也安之若素，只将一些淡淡的思绪流露（《狮子山的桃花》）。不过，一旦触及生死问题，他的内心会突然警觉与清醒起来，典型作品如《昆明，西山道上》《乌蒙道上》《过怒江》《狮子山下》《过云南驿》《过哀牢山，听哀鸿鸣》《布朗山之巅》《怒江上》等，都是如此。事实上，雷平阳在其诗歌中用大量的内容谈论生死，这已成为其诗歌的一大特色，故而其山水诗也"不能幸免"。中国的古典山水诗也谈论生死问题，不过只是一种偶然现象，从未这么普遍。通过对这一传统方式的打破，雷平阳的诗多给人一种启发式的感召，尤其是那些将个人代入进行生死体验的诗篇，如《无定河》。此诗虽非写在云南山水中的体悟，但基本延续了他写作的一贯风格。而且，其所写还多与地方文化甚至异域文化相关，这让其与生死相关的山水诗带上了一层地域文明的色彩，如《基诺山上的祷辞》《穿着袈裟的江》《布朗山的秘密》。

与此相关，雷平阳在诗歌中对"故事"倾注了大量心血。如其所说："云南南方山水里所发生的旧传说和新故事，它们一旦来到我的记忆中，来到我铺开的稿子上，就会成为我饥饿的灵魂无限迷恋的食物。"①故而，雷平阳的山水诗与滇南的故事、传说构成了一种十分紧密的互文关系，这种略带偏嗜特征的创作已经成为他建构诗歌的重要方式之一。在创作中，他频繁地透过故事、传说来记录彩云之南的轶闻逸事和人文历史，为其诗歌披上了一层神秘的面纱。当然，这一类书写有的是片段化的，只是选择故事中的部分情事入诗，如《鹧鸪》《过澜沧江》；有的则有非常细节化的描述，而且整体突出，给人一种高强度的叙事感，典型的诗篇如《访隐者不遇》《狮子山中》，亦且后者的故事采取倒叙方式，新颖而深刻，建构巧妙，别具匠心。将故事打并入诗，既是他的一种兴趣，也是他的一个愿望，他希望自己"记录下来的场

---

① 同上。

景和故事，能成为时间的骨头和血液"①，当然他希望自己的诗歌也是如此。不过，这种书写有其危险性，如果处理不好，会使诗与故事之间的张力得到破坏，但雷平阳成功地开拓出了一片新天地。

雷平阳的山水诗中，也有清新恬淡、风趣自然的一类，如名作《山中》《伐竹》即是。不过，其造诣最高的则是他所写的一系列山水长诗，如《怒江，怒江集》《昭鲁大河记》《大江东去帖》《春风咒》《渡口》，这些诗篇有的集中于写云南山水，有的则突破了云南的地域局限，通过叙述、抒情、议论、铺陈等多种表达方式，运用起兴、象征、隐喻、烘托等表现手法，将山水史、村庄史、个人史，甚至坟典奇秘、传说逸闻打并入诗，发展出一种山水叙事诗的新模式。从某种意义上讲，雷平阳的叙述超越了语言和叙事本身。他以一种超拔的眼力来窥视目击到的山水，使山水既呈现出本来的灵性，同时又赋予山水一种文明的面目。他以自己的文本实验，让隐藏在山水之间的秘史得以在人间持续，也使山水更加接近文明的真相。正如其《怒江，怒江集》的开篇所宣示的那样：

悬崖卷起波浪／天空发出声响／帝王的人马，浮雕于河床上／子嗣绵长啊。自由而哀伤

这既是对人类历史与文明的判断，也是对人类历史与文明的一种感伤。从这种意义上我们可以说，雷平阳笔下的山水怎么可能会是纯粹的山水呢！

孙文波：置身在语言的山水中

语言的山水不同于自然的山水，
在一段陡坡上你种植了世界观；
花花草草。非常哲学地开放
——在山顶放眼远望，大地的苍茫，
正对应心灵的苍茫
——孙文波《登首象山诗札之一》

---

①同上，第2～3页。

2012年孙文波出版了诗集《新山水诗》。与众多写当代山水诗的诗人不同，孙文波依然沉浸于冥想，这让其山水诗一度处于语言的幻象之中。"我的想象，不过是依附在语言的皮肤上"（《咏古诗·忆江南》），这是他对诗歌的一种创造。当自然的山水与人之冥想合一，中国的道家所倡言的"天人合一"的景观便时常呈现出来。虽然孙文波的诗歌中，道家思想并不明显，但多年来的蛰居生活，山水的灵性与诗人之性灵的融合，使其后期诗歌写作表现出一种大成气象。尤其是2008年以来的山水诗写作，孙文波通过浑融的方式给诗歌注入了"源头活水"，使当代山水诗有了更加丰盈、更加灵动的血脉传承。

"语言的想象奔驰着"（《咏古诗·忆江南》）。的确，在孙文波诗歌中，他之语言的想象一直奔驰着。尤其是对山水的想象，更是充满活力。在其《新山水诗》中，我们可以看到《咏古诗·东山》《咏古诗·忆江南》这样的诗篇，很显然，诗人举着"咏古"的"招牌"，这暴露了他的创作意图。诗人并非为了山水为写山水，而是借由山水中的经典意象来翻新"古意"，或者借古讽今，这一类诗歌与前人的"怀古诗"有异曲同工之妙。不过，后来诗人所写的《登首象山诗札》系列让我们看到了真山水的影子。但很明显，诗人仍然不是为山水而来。"登山，不是为了看风景，也不是/为了锻炼身体。登山，是寻找一首诗。"（《登首象山诗札之三》）他要实现他作为诗人的角色。于是，在诗人的眼中，大地、落日、山鸟、岩石、天空、积雪、荆棘、苔藓，无不成为他触发联想的媒介。但孙文波诗歌的触发机制与刘勰《文心雕龙·物色》篇中所说的"物色之动，心亦摇焉"的机制完全不同。刘勰所说，偏于外物对内心的兴发感动，而孙文波的诗歌建构大多以思理发端，然后借助外在的山水风物，一步步激发联想的潜能，以"思"贯穿全篇。可以说，整个过程几乎都是"冥想"和"想象"占据主导地位。正如诗人所说，诗歌虽然以"山水"为对象，但着力点并不在状述山水，也非单纯地如古人"借景抒情"，而是深入地探究人与世界的关系，到达对生命的理解，或由此进入与文化传统的勾连。①很显然，孙文波的这种写作构成了当代山水诗与古典山水诗的极大不同，也是孙文波的山水诗之所以独绝的地方。

《新山水诗》的命名取自集中一首同名诗。此诗为诗人所偏爱，是其向华

---

① 孙文波：《新山水诗》后记，北京：人民文学出版社，2012年版，第216页。

兹华斯致敬的作品。华兹华斯是英国浪漫主义诗人的代表，后来遁迹于英国的昆布兰湖区和格拉斯米尔湖区，是"湖畔派"三诗人之一，也是其中成就最高的诗人。尤其是他的"山水诗"，如《丁登寺旁》，在后世备受推崇。在自然山水的书写上，华兹华斯实现了艺术上的革新。故孙文波以"新山水诗"为题，显然有向华兹华斯的"山水诗"致敬的意图。在此诗中，孙文波仍然以冥想和凝思的方式与华兹华斯展开时空对话，共同探讨"化身山水的能力"，以"思无邪"的方式重新取得与自然的关系，最后回归"教诲"，体认出"山水就是大道"的意义。

最后，不得不说一下孙文波的诗集《长途汽车上的笔记》。此集中的三首曾经收入《新山水诗》。如其所言，此集虽冠以"笔记"之名，但并非传统意义上的旅行笔记。此部长诗集，共十一首，前后贯穿。其中有两首被付以"感怀、咏物、山水诗之杂合体"的副标题，六首被辅以"咏史、感怀、山水诗之杂合体"的副标题，可见诗人并不满足于传统意义上的羁旅写作范式，而是试图采用浑融古典的方式来实现"人面对山川、河流、现实、历史时的种种思考"，孙文波自认"这是一部具有开放性的作品"①，运用的写作手法如"戏剧化、抒情意识、哲学沉思"等也极具现代性。不过从"山水诗"的角度而言，它与传统的咏物、咏史纠合在一起，仿佛使山水诗失去了主导地位。其实，认真研究孙文波的作品就可以发现，即使他不辅以这样的副标题，其"沉思"的层次感、包容力、纵深性也都会将咏物、咏史、感怀的内容涵盖。孙文波一直沉浸于对语言复杂性的追寻，他认为这是当代诗的必然要求，只有复杂的语言才能处理和解析越来越混乱的人类世界：

> 我知道我／还会在语言中浪迹一生。有时候一个词是一堵墙，／有时候一句话是一条河，有时候一首诗／是一座山。我必须面对它们，或者，穿过它们。
>
> ——孙文波《长途汽车上的笔记之十》

---

① 孙文波：《长途汽车上的笔记》后记，武汉：长江文艺出版社，2021年版，第118页。

第二章
建造内心之神的工作

DI ER ZHANG

第一节
建造内心之神的工作
——关于新世纪以来批评家诗歌创作的考察

清代诗人袁枚在其《随园诗话》卷七中说："诗难其真也，有性情而后真；否则敷衍成文矣。诗难其雅也，有学问而后雅；否则俚鄙率意矣。"[1]直接点出性情与学问对于作诗的重要性。性情不易养成，学问则可以通过后天的努力习得。然而，二者对于作诗却各有裨益。性情正因为不易养成，是从人的骨子里来，所以性情至处，人的真气与深情便显露出来了；学问经由后天习得，可以增加人的知识与涵养，反映到人的风貌上，儒雅而有风度、哲思进而深沉的一面也显现出来了。由此，作诗大抵可分二途，一从性情出，一从学问出。袁枚为清代著名的诗人和散文家，亦从事诗歌批评和美食研究，是典型的学者型诗人。中国当代的批评家（尤其诗评家），从身份上而言，与袁枚的角色略相似。当代以来，批评家作诗也形成了一个小传统。尤其是二十一世纪以来的二十年，这种现象越来越突出。不仅如此，作诗对于他们仿佛越来越重要，尤其是对于诗歌批评家，作诗正成为他们窥探和究竟诗歌最好的入门体验。

英国的托·斯·艾略特在其《批评的功能》一文中说："一个作家在创作

---

① （清）袁枚著：《随园诗话》，北京：人民文学出版社，1982年版，第234页。

过程中的确可能有一大部分的劳动是批评活动，提炼、综合、组织、剔除、修正、检验：这些艰巨的劳动是创作，也同样是批评。我甚至认为一个受过训练、有技巧的作家对自己创作所做的批评是最中肯的、最高级的批评，并且认为某些作家所以比别人高明完全是因为他们的批评才能比别人高明的缘故。"①在这里，艾略特从作家的角度出发，指出了创作与批评的合一以及批评本身对于作家的重要性。就合一这一点而言，艾略特本人无疑就是一个绝佳例证。只要稍微审视一下其诗歌创作及其论文集，就可以证实它。不过，我们把问题略作延伸，是否可以借鉴艾略特的观点，认为某些诗歌批评家所以能超越其他诗歌批评家，正是因为他们具有更高的诗歌创作的才能？如果不能做出绝对的回答，那至少是否可以看出，诗歌与批评在他们身上形成了一种美妙的互文？

一、神性："上帝的灯盏高居在昔时的山巅"

就像古老的史诗所叙述的起源和原始事件

逐日接近戴着面具的神祇

——耿占春《论晚期风格》

有学者曾指出，神性诗在中国有一个古老的源头，那就是上古时期的神话。后来经过殷商卜筮，直至楚骚文化，线索一度分明。②从最早的"神性"思想的孕育看，这无疑与人类早期的文明降生有着紧密联系。秦汉以降，随着人性诗潮的崛起，神性诗遂逐渐没落。二十一世纪以来，中国诗坛兴起的神性写作，显然与此有着巨大差异。2003年，亚伯拉罕·蝼冢正式提出"神性写作"，其核心观念认为"诗意的本质是一种宇宙真理，诗的理想就是最大程度和范围内表现这种真理的存在。无论是诗的架构还是诗的内容，形式是宇宙规律的再现，内容是哲学和宗教统一于最高的诗艺——

---

① （英）艾略特著：《传统与个人才能》，卞之琳、李赋宁等译，上海：上海译文出版社，2012年版，第22页。

② 何光顺：《神性的维度——试论〈离骚〉的"他在"视域》，《南京社会科学》，2011年第1期。

绝对宇宙精神，绝对宇宙真理。因此，诗意也是永恒的。"①就此二者而言，前者溯源于古老文明的发端，后者根基于现代艺术对绝对真理的发现，可谓大相径庭。其实一直以来，对于"神性写作"的定位就存在重大争议。本文不拟辨章这种无谓的源流变化，而径直界定这一写作大致沿着这样的路数：诗人们专注于对苍穹、大地和万物之灵的观照，深入发现存在与隐秘神性之间的命运关系，并借助诗意传达出一种混沌经验，昭示出一个神启的"世界"。

批评家耿占春醉心于对"隐喻"和"象征"的探究，醉心于"沙上的卜辞"②，"在他的视野中，诗、语言、美、真理、巫术、图腾制度、礼仪、习俗、宗教、信仰、创世神论、哲学与思，乃至生活形式，所有这些彼此相关的人类文化活动在本质上都是隐喻的，对于大地而言，甚至人本身也是一种隐喻。"③很明显，神性的两种主要源头——有关于古老文明开端的和有关于现代艺术真理发现的——在耿占春这里被合而为一了。因此，其神性写作也往往呈现出一种古典与现代的浑融。如其《论神秘》："一切没有意识的事物都神秘/海浪，森林，沙漠，甚至石头//尤其是浩瀚的星空，一种/先验的力量，叫启蒙思想颤栗//而那些疑似意识的物质，在白昼/也直抵圣灵，花朵和雪花//它微小的对称，会唤起/苏菲主义者的智慧。其次是//意识的懵懂状态，小动物/在奇迹的最后一刻停止演化//并且一般会把这些神秘之物/称之为美。神秘是意识的蜕化//俗不会错，必须高看那些傻子/和疯子。这首诗也必须祈求谅解"。在很多诗中，耿占春都非常专注地致力于对万物存在的观察，同时对诗、美、思想、圣灵、智慧等有着一种亲近的意识。然而他不并认为神秘的事物是一种"奇迹"甚至"纯然不可思议之物"。对于理解力而言，它们只是一种引导的力量。要想抵达神秘之处，神性之所在，必须要达到一种"心智

---

①亚伯拉罕·蝼冢：《关于神性写作——关于该写作原理与方法论的研究》，见吴道南编《神性诗学——现代汉语神性写作及其流派史（初编）》，内部资料，2011年。

②耿占春先生的主要诗学论著有：《隐喻》（河南大学出版社，2007年）、《失去象征的世界：诗歌、经验与修辞》（北京大学出版社出版社，2008年）、《沙上的卜辞》（北京航空航天大学出版社，2008年），另有诗集《我发现自己竟这样脆弱》（北岳文艺出版社，2019年）。

③刘翔：《对诗意存在的探求——评耿占春的〈隐喻〉》，《诗探索》，1996年第1期。

的极致"。唯有如此，才可抵达"高处的深渊"。耿占春的诗歌大都是朝着这个方向企及的。

批评家霍俊明的诗歌写作常常在个体经验与神性之间驰骋穿梭。霍俊明对于故乡、亲人和师友常常怀有一种本能的眷顾，这使得其诗歌带上了一层温情的色彩。然而其经验往往是一种隐密化的呈现，在穿越这些经验的同时，他把大量的深层体悟经由语言做了中间疏离，并经由浪漫化的意象、修辞或想象，从其中召唤出某种神性的力量。他在逃避一种命名式的书写，试图摒除一般意义上的写作，尤其是在谈论"虚无""命运"这些空灵幻缈的命题时，他把那些感应的经验巧妙地进行了转换，使它们全部成为释放压抑的神秘化、审美化的意象元素。①典型作品如《白象，白象，白色的虚无》《高原墨色如虎，无鹤在侧》《夏日兼怀陈超》《一次不大不小的复活》《闪亮的一切正在磨损》《松针是另一种时间》等等。

批评家张清华（笔名华清）在创作上重视写作的精神背景。②从其大量的诗歌和诗学文章中我们可以看到，他对德国的一批哲学家或诗人如海德格尔、雅斯贝斯、荷尔德林、尼采等情有独钟，对诗人海子及其两位"哥哥"——骆一禾、荷兰画家梵高等也心有所重。众说周知，神性写作与德国的这几位哲学家和诗人有着非同寻常的意义关联；海子与骆一禾也一直被奉为中国当代"神性写作"的代表人物。虽然张清华未曾明确指出其写作的精神背景何在，然而这些渊源关系大抵可以让我们做些遐想。张清华对海子和骆一禾有着多年深入的研究，典型文章如《黑暗的内部传来了裂帛之声——由纪念海子和骆一禾想起的》《祖国就是以梦为马——细读海子的〈祖国（或以梦为马）〉》《"雨和森林的新娘睡在河水两岸"》等，这说明他用了很多的时间浸淫在两位诗人的作品中。我们还可以看到张清华的某些诗题，与荷尔德林等的诗有所暗合，如其《上升或下降：一个人的旅程》一诗，荷尔德林在一首题为《生命的历程》的诗中，即有"上升或下降！"这样的诗句。张清华的很多诗歌都具有"神性写作"的特征，如其《从死亡的方向看》《过忘川》《博尔赫斯或迷宫》《迷津》《赋格》和《猛虎》诸篇，在语言和思理上都讲求一种神性色

---

① 赵目珍：《经由冥想抵达宽广的神性》，《文学教育》，2017年第1期。
② 张清华：《谈诗片段》（二章）》，《诗潮》，2011年第1期。

彩，透过对死亡、命运、神、历史、灵魂等的言说或诘问，闪现出一种灵性的智慧光芒；有时，他还会在诗歌中营造某种神性的境界，让"上帝的灯盏高居在昔时的山巅"，从而使诗歌与万物存在形成一种既澄明又互相辉映的美妙关系。

诗人批评家西渡也以研究海子和骆一禾名闻诗坛，其诗歌也受到海子和骆一禾的影响。在很多主题（如"孤独"）的写作上，都可以看见他们共通的影子。如西渡写《照夜白》，这作为精神写照的马匹，带着神秘的灵感，然而因为它的出现"不合时宜"，所以其孤独的征象也在合理的想象之中。值得注意的是，海子当年描写孤独，也曾以"马匹"为喻，"青海湖上／我的孤独如天堂的马匹（因此，天堂的马匹不远）"（《七月不远》）。两匹马由此仿佛有了共同的神性根基。在《动物园里抽雪茄烟的老虎》一诗中，西渡描写了一只老虎的"孤独"："抽完这一根雪茄"，它就要"骑着地平线上不断涌来的云朵""回到山林中去了"。这种独具神性的写作，也可以和海子相媲美。西渡希望做一个有"老虎之心"的"孤独的王者"，海子也曾把自己想象为孤独的诗歌皇帝。对于孤独的"神性"展示，他们的确有"共饮"的一面。① 当然，他们在神性写作上，既有类似的一面，又有各自的造境。

批评家燎原是研究海子和昌耀的学者，其诗歌在某种程度上也受到二人尤其是昌耀的影响，特别是他的那些宏旷高远的诗歌，明显带着与昌耀共通的神性和智性的诸多特征。② 此外，批评家孙文波在《恍惚诗》中曾经直陈："我走着，／在精神的绝对高度上走。我已经看到，／我在黑暗中有神的笑容，大过宇宙。"青年批评家刘波在探讨"历史与宿命"时也有"无限向上或向下／那追求完整的过程／只是为了虚无的抵达"这样接近神性的思考。批评家周瓒曾言："对于我来说，建造内心之神的工作／从没有停止"，尽管这个"内心之神"并非"神性"之"神"的全部，但诗歌创作的那种神圣感依然被别有会心地传达出来了。

---

① 赵目珍：《"一种扩展性的诗歌时空和诗歌心灵"》，《文学教育》，2018年第5期。
② 赵目珍：《"超级诗篇来自绝地逢生"》，《文学教育》，2020年第10期。

二、古典："祖传的血脉和另一种存活"

逆着时代的方向入诗，经营生活与修辞

——胡桑《为小雅生日作，兼怀湖州》

古典诗歌传统与新诗的关系，已经被谈论了很多。二十一世纪以来，古典被作为一种"血脉"汲取，或者翻新，逐渐成为"另一种存活"（沈奇诗歌《根让》）。对于百年新诗而言，这称得上是一件令人快慰的事儿。白话文运动伊始，新诗与旧诗被割裂得太厉害，后来新诗借鉴欧美，日渐西化，古典诗歌的传统再次被打入冷宫，以致于很多学人后来对这一历程进行反思时，多少都抱着遗憾的态度。二十一世纪以来的二十年，是古典诗歌传统再次被引入新诗重新焕发生机的一个时期。在此期间，除了新的现实主义再次继承风雅传统被发扬光大（如赵思运、杨克、郑小琼、聂权、张二棍、王单单等），楚骚传统在一些诗人那里也有了被重新点燃的契机（如陈先发"九章"系列）。古典诗词中的题材在二十一世纪也被进行了广泛开拓，诸如赠别、纪游、山水、游仙、隐逸、田园等，在很多诗人如臧棣、孙文波、黄灿然、雷平阳、张执浩、李少君、潘维、沈苇、蒋浩、张尔、郁颜、慕白等那里被新的时代经验激发，成为当下新诗的一道景观。此外，古典诗词在形式上的某些建制（如绝句、律诗的节奏与行数），也被一些诗人拿来进行新的尝试（如王敖、肖水、茱萸、胡亮等），诗人们一方面坚守某些规范，另一方面又打破它们，进行创新。批评家这一群体中，于古典渊薮中进行凝视和沉思的人不在少数。前面提及的赵思运、臧棣、孙文波、王敖、肖水、茱萸、胡亮等就是这方面的主力军。此外，批评家沈奇从"汉语独特气质"入手，常年致力于对新诗的创造性转换，很有开拓性的建树，值得重视。

诗人批评家孙文波近年来在接受和翻新古典上的主要贡献是，对新诗的山水、咏怀、咏史、咏物等题材进行了大量开拓，另有大量以古典背景为题材的诗篇，创制了"咏古诗"等新诗体式。重要文本为《新山水诗》（人民文学出版2012年版）、《长途汽车上的笔记》（长江文艺出版社2020年版），另有隐居深圳洞背村所作关于"现代汉诗"的思考《洞背笔记》（长江文艺出版社2020年版），其间不乏对古典诗学与新诗关系的大量思考。其《新山水诗》

"依题山水"，一方面"呈现耳目所及的山水状貌声色之美"，一方面致力于新诗与文化传统关系的探究，对新诗向古典"如何表态，怎么取法"①以实践的方式进行了探求。《长途汽车上的笔记》也有这方面的"野心"，其最重要的贡献是在一部部长诗中将传统的感怀、咏史、咏物、山水等题材进行了浑融，集中诗歌全部冠以"长途汽车上的笔记"，然而又大多以"感怀、咏物、山水诗之杂合体"等副标题作标识，"通过对旅行中所见所闻的描述，来表达面对山川、河流、现实、历史的种种思考"，并且意图"在符合当代诗对语言、形式、结构的要求下"，使之呈现出"独立的文本特征"。②可见，孙文波有意做这方面的探索与开拓。他企图通过这些类型的写作，"进入与文化传统的勾连"。这与他一直倡导"杜甫就是现代诗的传统"有莫大关系。

青年批评家茱萸对于古典诗学有一种难得的取信，对于古典中现代性的探求一直是他努力的方向。他沉醉于李商隐、阮籍、叶小鸾、李贺、钱谦益等人的诗词中，经由个人的饱学多闻、敏感洞察，将其所得所见进行某种现代性的置换，并且呈现出一种多元化的风格指向。首先，他喜欢对古典进行再述，比如其组诗《穆天子和他的山海经》，近于一种"故事新编"；其次，他喜欢对古典采用现代方式进行"新译"，如其对李商隐许多诗歌的翻译即是如此；再次，他喜欢将新诗写作纳入古典的体制中加以探究，探索现代诗如何适应格律上的节奏与结构，如其"谐律诗"，很多都是这方面的实验；最后，他喜欢通过现代方式与古人展开对话，借助西方经验，汲取古典意境，对中西诗学进行浑融，如"九枝灯"系列即是如此。茱萸曾以"临渊照影"为喻来论述中国古典诗歌留下的"传统"对于当代诗再造的可能性③，后来秦三澍又以"古镜照神"为喻来探讨茱萸对古典传统的想象与重构④，二者可谓心有灵犀。青年批评家胡桑在其诗集《赋形者》中也多有经由古典而来的新诗建构，如其第二辑"寓形"中的六首（篇章如《孟郊：仄步》《姜夔：自倚》

---

① 孙文波著：《新山水诗》后记，北京：人民文学出版社，2012年版，第216页。
② 孙文波著：《长途汽车上的笔记》后记，武汉：长江文艺出版社，2020年版，第117~118页。
③ 茱萸：《临渊照影：当代诗的可能性》，见孙文波主编《当代诗Ⅱ》，北京：文化艺术出版社，2011年版，第161~171页。
④ 茱萸著：《花神引》，成都：四川文艺出版社，2016年版，第175~215页。

《吴文英：须断》等），与茱萸的"九枝灯"系列既有异曲同工之妙，又有同曲异工之妙；另外，其"赋形者"一辑中的《褶皱书》《书隐楼》《松鹤公园》《占雪师》诸篇，也颇具古典审美情趣，"普吉岛信札""荒芜的本质"二辑中的许多篇章则多有向古典致敬的意识，如《春夜酒中独坐寄闻敏霞》《惜别》《天仙子》《忆秦娥》《为小雅生日作，兼怀湖州》《临苏轼洞庭春色赋》《久雨夜读》《夜读黄仲则》等。①

　　批评家沈奇强调，新诗与古典诗词同用汉语写作，有一脉相承的关系，因此他试图通过汉语本源上的这种共通来打通二者之间的关系。从某种意义上看，这是一种寻根导源的方式，有其重要意义。首先，沈奇先生在创作中非常注意对汉字本身诗性特质的玩味，喜欢在诗歌中对汉字本身进行格义。如《古早》一诗："古是古典/早是早先//错过古典/便是错过/黎明的呼吸//想起早先/便觉衣袖飘动/暗香梅花消息//说来陈词滥调/胜过一地鸡毛"，一方面在格义上下功夫，另一方面又从古典中翻出现代新意。有学者指出："沈奇在'字'的意义上，构筑起一个现代诗人的古典理想。"②是非常有道理的。其次，沈奇先生在创作中善于借助汉语本身的审美特质来营造诗的意境。他也许深受中国古典文学理论《二十四诗品》及其续作、仿作等的影响，喜欢以两个字取题，如"茶渡""居原""怀沙""古早""根让""清脉""如故"等。这样的创作方式，一方面有很浓郁的古典风格和审美情致，另一方面也留意在诗的建构时进行意境上的创新，如《茶渡》一诗："野渡/无人/舟自横//……那人兀自涉水而去//身后的长亭/尚留/一缕茶烟/微温"。沈奇先生对于现代诗写作曾有一个自己的"标高"："以独得之秘的生存体验、生活体验与生命体验，为时代局限中的个人操守，求索远景之蕴藉；以独得之秘的语言建构与形式建构，为'言之有物'（胡适语）中的物外有言，探究典律之生成。"③其实践正是朝着这一理想迈进的。

　　此外，很多诗人批评家如臧棣、张清华、胡亮、杨庆祥、冷霜、姜涛、颜炼军等也都对古典诗学充满了兴趣。二十一世纪以来，诗歌创作"镜鉴古

①胡桑著：《赋形者》，武汉：长江文艺出版社，2014年版。
②沈奇著：《沈奇诗选》，西安：陕西师范大学出版社，2010年版，第397页。
③沈奇：《浅近的自由》，《文艺争鸣》，2019年第2期。

典""翻新古典"已成为一种趋势。耿占春先生说：阅读古典，"似乎是寻求某种中断了的连续性，在某个决定的历史时刻所发生的'圣职'中断后，从你自己的写作位置与圣贤的祖述以及更原始时代之间，寻求愈来愈模糊的相似性，寻求'是'的延续和变形。而这些连续性，相似、变形的延续自身都又布满了难以抹平的'裂隙'……或许能够从'裂隙'或'中断'里涌出你的叙述。"①从创作者接续和创新古典（"涌出自己的叙述"）的角度做出了分析。当然，这其中有创作者的意图在，也会有社会的、历史的因素在起作用。然而"临渊照影"和"借尸还魂"并不一定都能有所斩获或者创新，"古典，是一笔财富，也是一笔债务。不可能只拥有一样，事实上只能同时背负它们。一种身份的赋予，一种身份的剥夺。"②这种"同时背负"的结果，到底如何，现在我们无法做出判断，只能等待未来的历史进行检验。

三、真情："我选择哭泣和爱你"

人们在大路上自由地行走

爱，只能是爱，作为这里唯一的情感

——世宾《颂诗》

陈世骧先生曾断言："中国文学传统从整体而言就是一个抒情传统。"③就诗歌而言，从最古老的"诗言志""诗缘情"的诗歌创作机制诞生以来，中国诗歌的抒情传统也没有断层过。中国的新诗自'五四'奠基，纵观其百年历史进程，抒情也是最重要的表现方式之一。从鲁迅、周作人、陈梦家、郭沫若、戴望舒、何其芳、林庚、废名、艾青，一直到当代，对于新诗抒情论调的阐述一直绵延不绝。尽管在某些历史时段，如二十世纪二十年代和九十年代，新诗的抒情性曾受到质疑和冲击，然而新诗抒情的这一品格始终没有被彻底改变和颠覆。新诗的抒情性其实一直在不断经历"抒情——反抒情——

---

① 耿占春著：《退藏于密》，西安：陕西人民教育出版社，2015年版，第34页。

② 耿占春著：《退藏于密》，西安：陕西人民教育出版社，2015年版，第34~35页。

③ 陈国球、王德威编：《抒情之现代性："抒情传统"论述与中国文学研究》，北京：生活·读书·新知三联书店，2014年版，第5页。

深度抒情"这一正、反、合的辩证运动，并且这一辩证运动愈是螺旋式向前展开，抒情的诗学就愈是会进入更新更复杂的演进之中。

唐代诗人白居易说："感人心者，莫先乎情，……诗者，根情，……"①诗歌的这种根性之"情"，当然只能是一种真情。抒情的诗歌只能是诗人真情实感的流露，即如苏轼所言是"从肺腑出"的诗歌。这类诗歌的产生，很大程度上与诗人的性情有关，植根于诗人的性灵之中。明人焦竑谓："诗非他，人之性灵之所寄也。苟其感不至，则情不深；情不深，则无以惊心动魄，垂世而行远。"②如此，则抒发真情、表现性灵乃成为抒情诗成功与否的重要判断。青年批评家杨碧薇的诗歌写作即体现出一种明显的"性灵"写作的意识。她的诗歌率性任情，有一种"我手写我心"的气质。她明确自己所"需要的，正是大写的名叫'我'的心性，是无畏的惊艳和特立独行的底气。"（杨碧薇《我所追求的惊鸿丽影》）因此，无论是敞开心境、袒露自我之时，还是在探求自然、追寻哲理之际，其诗都表现出一种对生命本真的持守，对性灵自由的捍卫。

批评家罗振亚在诗歌创作中追求一种"真诚"的写作态度。他的诗歌环绕于乡村和城市之间，既有对故土、亲人的朴实的爱与眷恋，又带着一种深沉的警醒和祭奠；同时，由于个人的人生经历使然，罗振亚的诗歌也不可避免地呈现出一种对乡村文明与城市文明之间的较量。出于爱和责任，经由两个文明的对话，加上个人情感的转换，可以见出诗人的内心在两种文明之间是有矛盾和挣扎的。不过，作为一个知识人，当理性取代感性，反省也就随之取代了挣扎，焦灼一变而为批判，抑或更智性地进入到一种体恤与宽宏的境地。在大多数情况下，罗振亚的诗歌都呈现出一种素朴的感伤，这根植于他内心对父亲、母亲、故乡以及土地的依恋，这是他情感出发的渡口。从抒情的路径上看，这是一种最纯正也最醇厚的抒情，因为它就流淌在从属于个体伦理的血脉里。在《三九天乘着高铁回家看望母亲》一诗中，诗人说："一个人对一个人牵挂／一个地方对一个地方祷告／思念　原本是奔跑在天地间／

---

① 白居易：《与元九书》，郭绍虞主编：《中国历代文论选》（一卷本），上海：上海古籍出版社，2001年版，第139页。

② （明）焦竑撰：《澹园集》（上），北京：中华书局，1999年版，第155页。

眼睛酸涩永不老去的灵魂"。可见，对于诗人而言，牵挂与思念已经不是一个一般意义上的传统话题，它已构成了一种信念，在无意识的血液之中日夜奔流。

批评家张清华的诗歌中也有"吟咏情性"的古老身影，尤其是那些涉及到生命离散与哀伤的诗篇，其中充满了浓烈的感伤和低徊的悲凉。如其《生命中的一场大雪》《一阵风吹过》《怀念一匹羞涩的狼——悼卧夫》《转世的桃花——哭陈超》《沉哀——再致陈超》诸篇。前二首以个人的生命经验作为触发点，运用传统的比喻、顶针、排比等手法，将情感一次次从低处鼓上高原，并且使其盘桓在某个明灭的瞬间，久久不能落定。后三首，诗人承接了古典诗词中的悼亡这一传统，但是在题材上进行了创新（古人悼亡专指对亡妻的悼念，此处用来悼念亡友，与西方的悼亡诗进行了衔接）。在手法上，诗人借鉴现代诗的互文、象征、隐喻等表现方式，将对挚友的情思绵密而又精准地释放出来。东晋时，名臣庾亮亡故，其好友临葬时说了一句："埋玉树著土中，使人情何能已已！"宗白华先生评说："伤逝中犹具悼惜美之幻灭的意思。"[1] 所谓"情之所钟，正在我辈。"从张清华对两位逝者的惋惜看，宗先生的这句评说似乎也可以移来一用。最后，我们转化诗人在《桃花转世——怀念陈超》一文中对好友怀念的表述来评述这几首诗：诗歌的变形记，犹如生命在轮回中的繁衍，"词语的尸骨与感性的妖魅同时绽放于文本与创造的过程之中。仿佛前世的命定，我们无法躲避它闪电一样光芒的耀目。"[2]

与罗振亚和张清华的抒情方式不同，批评家徐敬亚重在以个人情感的寄托来回望历史。也许因为某些特定的原因，诗人需要谨慎地避开某些叙述以弱化所要抵达的真实。而维系和支配这一无奈决定的，除了时代的硬核，还有与伦理相关的其他个体生命的现实处境。因此，诗人只能在修辞的体系中，借助隐喻、转喻或暗喻来兑现隐秘的情感需要。尽管这可能失去了作为知识人的纯粹意义，但是置身其中的批判思维仍然隐约可见。如其《我告诉儿子》一诗，诗人委婉地以"冰"与"石"的隐喻来昭示自己的形象和理想，一方

---

① 宗白华著：《艺境》，北京：商务印书馆，2011年版，第156页。
② 张清华著：《像一场最高虚构的雪——关于当代诗歌的细读笔记》，北京：北京大学出版社，2017年版，第51页。

面确立自身的姿态，另一方面通过力量的传承来达到对信念的坚守。不过，徐敬亚曾说："写诗，是为了会见最深处的我。"①可见，他诗歌中的抒情必然要突破传统的宣泄模式。从其大量诗作看，其抒情有时表现为一种情绪的激昂，有时表现为一种对情操的捍卫，有时表现为一种对情实的喝问；虽然书写各有所重，但其共同的特征是大都绽露出一种愤怒的品质。这大概与其"不原谅历史"的态度有关。

与前三者抒情的直观或激越相比，批评家赵思运的抒情写作体现出一种冷峻的姿态。赵思运的诗歌也有在乡村文明和城市文明之间往复纠缠的一面，然而赵思运一方面淋漓酣畅地挥洒叙事，另一方面却又在情感的张扬中进行着对时代暗流的无情批判。他的诗歌往往集中于时代的某个着眼点上（一个人，一个事件，一种现象），从零星的有限中逐渐放大以至于无限，从而把凝聚的情绪爆发出来，陡然生出一种历史性的感伤。从某种意义上看，这种抒情主要源自诗人内心深处的大爱，有一种道德负荷意义上的悲悯意识。宗白华先生在论《世说新语》和晋人的美时指出："深于情者，不仅对宇宙人生体会到至深的无名的哀感，扩而充之，可以成为耶稣、释迦的悲天悯人。"②这与王国维先生在《人间词话》中论李煜词有相似之处。从写作的理路上看，这是抒情的另一个谱系，它直接导源于古老《诗经》的风雅传统，同时亦仿佛从中唐的"新乐府"里汲取了灵感。从时代的氛围看，赵思运的这些诗多少显得有点不合时宜，然而其创作精神中却充斥着一股伟大的力量，因为它不体现为一种个体价值的创造，而是体现为一种使命意识——知识人与生俱来的责任和担荷意识。

当然，诗人们的抒情都不是单一的，也不可能被简单地归结为某个"集合体"，在具体的推进和演绎过程中，他们都既有继承又有突破和融合的一面，都有向"深度抒情"过渡的趋向。所谓"深度抒情"，即抛却了放纵情感和宣泄情感的模式，进而注重经验的转化和写作技艺的作用。③从某种程度上

---

①《徐敬亚访谈》，杨黎、李九如著：《百年白话：中国当代诗歌访谈》，南京：江苏文艺出版社，2017年版，第273页。

②宗白华著：《艺境》，北京：商务印书馆，2011年版，第157页。

③张松建著：《抒情主义与中国现代诗学》，北京：北京大学出版社，2012年版，第87页。

说，这已经有些疏离抒情的味道了。但只要有爱，只要"爱，作为这里唯一的情感"，抒情的格调就永远闪耀。

四、余论："建造内心之神的工作"

二十一世纪以来的二十年，批评家创作诗歌已经成为一个非常值得关注的现象。从某种意义上看，"批评家诗歌"应该成为一个特定的研究对象，"批评家诗歌"这个词也应该成为一个专门的诗歌研究术语。不可否认，许多批评家都是诗歌创作的行家里手。除了文学批评，他们在诗歌创作上也享有很好的声誉。细读他们的诗歌我们能够感受到，很多批评家都有用做批评的精神来进行诗歌创作的毅力。他们的诗歌带有非批评家诗人身上所缺少的独特气质，在诗歌的写作上显得更精深，更敏锐，更有哲匠精神。而且，他们中的大多数人对诗歌充满了敬畏，他们把诗歌的建构当成一件神圣的事情来做，把它当成一件"建造内心之神的工作"来对待。

在评论耿占春先生的诗歌时，我曾这样陈述："批评家的诗常常带给人一种异样的愉悦。这种愉悦感是复杂的。知识体系的庞博，思想的深湛，学理的深厚，加以语言上游刃有余的运度，往往使得他们的诗歌呈现出一种极具'混沌经验'的出其不意的表达，同时又传达出一种对语言诡秘的惬意。"①应该说，不少批评家的诗歌写作都具有这样类似的文学特质与美学风貌。他们的诗歌与批评互为表里、相互映衬，造就了一种既奇特又独特的文学现象。其实，很多批评家本就是从诗歌"起家"，后来才从事批评事业的。当然，也有少数批评家是一开始主要从事批评事业，后来立志以诗歌作为文学理想的。但无论如何，他们都没有逾越诗歌的界限。相反，正是因为他们对二者的并行深入，才使得他们在"诗与批评"的领域里做出了极其重要的开拓。本文对批评家诗歌的观察，仅仅选择了三个切面。他们的诗歌写作远比这要丰富得多，非常值得去做更深入更专门的研究。

---

① 赵目珍：《卜辞的艺术和熵的法则》，《新文学评论》，2019年第1期。

第二节
卜辞的艺术与熵的法则
——论耿占春的诗歌写作

批评家的诗常常带给人一种异样的愉悦。这种愉悦感是复杂的。知识体系的庞博，思想的深湛，学理的深厚，加以语言上游刃有余的运度，往往使得他们的诗歌呈现出一种极具"混沌经验"的出其不意的表达，同时又传达出一种对语言诡秘的惬意。批评家对于语言，向来是执著的。这种执著，不见得一定以澄明为旨归，相反，它时常让我们见出批评家内心当中所涌动的相反的意志。耿占春的文学批评以"隐喻""象征""卜辞""幻象"等为思想基石，既赋予了诗学在研究上的普遍深刻，也建构了一种极具灵性的解诗学方式。由此及彼，他的诗歌与批评相互映衬，从而也具有了一种暧昧的能量，并且表现出了一种"出境"的格调与"出神"的精神。很显然，其诗的这种高境与其犀利深刻的学术思想有着不可剥离的关系。尽管他曾经指出写诗的时刻会忘记所从事的理论批评，但他仍然偏爱"思想深化感觉"的那种莫可名状的状态。[①]诗与思，诗与其他的艺术之间的距离的确不远，耿占春也称得上是一位"这种成功的僭越者"。

---

① 张无为：《耿占春访谈》，《诗歌周刊》，第307期，2018年4月28日。

一、卜辞的艺术

在古老的中国，占卜与诗歌的关系并不隐秘。《诗经》中即有与"贡龟"（用以占卜）有关的诗篇；现当代（甚至更早的）学人在其所撰述的中国古典文学史中也常常将甲骨卜辞里的韵文和《易》卦爻辞看作中国诗歌古老的源头。据学者研究，"在商代，崇拜至上神、祖先神和自然神的原始宗教是占统治地位的意识形态，商王有疑难诸事一定要烧灼龟甲或牛胛骨，看甲骨上的裂痕——兆纹，藉以判断吉凶祸福，以定出入行止。当时常把卜问的事项及其结果用青铜刀刻在甲骨上，……这种与占卜有直接关系的刻辞通称为'卜辞'。"①耿占春对于卜辞曾有过偶然的兴致，在《沙上的卜辞》一书的前言中，他这样阐释"为什么是'沙上的卜辞'"而不是其他："真正的卜辞是火上的，甲骨的裂纹作为启示，需要卜者把解释的词句刻写下来。……有人一定会记得，当圣经中的先知被人追问什么是真理时，他蹲在地上，在沙土上划字——这种沉默的举动随人怎么解释，反正连先知也没有留下现成的真理。也许因此，人可以嗜好诡秘而不至于信以为真。"②《沙上的卜辞》是耿占春的一部散文随笔集，虽然不是诗集，然而"反映内心生活的瞬间震颤和一个人拥有某些修辞想象力的快乐经验"这一本质，却与诗并无什么二致。其实，《沙上的卜辞》中很多优美而又具有思想性的片段，就是诗。我们有时候会在他的随笔中发现与其诗歌相同的一些主题，比如他有两首诗《论晚期风格》《论神秘》，而我们在其随笔集《退藏于密》中也发现了他对"晚期"和"神秘性"的论述③。这即反映出，在耿占春心目中，"诗"与"卜辞"——既看作随笔的一种形式，又照应神示的"卜辞"——也具有一种共通性，尤其是在"寻求启示"这一观念上。在谈到诗与歌、谣的关系时，他以《九歌》为例指出："某些古老的哲学文本、宇宙论和一些神话宗教文本，变成了唯有现代诗歌及其一些仪典化的文本可以转借的叙述模式。一些思想只有作为诗才永远是一

---

① 沈之瑜著：《甲骨学基础讲义》，上海：上海古籍出版社，2011年版，第18页。
② 耿占春著：《沙上的卜辞》前言，北京：北京航空航天大学出版社，2008年版。
③ 耿占春著：《退藏于密》，西安：陕西人民教育出版社，2015年版，第36页。

种真理。"①很显然，在某种意义上，诗与"卜辞"等具有宗教意义的文本乃具有同等甚至更高的价值。

一如诗人所认知的那样，"卜辞的艺术"首先是一种具有"诡秘感"的艺术，它引导人们去发现。在对诗歌的认知上，耿占春也有类似的"意图"。他曾说，"我应当把这当做一种目光的提醒：'门道的弯拱，潮湿——这些事物，也许，就是诗。'一个谜一般的事情并没有揭开谜底：为什么恰当地注意到事物存在于其中的瞬间状态就是诗呢？"②从这样的阐释中，我们可以深切体会到耿占春对于诗的认知也具有一定的感觉上的神秘。这种神秘的感觉根源于人对外在的灵性体验，所谓"恰当地注意到事物存在于其中的瞬间状态"，这本身就具有一种玄秘的性质。玄秘的东西很容易引起质疑。但在耿占春这里，这种"诡秘感""神秘感"并非故弄玄虚。这与他一直强调诗歌与隐喻/比喻存在着密切关系大有关联。他认为思想中如果缺少了比喻是令人沮丧的。在其1993年出版的《隐喻》一书中，我们可以看到他将"隐喻"这一术语安置在了"人类学哲学的高度和宽阔的背景中，在他的视野中，诗、语言、美、真理、巫术、图腾制度、礼仪、习俗、宗教、信仰、创世神论、哲学与思，乃至生活形式，所有这些彼此相关的人类文化活动在本质上都是隐喻的，对于大地而言，甚至人本身也是一种隐喻。"③可见他曾经是以"隐喻"来理解这个世界及其所包含的一切的。同时，这与他对语言和隐喻关系的理解也不无关系："语言文字本来就是'近取诸身，远取诸物'的隐喻系统。那么语言就在人的肉身和宇宙万物之间建立了最原始的关联域。"④

在其2018年所写的20余首诗中，有两首直接触及到了诗歌与隐喻/比喻的不解关系。在《世界荒诞如诗》中，他说："活下去不需要寻找真理而诗歌/寻找的是隐喻。"并且申明："写诗/不需要引语，也无需逻辑"。在《论诗》中，诗人的思理与此如出一辙："写诗寻找的既非真理/也不是思想，而是意

---

①《诗、歌、谣》，见耿占春著《沙上的卜辞》，北京：北京航空航天大学出版社，2008年版，第4页。

②《诗》，同上，第4页。

③刘翔：《对诗意存在的探求：评耿占春的〈隐喻〉》，《诗探索》，1996年第1期。

④耿占春著：《隐喻》，北京：东方出版社，1993年版，第5页。

外的比喻"，并且他对于这其中的"愉悦"和"正确"带着一种暗暗的欣喜："为什么一个事物必须不是它自己 / 而是别的东西，才让人愉悦 / 就像在恰当的比喻之后 // 才突然变得正确？"其实，将诗与隐喻或比喻联系起来，并非一种罕见的观点，只要稍加审视我们就知道，它已经构成审美疲劳了。但是需要指出的是，在他人那里，这也许只是关涉到诗或者诗本质的问题。然而对耿占春而言，这绝非肤浅的知识类比，而是构成了他的世界观。在他的内心当中，"人间的事务"也应该向诗靠拢，也应该与比喻建立起一种美妙的关系："人间的事务 / 如果与诗有关，是不是也要 / 穿过比喻而不是逻辑 // 才能令人心诚悦服？"如此一来，这看起来非常世俗的东西，竟最终也可以与"卜辞"沾染上关系了。我们应当领会到，诗人是并不否认和排斥世俗的，正如他在《沙上的卜辞》前言中所说："我写下的词语虽也寻求启示与解释，然而却是世俗的。沙上的卜辞自然是一些世俗启示"。当然，我们也不能片面地认为"卜辞"就与"神示"脱离了关系。在《论诗》中，耿占春把这个问题回应的非常全面，在诗的最后，他通过对"真理的信徒"的批评表达了这一点："看来，真理的信徒早就犯下了 / 一个致命的错误：虽然 / 他们谨记先知的话 // 却只把它当作武器一样的 / 真理，而不是 / 一个赐福的比喻"。可见，在其内心当中，世界及其所蕴涵的一切就是一个巨大的"象征"或"隐喻"系统。而诗只不过是其"荒诞"的一部分。

　　"卜辞的艺术"所呼应出的诗歌的第二个特征就是"寻求启示"。耿占春认为："诗的话语是一种伴随着宗教活动的话语。诗就是一种仪式的语言或语言的仪式。因此它是一种静默的无人知晓的宗教活动，它是祭礼和庆典的仪式，参与神人以和的大乐。"[1] 于是他将诗人比喻为"最后一个祭司"，认为诗人是神之话语释读者以及祭司、先知、巫师和占星者的后裔。"自古以来诗人就在以神、至少以神的祭司的方式和口吻来说话。"[2] 为此，诗歌乃成为一种"启示"的象征。然而尽管如此，我们却不能将这一"启示"仅仅理解为高高在上的"神示"。在诗人那里，有时它还代表着"真实"。在《最后一个祭司》与《在语言返回根源的途中》这两篇文章里，耿占春还曾指出窥视诗歌的另

---

　　[1]《最后一个祭司》，见耿占春著《改变世界与改变语言》，北京：社会科学文献出版社，2000年版，第113页。

　　[2]同上，第116页。

一个"路径"，那就是："诗是一种令人惊愕的语言"。"令人惊愕，是因为它是真实的。我们不期而遇之的真实。它不是理性的语言，也不是情感的语言。它比语言少了语义而多了意义的震颤。因此它变成了一种事件。类似于咒语或预言。"①在耿占春的诗歌中，有很多都是这样一种有关于"真实事件"的叙述，哪怕是从自然观察中带出的一点零星感悟，仿佛也都是一种"启示"。如其《寒冬》一诗，此诗从"苍山顶上飘落一层新雪"写起，然后从宏观视野逐步转向对细节的铺叙。作为学者型、思想型的诗人，耿占春当然不甘于只是客观性地描述眼中的所见，于是从第二节起，他就开始动用他不安的意志了。以至于到诗的最后，一个代表着"真实"的"启示"便出现了——"在我们正确的地方，花朵/不会永远在春天生长"。如果说这还是一种由自然生发而来的"启示"的话，那么其"论说体"诗歌中对某些类似于"咒语或预言"之"真实"的揭橥，则更加令人震颤。以《论消极自由》为例来看，此诗的主题无疑是鲜明的。诗人以"闲散的人"点题，然后由之引出"闲散的物"，最后再经由此二者对"消极自由"做出一种既痛苦又隐秘的体认："一切有用之物，一切无用之物/如匿名人民的临时集合//如众生平等，如闲散之物/抵达一种快意而虚假的自由"。在一种习以为常的环境中，麻木的人早已失去了角色意识，或者因为生存的卑微而难以表现出对正义之物的正当寻求。所以，闲散的并非都是真消极的，这其中有谦卑，有无奈，甚至还藏着至为复杂的"诚惶诚恐"。故而《论消极自由》这首诗中的启示意义是显而易见的。

耿占春曾明确指出："一首诗曾带我逃离现实，但半道上突然改变了方向：诗培养了内心的敏感，以致不再能够忍受粗暴的现实。"②从"神示"到对"真实""事件"的"批注"，是否也可以简易地看做是诗人诗歌写作方向的转换呢？尽管这分明看起来是从"形而上"到"形而下"的一种转换。

二、熵的法则

熵本是物理学上的一个术语。1850年德国物理学家鲁道夫·克劳修斯

---

① 《在语言返回根源的途中》，同上，第96页。
② 《诗歌的伤害》，见耿占春著《沙上的卜辞》，北京：北京航空航天大学出版社，2008年版，第18~19页。

提出这个概念时，是以之来表示任何一种能量在空间中分布的混乱程度，如果这一能量在空间中分布得越混乱，那么熵就越大。对于任何一个系统，如果听任它自然发展，能量总是倾向于消除。从物理学的这种规律中移步换影，耿占春看到了话语、文字、真理、思想等也难逃这样的"晚景"和命运，并且他深刻地认识到："我们自己充当了时间、历史使一切变为灰烬的熵的力量，我们就是使宇宙间趋于零、趋于停滞、趋于石头、趋于废热的熵本身。……思想早已变成闲谈之一种。"而只有"在写下为之担忧的某些话语时，我才知道，活着的人还可能具有一丝微弱的反熵的能量。"①就文学的各种体裁而言，耿占春明确指出，只有"诗的话语是另一种反熵的媒介"。于是"诗的话语"与"为之担忧的某些话语"便建立起了一种内在的联系。

耿占春明白，一个活着的人要具备反熵的意义，必须摆脱那副"白头宫女的面孔"。活着的人只有具有一种责任感、正义感、神圣感的时候，才可能具有一些反熵的力量，尽管到最后也是"安静如同宇宙最终的沉寂"，或者难逃一死，或者被人遗忘，或者在某种历史书中只占据零星页面的叙述。而一个诗人，要想具有反熵的价值，也必须使自己的思想一开始出现就摆脱"闲谈的面孔"，摆脱使思想一出生就徒具形式的窘境。在诗歌中，耿占春写下了许多"为之担忧的话语"。比如在《旅途之歌》中，他为身处困境中的自我担忧："有时我不知过着谁安排的生活／也无处获悉我是谁，他们洋洋得意／对某人嗤之以鼻，我且不知／那就是我；有人偶然大度／称赞的那个人，我也并不知情"。在《盛世危言》中，他从"盛世"看到潜在的危机，为此写下了警世的话语："我唯一所求的，是别堵上／那些还能说话的嘴，别侮辱／／本来就有限的智商，我承认／它是几希禽兽的最后一点区分"。其实耿占春深明拿破仑"当代的悲剧，就是政治"这句话的含义，他深知这就是我们的主要境况之一。"置身于这个所谓历史的必然性和社会的铁的规律中，一个人是什么？自由能是什么？行动和思考又能改变什么？在外在的规定性变得沉重的世界中，良知、责任感、自由意志也变得无济于事。我们被一种谁也无法逃避的境况所决定。这种境况使我们大家变得彼此相象，也就是变得使我们

---

①《话语中的熵》，同上，第134页。

没有了自己。"①在《论恶——读〈罗马史〉》中，他担忧："每个信仰强权的人/都在为新神开光要求血的祭礼"；在《没有新闻的世界》中，他指出："没有新闻的世界是一场噩梦/没有新闻的世界什么都可能发生//如今我在耳顺的年纪，本来赞同的/是黑格尔，却怀着莫名的忧虑//恐惧再度身陷一个没有新闻的世界/恐惧已经发生的事还会反复"；在《论语言》中，他深深地为语言带来的各种危机担忧："我们的语言多么习惯于杀生"，"我们的语言多么热衷于判决"，"我们的语言如今变得多么肮脏"，"没有现代语言的描述，无须对话/求证与论述，也丢掉了古典语言/'非常道'的高贵困难，不再有/慎独与格物，说话是多么无助"。当权力成为最高真理，成为唯一正确的意志，它便会成为一种绝对的存在。于是，强权可以强迫他人流血牺牲，可以制约新闻自由，可以拿语言来控制思想，甚者暴力判决、杀人都可以随心所欲。在这样无法摆脱的境况当中，作为有某种角色的个体到底是一种什么样的感受呢？耿占春在近二十年前就曾为我们传达出其内心的这种普遍性体验："在无处不在的吞并一切的权利组织和网络中，一个人难能有自由的本真的生命形式，也许他只有可以称之为失去自我丧失灵魂的那种体验。"②对于这个不甚理想的世界，他是有深切感知的。

此外，在《世界美如斯》中，他还曾担忧"惊梦的阐释者/曾经改变过/人类的编年史"，担忧"如今只有一个魔咒/还未曾实现——'美，能拯救世界'"；在《论快乐》中，他也指出："当快乐出现在有权力感的地方/它就与厌倦等同"。总之，耿占春在他的诗歌中"不厌其烦"地表达着他的"担忧"，他不希望看到熵在最后的狂欢。尽管在谈论传统读书人责任的时候，他认为阅读与书写可能是对责任的一种逃避或偏离，"把阅读与书写转变成一种快乐，把责任降低到自身的快乐或'语言的欢乐'"，但这无疑也是"他的自卑自谦"③。但至少语言可以帮助实现对良知的一部分救赎。

耿占春指出，诗歌是一种反熵的媒介还在于它提供了一种非封闭、反耗

---

①《我们活着（五）》，见耿占春著《改变世界与改变语言》，北京：社会科学文献出版社，2000年版，第243页。

②《我们活着（六）》，同上，第243页。

③耿占春著：《退藏于密》，西安：陕西人民教育出版社，2015年版，第13页。

散的结构。"诗歌话语诞生之初，就是低熵的话语。当历史中那些高热高能的话语沉寂下来时，诗歌话语还在说出它的未解之谜，至今依旧是人们心中可能的慰藉。它的微暗的火焰还在持续自己，它的真理、它的意义还在生效。——这未解之谜仍然是熵的法则——""伟大诗篇的话语是一种非封闭的象征结构，在移动的语境中引入新的能量，它也一再地进入能量的转化形式之中，然而却不愿意停滞在任何一种确定的、不再转换自身的状态中。"①很显然，耿占春认为，诗歌要保持持续性的能量，要在历史中一直保持它的"秘密"，就要持一种开放的结构，否则当它封闭、固有的意义分散殆尽，其生命也就结束了。为此，耿占春喜欢诗歌持一种"旁白"的姿态，青睐诗歌的"画外音"，期待诗歌成为"未完成的陈述"，厌倦诗歌"没有个性的经验"及其"致命的单调"。鉴于这样的诗歌认知，耿占春在写作中也贯穿了同样的理念。他的《一首赞美诗》，其实并不是一首用以赞美的诗，该诗以南诏、大理的空间、时间为导源，但却并不赞美它们。在这首诗中，诗人其实是在进行一个诗的"呼唤"，是以一首诗来唤起另一首诗："浮云诡秘看苍山，忆起一首诗——"这即是一种"未完成的叙述"。《称之为苍山》一首简直就像是为关于苍山的纪录片所写的脚本，这构成了一种"旁白"的姿态。从结构经营上看，他的《精神分析引论》则具有一个令人深思的架构，尽管全诗前三节均以理性的逻辑在建构一种"瞻对"的视角，第四节又以理论归结的方式收束了全诗，这种推导思路分明，并无任何向外突破的"犄角"，然而一旦联想到诗的题目"精神分析引论"，我们的视野就豁然打开了：全诗与"精神分析引论"是一种什么样的关系？为什么"一个人就必须是又不是另一个人"？它与弗洛伊德有内在思想上的一致吗？此外，《辩护词》一诗也是如此，前两节还在探讨人类与智能机器人之间的矛盾关系，第三节就以比喻的修辞引入了诗人和上帝，最后一节又抛出了"漫游奇境的爱丽丝"的"辩护"。那么，诗人到底意在以什么为镜，又想鉴照出什么呢？他期望以"辩护"为幌子来达到什么样的"修行"？这首诗制造了美妙的画外音，它寄望他的读者去进行一番有趣的找寻。

---

①《话语中的熵》，见耿占春著《沙上的卜辞》，北京：北京航空航天大学出版社，2008年版，第134~135页。

当然，诗的这种开放性结构与语言也有着不可分割的关系。耿占春对语言是敏锐的，同时，他对语言的"深入"亦让人瞠目。他看到语言有一种分裂的力量："它的爆炸得到了自身的显现——话语作为一个事件，犹如瞬间在寂静中'内爆'——开辟出一个微观的感知空间。语言能够像粒子一样无限地分解，内爆，裂变产生了能量。写作犹如话语内部持续的裂变活动，产生、释放意外的意义资源。"①语言本身可以裂变出能量，而写作又如话语内部的裂变。那么对于诗歌而言，语言这种裂变的能量就更加超乎想象："诗是一个独立的话语的宇宙，诗的语言与其所指相离异，符号于所指涉的正常关系被打破，语言规则的偏离与超越，把自然语言规范起来的世界再度打破了。"②耿占春在他的诗歌中很好地驾驭了语言及其裂变的能力，从而使诗歌的阐释空间得到大大加强。如其《论神秘》，一方面述说"神秘"的普遍存在性，对"神秘"进行破解，另一方面又引入"神秘"与"美"之间的关系，因为全诗确实充斥着一股"美"的力量，由此有效地拓展了诗歌的意义空间。在诗的最后，诗人还对诗本身进行了一个自嘲式的"解讽"："这首诗也必须祈求谅解"。可谓别出匠心，引人深思。其《论晚期风格》也是一首"语言能见度"很高的诗。在诗歌中，诗人首先将"晚期这个概念"与"经验""力量"建立起一反一正的联系，然后又指出它另外的"指向"，比如疾病、年岁等；接着诗人又引入譬喻，引入他者对"晚期"的定义，然后将"水"与"人"进行类比；最后落脚于"晚期风格／只存在于一个人最终锻造的话语中／这就是他的全部力量，在那里／他转化的身份被允许通过，如同一种音乐"。全诗的语言一直处在激荡当中，每一个词语都没有撤退的意图，使我们真正窥见到了语言的力量。此外，他的《失败者说——读〈宋论〉》《称之为苍山》《没有新闻的世界》《在孩子们中间》《火车站》《记忆》等，从这个角度来审视和理解也都具有一定的典型性。这一类诗的成功，应该说与诗人对语言的痴迷与"背负"有着相当大的关系。

洞察耿占春诗歌写作的两个维度之后，我们发现，无论"卜辞的艺术"，

①《语言分裂的能量》，同上书，第105页。
②《语言的欢乐》，见耿占春著《改变世界与改变语言》，北京：社会科学文献出版社，2000年版，第87页。

还是"熵的法则",都埋伏着与语言的必然联系。其实，耿占春早年就曾指出过语言与诗所具有的深层关系："词语最初原本隐隐地指示着两种基本存在：人和自然。而且这是一种凝缩或移位一体的存在。这意味着，语言最初是诗。"①鉴于这一深层关联，我们便应该明了，对于耿占春而言，诗、语言和生命这三者就是一个"三位一体"的存在。所以，他才会说："一个写作的人有双重的生命和双重的死亡。因为语言，一个人能够在死后复活或开始成长。"②从语言的能量上看，耿占春的诗的确具有"复活"或"成长"一个诗人的意义。我们非常期待历史将来的验证。

---

①耿占春著：《隐喻》，北京：东方出版社，1993年版，第4页。

②耿占春著：《退藏于密》，西安：陕西人民教育出版社，2015年版，第14页。

第三节
"忽逢幽人，如见道心"
——华清诗歌论

　　思想深刻的批评家在诗歌创作上往往也表现出非同寻常的理路，他们诗歌中所蕴含和闪烁的景象常常耀示出一种奇异的光辉，就像奥登所说的"染匠的手艺"，它们所呈现出的"技艺"和"力量"也非常值得称道！深入阅读华清（张清华）诗歌的人，很容易就能够发现一个事实。那就是，作为国内屈指可数的批评家，他的诗歌成就被其批评成就给遮蔽了。在对先锋文学的批评上，张清华的"思想大气开阔，艺术感觉敏锐，对艺术作品总有独到见解。他的批评文字，精粹、瑰丽，意味深远。"①其实，他的诗歌在当代诗歌写作中也毫不逊色，同样体现出了洞察力和感受力的敏锐，语言和修辞的瑰丽与精粹，以及对形式和意味追寻的不遗余力。其诗歌中既有灵动的知识化成，又有丰饶的经验架构；既有纯正的情感质素，又有不羁的冒犯欲求，对人情与事理、文化与时代都有着相当可靠的审视与辨复。从质地上言，华清的诗歌既有澄明的深刻，亦有深刻的澄明。

---

①陈晓明对张清华所著《中国当代先锋文学思潮论》一书的评荐语。

一、知识：背景与化成

作为一个典型的知识分子，华清的诗歌写作有知识性的一面，但他对于知识型的诗歌写作似乎并无特殊的爱好。知识性的诗歌写作，通常有一个"弊病"，那就是偏好议论与铺叙，强调逻辑性，严重时则呈现出一种说理性散文的写作倾向。与其他很多诗人的知识性写作不同，华清的诗歌对于知识并不依赖，以文字为诗、以才学为诗以及以僻奥为格局从来都不是他对诗歌的追求。即使与知识大为有关的篇什，他也往往能够避重就轻、化繁就简。

在华清的诗歌中，知识性较强的诗篇大略有《从死亡的方向看》《博尔赫斯或迷宫》①《听贝多芬——致欧阳江河与格非》《达利：十字架上的基督》《曼德拉》《从诸神的方向看》《八指头陀》《读梵高》《帕瓦罗蒂》《关于哈姆雷特的断章》《上升或下降：一个人的旅程》等②。就《从死亡的方向看》来看，其"知识性"不过就是形式上的一点呈现，那就是诗人起笔化用了多多的一句诗，以及中间穿凿了一点类似于故事的架构。而除此之外，诗歌的通篇不过都是在借助"死亡的方向"来"观察世界"和"人间的一切"。应该说，这是一种另类和独到的发现，是一种充满了"奥义"的清醒。所谓思想深刻的批评家的"非同寻常"，此即是一种表现。而《博尔赫斯或迷宫》及后面数首，其"知识性"则主要与博尔赫斯、贝多芬、达利诸人以及他们的写作、音乐创作或身份有关，如果剥离掉这些背景知识，我们很容易发现华清的诗侧重的其实乃是对"命运显现"与"照亮黑暗和真理的闪电"的一种可喜的"惊悚"，对"以夜枭的方式/剪裁着安详的烛光，拨动低音的马群/用苍白的指尖，将神秘的暗语敲响"的"英雄心"的印证，对"受难者的洪荒"的一种凭吊，对"浊重的肉身"的一种澄明与拯救。因为作者自始至终都对这样一个道理保持着清醒："贴着自己的生命经验，尽量真实地书写，或许是唯一的出路。"③

---

① 以上两首见《钟山》2017年第3期。

② 以上数首见华清诗集《形式主义的花园》，北京：人民文学出版社，2018年版。本文所引诗歌，除特别注明的外，均出自此诗集，不一一注引。

③《在诸神离席的旷野——关于诗歌写作与批评的答问》，见华清诗集《形式主义的花园》，北京：人民文学出版社，2018年版，第215页。

当然，这并非要撇清华清的诗歌与知识的关系。华清的诗歌总是有它真正要"庇护"的核心所在，这种核心所在有时与所谓的"知识"形成了一种内在交互。对于一个知识分子来说，这显然是写作上一种无法避免的"痼疾"。更何况，华清还是一位重视写作精神背景和看重经验如何传达的诗人。他曾非常真诚地认为："没有自己精神背景的诗人很难成为重要的诗人。"并且对"精神背景"有十分细致的分析：它"可以是很具体的诗人的思想和范型，也可以是一种文化传统中的精神原型，总之它具有某种'源头'或'母体'的属性。寻找或拥有它，应该是所有'自觉'写作的开始，也是所有自觉写作的归宿，是它力量的源泉，也是它意义获得扩展的一个基础。"①华清此前也曾浸淫中国古典文学。据说他沾上诗歌的"毒瘾"源于早年对《唐宋词一百首》的痴迷。以至于后来逐渐形成了"新诗歌与古典诗是相通的"的诗学观念。②古典诗歌有一个很大的特征，那就是用典。华清无疑对这一特征深有研究，并且懂得其实质所在："用典其实就是寻找个体的经验与传统的经验之间的联系，以使自己的感受汇入到古老的知识谱系之中，同前人业已成为经典的说法与经验达成一致。这是中国人特有的'互文'和对话的方式。"③"根据互文性理论，任何文本都是由诸多前/潜文本中引出而重编的新的织品。"④因此其诗中或者诗前总喜欢征引他人诗句，其实有这样一种学术思想的背景在。从这个角度来看，华清诗歌写作中的"知识性"乃有了理论根基。华清的诗歌和诗学文章中，有大量写到或论及、征引海德格尔、荷尔德林、梵高、尼采、雅斯贝斯、海子等人的作品，甚至可以看到某些诗题，与荷尔德林的诗有所暗合，如其《上升或下降：一个人的旅程》，荷尔德林也有一首题为《生命的历程》的诗，其中有"上升或下降！"这样的诗句。至此虽无法完全精确地指证其精神背景所在，但管中窥豹，已见一斑。加以用典、互文、对话等中西文学表达方式的运用，华清的诗歌在创作中表现出知识性的一面也就容

---

① 张清华：《谈诗片段》（二章）》，《诗潮》，2011年第1期。
② 张清华：《诗歌是与生俱在的爱》，《诗潮》，2017年第3期。
③ 张清华：《谈诗片段》（二章）》，《诗潮》，2011年第1期。
④ 江弱水：《互文性理论鉴照下的中国诗学用典问题》，见其所著《文本的肉身》，北京：新星出版社，2013年版，第7页。本文论"互文"与"用典"的关系问题甚详，可参看。

易理解了。

但一如前文所指出的，华清采"知识"入诗只是将其作为一种背景或用以起化成作用，而不是堆砌。他懂得："说理和掉书袋与诗歌写作是两码事"，故而在诗歌创作中他十分注重知识与经验的融会贯通，以使其形成一个严密的整体。为了将知识与诗歌区分开来，有时采取某种视角来进行写作就显得非常必要。如《听贝多芬——致欧阳江河与格非》既不侧重写贝多芬的悲惨人生，也不侧重写其音乐的精妙绝伦，而是侧重从"听"的角度建立起贝多芬命运与写作主体中年"英雄心"这一经验的巧妙关联，通过这种建构使个体经验被感知被理解，从而达到超越个体经验的效果。又如《从诸神的方向看》，此诗只是暗含了一种"知识性"。诗人在诗中并不涉及与"诸神"有关的任何问题，而是借助诸神的视角（即俯视的视角）来打量"这个蚂蚁一般的人间"——"雾霾围困的集市"，将个体对特定历史时代既私密又宏大的经验传达出来，以提供一种对"混沌中的忙乱"的补救。再如《上升或下降：一个人的旅程》，尽管从某些学术研究中我们可以看到华清有对"上升—下降"这一写作思维模式的重复①，但可以分辨的是，诗歌并无沾染学理成分的痕迹。从诗歌的具体写作看，诗人并不透过简单的"生—死"问题来写一个人的生命回环，而是试图通过"坟（土）—灵（金）—恶（火）—悔（水）—善（木）"这一精神伦理结构来审视灵与肉、善与恶、黑暗与光明等对立元素之间的接续和终极回溯问题。在写作中，诗人将许多抽象的问题经验化，以具体的意象来"近取譬，远取义"，实现了一种"抽象自由"和"随心所欲的自由"。当然，需要指出的是，华清的诗歌中有很多写作并不完全依赖于经验，而是依赖于直觉能力。"我一直认为好的诗歌应该更多触及无意识，我试图在诗歌中加入直觉性的东西，但做得还不够。"②这是他对个人写作避免被知识牵着走的一种有意识的觉醒。当然也与他的诗歌观念有关。

---

① 据作者注，此诗初稿于1994年春，1997年秋改定。而1997年6月作者曾出版《中国当代先锋文学思潮论》（江苏文艺出版社）一书，该书引言为："从启蒙主义到存在主义：上升还是下降？"这启示我们，作者在两类写作上是不是有某种关联。

② 《在诸神离席的旷野——关于诗歌写作与批评的答问》，见华清诗集《形式主义的花园》，北京：人民文学出版社，2018年版，第213页。

二、古意：兴会与韵味、格局

作为先锋文学的批评者，华清对于诗歌的现代性技巧是熟稔的。在诗歌中，他对现代性手法的运用与他的心灵体验也往往契合如一。然而在华清的诗歌中，我们也很容易窥见到他对创作兴会与灵感的重视，对"韵味"的追求，以及对诗与生命互动之后宏观格局的建立。

"兴"是中国古典诗学中的一个概念，为《诗经》"六义"之一。一般谈新诗，很少论及新诗的"兴会"问题。其实，中国古典诗学中的"兴会"传统与西方诗学中的"象征"多有相似之处。谈新诗常常重象征而忽略"兴会"，是一种偏见。华清曾在其诗学文章中不止一次地论及陈子昂《登幽州台歌》、张若虚《春江花月夜》、李白《将进酒》、曹操《短歌行》等古代经典名篇，对于传统诗学中的"兴会"之义心领神会。从华清的各种解说中我们可以看到，他对"兴会"有多种层次的理解。低层次的含义，即通常所理解的情景交融、托物言志。深层次的理解则包括了心与万象之间的神秘对应关系，类似于西方象征诗学中的契合理论。①上升至这一层，我们会发现他将"兴会"这一诗歌生成机制的根源和特点认知得相当深刻。由于"善诗之人，心含造化，言含万象，且天地日月，草木烟云，皆随我用，合我晦明"②，则其诗兴触发必"与敏感的情绪、非理性的意绪有关"，所以华清有将"万古愁"或"灵敏"作为中国诗歌的精神的精妙之论，并且认为应当"对中国的传统语言，古典诗歌和现代诗，以及现代语言之间建立起一种血肉的联系，建立一种内在的气息、贯通古今的理解，因为它既充满思想，血脉相连，也无限地保有了其固有的本质——灵敏。"③有鉴于此，我们便很容易理解，为何华清能在其诗中将"兴会"手法运用的灵活自如了。以其《中年的假寐》为例来看，诗以"侧风""掀起五十岁的尘埃"起兴，然后将知天命之年的命运与一只"大鸟"和"鲸鱼"对应，最后泄露出中年"疲惫"的秘密。显然，此诗很容易让我们想

---

① 参看赵黎明著《古典诗学资源与中国新诗理论建构》，北京：人民出版社，2015年版，第71页。

② （唐）虚中：《流类手鉴》，转引自罗根泽著《中国文学批评史（下）》，北京：商务印书馆，2015年版，第583页。

③ 张清华：《万古愁，或灵敏之作为中国诗歌的精神》，《十月》，2018年第1期。

起《庄子·逍遥游》开篇的描写，这无疑是作者的"兴会"所至，然而其间所传达的含义却又并无勾连。可以说，此诗既有效地传达了类似于"万古愁"的情绪，又显豁地体现出了诗的灵敏精神。当然，对于写作主体而言，这种"灵敏"可能是无形的，它深深地植根于诗人的骨子与灵魂当中。这是内在的质地，但却常常以感性的形式发挥作用，与写作形成了一种微妙而又难以言传的隐秘关系。

唐代的《二十四诗品》强调诗歌对"韵味"和"意境"的营造，宋代的严羽在《沧浪诗话》中也将对"兴"与"趣"的追求作为诗歌创作的一种规律，强调情与思的触物而生，以及对联想和委婉含蓄手法的运用。华清的诗歌也很容易让我们发掘出这些传统的支点。华清曾指称其最早对诗歌的痴迷源于对文字和图画之间构成的意境，他"爱上了语言，爱上了语言的游戏"，受诱惑于"形而上学的诗"，对于诗词意境和韵味的追求已成为他难以摆脱的本能。[1]其大量的诗歌写作皆有这方面的体现。首先，华清尽量采择那些带有典雅、清奇、温婉、纤秾、瑰丽等色调的意象入诗，如尘埃、舷窗、鲸鱼、驿道、柳絮、华盖、春梦、蝴蝶、芦荻、桃花、枯井、夜枭、洪荒、西风、白雪、画舫、寒蝉等，衬托出了古典诗歌以"清"为核心范畴的审美风格[2]；其次，在诗歌中，他借助"秘密经验的敏感通道"和各种表现手法来大力经营深沉、柔软、唯美的诗歌意境，映照出了他对李商隐、李煜格局的欢喜。[3]以《过忘川》《梦境（多年前）》《迷津》《枯坐》《看客》等为例来看。《过忘川》所写之"忘川"显然是一个缥缈的所在，尽管诗人将生存境遇与之衔接时"忘川"已不是虚妄之河，但是整首诗仍然充满了空灵的想象，体现出一种含而不露、委婉含蓄的境界。《梦境》（多年前）一诗虽然是对多年前某事的一个追忆，但对事件的描写和叙述却也体现出一种"模糊"的存在。《迷津》[4]虽然以某个人的回忆与讲述为"架构"，然而其中对细节的展开和意境的营造也

① 张清华：《诗歌是与生俱在的爱》，《诗潮》，2017年第3期。
② 参看蒋寅著《古典诗学的现代诠释》第三章，北京：中华书局，2009年版。
③ 《在诸神离席的旷野——关于诗歌写作与批评的答问》，见华清诗集《形式主义的花园》，北京：人民文学出版社，2018年版，第207页。
④ 见《钟山》2017年第3期。

表现得蕴藉迷离，有味外之旨。更为难得的是诗人对诗中意境的"忘我"营造，其语言的清澈和灵性生长，让很多人都陷入了美妙的镜中。《枯坐》写一个人梦见自己"干枯"的过程，以第三人称作为叙述的视角，展现其在特定时间、空间中实体渐变的"发生"。值得注意的是，整首诗虽然一直以"静——动"交叉的视野在布局人的存在，然而从客观的角度看，这里呈现出来的仍然是一个"自在之物"的化境。在这个化境之中，人枯坐着，而内外的世界气象万千。《二十四诗品》的"实境"品云："忽逢幽人，如见道心。"①华清在《枯坐》中就是设置了这样一位类似的幽人，透过他的"半倒半立"我们也仿佛见证了某种"道心"。

中国新诗自诞生以来，对于"兴会""韵味""意境""兴趣"这些古老的诗歌特质早就弃若敝屣。而华清对这些"祖传秘方"却情有独钟，这说明他诗歌的血脉中有很大一部分来源于中国古典诗歌的优秀传统。这其中就包括道家思想——如"玄之又玄"、"道可道，非常道"、"大象无形"、"言不尽意"、"不落言筌""物我两忘"等影响到中国诗学中的"形而上学""自然""含蓄""幽冥杳渺""妙悟""理趣""神韵""恬淡""虚静"等理论观念。而华清对道家思想与诗歌的关系也有独到理解："'诗歌'的最高形式应该接近老子所说的'道'。"②并且对"形而上学"的诗歌十分痴迷："有两种范畴的诗歌：一个是'文本'意义上的诗歌，这是具体的、有形和有局限的诗歌；另一个是'形而上学'意义上的诗歌，这是无形的、永恒的作为理想的诗歌。……后者使我不能摆脱它的魔力——形而上学的诗歌永远在诱惑和'毒害'着我，让我为文本狂想、激动、发自灵魂地颤栗。"③这无疑从理念上影响了他的诗歌创作。如此他对中国传统诗学的审美范式表现出倾心也就不难理解了。他还曾经高屋建瓴地以"上帝的诗学"——即"生命本体论的诗学"④作为诗歌的最高原则，将司马迁、雅斯贝斯的宏论进行有效对接，以实践"伟

① 郁沅著：《二十四诗品导读》，北京：北京大学出版社，2012年版，第88页。
② 《在诸神离席的旷野——关于诗歌写作与批评的答问》，见华清诗集《形式主义的花园》，北京：人民文学出版社，2018年版，第214页。
③ 张清华：《诗歌是与生俱在的爱》，《诗潮》，2017年第3期。
④ 另外的表述是："生命与诗歌的统一"，或"生命诗学和人本诗学"，见张清华《林中路：诗学随笔》，《西部》，2014年第10期。

大诗篇"与"人格"的相互辉映，[1]体现出一种非常宏大的格局。这种诗学建构独创性地融合了中国古典诗学与中西现代诗学，其意义无疑是重大的。

三、悲情：还乡与悼亡

华清的诗歌中还有"吟咏情性"的古老身影。这多少与他的生命经历有一定关系。华清曾在老家的乡村生活了十余年，后来辗转迁徙，最后定居城市，由此对故乡产生了一种缱绻深情。因此，无论是对于生命还是文学，故乡都是他的原点或者起点。荷尔德林说，诗人的天职是还乡。华清的这种生命根源和"原乡"情结更是让他对"还乡"欲罢不能。欧阳江河说："诗人华清无疑是个被怀乡病深深困扰的现代城市人"[2]，这从他《形式主义的花园》这部诗集中存在大量处理"故乡"经验的诗篇可以见出。欧阳江河指出诗集中有十七首诗作直接或间接处理了童年、乡村、故乡，其实细数竟达22首之多。这些诗篇是：《古意》（2017.2.28）、《叙事》（2009.3.5）、《生命中的一场大雪》（2007.12）、《在春光中行走一华里》（2017.3.8）、《春困》（2017.3.22）、《春光》（2017.3.17）、《露天电影》（2017.3.5）、《故乡小夜曲》（2017.3.22）、《一只麻雀》（2017.2.18）、《致父亲》（2017.2.13）、《夕阳——致父亲》（2013.6）、《读词》（2007.10.9）、《童年》（2008.9）、《个人史简编》（2014.5）、《稻草人》（2016.10）、《穿过大地我听见祖父的耳语》（2009.3.25）、《故乡秋雨中所见》（2007.8.13）、《暮色里》（2009.3.2）、《那时我走在故乡……》（2006.4.23）、《梦境（身体孱弱的时候）》（2016.11）、《一阵风吹过》（2003.7）、《车过故乡》（2007.8）。

诗集中最早处理"故乡"经验的诗篇为2003年7月所作的《一阵风吹过》。在该诗中，诗人处理了三个故乡的"原风景"：乘凉的祖母、编筐的祖父以及一个由杂志、老花镜、烟蒂拼接的镜头。在诗歌中诗人采取蒙太奇的手法，以"一阵风"作为转换的节点，将三幅画面有创意地衔接起来，组成了一个

---

① 张清华：《谈诗，或连续的片段》，见华清诗集《形式主义的花园》，北京：人民文学出版社，2018年版，第176页。

② 欧阳江河：《词的奇境——写在华清诗集前面》，见华清诗集《形式主义的花园》，北京：人民文学出版社，2018年版，第6页。

逐渐消退但又非常接近情感原点的"存在"。很显然，这些都是诗人生活经历中的场景。在某个时间的节点，它们激发了诗人写作的冲动。这个"存在"既是客观的，又带有想象的成分，但却从精神的层面构成了一个栖身的场域，让诗人时时得以回旋。2007年8月所作的《故乡秋雨中所见》也是一首具有独特视角的诗。在诗中，诗人借助一个暗褐色的幽灵（癞蛤蟆）来观照"生命的故地"和虚实相生的"梦境"，最后将这个"幽灵"作为一个象征，来揭橥"离死亡更近/离灵魂不远"的事实。2017年二三月间，诗人集中写就了一组关于"故乡"的诗篇。在"古意"中，诗人"与一只故乡的飞蛾相遇"，回到古老乡野的四月，"若有所思"；在"故乡的小城"，诗人听夜的"四根弦"，触发了呻吟和孤单；"在春光中行走一华里"，他看到了"相继掉队的祖父，祖母，姑姑……"，突然眼含热泪；在故乡的麻雀中，他确信其中"有先人的亡灵，或替身"以及"我的灵魂"存在。鉴于这样冷静、深切的体验，华清对于故乡乃有着一种深刻的认知："每个人的故乡其实不在远处，就在自己的身上，故乡由自己携带，并且由自己不断的回忆来进行修改，……这也是一种对自己的悲悼或者伤怀，因为你永远回不去了，回不到你的童年。"同时，他还意识到"这不只是一个个体的记忆奥秘，更多的是一种哲学——即'我是谁，我从哪里来，到哪里去'的追问的重现，故乡无疑是一个最原初的坐标。"[1]访谈者曾指认华清的大量诗歌是返乡之诗，是存在之诗。从某种程度上看，华清的写作的确反映出这方面的情愫。华清对存在主义哲学大师海德格尔、尼采、雅斯贝斯以及存在主义诗人荷尔德林、海子等素有研究，故其诗歌写作受到存在主义哲学的影响是一种必然。在大量的诗歌创作中，华清对于"故乡""先人""神性"的执着显然带有存在主义的影子，他有为"生存"而思虑和忧患的一面，同时沉醉于具有"神性"气质的写作，在语言上也多注重摒弃繁复、归返澄明，这都是其诗受存在主义哲学影响的证明。

华清的诗歌中还有为数不多的几首凭吊、悼亡诗，主要是2014年6月作的《吊屈原》《怀念一匹羞涩的狼——悼卧夫》，以及2014年11月和2015年2月作的悼念诗人批评家陈超的《转世的桃花》《沉哀》。这些诗表现出了华

---

① 《在诸神离席的旷野——关于诗歌写作与批评的答问》，见华清诗集《形式主义的花园》，北京：人民文学出版社，2018年版，第212页。

清情感上自由、热烈和诚真的一面。与"还乡诗"一样，这些诗篇也多牵涉到尘世的荒凉与悲哀，然而却恰恰是"悲情"的传统成就了这些抒情的诗篇。这几首诗，一首吊古，三首悼今，故而在写法上也略有差异。《吊屈原》是应端午节的时令而作。诗以点破凭吊的"游戏性"起，继而道明"为国家而疯"的伟大，最后判明坠水的结局。自古以来，凭吊屈原的作品数不胜数，然而华清的这首诗却独辟蹊径，从一个特别的视角造就"颂扬"的体式，打破了千百年来赤裸裸的"颂赞"对悲情诗人的束缚。且格局宏大，有震撼力。与吊古相比，更值得细读的是悼今的三首诗。2014年四五月间，诗人卧夫以一种艰苦卓绝的方式结束了自己的生命。这位在华清眼中"肤色略黑但相当帅气的东北汉子，模特式的身材尤其标致，……总戴一副颜色偏深的眼镜，显得有点'酷'"的自诩为"狼"的诗人，在生前与华清其实并无深交，但在其去世之后却令华清倍感遗憾。后来经过回忆，华清认定这是"一匹有些羞涩和孤独的狼，一匹相当低调和质朴的狼。"符合他"所说过的类似'上帝的诗学'的一个规则，即为生命支撑、见证和实践的诗学"，是诗歌与生命完全融为一体的并非可有可无的诗人。[①]这样的诗人，华清是推崇的。因此，他的内心对之充满了敬佩。于是卧夫去世之后一月有余，他写下了《怀念一匹羞涩的狼——悼卧夫》。在诗中，华清对"这匹羞涩的狼"进行了一个非常生动的刻画，并且多处引用了卧夫的诗句，以示对死者的倾心和尊重。这很自然地让人想起《晋书》中阮籍吊"兵家女"的故事，"籍不识其父兄，径往而哭之。尽哀而还。"华清对一位并无深交的诗人如此推重，显然也是看重卧夫的才华。这正见出华清是一位真诚、重才、充满了怜悯心的批评家诗人。

相较于并未深交的卧夫，陈超则是华清相交二十余年的好友。这位在华清看来"理性而强韧、始终守着一个知识分子的精神节操与处事原则的人"，于2014年10月底突然地听从了"死亡与黑暗的魔一样的吸力"，飞跃到了"存在之渊的黑暗上空"。二十年来，陈超在诗学批评中建构了自己的诗学思想，也在诗歌领域写出了传奇的诗篇。陈超"用生命实践去承当一切书写，用生命见证一切技艺与形式的探求"，并且最终"找到了文本主义与生命诗学的合

[①] 张清华：《怀念一批羞涩的狼——关于卧夫和他的诗》，见其所著《像一场最高虚构的雪：关于当代诗歌的细读笔记》，北京：北京大学出版社，2017年版，第98~105页。

一与平衡"，其所建构的"生命诗学"与华清猜测的"上帝的诗学"①多有相通之处，因此华清与之惺惺相惜，既在诗学批评上肯定陈超为"当代诗歌批评伦理的楷模"，也在诗歌创作上将之视为"诗歌的兄长"。华清非常推崇陈超的《我看见转世的桃花五种》，认为此诗"既是时代的精神肖像，一代人成长中的精神悲剧的见证、伤悼，同时也是成人礼。……是必将会升华的那一种，成为一代人诗歌与精神的传奇那一种。"②为此，他在陈超去世后不久即写了《转世的桃花——哭陈超》，作为祭奠。与悼卧夫诗的理性、冷静和叙述笔调不同，此诗完全以抒情的表达方式建构诗篇，于陈超飞升之后先做一番饱含真情的想象，然后用祈使的语气，准确表达出他人难以言传的哀伤。从写作的角度言，华清此诗与陈超的"桃花"诗有风格上的契合，在内涵上亦形成了一种呼应，完全可以与古人的酬唱与"和诗"相媲美。从悼亡诗的角度言，华清开创了以"应和"写悼亡的新体式，属于一种新的发现。时移三个月之后，华清写下另一首纪念陈超的诗《沉哀》。与前诗在写法上有些不同，此诗荡去一个人的哭喊，将"我们"作为抒情的载体，叙述的焦点一改深沉的伤逝而为回忆性的念悼，表达出了一种既简单又深重的同人之情。综合两首诗来看，华清对于陈超的情感，既有理性的慰藉与同情，又有感性的伤时与伤怀，甚至还带上了部分自我感伤。因此可以说，华清的诗歌掩映了他们一种共同的情怀和理想，是对"从前的热爱"的一种唤醒，也是祈请其"如约"转世的一种见证。

华清曾指称，自己的诗歌"有一种虚无性的情绪，所谓悲剧气质，生命的绝望。"他解释，这一方面可能与先人们在写作中一直就表达虚无和悲伤的生命经验的诗之常态有关，另一方面也与一代人固有的经验属性有关。从整体上看，"来自现实的、文化的，还有个体气质的因素，还有属于诗歌本身固有的那些天然的悲情与绝望的东西"，的确限定了华清写作的一种基调。③因

---

① 有兴趣者可细读陈超所著《生命诗学论稿》(中国青年出版社2018年版)与张清华所著《猜测上帝的诗学》(北京大学出版社2010年版)。

② 张清华：《桃花转世——怀念陈超》，见其所著《像一场最高虚构的雪：关于当代诗歌的细读笔记》，北京：北京大学出版社，2017年版，第51~55页。

③ 《在诸神离席的旷野——关于诗歌写作与批评的答问》，见华清诗集《形式主义的花园》，北京：人民文学出版社，2018年版，第207~209页。

此，其还乡和悼亡写作沾染上一种悲情的风格，也就在所难免了。

批评家作为对艺术品的细读与辨证者，对于艺术的感觉无疑是敏感和锐利的。然而一个批评家写诗决不能像作批评一样对任何细节都条分缕析、洞若观火。华清深谙批评之道与诗道之分歧，诗与批评在他那里各有"垂钓"之方。然而对于一个批评家，诗歌或许可以治愈一些深藏已久的"疼痛"，因为只有它"指示着冥冥之中那唯一的出口"（《博尔赫斯或迷宫》）。

第四节
"风箱"中的写作
——臧棣诗歌论

诗人臧棣曾有一个很有意思的比喻，他说，当他思考自己与诗歌的关系时，他常常会有这样一种感觉："我所做的工作不过是想给诗歌发明一个风箱。"他梦想着，拉动风箱的把手，给诗歌的"空"带去一股强劲而清新的现实之风。这些年，他的这种意识越来越强烈。他的这一诗学理想，带有很强烈的哲学思维，让人很自然地联想到《道德经》第五章中所说的："天地之间，其犹橐籥乎？虚而不屈，动而愈出。"①老子认为天地之间的空间就像一个巨大的风箱，它虽然内部是虚空的但却从不枯竭，你越是施加动力，它鼓出的风就越多。臧棣的这种类似的诗歌观念，带有一个很重要的特性，那就是：探索"未知"与"无限的可能"。他虽然主张诗人应该保持在抽象的意义上谈论诗歌的能力，但他所创造的"诗歌风箱"这一新颖比喻，却最大限度地丰富了诗歌的能指。

一

臧棣曾将诗歌的"空"理解为我们自身对诗歌的"无知"。他想发明的

---

① 《老子道德经注校释》，王弼注，楼宇烈校释，北京：中华书局，2008年版，第14页。

"诗歌的风箱"，就是想在诗歌的"空"中放进一个现实的物象，一种我们可以在陌生的环境中能加以辨识的东西。在《骑手和豆浆》这部网罗他近25年诗歌精华的集子中，我从他的许多"现实的物象"中窥视到他对诗歌"无知"的那种近乎癫狂的"偏好"。读臧棣的诗，你就仿佛是在阅读一个未知的自然界，阅读一个容纳了无数"美好的礼物"的宝藏。

《莎士比亚的蚂蚁》作于1998年，这无疑可以看作是臧棣早期的诗作了。在未读此诗之前，我已经对这个题目充满想象，并且"全部的心弦也跟着纷纷竖起"，因为他将莎士比亚和蚂蚁连接了起来。尽管诗歌的结撰与阅读的期待视野存有一定差距，但诗意仍然如期而来。这是一首只有十一行的小诗，但诗中涉及动物、植物、人类以及无意识的事物诸如"枣树""银杏""石榴""核桃""樱桃""玉兰""蚂蚁""丝瓜""藤蔓""粮食""针眼""瓜藤""骆驼毛"和"莎士比亚"等共计一十三种，其中所容纳的信息量让你汗颜。当然，诗的"意图"并不在此。我想说的是：臧棣的每一首诗的生成，都与他对"无知"的探索密切相关，他钟情于世间的事物以及它们之间的关系。2015年4月，笔者在深圳曾有幸领略到他的诗歌《水竹芋入门》生成过程的"一部分"，之所以这么说，是因为我不可能知道他在获取了对"水竹芋"的"认知"以后，他如何具体地将这些"认知"融进到他的思维与语言当中，以及在语言、思维和认知交融之后他如何再具体地将它们通过诗的方式呈现出来。我所知道的，仅仅是：我们从车上下来，走到接近"萤火虫之家"的外围，当很多诗人都涌进"萤火虫之家"的内部，他却站在外面为一株长于水中的陌生植物而好奇。我和另一位女士在外面陪着他。遗憾的是，我们也都不知道植物的名字。在问了数次都未得到答案之后，他依然对那株美丽的植物不离不弃。他对探索这个"未知"乐此不疲。直到许久之后，一个同行者才从别人那里为他带来了答案——"水竹芋"。但我已经忘记那时他的脸上有没有欣喜之态。现在想来，这个中情形完全是可以推想的吧！我虽然仅仅从客观的"在场"领略到他创作诗歌的准备过程，但这已足以让我对他的诗歌生成有了一个整体上的感性打量。如此，我们便可以大略想象《莎士比亚的蚂蚁》的前期准备过程：他站在一个长满了植被的园子中，先是看到枣树、银杏、石榴，然后辨认出核桃、樱桃、玉兰，然后从一处小小的景致中看到一只蚂蚁，随后他将视野定格在"蚂蚁爬藤"的细节上，然后慢慢从现实转入到对细节的猜测与推想："沿这样的方向，它要寻找的粮食/甚至连你都未必能认出。/也许，它只是刚刚穿过了针眼，/那静止的瓜藤对它来说/不过是一根骆驼毛。"最后，他猛然抖出诗意："而我突然萌生一种冲动，/渴望管这只蚂蚁叫莎士比亚。"在当今时代，也许只有少数的诗人还在某种程度上主动而不存在功利性地在做着与大自然中的万物亲近的行为。也许是出于对诗的敬畏，臧棣便做了这"少数的诗人"中之一位。批评家刘波也许说得对："他不为某种早已存在的理念而写作，而是寻求一种现场感，让他的词语活在当下，让那些诗意在瞬间获得深邃的定格。"①臧棣在他的诗中为阅读者（首先是他自己）开发出许多"无知"的领域，诸如"偶像学""夏日的建筑学""伟大的空白""游戏学""潜水史""蓝色的发明""和我们听力有关的魔术""珊瑚人""捕鲸日记""主人学""唐蕃古道上的不眠夜"以及"蕨麻"等等；他的"丛书"和"协会"诗系列写作更是如此。臧棣在他的诗歌意识中，既严肃而又玩世不恭地"摆弄"着进入到他视野中的那些物象、事理，他似乎已经练就了一种平衡术，不经意地就处理好了它们与诗歌之间的关系。批评家耿占春说："臧棣执意要打破已经成为习惯的观察与话语方式，这种习惯使我们身边的事物融入背景而不能觉察。"②读之，信然。

因此，对于一个如此执著于"无知"的诗人，你能够想象他的诗歌给他带来的不仅仅是"知识"，更是一种"乐趣"。臧棣认为，诗歌能够给人类带来的最基本的乐趣之一便是：它能不断地在我们的"已知"中添加进新生的"无知"，而"无知"能带来最大的快乐。③

二

臧棣曾经与孙文波、桑克等讨论诗歌的"创新"或"独创"问题。孙文波在其所著《在相对性中写作》中的《就"新"谈"新"》一文中，对臧棣

① 刘波著：《当代诗坛"刀锋"透视》，保定：河北大学出版社，2014年版，第155页。
② 耿占春著：《失去象征的世界——诗歌、经验与修辞》，北京：北京大学出版社，2008年版，第258页。
③ 臧棣：《诗歌的风箱》，见《骑手与豆浆：臧棣集1991—2014》，北京：作家出版社，2015年版，第213页。

的具体观点语而未详。但大概可以看出，臧棣提到了诗歌创新的"原则问题"。新诗近百年来，标准的问题一直没有得到解决，所以这不是一个容易讨论的话题，于是在文章中孙文波以否定的方式对"原则问题"作出了排除性解答，而臧棣则将对"独创"奥秘的探求更多地付之于个人写作的劳动之中。他深刻地意识到："诗人只有将语言的傲慢微妙化，他的写作才会触及诗的独创性。"①我想，他也许比较认同桑塔格"学习写作的唯一之路就是写"的理念。

臧棣诗作中，最具独创和影响力的应该说是其"丛书"和"协会"诗系列（也许以后还有"入门"系列）。在我看来，"丛书"与"协会"乃是臧棣专门为诗歌发明的两个具象化的"风箱"，它们既具有包容性，也更具想象力。比如，他的"风箱"中既装着"泥狮子""黄雀""骆驼草""猫头鹰""喇叭花""出头鸟""牧羊人""走马灯""陨石""呀诺达""天鹅湖""东山羊""热带水果摊""石梅湾的红胸松鼠""麒麟草""女郎花""鳗鱼汤""蛇瓜""穿心莲""海南鹩哥"等自然物象，同时也装着"一滴雨水就能击穿那金黄的靶心""自我塑造""如何让阅读避免麻木""即兴表演""防止心智堕落""你能想到的全部理由都是对的""文字的魔力如何可能""送林木赴昆明""大雾中的新年""假如空气很漂亮""在大理我们曾经把空气比作大象""一生中最美好的瞬间""你的疑问黄得足以杀死十头牛"等行为事理。一方面，对于读者而言，"风箱"中的这些事物因极具"无知"的意味而极大地拓展和丰富着读者的想象力；另一方面，深入阅读这些诗篇，你会洞晓臧棣其实是"醉翁之意不在酒"，这些物象与事理其实只是他深入诗歌内部的一些"道具"。其诗最本质的特色，乃在于三个主要方面：一是对诗歌传统的挑衅性拆解，以及对当代诗歌写作潮流的疏离；二是对生命自我的"精细化"处理；三是诗歌语言的"游戏性"。本部分重点探讨前两者。

臧棣对旧有诗歌传统的挑衅性拆解，主要体现在对抒情传统的消解上，一是对中国古典浪漫抒情传统的消解，二是对新诗诞生以来在特殊历史时期所产生的讴歌式或宣导式抒情的消解；而对诗歌潮流的疏离，则主要体现在他对当代各个时期写作主潮的一种偏离，从而保持了其独创的意义和价值。

---

① 臧棣：《诗道鳟燕》，见《骑手与豆浆：臧棣集1991—2014》，北京：作家出版社，2015年版，第373页。

在臧棣的诗歌中，你很少看到抒情的成分，即使有，也多是淡而化之的处理方式。他的语言太冷静，激情完全消泯在对自我意识的有效处理中。2014年7月，诗人往四川江油，归来后曾赋《江油归来丛书》一诗。四川江油是大诗人李白的故乡，一般而言，这种赋诗是要奔流着激越的情感的。但我们来看诗人的叙述："过关在青莲，绿野/已面目全非。但小意思/随便碧绿一下，仍能过滤掉/人生的操蛋。蝉鸣撞击/心灵的底线。无论怎么寻找，/你和我都可能是李白——/这诉讼，甚至随时准备/激进于语言之血。没找到，/历史才会讲究阴影。/事实上，我喜欢在历史的阴影中写东西。/毕竟，青草之中，迷失/已称出一种新的陌生：/看上去，重量的差别如此不同，/但斧子却睡得比蜻蜓还轻盈。"保守一点说，诗的前半部分还有因内心受触动而抒情的成分，但是后半部分很快就坠入了理性或非理性的意识流中。因此，读臧棣的诗你很难读出一种稳定的意义，因为他对诗歌"稳定的结构"持有一种排斥的态度，而对诗的"不稳定性"则持有一种美妙的感受："最奇妙的事情之一就是，诗的结构从未稳定过。"[1]这种对于结构的不定性推崇，本身就是对传统抒情方式的一种消解。当然，出于特殊的历史语境，政治环境的宽松、消费主义时代的来临也使得臧棣诗歌远离了政治抒情的潮流。同样，所谓的"新诗潮"虽然并不遥远，但那种强调个人独立价值和人的觉醒的诗歌风潮也不隶属于臧棣的日常生活和精神世界。即使是在他所处的属于他们这一代人的年代，他也与诗界所谓的"新传统""日常性""口语化""叙事性""反崇高""反诗意"等保持着一定的距离。

深入研究臧棣诗歌的叙述策略，你会发现，在有意识或无意识的潜在写作中，臧棣的诗歌虽然善于调动意象，但是更多的是在透过物象事理来强调一种"生命对话"，或者说是一种对生命存在的找寻与反省意识。对于内心"伟大的孤独"或"好奇"与"诘问"的开示，臧棣往往采取的是一种非常细致化的"精耕细作"的方式。不妨从他的《真实的瞬间丛书》来体会一下："九条狗分别出现在街头和街角，/大街上的政治看上去空荡荡的。冷在练习更冷。//八只喜鹊沿河边放飞它们自己的黑白风筝，/你被从里面系紧了，如果那不

①臧棣：《诗道鳟燕》，见《骑手与豆浆：臧棣集1991—2014》，北京：作家出版社，2015年版，第376页。

是绳索，// 那还能是什么？七辆出租车驶过阅读即谋杀。/ 所以最惊人的，肯定不是只留下了六具尸体。// 身旁，五只口袋提着生活的秘密，/ 里面装着的草莓像文盲也有过可爱的时候。// 四条河已全部化冻，开始为春天贡献倒影，/ 但里面的鱼却一个比一个悬念。// 三个人从超市的侧门走出来，/ 两只苹果停止了争论。你怎么知道你皮上的 // 农药，就比我的少？但我们确实知道，/ 一条道上，可以不必只有一种黑暗。"臧棣善于从"小"的事物和"细节"中见证与反省，比如诗中对"九条狗""八只喜鹊""七辆出租车""五只口袋""四条河""三个人""两个苹果"以及"一条道"的巧妙性链接，细节一个个被"揪"出来，但最终耀示的却是："一条道上，可以不必只有一种黑暗"。这是一种非常精细化的对生命存在的剖析，属于抽绎式诠读。其实，这种精细化的"操作"，其根源乃在于人与生命自我的深入"对话"。洪子诚先生对此曾有深刻的洞见，他说：在臧棣的一些诗中，"早期的'象征主义'的那种重视幻想、感悟的诗风，也有向着更重视'观察''智性'倾斜的情况；诗呈现了由怀疑、辩诘、改写、翻转、分裂、自省等因素所组织的、推演的'对话'结构。"[1]不过，这种"对话结构"从某种意义上看又是建立在语言之上的。而臧棣恰好又强调语言的重要性，他曾说："就写作而言，所谓诗，无非是在语言的寻找中及时找到你自己。"[2]

三

在诗歌的"风箱"中，臧棣游刃有余地调动风力，鼓冶出许多"能激活伟大的暗示"的作品。这些作品之所以能够激活"伟大的暗示"，主要在于他对语言神秘性力量的调度。臧棣对语言有一种特殊的好感，比如他会认为"与世俗的幸福不同，诗的幸福的核心是人们可以安于语言的智慧"[3]，有时他对语言是依赖的，比如他会认为"对诗的境界而言，最根本的还是，让语言来决

---

[1] 洪子诚、刘登翰著：《中国当代新诗史（修订版）》，北京：北京大学出版社，2005年版，第267页。

[2] 臧棣：《诗道鳟燕》，见《骑手与豆浆：臧棣集1991—2014》，北京：作家出版社，2015年版，第375页。

[3] 同上，第358页。

定想象。"①但是语言的这种所谓"神秘性力量"，对于臧棣而言也许并不神秘。虽然他将诗的语言看作是"对应于神秘的召唤"，但实质上诗的语言的本质不过是"实验性的"。正因为是"实验性的"，所以这其中可以挖掘的"可能性"便是无限大的。

臧棣对于当代诗歌语言的"游戏性"有独钟之意。他认为，"相对于我们的传统，当代诗确实更频繁地遭遇到一个新的主题：非凡的游戏。"②这种观点在当代诗歌理论中其实并不罕见，但是很多人会误解他的观点。臧棣所说的"游戏性"，并非是指诗歌的娱乐性或着竞技功能。他的这种"游戏性"观念应该是直接或间接地受到维特根斯坦或者瓦雷里的语言观影响。研究维特根斯坦的学者在概述维氏后期的语言观时指出："我们的语言是由各种各样、或大或小、或原始或高级、功能各异、彼此间仅仅具有家族相似性的语言游戏组成的异质类聚物"③。这实际上是在强调语言的传统功能与稳定性。而对于诗歌，臧棣从维氏语言理念的反面看到了求新与变异。臧棣也曾经对瓦雷里的"纯诗主义"感兴趣。瓦雷里后来颇为关注物本身的象征性和词语本身，曾声称"一个词的激发功能是无穷无尽的"，而这与臧棣在诗歌实践中注重语言的繁复以及语义的再生成有着重要关联。举他的《泥狮子协会》一诗为例来看："泥捏的，全都很矮小，全都昂扬的彻头/彻尾，所以会有粗壮的表情/向孩子们虚构你正在到来。/全都很逼真，就好像它们真的没吃过人。/全都经得起反复观摩，全都像是在非洲有很硬的后台。/全都不愿提及过河的事情。意思就是，/不能用泥捏的，全都像是替身们已变得太狡猾。"读这首诗，有两点最直观的感受，一是对诗歌语言的"好奇"，二是诗歌似乎带着"面具"。其实，臧棣本人对诗歌语言就带有好奇心，他曾说："我们最需要的诗，是从语言的好奇心开始的诗。"④而诗歌也"只能深刻于语言的好奇"⑤。从《世界诗人日丛书》来体会一下："同样的话，在菊花面前说/和在牡丹面前说，/意思会大不

---

① 同上。

② 同上，第356页。

③ 韩林合：《维特根斯坦论私人语言》，《哲学研究》，1993年第4期。

④ 臧棣：《诗道鳟燕》，见《骑手与豆浆：臧棣集1991—2014》，北京：作家出版社，2015年版，第357页。

⑤ 同上，第371页。

一样。更何况现实之花/常常遥远如我们从尘土中来/但却不必归于尘土。/拆掉回音壁一看，/原来耳朵是我们的纪念碑，/但耳朵什么时候可靠过？/怎么看，心，都是最美的坟墓，/但你什么时候见过一个美人/曾死于心。菊花在生长，/心，从里面看着。/心，安静得好像有只蝴蝶/正停歇在篱笆上。/我承认，我是一个有罪的见证人——/因为除了陶渊明的菊花，/我确实没见过别的菊花。"我觉得这种"好奇"，一方面来自于语言本身所持有的美感和"寓意"特性，另一方面则主要来自于诗人对语言和句子的"心凝"与"形释"，以及他们如何将语词与外在的物理事象加以"冥合"。对于诗人而言，处理好语言与思想的关系绝对是一项本领。

当然，在诗歌语言上，臧棣似乎也是一个有"野心"的人。从他所主张的"诗人成熟于语言的傲慢"这一观点，我们可以窥见一些端倪。臧棣认可诗歌的"面具性"，认为"面具，是诗歌送给语言的最好礼物。"[1]20世纪30年代，随着时代的发展和历史语境的转换，西方学者对诗歌在功能上的变换曾有非常敏锐的分析："诗在技巧上达到了空前的高水准；它越来越脱离现实世界；越来越成功地坚持个人对生活的感知与个人的感觉，以致完全脱离社会生活，直至先是感知然后是感觉都全然不存在了。大多数人不再读诗，不再觉得需要诗，不再懂得诗。因为诗随着它的技巧的发展，脱离了具体的生活"，"诗人为生活所迫——即为个人经验所迫——集中注意力于某些词汇和起组织作用的价值，而这些对于人类整体来说已经越来越没有意义，直到最后，诗从当初作为整体社会（如在一个原始部落中）中的一种必要职能，变成了现今的少数几个特选人物的奢侈品。"[2]这段话很明确地指出了诗歌在功能上从社会层面到个人层面的转化，诗歌写作越来越"坚持个人对生活的感知与个人的感觉"。但是细心的读者也会发现，这一观点中的某些言语也暗示了诗歌面临的"危机"，那就是诗人开始"集中注意力于某些词汇和起组织作用的价值"。但"危机"有时也意味着"出路"，因为这其间恰恰暗示了诗歌的另一种重要功能——话语功能。"诗歌话语一直力图保持的就是语言创始活动

---

① 同上，第372页。

② （英）考德威尔著：《考德威尔文学论文集》，陆建德等译，南昌：百花洲文艺出版社，1995年版，第301页。

中对意义的敏感性，对感受自身的敏感性。……对诗歌话语而言，话语活动是一个永无终结的启蒙过程，是对人类敏感性与感受性的持久的启蒙，也是语言的自我启蒙，即对意义感知领域的无限拓展。这是诗歌话语的双重功能，既参与建构社会的象征视阈，也消除那些已经固化的社会强制仪式或堕落为仪式形态的象征主义。诗歌话语忠实于感受性、敏感性，不断开启对意义新的感知方式，同时忠诚于隐秘的象征秩序，致力于未完成的象征主义视域的建构。"[1]诗歌话语是一种非常强大的"话语"！读臧棣的诗歌，你会很自然地感受到这一点。臧棣的诗歌致力于对语言的挥斥与创新性建构，为诗歌在"话语功能"的开拓上提供了巨大可能。

---

① 耿占春著：《失去象征的世界——诗歌、经验与修辞》，北京：北京大学出版社，2008年版，第14页。

第五节
先锋的烈度与传统的深刻
——赵思运诗歌论

　　百年新诗史上的诗人数以千、万计，而真正建立了个人思想体系和风格的并不多。二十个世纪九十年代以来，"个人化写作"的风气虽然愈演愈烈，然而由于个体经验细微化、隐秘化的高度趋同，诗人们也愈来愈失去"宏观"上的"看得见"的差异，他们之间真正的"个性"消失了。这种"个性"差异的消失，其实正预示了诗歌在境界上的仄狭化和在力量上的软弱化。"中间代"是一个自二十一世纪以来获得诗坛认可的诗歌群体，这一"后续整合"的代际概念，应该说为很多诗人提供了一个与诗歌史"风云际会"的绝佳机会，赵思运也常常被认为是其中有影响力的一员。其实，无论从文本的哪一个角度（如内容、形式、思想性等）进行审视，赵思运都算得上是一位标新立异的人物。为此，我更愿意称道他在中国诗坛上独立诗人的身份。从诗的品质来看，他不仅昭示出了独树一帜的有效性，更重要的是他那些特立独行的诗歌文本在诗坛上拥有了让人"刮目相看"的资本。

一、先锋之烈

　　赵思运的诗带有明显的先锋气质，或者说具有一种极端的现代性，这使得他在中国诗坛上以独具个性的诗歌之风迥异于当今诗坛的其他诗人。正如前文所说，大多数诗人的个性化都泯灭在了"个性化写作"的历程中，而赵思运的"个性化"却假借一种"另类"与"混乱"被强烈地凸显出来。这主要表现在以下几个方面：

（一）注重口语化叙事，但这种口语化叙事又是切合特殊的历史语境以及诗歌的戏剧化面孔的。应该说，赵思运的诗歌除了早期很少一部分诗歌——如《人之诗》《在一个寒冷的下午面对缺乏浪漫的太阳独自遐想》《悼海子》《无题·血色里》《悲音》《一切》等①——比较注重语言的含混与张力之外，口语化叙事几乎构成了他一贯的作风。与新诗史上其他的诗人不同，赵思运的口语诗由于注重地方色彩以及历史语境的特殊性而往往显得与众不同。如其小诗《广播》："70年代我很小/模模糊糊记得家里有个广播/黑色的硬片片/圆的/像现在的家用钟表一样大/有线的/现在我只记得/每到中午12点/就唱东方红/娘就说/该做饭了"。这首诗写的是70年代最常见的历史场景，发生的地点在地处鲁西南的诗人故乡。也许有的读者并不觉得这其中有什么特殊的地方性历史语境，但作为诗人的一位同乡，我对"每到中午12点/就唱东方红/娘就说/该做饭了"的这种场景叙述每每都有"身临其境"之感。

（二）注重调侃、戏谑、冷幽默以及反讽的表现方式，"静观其变"的诗歌比较少。赵思运诗歌的这种表现形式应该说是与其口语叙事相得益彰的。在"侵入"历史或文化的"宏大"时，尽管口语在表达上是明晰的，然而赵思运的诗歌又充满了暗示。不过需要指出的是，赵思运诗歌中的这种"暗示"与其他很多诗人的晦涩与"朦胧"有着明显的不同，因为他诗歌中的暗示也是明晰的。如其《中国纪事：兄弟仨》："老大叫爱国/老二叫爱民/老三叫爱党//一日深夜/红卫兵闯进家门/打砸抢了一通/把兄弟仨缉拿归案/给他们的罪名是/他们仨一起热爱'国民党'"。很显然，诗歌采用了冷幽默和反讽的

---

① 见赵思运著《六十四首诗》，台北：秀威资讯科技股份有限公司，2010年11月版。这些诗歌多作于2000年之前，可以见出作者的早期诗歌创作仍然在遵循着传统的写作路数。另，文章中的其他诗篇均出自诗人的《六十四首诗》、《我的墓志铭》(纽约·惠特曼出版社2006年版)、《不耻》(环球文化出版社2014年版)、《丽丽传》(类型出版社2015年版)、《一本正经》(云南美术出版社2017年版)等诗集，不一一注引。

方式，并且有所暗示，并且这暗示也是不言而喻的。

（三）在主题上多表现个体或时代的荒诞，尤其是对历史中的藐小个体或者所谓的"大人物"和"宏大意象"，多以带有情色化、暴力性的叙事来进行"实证"或"校勘"。如其《花妮》一诗："花妮的丈夫是个瘫子/花妮今年春天下岗了/花妮买了个三轮车/今天第一天/跑了一天没有拉着一个客/到了晚上12点/南华火车站/花妮一车拉了四个/拉着拉着/四个人把花妮拉进了荒地/天亮到家/瘫子问挣钱了吗/花妮说/一下子挣了四个人的钱/日他妈的/累死了"。无疑，这首诗刻画的乃是一位小人物的人生悲剧，然而作者在叙事上却显得"驾轻就熟"。从表面上看，诗人纯粹的叙述疏离了对事件的态度表达，然而作者恰恰就是要借助这种叙事来达到对时代或现实荒诞的揭橥。其他如《新生报到》《生活就这么脏了一块》《小学课堂上的一幕》《毛主席死了》《放屁党》《毛泽东语录》等，皆是如此。

（四）在题材上，既注重个体和文化经验的重要性，也注重"无限驳杂的现实这部社会文本"。以现有的具有颠覆性的张力十足的"文本"为诗是赵思运诗歌创作的一大特色，其以"版本研究"为主打的诗集《丽丽传》即是这方面的代表。

有论者认为赵思运的诗很黄，很暴力，诗歌中充满了性器官和政治元素，冲击力很强，但这只是看到了其诗的表面。其实，赵思运诗的"黄"与"暴力"之下，埋伏的是深邃的思想和犀利的批判。他对制度和文化有着挑剔的眼光，往往解构掉一些非常普通的事态和场景，让人感受到日常的深刻，如《传奇》《孤独的牧羊人》；有时也以"黄"或"暴力"的细节性铺张来故意烘染悲剧的宏大，让人心头不安，如《丽丽传》《阉，或者去势》；有时虽然很"黄"，但又十分注重美感，如《萨福的小乳房》《我的中世纪生活·牧羊人的妻》。他的诗属于口语化风格，但亦能张弛有度，与所要进行的叙事保持同一节奏，有时还留有余白悬想，让人回味无穷。

很显然，与其他先锋诗人相比，赵思运的先锋乃是一种烈质的先锋，它让读者远离想象与逻辑，同时赶走了玄学与象征，从话语上直接接榫了那些已被司空见惯的误觉溶解但是并未完全被意识到的感能与认知。姜耕玉先生说："赵思运以'不正经'叙事独树一帜。所谓'不正经'只是去蔽的托词，诗人大胆触摸人们不注意或不习惯的东西，于司空见惯中生发一股陌生的冲击波。"①评价非常到位。

然而让人值得深思的是，赵思运在诗歌创作上一方面表现出对先锋的激进，另一方面却又在乡土文明和传统诗歌精神上制造出了意想不到的深刻。他的这种深刻，其实也并不神秘，那就是他的诗歌从骨子里实现了对现实主义诗歌精神的有力回应，最主要的两个表现即是对文明的笾祭和对时事的直击。

二、文明之殇

作为一个乡土出身的诗人，地方性的文化与文明（亦可以称之为另一种意义上的"乡愁"）永远都不可能得到规避。赵思运的很多诗歌叙事都刺穿了原审美视野中的乡土文明。不过，与其他诗人对乡土文明的呈现不同，赵思运一反深沉、朴质的抒情范式，而代之以"绝情""狠毒""辛辣"的知性叙事，对乡土文明的"内核"作了无情揭穿。

很显然，这是一种揭伤疤式的叙述，是对一直以来积淀甚深的"原乡土文明"的一种无情笾祭与嘲讽。然而，他之用意绝非是只为你献上乡野的"粗鄙"与愚昧不堪，而是试图给当下仍处于迷惘不喻中的人一顿棒喝，使之对个体和民族的灵魂进行拷问与省思，因为"他们"正如《尾气》中所描述的人们那样，在对"汽车放的屁"有重大发现的二傻子被撞死之后，仍然在"使劲地嗅着那种莫名其妙的香味/喷张的鼻孔/像马鼻"。

如果说《尾气》中的这种文明之殇还掺杂着当时人们对新生事物（汽车）的好奇，那么《传奇》则真正寄寓了诗人对乡土文明的哀悼："金柱六岁/姐姐帮他掏耳屎/一大朵耳屎掉在地上/秋云惊奇至极/用脚踩了两下/金柱哭闹不止/农村人的说法/耳屎被踩了就会变成聋子/十八岁那年/金柱莫名其妙聋了/作为补偿/秋云嫁给了金柱/现在他们有了/一儿一女/儿子很正常/倒是女儿/一生下来就是聋子/秋云说/这都是我的报应啊"。踩耳屎的传说尽管是一种迷信，然而一旦遭遇悲剧性的巧合，这种报应不爽的观念在蒙昧的乡土文明之中何啻是强大。当事人不堪命运的负重，然而又无法拆解这"巧合"之

———————————————

①此为姜耕玉先生为赵思运诗集《一本正经》所作推荐语。

间的神秘与微妙关系，于是只能以"报应"来收束自己。在已经僵化了的乡土文明之中，这是一种非常尴尬的存在。然而赵思运的揭示却让"事件"具有了远远大于"事件"的意义。《命锁》更近一层，所叙乃是基于对至亲之人"逝去"之时的一种文明考察——尽管"四根木橛"在诗中成为挽救的力量，然而深陷幻觉之痛的亲人企图找到的却是天堂中的那个"家"。于是，"就在昨夜/腹热肠慌的娘悄悄地潜入大雪纷飞的院子里/用铁锨挖出四根木橛/今日凌晨/阳光煜然/爹仙逝/赵西玉，享年九十有三"。很显然，诗人在强调口语叙事的同时，也十分注重对社会文明中那些不可把握的蒙昧义理之挖掘，以期引起人们对那些无意识文化行为的深层鉴别与剖析。类似的诗篇还有《我的中世纪生活——粪经》《赵老三家的空调》《通灵者》等。

抛开这种"蒙昧"而又意味深长的文化上的情景推衍，再来看赵思运有宏大历史背景的一类写作。这一类诗歌常常有其独特的视角，那就是多以小人物的荒诞行径来曝露曾经的历史作为他们境遇发生的荒谬性存在。《哪吒死了》一诗中的李松茂，"挨村儿走遍山东省/哪个村儿的泥块都尝过/最后的结论是/房集的胶泥最好吃"；《赵老三的一生》中的赵老三，一个年纪轻轻、身强体壮可就是娶不上媳妇，与公羊相依为命，靠剥削公羊为生却活得不如羊的人，"公羊老了/对付不了母羊的时候/赵老三也不行了/他们相依为命地一直睡下去"。《慌死狗》中那个潜进生产队麦地的"五六岁的小孩"，因一整天都在偷搓麦穗吃而胀晕，差点被八只饿狗吃掉，虽然最后奇迹来临，然而诗中所传达出的对生死偶然的不确定性，依然让人深感震撼。

更为难得的是，赵思运不仅写出了特定年代中这样底层的小人物，也揭示了特定年代之中有一定身份的人物的悲剧性和残酷性，如《史太爷传》中的"史太爷"，因老伴去世，"其阳具萎靡不振状如婴孩/从此/每天午夜需一位佣人口含其阳具/方能入眠"。近五十年世事变迁，虽然对于他而言暮色"苍茫"，但却一直没有什么残酷的事情发生。然而到了"一九六六年/祖国山河一片红"的时候，史太爷却死在了"鸡奸者碧绿军装的乱棒之下"；《刘才》诗中的主题人物"刘才"，"生于苦大仇深的旧社会"，然而却一夜之间"被成为"国民党特务，被大女儿刘爱国亲自主持批斗。其一子二女都曾经拥有在常人看来不一般的身份，改革开放以后，"刘爱国贪腐入狱在省城/刘爱党易名刘爱花/远嫁新疆"，而最为戏剧性的变化是，"刘爱民参军复员归来/成为村支书/叱咤风云/刘才也风光无限/安排在村头公路边的窑厂看大门/月收入令村民钦羡不已/刘爱民外面彩旗飘飘/家里红旗不倒/经常把临近县的美女带来/同老爹一起享用/2013年7月1日凌晨2点/刘才寿终正寝/陨落在一棵18岁少女的身上/享年八十又三"。很显然，在人们的视野中，刘才并非一个正面人物，然而历史的"机缘"，以及社会"文明"所达到的水平与格局却"成就"了这样一位"寿终正寝"的人物。《女民兵班长陈文留》中的"陈文留"："一个人吃了6副人肝/还割下5名男人的/生殖器泡酒/喝/说是大补/时在1968年/广西武宣县"。对于这三个人物的构写，前二者采取了故事体的叙述方式，第三首则仅仅以史料中的某个细节来进行凸显。很显然，这样的人物，这样的事件，只有在特殊的历史附庸之下才能够产生。赵思运"垂怜"这样特殊的"文明现象"，因此对"当代"文明的有力鞭笞也就成为了他诗歌话语力量得以显现的重要"标识"。

值得注意的是，对于这些情事和人物的叙述，赵思运多采取冷静旁观的态度，然而隐约之中却大有深意。他有意避开问题的尖锐和复杂性，不置可否，却让读者沉浸、沉思在了那静态或"静止了的""死寂"的文明当中。此种叙述本是20世纪80年代后期以来的口语叙事用以丰富诗学内涵的方式之一种，然而却成为赵思运创作中常用的运行机制。

很长时间以来，伪抒情式的乡土诗歌泛滥成灾，这样的诗篇一味歌颂，不痛不痒。然而到了赵思运这里，对于乡土和当代特殊时期文明的解构与批判却成为了写作的主流。从某种程度上来说，这是对"正经"的一种反叛，但他却不时地将这些"非分之想"以诗歌的形式兑换成了现实。正如邵子华所评价的那样："他的目光是向下的，他的血脉和这片土地上的一切生命都息息相通。他很敏感，生活中繁杂的人和事都在他内心引起了强烈的体验，他的体验的指向性十分明确。他的痛苦和耻辱的体验已经内化为一种心态，弥漫在灵魂深处。"[1]其实，赵思运正是企图以这样的方式，打开那些尘封已久的历史边角，将时代的荒谬与人性的孱弱置于"存在"的烘炉之中进行锤烧，以期对乡土文明达成另外一种意义上的破坏与重建。当然，他并非有意制造

---

[1]邵子华：《先锋性在于对当下生命的担当——论赵思运的先锋诗歌》，《合肥工业大学学报》，2011年第1期，第80页。

"困惑"，因为这本来就不是一种非此即彼的文化考量，而尤为难得的是他将很多人带入了对文明与历史的沉思当中。

三、传统的深刻

赵思运的诗歌与历史中的现实始终保持着一种"敌意"，或者至少持一种低调介入的方式。他保留了中国古典诗歌传统中最难得其实也是最应该持守的一面，那就是他的许多诗篇都继承了中国传统诗歌中由来已久的现实主义精神，尽管有时不如《诗经》中的怨刺那般"直接"，不如"新乐府"中的叙事那般精准和细微，但是"美刺言志""即事名篇""文章合为时而著，歌诗合为事而作"以及"不平则鸣"的诗之精神却一直在他的诗歌中张扬着，其诗中所蕴含的对时代的"攖犯"既深刻又真实。

赵思运在早期的诗歌中曾经对"先驱"进行过褒扬："在沙哑的道路上 / 爬行着无数条 / 蚯蚓般的歌声 // 路尽头是成熟的土地 / 开满丰腴的坟墓"。尽管仍然是述而未议，但是其中对"先驱"以死赴志精神的推崇却溢于言表。与此相得益彰的是诗人近年来所创作的诗歌《2012年12月31日，断章》，我们且看他在诗中如何为我们吐露承担的意识："阳光汤汤 / 烤地瓜和摊大饼的香气缠绕着公交车站的熙熙人群 / 城管隐遁 / 阴影透明 / 一幅太平盛世的拓片 // 西湖吐出一幅太平盛世 / 太平盛世的幻境中 / 冰糖葫芦红红的 / 山楂的红跟心形的草莓一样 / 一只风筝猎猎作响 / 那条无形的线 / 拴住我的手脚 / 我的手冰凉而怯懦 / 藏在你的手中的《今天》里 // 在今天 / 我们讨论独裁者以独裁的手段打开了通往民主的大门 / 你斩钉截铁的态度 / 泄露了时代的秘密 / "每一级楼梯都通向牢狱" // 牢狱皆由我们亲造 / 被诗歌点亮的宝石山 / 你第一次来此朝圣 / 朝圣自己的内心 / 你爱自己 爱得坚定 / 我爱你 爱得吞吞吐吐"。诗评家刘波曾经指称赵思运的新诗史论具有"冒险精神"，很多人不敢或不屑于去涉猎的领域，他往往能提供极富个性的精辟见解。其实，赵思运的诗与其新诗史论一样，也充满了冒险精神。自古以来，知识分子常犯"针砭时弊"的毛病，此诗也不例外。写阳光，写烤地瓜，写摊大饼，可笔锋一转，就"刻薄"起"盛世太平"，还攀谈起"民主"的话语，并且"泄露了时代的秘密"。这或许是阅读者所不曾料想的。这种看似无根、无限制的语言游离，是不是就是赵思运的

"冒险精神"？不过，"泄露时代的秘密"却恰好是知识分子的"使命"。当个体面对真正的时代"使命"，是"爱得吞吞吐吐"，还是"爱得坚定"？是和光同尘，还是霹雳般地前行？这是知识分子永远都避免不了的歧路之争。但众所周知，"逃脱"终非真正知识分子的本性。

赵思运还在其诗歌中发明了一种"版本学"，这是一种近乎"述而不作"的写作方式，一如孔子当年结撰"六经"，然而却极具现实意义。2003年，诗人写出了非虚构文本《毛泽东语录》，引发了诸如《鲁迅语录》《瞿秋白语录》等模仿之作。当初虽决定这种一次性的原样创作再也不能重复。但是，后来逼迫在"身边的形形色色的现成文本"又让他感受到，"无论我们具有怎样出色的原创能力，都不如无限驳杂的现实这部社会文本更深刻"。在社会文本的不断重复中，诗人从一个诗歌写作者退居为了各种版本的注释者，成为了一位现实社会的"冷静观察者"①，并且试图以他的观察来引起人们对历史与社会现实的再认知。

赵思运曾言："在民间、在底层的语言中，我们才会听到历史的颤音，触摸到真正的诗性。"②而恰恰也是在民间和底层的"原始声音"（即"版本"）中，赵思运寄托了他最为深刻的与古典诗歌传统一脉相承的现实主义精神。这方面的代表作有《山东省梁山县计划生育标语口号》《83岁的方洪由于微博被劳教一年，抄录如下》《造句练习：严禁》《新闻联播》《丽丽传》《新快报的穷骨头》《阴毛记》《王振忠的宇宙真理》《李文龙的宇宙真理》《陈柏槐的宇宙真理》《一个小公务员一天的私密生活》《张雪忠的声明书（之一、之二）》等。《山东省梁山县计划生育标语口号》一诗中，诗人不厌其烦地罗列了该县计划生育的标语口号17条，比如其中的一条为："对破坏计划生育的坏分子实行株连政策（先株连父母、后岳父母，再兄弟、姐妹，根据亲属关系依次由近及远。）"本以为在封建时代才有的"株连政策"居然在新时期的计划生育政策中死灰复燃，真是让人眼界洞开。诗人在诗歌的自注中说："计划生育是中国大陆的一项基本国策，主要内容及目的是：提倡晚婚、晚育、少生、优

---

① 见赵思运著《丽丽传》后记，第255页。
② 赵思运：《诗歌，从民间语录生长》，《诗歌月刊》（下半月），2014年第4期，第24页。

生，从而有计划地控制人口。计划生育一味的只控制汉族人口数量，忽略世代更替，造成国家严重的老龄化，未富先老的格局。而且在执行过程中，出现了简单暴力性行为，可以参考莫言长篇小说《蛙》和马建的长篇小说《阴之道》。"体现了诗人对这一特定"历史现实"中计划生育国策的基本态度。其他像《83岁的方洪由于微博被劳教一年，抄录如下》《新闻联播》《新快报的穷骨头》《阴毛记》《王振忠的宇宙真理》等也都是针对时事而发，但这方面的诗篇，无疑以《丽丽传》最为突出，这也是诗人比较自重的诗篇之一。该诗是因2013年发生在山东平邑的时事而作。吴丽丽事件在当时引起了"天怒人怨"，这是一个彻彻底底的悲剧。鉴于激愤之情和内心公义，也为了将美好被毁灭的悲剧事实能够展现给人看，诗人在诗篇中至为详尽地录取了"主人公"吴丽丽的"辩白说辞"。尽管赵思运在诗中不置一词，但是对于"肮脏不堪"的事实的委曲引述已经表明了他对此事的态度。他的心中一定充斥着强烈的怒火，同时也让读者心中迸发出了奔腾的火焰。

一如当年白居易作《秦中吟》和《新乐府》，"闻见之间，有足悲者，因直歌其事"。赵思运的《丽丽传》等诗篇也是如此。尽管这些诗篇的编铸都以客观呈现为手段，但是却将人对时代的认知提升到了一个新的高度。赵思运的"版本研究"对于当代新诗无疑是一种新的创建，因为它集呈现、分析、研究以及情感等要素于一体，尤其是现实世界中那些活生生的悲剧在诗歌中以"版本"形式出现的时候，对现实的深刻情感实质上也以另一种方式显现了。别林斯基在分析普希金的诗歌时曾经指出：分析的精神、百折不挠的研究意图，热情的、充满爱与憎的思想是一切真实的诗的生命。[1]赵思运的诗虽然不以传统方式结撰，但是他借诗歌所传达出的人文精神却让我们意识到，他的诗歌绝对是有生命的诗，是真实的诗。

赵思运在其诗歌中曾列举其生活的十个关键词。我们可将它们分为两组，一组为窗帘、书页、写作、春鸟、落叶，照应了他的日常现实；另一组为内伤、灵魂、神秘、民主、刻骨铭心，照应了他的精神世界。从现代知识分子

①别林金娜选辑：《别林斯基论文学》，梁真译，上海：新文艺出版社，1958年版，第28页。

的视角来审视，赵思运的诗歌让我们再次领会到了精神与情怀的区别。刘小枫曾经以"担当荒诞的快乐"与"背负十字架的苦行"来形容两种过于艰难的精神冲突，而赵思运选择的是在理性的荒诞中背负思想的苦行。一如艾略特所要求的那样——诗人的灵魂承担必须要"在精神荒原的处境中追寻精神本源的艰辛，重返信仰的光明"。①赵思运是一位先锋的诗人，但他天性之中又具有担当精神，其文本之中传统的深刻让这一点成为了既定的事实。

---

① 参看刘小枫著《拯救与逍遥》（修订版），上海：上海三联书店，2001年版，第396页。

第六节
情感・对话・哲思
——罗振亚诗歌论

近年来，诗歌批评家进行诗歌创作成为一股"潮流"。这一方面可能源于批评家早年就是一位诗人，或者当年即有成为诗人的梦想，于是便有了摆脱不掉的诗人情怀；另一方面则可能鉴于诗歌批评与创作不能完全脱离的关系，有诗歌创作的经验既而再进行诗歌批评，必然有其助益。纵观当下诗歌批评家的写作，即使同为学院派批评家，诗歌创作也可能呈现出完全不同的建构趋势。罗振亚先生在诗歌批评领域以对先锋诗歌的研究著称，然而其诗歌创作却秉持了中国诗歌传统中"言志抒情"的写作路数。其诗主要以"情感"为核心，以"对话"为建构方式，同时注重哲思带来的"征服与创造"，少有"先锋"的一面。这其中的缘由，可能既与其成长的经验和生存的时代状况密切相关，同时也与其诗歌创作观念有莫大关系。本文试图从情感、对话和哲思三个方面对罗振亚先生的诗歌创作进行论述。

一

自"第三代诗"以来，在诗歌中进行"反抒情"已成为一种时尚，而以抒情的方式来建构诗歌则往往被看作是一种过时的行为。然而抒情这一文学表现方式，作为最初的诗歌诞生方式之一种，其流脉却永远没有中断过。陈世骧先生甚至断言："中国文学传统从整体而言就是一个抒情传统。"①尽管陈先生当时发言的语境可能并未囊括中国新诗的历史在内，但纵观中国新诗的百年历程，抒情的传统仍然此起彼伏。一如司马迁所言：天是人之始，父母是人之本。人穷的时候容易反本，故劳苦倦极则呼天，疾痛惨怛则呼父母。诗歌的创作也是如此，其诞生的"机理"本就是"情动于中而形于言"，因此从某种意义上来说，无论其写作范式经历多少变化，在"最后"都会导向"抒情"这一"根本"所在。就像顾彬在其《中国文人的自然观》中所断言的那样，每当我们对文明生活的复杂性感到厌倦的时候，就会向往一种更"接近自然"或"淳朴"的生活方式。因此我有一种预感，新诗到最后可能仍要回到抒情的路数上来。

　　21世纪以来的新诗写作中，传统的抒情写作得到了许多诗人的回应。这其实昭示了一个显而易见的问题之所在，那就是诗歌如何面对"真诚"这一核心议题。而抒情的写作，在这一问题上最容易得到分辨。多年来，罗振亚先生一直从事中国新诗研究。也许洞察到诗歌研究与诗歌写作之间的隔阂往往给研究带来断裂之感，也许意识到有诗歌写作的经验可以更好地促进对诗歌的研究，故而对于诗歌创作他亦颇下心力。从诗歌的创作上看，罗振亚先生"固守"了中国传统诗歌中"缘情"（陆机《文赋》）"言志"（《尚书·尧典》）的重要传统，承续了"诗者，吟咏性情"（严羽《沧浪诗话》）的重要特质。他一直认为诗歌要出自真感情，"对我而言，写诗绝非像有些人那样属于'无病呻吟'的产物。什么也没经历，什么也没看见，什么也没被触动，完全靠想象力铺展笔下生风的事我是做不来的。""可我还是视诗歌为永远的亲人，每逢自己生活中遇到什么大事，在最幸福或最悲痛的时候，总会适时地把心里的话向她倾诉。"②尽管新诗百年，创作的模式屡尽其变，"受感情以外事物指示"（陈梦家语）的诗人屡见不鲜，也多有成功的先例，然而从诗歌的发生学而言，情感的源头才是最"真切"的源头。这从百年新诗经典化的历程就可以见出，因为凡是经典的诗篇都经受住了情感这一标准和

　　①转引自陈国球、王德威《抒情之现代性》，北京：生活·读书·新知三联书店2014年版，第5页。
　　②罗振亚：《罗振亚谈诗歌创作与研究》，《创作评谭》，2017年第4期。

要义的检验。尽管"言志抒情"的传统，看起来已变得非常"古老"，然而其"兴发感动"的内核永远都不会过时。罗振亚先生也许正是看准了这一点，所以其在从事了三十年新诗研究这样的境遇中，仍然能"固执己见"地钟意于"抒情"，这绝不是一个偶然的行为发生。这其中的原因，可能正如其所言："我对那种没有情感的驱动，为写诗而写诗，刻意去找诗的'硬写'行为，是极不认同的，因为那样非但写不出好诗，还可能从本质上对诗歌造成可怕的伤害。"①

罗振亚诗歌的抒情性，表现在抒情方式上有直接抒情和间接抒情两类。直接抒情的诗篇，如《与老爸聊天》《再和老爸聊天》《父亲临终前说出三个字》《三九天乘着高铁回家看望母亲》《妻子的头发》等，这些诗篇基本上都是直抒胸臆，但是情感上所带来的力量却无比震撼；间接抒情的诗篇，如《孩子 我们已没有资格谈论故乡》《高楼旁 一棵蒲公英的灵魂在倔强地飞翔》《在海景房的窗边想起村前那条黄土路》等，借力打力，迂回婉转，但也情意绵绵。从表达效果上看，直接抒情的诗篇在震撼性上较突出，如《再和老爸聊天》开篇即是"爸 起来吃点饭吧／话音未落 发现／他遗像里的嘴角向上翘了翘"，如此沉痛的语言，一下子就攫住了读者的心，在情感上引发了共鸣。当然，间接抒情的诗篇也有其"擅场"，或缘事而发，或借景以出，或因物起兴，其重要的特色即是制造一种言在此而意在彼的效果。如以上例举的间接抒情中的后两首，就是借蒲公英和海景房入手，来表达对故乡的"执念"，并进而探讨"还乡"的可能性。间接抒情的诗篇还有一大特征，那就是它与诗歌的内形式存在着不可分割的关系。所谓诗歌的内形式，指的是情感及与其有关的意象、审美视点等要素的"结构方式与组成方式"②，它与情感的波动性、诗歌的意象等密切相关。处理好这一点，是一首抒情诗成功的关键。罗振亚的抒情诗很好地把握了这一点，他将情感的律动、节奏与意象的择取、安排进行了非常美妙的对接。吴思敬先生在其《诗歌内形式之我见》一文中曾言："内形式不仅是诗人对客观事物各种形式的反映与观照，更重要的是对

---

① 张德明、罗振亚：《对话：亲情诗的当下发展及可能》，《扬子江诗刊》，2017年第6期。
② 谭梅、陶永莉、高博涵：《中国现代新诗抒情方式研究——以林庚、穆旦为中心》，成都：四川大学出版社，2014年版，第9～10页。

诗人乃至人类的经验的一种重构。"①尤其是对于情感所带来的经验，这种重构的意义更加突出。

罗振亚抒情诗的语言也极有特色，总体特征即是质朴、纯净，富于感染力。中国自有诗以来，诗歌最大的优越性和最令人愉悦的感受莫过于在语言上创造一种敦厚、纯正的质地，然后将主体的情思如泉水一般泠然带出。罗振亚善于把握诗的这种产出脉络，无论是诗思的进退还是章句的秀隐，都做得相当自然。罗振亚曾言："说到用什么样的语言形态去定型自己的情感，我以为它风格最好与情感的性质类型相应和。一般情况下，我愿意启用朴素的言语态度让诗安身立命，让人能够沿着语言走近诗人的生命内部，如果新诗人都能够学会亲切地说话，新诗就有福了。"②在诗歌创作中，罗振亚正是沿着这一理路进行实践的。以《朋友远行》一诗为例来看，该诗就像是诗人对着当年的老友倾诉衷肠，先以"不用"为"用"暗接一个隐喻，然后以具体的日常情事增衍出诗的内在"活力"。最难得的是像"可你还没亲近炉火/窗外就传来一片烫伤的蝉鸣""兰花开遍湖边路旁/你鼻炎和关节的疼痛会越来越轻"这样质朴而又充满了张力的语言，丝毫看不出雕琢的痕迹，却仍能使人感觉到隐秘的痛从中汩汩攒来。此外，诗歌的结尾也是娓娓款款，激荡的叙述令人内心潸然："唯有像植物离开土地/此后故乡只是梦中的一道树影/如果你实在想兄弟们了/就在雷雨天尽情地吆喝几声"。这样的语言是一种返璞归真的语言，看起来并无太多"可能性"的意义生发出来，然而锥心的"吆喝"亦让人难以摆脱感动的纠缠。

从具体的情感叙述看，罗振亚的诗歌以"真诚"为最大的丈量点，并由此将近三十年来新诗写作对语言的"迂回""旋绕"还原到对语言的"切实"和"尊重"上，诗歌中故弄玄虚的东西被断然剔除，明朗的"质地"得到了救赎。

二

在诗歌的建构中，始终有一个关系问题无法被完全拆解，那就是作为主

---

① 吴思敬：《吴思敬论新诗》，北京：中国社会科学出版社，2013年版，第64页。
② 罗振亚：《罗振亚谈诗歌创作与研究》，《创作评谭》，2017年第4期。

体的诗人与作为客体的外物之间的微妙关系。在处理这一问题的方式与方法上，有的诗人采取退避的形式，一味地往内心深处走，形成了一种"独语"的困境；有的诗人则主动与外在的人或事物建立联系，形成一种"共在"。其形式又分为两种，一种是诗人以"主导"或"俯视"的姿态去对待"外在"，"外在"对于诗人而言，其意义无非一种"工具"或"参照"；而另外一种关系则是，诗人与"外在"建立起一种平等关系，二者在"对话"的基础上进行"交往"和"沟通"，从而形成一种良性的"互存"。

罗振亚先生的诗歌在处理这一关系时，往往采取了"对话"的方式。如本文第一节在谈抒情方式时所例举的数首诗，他就曾将其与其他几首一起结集为组诗《与家人和土地说话》（见《扬子江诗刊》2017年第6期）。从叙述方式上来看，这是一组非常优秀的作品。它从一个个真实的生命个体出发，将自己内心深处与对方交流的声音清晰地呈现出来，既有倾听的姿态，又有交流的机制，不仅做到了"对话"，而且保证了"对话"的有效性。以《和老爸聊天》为例来审视：

当您冰冷的身体接近火焰／我的泪腺已被自己烤干／从此后　您将只是／几捧白骨／一块石碑／和碑前可有可无的月光点点

再不用擦屎端尿／妈妈身上的斑斑掐痕／姐姐肩膀的拳拳咒骂／还有您自己累的满头大汗／会同折磨三年的"老年痴呆"萎缩成记忆中那个普通的名词／安分而又遥远／您说过一辈子短的是人生／长的叫苦难／人要遭的罪有定数／您刚用八十年把它度完／这一走是解脱／妈妈和姐姐也能重新／触摸太阳的温暖

但随后的中秋圆月／却被踩碎得遍地黯淡／听不到您熟悉的咳嗽／看不见您背手的悠闲／家人都很不适应／西瓜和月饼寂寞地对望／桌上多出的碗筷／空对着墙上主人的照片

爸　您一生在平原劳动／如今住进了青山绿水间／有亲人们的爱和思念壮胆／您到哪里都不要害怕／该钓鱼时钓鱼／该看山时看山／如果有来生／我会从众人中一眼把您认出／然后还做您的儿子／听您喊"振亚，扶我起来"／即便是瞬间的幻觉／哪怕是梦里的灵光一闪无疑，这是一首与不能再进行对话的父亲进行"对话"的诗篇。通篇都是一种倾诉的语调，它把诗人内心早已累积的"繁茂""葱茏"之语，一一陈述，但又仿佛永远也无法穷尽。通过最直接的阅读感受，我们已经能够体验到诗人对父亲的那种深沉有力的爱之"表达"，而父亲虽然已经仙去，但是他曾经的"言说"与"教诲"，甚至诗人想象中父亲对自己的"呼唤"仍然在诗中不断浮现着，构成了"对话"中最有力的部分。很显然，这并非一种实质意义上的"对话"，而是一种诗的创造，一种精神交流，它引人进入情感的深处，让人无法自拔。从创意上来讲，此诗虽然非常"具体"和"特殊"，然而对于整个人类而言，父子之情乃一种共通的情感，从这种意义上来说它就具有了普遍的意义。在谈论亲情诗的写作时，罗先生就意识到："适当吸收叙事文类的一些手段，如细节、动作、对话和场景等，让抒情获得质感的依托，这是好诗必须做到的第一步。但若只做到这一层还远远不够，亲情诗的情感必须打破过于私密、隐蔽的局限，以防堵塞了和读者心灵沟通的渠道，最终实现'表达出一种普遍性的人类情感'的理想状态。也就是说，在表现亲朋好友时既要贴近，又要超越，出入有致，若即若离。"①这首诗即达到了诗人写作上的理想状态。从整体上来看，《与家人和土地说话》这一组诗，以抒发性情为主导，以友情、亲情和土地为倾诉对象，将内心中不可抑制的情愫以诗为媒介进行了既自然又张弛有度的宣导，一方面建立起了个人情感与生活之间的内在联系，另一方面也通过语言的有效表达找到了诗之为诗的重要意义，再次彰显出了传统抒情诗中"对话"的无穷魅力。

　　与外在事物进行"对话"的诗篇也是罗振亚诗歌中比较有特色的一类。其中有些是属于"倾诉"占主体的诗篇，如《China土豆》，虽然在诗篇中，"土豆"并不发言，但作为被表述的客体，读者已经代"土豆"感受到了那份浓郁的"爱意"。由于作为土豆替代感受的"读者"是有身份有情感的，在这种状态下，读者与作者之间便形成了一种"潜在对话"，尽管这种"对话"的方式比较隐晦，但是仍然属于"对话"的一种表现形式。与此相对，与外在事物"互换角色"、进行真情"对话"的诗篇，在罗振亚的诗歌中又别有一番

---

　　① 张德明、罗振亚：《对话：亲情诗的当下发展及可能》，《扬子江诗刊》，2017年第6期。

风味。如其《风中的扫帚梅》:"旁人喊我波斯菊/我可不想沾一点儿洋气的光/遍布东南西北的姐妹/在哪儿生长向谁眨眼随意得很/从根到茎打开的/都是自在的风的形状//平原上没有石头可以学习/心自然贴近河流与泥土的模样/听说在花朵不愿绽放的西部/我就是最美的格桑/其实 我在哪儿/也脱不了北方扫帚梅的形象/迎风起舞/逢雨安详"。很显然,此诗以"扫帚梅"的视角展开叙述,处处都是"扫帚梅"的口吻。然而不可回避的是,诗歌对"扫帚梅"这一事物品质的赞美,其实正映照出诗人的内心。从某种程度上看,"扫帚梅"即是诗歌中潜在(或消隐)的诗人主体。这是一种身份的替代,二者之间相互"交往",构成了一种主体间的相互关系。哈贝马斯说:"纯粹的主体间性是由我和你(我们和你们),我和他(我们和他们)之间的对称关系决定的。对话角色的无限可互换性,要求这些角色操演时在任何一方都不可能拥有特权,只有在言说和辩论、开启与遮蔽的分布中有一种完全的对称时,纯粹的主体间性才会存在。"[1]很显然,哈贝马斯所说的"主体间性"乃是一种平等交流的关系。在诗歌的"对话"中,这种平等关系尤其重要。《扫帚梅》中的角色"无限互换"正是这样平等关系的一种体现。

南朝刘宋时期的刘义庆在其《幽冥录》中记载了一个非常有趣的寓言故事:"晋兖州刺史沛国宋处宗,尝买得一长鸣鸡,爱养甚至,恒笼著窗间;鸡遂作人语,与处宗谈论,极有言致,终日不辍。处宗因此言功大进。"邵子华先生曾引此故事申发出另一种意义,"那就是交谈意味着生成,对话能够促进新生。"[2]对于诗歌而言,这种"交谈"和"对话"的意义,不言自明。只不过,这种"生成"和"新生"的意义有时难以被准确地加以言说,但它又确确实实地存在着。读罗振亚先生的"对话诗",此一层面的意义也非常值得进行体味和深究。

三

在罗振亚先生的诗歌建构中,情感作为核心是无疑的。而对话,我们可

①转引自周宪《20世纪西方美学》,南京:南京大学出版社,1997年版,第340页。
②邵子华:《对话诗学:文学阅读与阐释的新视野》,昆明:云南大学出版社,2006年版,第3页。

以将其作为写作的"方式"来看待。对于诗歌而言，这两个方面是建构诗歌的基础，也是非常重要的质素。然而探究罗先生的诗歌，我们在这里只可做阶段性的"停留"，因为他对于诗之境地的"进攻"并未就此终结。在指出当下诗歌整体乏力的现状时，他就曾意识到"缺少批判力度"和"精神思索的创造性微弱"乃是这一问题的罪魁祸首，而其根本则在于抒情主体哲学意识的淡薄。为此，他主张"诗是主客契合的情思哲学"，"优秀的诗要使自己获得深厚冲击力，必须先凝固成哲学然后再以感注形态呈示出来。"①可见对于诗歌的创作，他有着明确的终极指向。

　　哲学的问题比较艰深，形而上的难题会使很多人望而却步。然而亦正是如此，艺术与哲学最终浑融的境界，才使艺术家们无限向往。就罗先生的诗歌创作历程看，其诗歌从最初的朴实性建构到最终臻于哲思的高度存在着一个渐进的过程。一如其在谈自己的诗歌创作时曾指出的那样："我每一次写诗都尽量地顺应现代诗的物化趋势，给情感寻找一件相对合体的衣裳。诗不比白开水和说明文，总该给人一点儿回味的嚼头嘛，太直接太明白就是散文了。如果能够在情绪和外物结合的过程中，再有些理趣、思想或经验渗入，那就更为令人满足了。随着中外诗歌视野的拓宽和自己年龄的增长，我也愈发相信，诗歌似乎和以往教科书上说的并不完全一样，它不仅仅是情感的抒发，也不仅仅是生活的表现，还不仅仅是感觉的状写，它有时更是一种主客契合的情感哲学，这种观念也是我数年来衡量他人诗歌的一个理论视点和评判标准。"②在创作谈中，罗先生指出诗歌创作在经历最初的阶段以后，可能渐渐需要理趣、思想或经验的渗入，然后再逐步将其升华到情感哲学的高度。比如在其诗作《又见雪花》中，诗人就加入了理趣的成分："由你去隐喻人/或者想象飞翔/都太烂　太轻/正如远方的花/绽放的不都是圣洁之名/并且　你我遇合的缘分/只能止于匆匆"；在《想起弟弟的"五十肩"》中，诗人又对生活的经验进行了非常形象的"升腾"："谁说典当出去的日子/是油盐柴米/更有月下花前/为什么子夜的滴答声里/常伴着失眠与咳嗽/记忆的虫总来咬噬我的

---

　　①刘波、罗振亚：《罗振亚教授访谈录》，罗振亚著：《与诗相约》，成都：四川文艺出版社，2017年版，第313～314页。

　　②罗振亚：《罗振亚谈诗歌创作与研究》，《创作评谭》，2017年第4期。

脸"。随着理趣和经验升腾之后而来的便就是思想的"洗礼"了。关于哲思的重要性，他在当年指出知识分子写作的不足时就深有感触："知识分子写作至今尚未出现阔大邃密、振聋发聩的思想文本，影响了自身成就的高度和力度。这一方面是由于诗人们的哲学意识淡薄，思想力不逮；更重要的一方面则是因为诗人们的思想建树途径存有本质的偏差。"①这一观点似乎与诗人西川认为"在中国要做诗人必须先作思想家、哲学家和神学家"有异曲同工之妙。其实，罗振亚曾不只一次地强调："诗学研究和文学创作是一样的，任何花哨、漂亮的技巧在永恒的时间面前都不堪一击，真正能够存活下去的只有思想，思想是诗学研究的立身之本。"②由于认为文学创作与诗学研究具有一致性，都强调思想的重要，所以罗振亚先生的诗歌愈朝前走就愈能见出其思想上的光芒。

以此之故，其诗歌中常常显现哲学的"底色"或者浮现哲学的"影像"便成为一种惯惯现象。如《父亲临终前说出三个字》所叙述的那种比较纯朴的"乡愁"感："其实我也想乘这三个字回家乡／不论外面下雨还是飘雪／柳絮纷飞抑或秋露为霜／向阳总似空中那只美丽的雁／每一次翅膀的翻动／都牵引着无数缕注视的目光／您说过乡愁的种子也会遗传／种不种在脚下的土里／都将随自己的足迹生长"；又如在《孩子 我们已没有资格谈论故乡》中浮动着的简易"哲理"："月亮是供游子圆缺的／天空由南归的雁阵丈量"。这些诗篇虽然是以"亲情"和"故乡"为直接描摹的对象，然而诗人"醉卧沙场"式的叙述也让我们看到了他在朝着地理学和哲学高度的"乡愁"抵达上所做出的种种努力。青年批评家卢桢指出，诗人此诗所叙述的"故乡"已"非某时某刻的真实存在，而是融合作家童年记忆与理想人文想象之后育成的'精神原乡'，曾经清晰的故乡形象却在混乱的记忆中变得漫漶不清，成为抒情者'遥不可及的内伤'。"③这当然也理所当然地让人联想起海德格尔所说的"诗人的天职是还乡，还乡使故土成为亲近本源之处"④这样深刻的哲思。

---

① 罗振亚：《1990年代新潮诗研究》，保定：河北大学出版社，2014年版，第72页。

② 罗振亚：《罗振亚谈诗歌创作与研究》，《创作评谭》，2017年第4期。

③ 卢桢：《退回自己的写作——读罗振亚先生的诗》，《创作评谭》，2017年第4期。

④（德）海德格尔：《人，诗意地安居：海德格尔语要》，郜元宝译，桂林：广西师范大学出版社，2000年版，第69页。

由于罗振亚不推崇故弄玄虚的东西，故而其"哲思"的向度多伸展至人的生存之道。这与其主张诗歌来源于真实的生存体验是一致的。在诗歌中，罗振亚常常将审视的目光投向某些特定的人群，以体照他们人生的"悖论"。他企图从他们惨淡而又矛盾的人生归结处得到一些对"存在"的思考。其在这个方面的诗篇以《王老师的最后一课》《我们欠他一声"对不起"》《刘教授的悖论》等为代表。这三首诗都以特殊年代身为人师的人物为叙述对象，展现了他们在特殊的历史境遇中所经历的人生悲凉，从某个断面揭示了一代人的精神状况。西方的存在主义哲学主张哲学应当为人的自由而呼吁，应当注重人的生存，并以此作为一切现实的核心。罗振亚的这一类诗歌显然照应了存在主义哲学在这些层面的思考，并流露出了他对特定时代的批判意识。存在主义哲学的代表人物卡尔·雅斯贝斯说："人对于自己生活于其中的时代的批判，与人的自我意识一同发生。"[①]可见这种批判意识的出现同时也代表了自我意识的觉醒。当然，也可能是时代的环境造就了这一点。但无论如何，在诗歌中，诗人以这种有效的方式记录下一个时代的"影像"，为后世的研究者提供了反观历史的可能，不能不说是一种有思考性的"预见"。

　　当然，我们亦能够察觉到诗人在进行诗歌创作时并非刻意地向哲学靠拢，因为"发微探幽"的最高境界仍然以"自然"为尊。一如卢桢所总结的那样：罗振亚"在技术上，……从不耽于技巧的圆熟，而专心磨砺、锤炼诗歌的整体性语感，寻求诗意的提纯与升华，因此其诗无伪饰做作的成分。"[②]卢桢的评价是准确而客观的。

　　20世纪初，鲁迅先生在《文化偏至论》一文中曾用"渊思冥想之风作，自省抒情之意苏"[③]来形容契开迦尔（克尔凯郭尔）学说问世之后思想界为之一新的情形。我认为，"渊思冥想"与"自省抒情"这二者的有效浑融，恰好可以作为中国新诗写作的一个至高点。罗振亚先生的诗歌虽然以质实的抒情为格调，然而却正是朝着这个方向企及的。

---

　　①（德）卡尔·雅斯贝斯：《时代的精神状况》，王德峰译，上海：上海译文出版社，2003年版，第4页。

　　②卢桢：《退回自己的写作——读罗振亚先生的诗》，《创作评谭》，2017年第4期。

　　③鲁迅：《鲁迅全集》第1卷，北京：人民文学出版社，2005年版，第55页。

第七节
"世界的秘密不再躲闪"
——读世宾诗集《伐木者》

世宾在《当代诗歌的生成背景及其超越和担当》中说："对于诗歌美学来说，我们的目标就是要在诗歌中去除因我们人性和文化中的弱点所造成的黑暗，使人生和社会呈现出一种指向光明的趋势。它要求诗人必须超越一个普通人自我的需求、欲望和利益的自我诉说，它要求诗人在更高远的层面上代表人类的精神向现实发言，向他置身其中的个人生活和公共生活发言。只有这样，诗歌才没有辱没'诗意'一词，诗歌才会在人类文化进程中保持它高远的永恒地位。"①由此，我们可以见出他对诗歌精神和诗人品格把握得精微独到，同时在叙述上既富有语言的质感，也具有阐释的张力。思忖许久之后，我发现世宾的这一观点其实可以看作是他对自己诗歌的一次精准"丈量"。透过对他诗歌内在理路的追蹑，我深觉他对个体自我的内省、对万物存在的"爱"以及对诗歌隐秘本质的"探微"构成了他对"世界"探赜索隐、钩深致远的重要门径。

一、像石头一样裂开

西方哲学自苏格拉底开始就从专注于自然哲学转而专注于对人类自身的

---

① 世宾：《当代诗歌的生成背景及其超越和担当》，《诗选刊》，2006年第4期。

审思。应该说，这是经过了一番冥思苦想和反复斟酌之后的大智慧。其实，对于人类自身和世界加以思考和审视，又岂止是哲学一门学科的功能？从某种意义上说，诗歌也承担着对人类自身和世界认知的功能。其实，诗歌在某些方向上一直在企及哲学的高境，有些时候甚至是有过之而无不及。中国诗歌史上的很多诗人已经做到了这一点。

作为一位诗人，世宾也在诗歌中大量地剖露和体认着自己。他也许懂得，与短暂的事件认知不同，对于个体自身长期而深入的内省才具有认识论的意义。对于一个一般的人而言，这可能有苛求的成分。但是对于一个诗人，这恰恰是一种内在的修行。诗集《伐木者》的开篇诗《瞧这个人》云："瞧这个人吧，他离群索居/倾向早晨、花朵和迟来的候鸟/他在自己的屋里低语/自作主张地安排着书桌和厨房的位置/丈量着门窗之间的距离/他出没在黄昏的霞光，把一生/短暂的幸福交给了虚无"①。此诗为诗人创作之初的作品，从某种程度上看还带着一些感性的成分，然而这恰恰是一个诗人所应该持有的。当然，诗人并不完全沉浸于感性的世界中，理性的沉思在一个深刻的诗人那里是一种写作的必然，比如在《水流去的，就是我的方向》中，诗人就借由对流水的镜鉴对人最终的"托体归去"进行了深入思考。

严格而言，一个诗人对于不同历史阶段的个体认知往往也带有阶段性。这从诗人在诗歌对于自我省视的深度可以很明显地看出。比如作于早期（1997年前后）的《我是贫穷的》，诗中对于个体的生存方式涌现出这样的观照："孤独是自己的孤独/我热爱自己的出身、地位/失败的手稿、被风吹皱的窗帘/以及与生活一同下坠的朋友"，很显然，诗歌的主旨大约还停留在内心与生活各自独立的层面；而作于2001年的《像石头一样哑然无声》则出现了对欲望和灵魂的交互性体认："欲望呼啸的列车/我被它们拖着向下/我不知道我会去到什么地方/直至今夜，我依然默不作声/我听着它们喧哗、叫嚣/唱着胜利的凯歌/我平凡的肉身与它们结伴而行/而灵魂，我要它们停留/在鲜花、野草和朴素的事物上/我不能听任生命整体的欠缺/而这，是多么难啊！"2006年前后，诗人又创作出了《碎了》等诗篇，尽管诗歌中感性的一面

---

① 世宾：《伐木者：诗选1995—2015》，广州：花城出版社，2016年版，第1页。按，本文所引世宾诗篇，均出自此诗集，下文随文注明篇目，不一一注引。

又得到复加，然而其中对个体与世界关系的思辨又加深了一层："这世界，已找不到一块完整之物/石头碎了，心碎了/黑暗笼罩，啊！黑暗笼罩/我也只是破碎之物/在众多的碎片中……"很显然，诗人一方面在对外部耸立着的世界进行着渺然的体认，同时又将自我与世界的荒谬关联起来进行自诘："我是否必须改造自己的身体/加入毒药的食物；注射抗病毒药物/把自己改造成带毒的肉体/以便与污染了的世界同流合污"（《我是否必须改造自己》，2009年）。然而无论如何，这尘世仍然是规避不了的尘世，尘世终须告慰："但我还是来了，再次回到人间/与我的城市和朋友们在一起/在陌生的日常事物中/不屈不挠地生活着/在泪水和微微的颤栗中/修补这人世的裂缝"（《在人间》，2010年前后）。"修补"也许终将是诗人在现实中的宿命。

其实，不论是"不屈不挠地生活"也好，还是"修补这人世的裂缝"也罢，都不过是对"此在"自身的一种被动选择。很难说，诗人的这种认知来源于哪些特定的因素，但很显然，这些着眼于自身的理性之光，为诗人经由个体到达更辽阔的他者世界壮大了精神"实力"。萨特认为，人是通过意识对自己进行不断否定而展现自己的，并且我们自身就是世间最自由的存在，而最能证实这种自由真实存在的关键就是人有没有选择权。在《瞧这个人》中，世宾说："烈日下，他要用一生或者更长的时间/才能像石头一样裂开。"尽管这样的叙述没有体现为一种决绝的意志，但是能够做出抉择，就已经是对"最自由的存在"这一人之特性做出了良好的诠释。

二、爱作为唯一的情感

经由对个体的深刻认知，世宾对生活、他者和世界的秩序也有了深邃的想象和把控。在《献给生活的赞美诗》中，他满怀"心灵"地写道："这里没有孤立，所有事物/在同一空间友好地相处/告诉我，置身其中/除了爱，我还要什么/阳光触动着肌肤，我不知有恨"。这种对生活圆融、开阔的态度，一方面显现出了诗人对生活和世界的爱，同时也使诗人在对待自然和他者的态度上表现出了一种"印入式"悲悯。

通读世宾的诗歌，我们能够发现，在他诗歌写作的第二、第三个阶段（2000—2005年，2006—2009年），诗人在对存在的认知上发生了一个很明显的变化，那就是在这两个阶段，诗人的写作视角开始了由对个体自我的思辨转向了对他者世界的察知。其中一个既定的事实是，诗人原来在诗歌中大量出现的第一人称"我""我们"开始大面积地减少，代之而起的则是"你""你们""他""他们""它们"等第二、三人称以及对外在事物的直接称谓，而尤以第三人称为主导的叙述最为普遍。而这一"普遍"之中也呈现出了某些写作的"模式"，比如诗人写"风在疾走""水在流淌""落叶在归家""马群在奔跑"，写"非洲菊""凤尾葵""路边花""夜间的树林"等自然风物，写"村庄""十二月""一块空地""天空"等自然存在，写"它们在黑暗中""他们都不存在""他们不是来自同一个地方""他们什么也不在意""它们在黄昏收住翅膀"，写"蔬菜""一块肉""疾病""内脏"等生活与人体物事。然而，不论具体的细节如何被呈示，这都预示了诗人在写作上从关注自身转向了关注外在。诗人在他的早期诗歌《我渴望与这世界融在一起》中的结尾部分说："我要告诉每一个相逢的人！我爱／在我的内心深处，在每个人血细胞／里面，我渴望与这世界融在一起。"这就像是一个诗人发自肺腑的世界宣言，它凸显出诗人在诗歌创作的起始就深藏了一颗与世界融为一体的心。

　　与其他很多的诗人不同，世宾对于外在世界的"爱"，不以主观上的情感渗入为前提，他倾心于对自然存在中那些既有秩序的发现和开掘，而恰恰是这种"醉心"的开掘真正表现出了他对万物的"爱"。以《一块空地》为例："黑暗中，它们谁也不在意／它们在忙碌：松土、搬动枯叶／在这个工地，它们没有蓝图／它们埋着头，顾管各自的活计／蚯蚓开挖了壕沟，蚂蚁把它填平／并搬走一小块骨头，蝈蝈在叫嚷／它丢掉一粒好不容易找来的草粒／牛屎螂开来推土机，它的推土机／没有烟囱，但威力无比／一会儿，便掘好了地基／它们没有要盖的高楼大厦／也不是要修高速公路，它们只顾／挥动它们的铁榔头，和它们的长吊臂／它们起劲地忙活着／把一块空地折腾得面目全非／但天亮前，它们毁掉了蚂蚁的锯木场／还有蚯蚓的金字塔／它们把夜间的辉煌和劳碌归还平静／空地留下了原来的模样"。很显然，这是一种对外物既定秩序的陶醉。在对动物世界的浸入中，诗人获得了慰藉和满足感。虽然我们无法推知这种沉浸在最终有没有解脱掉诗人的一部分痛苦，然而生命的内在在彼时彼刻必然摆脱了不安意志的束缚，使诗人在心灵上忘怀了矛盾与冲突所制造的对立。

　　由自然万物而及于人世，世宾对于人情冷暖亦不能置身事外。"再把心放大些，那些监狱、贫民窟的生活/那个杀人越货的亡命徒的惊慌，都是/与我有关的经历，我同时背负他人/无法割舍的苦难和欢乐，那还不够//如果我能拒绝生活的复制，在诗歌中/建立另一套准则，我将命令出膛的子弹停止/接吻的嘴唇不要分开，饥寒交迫的人民/都拥有一个温暖的家，那还不够"（《我所经历的生活》），由个人存在而及于万物，再由万物而及于他人，世宾的诗歌让我们意识到他有关注他者的能力，有广阔的胸襟来应对尘世。为此，"流浪者""乞讨者""卖花的小姑娘""含着泪的小女孩""监狱里的扎花人"一次次涌入他的内心，再经由情感与语言的交织浮现于纸上，就成为他写作的一种必然。这是一种眼能看见的爱，更是一架连接着感性与理性而最终通向人文精神的桥梁。他窥探出很多人的"命运"（《命运》），对于占据特权、煽动仇恨的"恶"恨之入骨（《他们不是来自同一个地方》），同时也对伤痕累累、千疮百孔的"祖国"寄寓了愤怒和同情（《我依然把这里称为祖国》）。

正因为"深爱着"，所以"已无所阻挡"（《这是四月六日下午》）。为此，表现出对万物和他者的"爱"乃成为诗人诗歌的一种特质。也正因为此，诗人才乐于把他强烈的爱，献给那些"陌路相逢的路人和真理"，因为他"知道他们的苦难"，他"从不回避他们的丑陋和贫困"。在他的信念中，"灿烂的阳光要普照田野/农民从地里获取三餐的粮食/人们在大路上自由地行走/爱，只能是爱，作为这里唯一的情感"（《颂诗》）。

三、内心河流的回响

应该说，诗歌从某种程度上改变了诗人的"面貌"和他对世界形态的认知。如果承认诗歌的这种"干预"作用，那么诗歌对于诗人的"建构"也一定存在着一个"普遍法则"。不过，从一定意义上看，诗歌对于诗人的这种"建构"很难觅踪寻影。如此，反过来洞察诗人对于诗歌及其力量的问诘、分辨、想象或者践履就成为趋向这种"建构"的一条终南捷径。

诗歌是一束可见的"光"，对于它及其所蕴藏力量的企及达到什么样的程度，决定了一个诗人文本的质量与高度。世宾的作品中有不少都诉诸了对诗歌及其外延观念的认知。很显然，对于诗歌创作而言，这是一条"向内"同时也是一条"向上"的法门。如果一个诗人对于诗歌的"生发观念"及其变与不变没有一个理性的辨认，那在其诗歌中似乎也很难窥见出其思想与"高度"如何连接以及深刻与否的关联性。

诗歌不仅仅是记忆力和想象力的一种运作，他与诗人的"天性"有莫大关联。世宾在其早期的诗歌《一夜》中如此描述自己："这一夜，我不能入眠／坐在木椅和桌子之间／写下诗歌，敲击着发音器官／把暮色沉沉的大地赞颂／我如此安静，……满怀热情／宁静地写下这些句子／写下夜间无限的静谧"。显而易见，这是一个将不眠之夜交付于诗歌的人。我相信，也只有把诗歌当成了最精致与最纯粹的灵魂礼物的人，才能做出这样的选择。诗歌出于对日常的"爱"，然而生活残酷而真实。当一个人从"厌倦的日常"中真正发自内心地喊出"我爱"的时候，这才是对诗歌"隐秘血脉"的一种发现："一句诗光临了我，我看见／它周身散发出光芒——／一束光，来自那崭新的世界／照亮我，使我从污浊中脱身……一句诗周身散发出光芒／如果它源自我已厌倦的日常，我爱！"（《一句诗周身散发出光芒》）

当然，诗歌又不仅仅出于"日常"，有时候它也端坐在"云端"。从世宾的文本对于诗歌的实践看，他对诗歌也持一种多元态度。他有一首专门写"诗"的《诗》，就隐隐折射出了诗歌"高高在上"的痕迹："那声音从遥远的高处传来／飘渺、依稀，与稠密的人群形成反差／它银白、透亮，像云朵后面的霞光／一匹白马踢踏而过，它的背影／是远古市井智者的回声／／诗在高处，有如观音在云端现身"，然而他最终所心仪的也还是诗歌最重要同时也是百变不离其宗的救赎功能："她用微笑告慰着另一种存在／纤纤玉指溅洒着甘霖／使那些哀号得到了抚慰／使那些狂热的脑袋获得了平静"。无论如何，实现"救赎"始终都是诗歌的一大传统。其实，不仅如此，有的时候诗人也借助诗歌来寻找"隐秘力量"的召唤："我知道你的存在：明亮而宽阔／在我和诗之间，隔着千山万水／／我听见你在召唤，隔着千山万水／你如此清澈、深沉，像高处的光"（《在我和诗之间》）。此外，从对"苦难世纪"的回应看，诗人对里尔克、茨维塔耶娃和策兰情有独钟，尤其是茨维塔耶娃，她就像是"苦难的地平线上"升起的一座高山，深深震撼了他的心灵。尽管"和他们之间，隔着半个世纪的沧桑"，诗人"依然能听到他们深沉、清越的声音"。很显然，对诗歌而言，这是一种"内心河流的回响"，是诗在诗之间寻找曲高和寡的

"知音"。

然而，对于诗歌的发生学，世宾的内心有一个潜在意识。那就是，他认为诗人就像"伐木者"："伐木者在伐木，诗人在写诗/他们不需测量、计划/斧头落在哪里，木头就在哪里断开/诗到哪里，语言就到哪里/世界的秘密不再躲闪，已经敞开"。此时的世宾已经深谙诗歌之道，其实这也是一种自然之道。自然而然是人生的高境，也是诗歌的秘境。通观世宾的诗歌，我们发现他似乎正坦然地行走在"伐木"的道路上，他就像一个老了的"伐木者"："在人群中行走，木讷，拙于言语/他不再四处寻找什么语言、诗意/许多事物已不再令他兴奋/他只是有时感到欣喜/便轻轻地道出，只是道出"。

第三章
诗歌作为一门"手艺"

DI SAN ZHANG

第一节
李贺与波德莱尔诗歌比较论

李贺（790—816），我国中唐时期著名诗人，曾因在诗歌中大量表现奇幻怪异之美而被称为"诗鬼""鬼才"。夏尔·波德莱尔（1821—1867），法国19世纪中叶著名诗人，1821年生于巴黎，曾因在不朽诗集《恶之花》中大量描写"幽灵""腐尸""骸骨""骷髅"墓地"而被称为"尸体文学的诗人"和"坟墓诗人"。那么，生于不同国度、时间跨度近一千年，并且有着不同文化和意识形态的两位诗人，面对残酷的社会、面对死亡和忧郁的内心，他们在诗歌写作上有什么异同呢？下面拟从诗歌主题、艺术方法和美学风格三个角度切入探讨二人诗歌的异同，最后尝试分析造成这种异同的深层原因。

一、苦闷情怀和忧郁主题的抒写

李贺本是唐代宗室后裔。家族早衰和家境贫寒的他常以"皇孙"自居，希冀致身通显。少年之时他便胸怀大志，"男儿何不带吴钩，收取关山五十州。请君暂上凌烟阁，若个书生万户侯。"（《南园十三首》其五）①当年韩愈

---

①王琦、姚文燮、方扶南：《三家评注李长吉歌诗》，上海：上海古籍出版社，1998年版，第61页。注：本文所引李贺诗篇皆出此书，下文只随文注明篇目，不一一注引。

和皇甫湜诣门造访，李贺在受命作的《高轩过》中也曾发出"我今垂翅附冥鸿，他日不羞蛇作龙"的高蹈之声。然而自幼体弱多病、壮志难酬的他常因现实的残酷而陷入极端苦闷之中。李贺的忧郁苦闷根源于当时残酷的社会现实给他带来的人生悲剧。李贺因为父亲李晋肃的"晋"与进士的"进"同音而被人议论、攻击不得举进士。虽然有韩愈大力为其辩解，但仍然不能摆脱被抛弃的命运。"病骨犹能在，人间底事无？何须问牛马，抛掷在枭庐。"（《示弟》）病骨虽然还在，但是人间什么事没有呢？由于中晚唐的科举腐败，"主司去取，一任其意。"诗人应举失意，"挟策无成，空囊返里"，觉得自己被主司抛弃与牛马被抛掷于枭庐没有什么分别。（《姚文燮昌谷集注》）于是，他对未来的仕途充满了担忧并且一直难以释怀，早衰的症状和心态也通过沉重的失落感和屈辱感迅速地闪现出来。为此，诗人的壮心时常堕入梦幻当中："忧眠枕剑匣，客帐梦封侯。"（《崇义里滞雨》）这凝成了他诗歌当中深沉而又浓烈的忧郁内涵。

带着沉重的人生关切，李贺短暂的一生对命运、生死的理解其实并不深刻，但是怀才不遇、耽于幻想的他在诗歌中却注入了倍于常人的浓郁色调。李贺诗中常借助"泣""啼""咽"等动词创设出大量的悲感意象，比如"芙蓉泣露香兰笑""老兔寒蟾泣天色""孤鸾惊啼商丝发""衰灯络纬啼寒素""红弦袅云咽深思"；在颜色词的使用上，李贺也是极尽渲染，他将描写冷色调情态的词语与颜色词搭配起来，将原本单一的色泽硬是推向颓唐境界，像"老红""衰红""蛾绿""颓绿""碎黄"等呈现的完全是一种病态美。据统计，李贺诗中出现最多的颜色词依次是白、红、青、绿。冷色词系列在简单的修饰中很容易便可渲染出阴沉死寂的境界。但是，在李贺那里，即使比冷色意象占比例多的暖色意象也同样宣示了他内心的苦闷与冷落幽肠，并且与颓废情态词的搭配更加剧了他内心世界的异化程度，使他的诗篇呈现出既艳又郁的美学特质。不过，在这一特质当中，"艳"只是一种表象，"郁"才是它的本质。无情的现实最终还是将李贺的理想击打的粉碎。"长安有男儿，二十心已朽。"（《赠陈商》）"我当二十不得意，一心愁谢如枯兰。"（《开愁歌》）正如姚文燮在《昌谷集注》中所说的"功名成败，颠倒英雄。"[1]李贺最终还是在悲观

---

① 同上，第208页。

绝望中于27岁那年潦倒辞世了。

与李贺一样，波德莱尔也在他传世的二百余诗篇中或隐或显地宣泄了内心的苦闷。不同的是李贺在对忧郁主题的展示中，主要侧重于幻想，而波德莱尔在《恶之花》中则以抒写现实的成分居多。

《恶之花》诗集共分六组展示，第一组"忧郁和理想"叙述诗人内心的忧郁以及意欲摆脱忧郁的理想，这组诗歌占了诗集全部的2/3，显示出"忧郁"主题在诗集中所占有的举足轻重的分量。波德莱尔幼年失怙，母亲改嫁。家庭的变故和环境的改变，给他的心灵带来巨大创伤，这使他养成了忧郁、孤僻的性格。"诗人不被周围一切人理解，而且受到诅咒。他的母亲和妻子也误解他，轻视他。"（《祝福》译者注）[1]后来，他一度挥霍、放荡以至于靠卖文拮据度日。最后因失语和半身不遂，在四十六岁时抑郁而死。从《恶之花》中，我们的确可以感受到波德莱尔一以贯之的忧郁主题，在《患病的诗神》中他这样描述自己的悲惨状态："我可怜的诗神，今朝你怎么啦？/你深陷的眼睛充满黑夜幻象。/我看你的脸色在交替地变化，/映出冷淡沉默的畏惧与癫狂。//是绿色的淫魔和红色的妖魔/用小瓶向你灌过爱情和恐怖？/捏紧专制顽强的拳头的梦魔/曾逼你陷入传说的沼泽深处？"从这一首开始，接下来的十首诗诗人都在描述自己的"阴郁无聊"或者"精神上痛苦的深渊"。在《大敌》中诗人为痛苦的青春寻找希望："我的青春只是黑暗的暴风雨……谁知道我所梦想的新的花枝，/在被冲洗得像沙滩的土壤里，/能否找到活命的神秘的营养？//——啊，痛苦！啊，痛苦！时间侵蚀生命，/隐匿的大敌在蚕食我们的心"。然而，由于青春被曝于黑暗的暴风雨中，诗人对梦想和生命充满了莫可名状的犹疑。

诗人的痛苦在以"忧郁"为标题的四章诗篇里展示的更加淋漓尽致：第一首写诗人面对阴雨连绵的巴黎冬季，"像怕冷的幽灵似的发出哀号"；在第二首中，诗人将自己比作"连月亮也厌恶的墓地"和"充满枯蔷薇的旧日女客厅"，在多雪之年的沉重的雪花下面，阴郁的冷淡所结的果实——"厌倦"正在扩大成为不朽之果的时光；在第三首中，诗人将自己比作"一个多雨之

---

[1]波德莱尔：《恶之花·巴黎的忧郁》，钱春绮译，北京：人民文学出版社，1991年版，第11页。注：本文所引波德莱尔诗均出自此书，下文只随文注明篇目，不一一注引。

国的王者"，借未"豪富而且无力，年轻而已衰老"的国王的冷漠和绝望来表达自己对无聊的厌倦；在第四首中，诗人深陷忧郁，仿佛置身牢狱，最后终于在极端的痛苦中得到爆发，然而在诗的末尾诗人又陷入绝望："'希望'失败而哭泣，残酷暴虐的'苦痛'把黑旗插在我低垂的脑壳上。"他像一个被永判失败的勇士，积聚的忧郁在死亡的幻觉中一度沉溺。诗人在《破坏》中还将残忍与快乐结合起来发现美，反映出诗人由无聊而产生美的忧郁本质。《不可救药者》在《恶之花》中被看作是"忧郁与理想"的结论，用来阐明"忧郁"的奥义。诗人在诗中叙述自己处于不可救药的状态，把自己形象化地比喻成"堕落的恶天使、不幸者、亡魂、被冰封的航船"，并将自己在灵魂中的恶魔功业和恶中的意识进行了分析，表现出自省的一面。然而对于内心的"忧郁"，诗人却欲罢不能，因为这"恶中的意识"恰恰是"一面意识到恶，一面又作恶。"[1]诗人反复地处于矛盾的苦痛当中。诗人本想借对美的追求和爱情的陶醉来排除内心的抑郁，但是未能如愿以偿。为此，诗人摆脱精神压力转向现实世界，结果丑恶、残酷的"巴黎风光"（第二组）却使他转向了"酒"（第三组）与"罪恶"（第四组），诗人叫嚣似的对天主发出"反抗"（第五组），然而最终还是在无济于事的凄凉中倒向了"死亡"（第六组）。

二、象征艺术手法的两个维度

波德莱尔因在十四行诗《感应》中首度引用了瑞典哲学家斯威登堡的术语"感应"和"象征的森林"，由此被认定为象征主义的始祖与先驱，《感应》也因此成为"象征主义的宪章"。受爱伦·坡的影响，他认为象征是一种固有的观念存在，大自然本身就是一座"象征的森林"，它暗示了很多复杂的含义。后来，"象征"成为象征主义流派最基本的创作原则。正如聂珍钊在《外国文学史》中所说："在艺术上，象征主义广泛使用象征、暗示、隐喻等方法，表现自然现象和自我，认为艺术表现只能是象征，诗歌就是暗示，即梦幻，主张用象征性的事物暗示主题和作者微妙的内心。"[2]值得注意的是，波德莱尔

---

① 同上，第177页。
② 聂珍钊：《外国文学史（第三卷）》（第二版），武汉：华中科技大学出版社，2004年版，第327页。

不仅提出了这一概念，而且进行了大量的创作实践。

在《恶之花》中，波德莱尔大量使用象征，简单如"永远的播种者"象征"基督"（《酒魂》），"通往十字架的路"象征"基督受难的路"（《祝福》），"无限碧空"象征"天国"（《忧郁与理想》第25首），"天鹅"象征"流亡者"（《天鹅》），"大蛇"象征"嫉妒"（《献给一位圣母》），这一类象征比较简单。另外，诗人还选择了大量的丑恶、邪恶的意象入诗，并且在诗中反复呈现，有时候虽不是同一事物相反复，但是作为同类事物，它们的繁复也构成象征。比如诗人在《致读者》中提到的"豺狼""豹子""猎犬""猴子""蝎子""秃鹫""毒蛇"，它们合起来就是一种象征，象征着现代人卑劣的罪恶。同一诗篇中，诗人还提到在罪恶污秽的动物园里"有一只更丑、更凶、更脏的野兽！/……这就是'无聊'！"（《致读者》）"无聊"或者其同义词在诗人诗作中也反复呈现，比如"在无聊之时"（《破钟》），"深沉而荒凉的'无聊'的狂野"（《破坏》），"烦闷、厌倦、厌腻"（《忧郁》四篇），"空虚的心"（《共感的恐怖》），它们也是一种象征，象征作者那个时代的"世纪病"，包含厌倦、厌恶、萎靡不振、失意、忧郁等。它们与"恶之花"的表达同义。其实"恶之花"本身就是一个巨大的象征。《恶之花》的"恶"在法文中即是邪恶、丑恶、罪恶、疾病、痛苦之意，所以"恶之花"也即是那个时代"世纪病"的一个巨大象征。

"'象征'具有重复和持续的意义。一个'意象'可以被转换成一个隐喻一次，但如果它作为呈现与再现不断重复，那就变成了一个象征，甚至是一个象征（或者神话）系统的一个部分。"①从韦勒克和沃伦的这一观点看，隐喻乃是象征的一个低级层次。不过，"意象"却是构成"象征"的不可缺少的因素。象征有时是由单个意象反复出现形成的，笔者将之称为"单一象征"，比如波德莱尔诗歌中所用的"简单象征"。有时是由意象群（即同类意象）反复出现形成的，笔者将之称为"集体象征"，比如波德莱尔诗中所使用的"繁复象征"。它们构成了象征表现的两个维度。李贺与波德莱尔在象征的使用上有着不尽相同的表现方式。与波德莱尔使用象征既有"单一象征"也有"集体

---

① 韦勒克、沃伦：《文学理论》，刘象愚等译，北京：生活·读书·新知三联书店，1984年版，第204页。

象征"不同，李贺诗中的象征主要体现为集体式的。

"象征"与"意象"有着必然的联系。李贺在其诗中反复大量地抒写神仙灵异和妖魅鬼怪，但是他使用的这些意象多是"寄意式"（寄托情感）的，它们本身并不构成单个的象征。据统计，李贺现存的诗歌中以神仙为题材的比以鬼蜮为题材的多出一倍还多，不过李贺大量描绘阴森恐怖的鬼蜮的目的主要在于为苦闷作渲染，而神仙世界则俨然一个象征系统。李贺写神仙世界的意象如"王母""上帝""灵书""凤凰""仙鹤""青龙""瑶草"等奇特而充满幻想。其实李贺更注重的是它们对于神仙世界整体意境的烘托营造，在《天上谣》一诗中，他不吝笔墨地写道："天河夜转漂回星，银浦流云学水声。玉宫桂树花未落，仙妾采香垂珮缨。秦妃卷帘北窗晓，窗前植桐青凤小。王子吹笙鹅管长，呼龙耕烟种瑶草。粉霞红绶藕丝裙，青洲步拾兰苕春。东指羲和能走马，海尘新生石山下。"这样如梦如幻的天上仙界无疑是李贺在与人间苦闷的对比之后幻设出来的，它其实就是李贺心目中的"桃花源"，这是一个瑰奇而又美丽的象征。鬼蜮世界从整体看，可以看作是李贺"苦闷世界"的象征，但是作为同是由苦闷幻化出的神仙世界，它也是李贺"苦闷世界"的一部分。可以说，鬼蜮世界和神仙世界合起来构成了一个巨大的"集体象征"——那就是李贺的"苦闷情怀"。

三、以丑恶为美和以诡艳为美

通读李贺和波德莱尔二人的诗，我们可以很直观地发现，李贺和波德莱尔的笔下都走动着大量的异感意象，但它们在诗中游移所造成的美学效果却大不相同。从审美上看，他们都以非美为美，但李贺以诡艳为美，而波德莱尔以丑恶为美。

人们从《恶之花》中很容易误解波德莱尔，以为他对丑恶充满了迷恋和喜狂，其实《恶之花》是从反面来表现诗人对美的激赏和追求，而且诗人作诗的态度神圣庄严。诗人曾断言："绝对不是那种见之于流氓世纪/变质的产品、装饰图案中的美人、/穿高帮鞋的脚、拿响板的手指，/能够满足像我这一种人的心"（《理想》），"我们具有如人所说的颓废之美；/可是，我们这些迟生的缪斯的发明，/永远阻止不了病态的吾民/把我们由衷的崇敬之情献给青春"（第一组第5首）。在《太阳》篇中，他把诗人的使命与太阳的功德等量齐观，而"同美的艺术结下了不解之缘的欧洲后世神学的终极根源，就在于《理想国》中那一伟大的譬喻：把太阳和它的光比作是绝对的善及其表现的产物和象征。"①诗人在《恶之花》献词中说："将这些病态的花呈现给完美的诗人"，诗人原是要从丑恶中来发掘艺术之美，正如《小老太婆》中所说的"连恐怖都变为魅力之处"，这是波德莱尔描写城市风光的独特的表现手法。于是那些邪恶、丑恶、罪恶的意象如"跳舞的蛇""腐尸""吸血鬼""幽灵""猫头鹰""墓地""骷髅""血泉""撒旦"便从诗中扑面而来。在现实生活当中，这些带有异感色彩的意象耸立于真善美的对面，然而有时却成了诗人赞美的对象。在"叛逆"中，他以撒旦为"被迫害者、流亡者、失败者"；在"死亡"中，他以死亡为"天使"，显露了诗人的反抗精神。

"诅咒虽然使诗人尝到这样的烦恼，诗人自己却把它当做可贵的考验，当做神圣的灵粮而乐意接受。"（《祝福》译者注）②为此，诗人把美比作"地狱的神圣的眼光"和"巨大、恐怖而又淳朴的妖魔"，认为它"随手撒下欢乐和灾祸的种子，/统治一切，却不负任何责任"（《美的赞歌》）。在《恶之花》中诗人尽力地以丑恶为美，为了达到这一效果，他不惜借助那些最恶俗的事象入诗，比如"在魔女宴会当中被烹煮的胎儿"、"堕落天使出没的血湖"、"吻你吃你的蛆子"等等，想化腐朽为神奇。他描述"一群恶魔，仿佛数不清的蛔虫，/麇集在我们的脑子里大吃大喝，"（《致读者》）描述路旁的死尸："苍蝇嗡嗡地聚在腐败的肚子上，/黑压压的一大群蛆虫/从肚子里钻出来，沿着臭皮囊，/像粘稠的脓一样流动"（《腐尸》），不仅令人骇异，而且达到了令人恶心的地步。尽管与波德莱尔大约同时期的雨果在其《〈克伦威尔〉序言》中提出了"丑就在美的身边，……滑稽丑怪作为崇高优美的配角和对照，是大自然所给予艺术的最丰富的源泉"的观点③，"但是，雨果表现的是下层人的穷困，而波德莱尔则着意于穷人和残废者形体的丑，通过这种丑来表现

---

① 鲍桑葵：《美学史》，张今译，桂林：广西师范大学出版社，2001年版，第39页。

② 波德莱尔：《恶之花·巴黎的忧郁》，钱春绮译，北京：人民文学出版社，1991年版，第11页。

③ 马奇：《西方美学史资料选编》，上海：上海人民出版社，1987年版，第493~495页。

这个社会生长的痈疽现象。"①像波德莱尔这样恶俗的描写，在此之前前所未有。"总的来说，波德莱尔以丑为美，化丑为美，这在美学上是具有创新意义的。以往的作家也有写丑的……然而波德莱尔更进一步，他意识到从丑中可以提炼出美，丑就是美。这种观点是现代文学，尤其是20世纪现代派文学遵循的原则之一。"②正因为此，我们说波正德莱尔在法国诗歌史上具有里程碑的意义。

与波德莱尔相通的是，李贺作为韩孟诗派后期的异军突起，也借奇特的造语和怪异的想象勾勒了一个迥异于常人的独特世界，不过李贺表现出的是另类的凄艳诡激美。这种美，以凄艳和诡激两种美学风格为主体，同时互相渗透，互相交融。比如李贺的诗句："秋坟鬼唱鲍家诗，恨血千年土中碧。"（《秋来》）诗中以"秋坟"和"鬼"的冷色意象融入"碧血"的艳丽，产生出怪诞冷艳的特征。对于颜色词的使用，李贺也常将红、绿等原本简单的色泽推向"老红""愁红""蛾绿""颓绿""碎黄"这样的郁艳，呈现给我们一种病态的特质。"李贺也多用质地锐利、脆硬、狞恶的物象，辅之以剪、斫、古、死、瘦、血、狞等字词，营造一种瘦硬、坚脆、狠透、刺目的意象。……或惊心刺目，或幽凄冷艳，大都是一种怪奇、畸形的审美形态。"③李贺诗歌中时常出现"鬼灯""老鸮""鬼雨""山魅""萤光""碧火""老鱼""瘦蛟""猩唇""啼鸦""酸风""铅水""鬼母""香魂""鲸鱼"这样的意象，或写荒山野岭秋坟鬼唱，或写阴森墓地萤火扰扰，或写惨淡黄昏老树滴雨，或写碧火巢中山魅食人。钱钟书先生对李贺此种诗境的独特性曾有揭橥，并且给予他很高的地位："自楚辞《山鬼》《招魂》以下，至乾嘉胜流题罗两峰《鬼趣图》之作，或极诡诞，或讬嘲讽，求若长吉之意境阴悽，悚人毛骨者，无闻焉而。"④其实，李贺诗中凡有色调调和的阴凄氛围的描写，并没有达到所谓"悚人毛骨"的程度。后人多以为李贺走的仍是韩愈"以丑为美"的路数，"李贺

①郑克鲁：《法国诗歌史》，上海：上海外语教育出版社，1996年版，第185页。
②同上，第188页。
③袁行霈、罗宗强：《中国文学史（第二卷）》，北京：高等教育出版社，2005年版，第268页。
④钱钟书：《谈艺录》，北京：生活·读书·新知三联书店，2008年版，第130页。

可以说是以丑为美来写诗的专家。他常常把向来为人们所厌恶的东西写的色彩斑斓。"①其实李贺并非简单地以丑为美，他与韩愈的以丑为美有着很大的不同，李贺乃是以"诡"来糅合美的。

"象征主义为通感理论提供深奥的理论依据，也宣扬神秘经验里嗅觉能听、触觉能看等等。"②波德莱尔在《感应》中首度引用"感应"的概念表达了其美学思想。他认为自然界的万事万物之间，外部世界与人的精神世界之间都存在内在的感应关系。这种"感应"在心理学上即被称为"通感"或"感觉移植"。在《感应》中诗人使用了这样的例子："有些芳香新鲜得像儿童肌肤一样/柔和的像双簧管，绿油油像牧场"，但其表达出来的效果与其以丑恶为美的美学风格却并不相称。其实，在波德莱尔的诗中，通感的存在并不是为了表现丑而设的。但在李贺那里，通感的使用却将其诡艳的美学风格更加深了一步，比如其写"酸风""香雨"，味觉与触觉通感；写"箫声吹日色"，听觉与视觉通感；写"月光刮露寒"，视觉与触觉通感，通过不同感官的转换，将看似风马牛不相及的情态与事物（或事物与事物）联系到一起，产生了复杂的与众不同的美学效果。

四、余论

以上从三个方面对李贺和波德莱尔的诗歌进行了比较。从对二人的对比研究中，我们可以发现某些中外文学共生的发展机制，同时也可以透过中西文化来剖析一下二人作品产生差异的原因：

在主题上，二人通过对内心和现实的抒写，一个展示出忧郁主题，一个表现出苦闷情怀。忧郁主题和苦闷情怀的抒写，一直是中外文学写作的重要母题，无论时代早晚，还是文化和意识形态如何不同，对这一母题的表现始终都是中外文学所共通的。不同的是，波德莱尔通过抒写现实来表达主题的成分较大，而李贺则偏重于以幻想来展示。这与二人的人生经历以及诗人的个性气质密切相关。

---

① 罗宗强：《隋唐五代文学思想史》，北京：中华书局，2003年版，第200页。
② 钱钟书：《七缀集》，北京：生活·读书·新知三联书店，2008年版，第72页。

象征作为一种文学表现手法，也是中西文学所共生的。不过由于中西诗学传统不同和个人境遇不同，二者表现出来有些差异。西方的诗学传统是史诗传统，在大量的史诗中本就存在很多单一象征，这在集体无意识的影响下很容易显现出来。而作为象征主义文学流派的先驱，波德莱尔在表达个人苦闷的同时，将个人的内心与外在的现实世界建立起联系，发掘出了大量暗示或隐喻的意象群，它们反复地出现便构成巨大的象征；中国的诗学传统是抒情传统，作家常常通过某些特定的具体意象以表现与之共鸣的思想或情感，而很少表现相似的概念。即使借助想象与外在世界建立联系，也常常是作为驰骋感情的手段。加以中国的史诗意识并不强烈，所以诗学中很少单一的象征。李贺本人因受社会现实的打击转而耽于幻想神仙世界，这个由愁思、抑郁的积聚幻化出来的"桃源世界"真正是他个人潜在意识的一种闪现，由此形成他诗中的集体象征。就中西文学的比较看，中国诗学偏于主观，西方诗学偏于客观，所以波德莱尔的象征主要是客观性的，李贺的象征主要是主观性的。

　　在美学风格上，波德莱尔与李贺共同发展和深化了以非美为美的审美机制。波德莱尔发展了爱伦·坡、雨果等人的理论，并进一步将之深化；李贺继承了韩愈、孟郊等人的写作路数而有进一步的拓新。中西文化对比来讲，西方注重分析、综合，加以波德莱尔艺术观中本就有正视现实的一面，所以他能够以现实中的丑恶为美；中国侧重主观上的感官体验，感性意识强烈，加以李贺不敢正视现实，常常因苦闷而耽入幻想，所以李贺注重以色、声、形、味等的结合来虚化诗歌的诡艳美。诗的美学风格总是在嬗变的，这同样符合中外文学共生的发展机制。两人都在诗歌美学的发展道路上起到了里程碑的意义。

　　结合以上分析来看，李贺与波德莱尔这两位异域异时的天才诗人，在诗歌创作上有着许多共同的趋向，但又同中有异。这些异同既源于文学观念自身的发生发展，同时也与诗人的个性气质以及中西文化差异有着不可分割的关系。从细节的角度入手，二人之间尚有许多问题可以比较探讨。

第二节
"婉转的怀乡"与"繁富的现代感"
——论余光中与李白

引言

余光中诗歌与中国古典诗歌传统有着不可分割的关系，不少论者已经指出这一点。在余光中所喜爱的中国古典诗人中，屈原、李白、杜甫、苏轼的被推服是最为醒目的。余光中曾在诗歌《汨罗江神》中直接抒发，竞追屈原的，"不仅是三湘的子弟，九州的选手/不仅李白与苏轼的后人/更有惠特曼与雪莱的子孙"①，其意或包含了，自己也要做一个屈原、李白和苏轼的后人。其实，后来余光中不止一次表达过类似的观点："从我笔尖潺潺泻出的蓝墨水，远以汨罗江为其上游。在民族诗歌的接力赛中，我手里这一棒是远从李白和苏轼的那头传过来的，上面似乎还留有他们的掌温，可不能在我手中落地。"②有人曾将此看作是一个宣言，倒也无妨。实际上，这是余光中内心的一种昭示。他要亲近伟大传统中的诗人，以建立某种风格乃至"诗的谱系"。这是一种高

---

① 按：本文所引余光中诗句、诗歌皆出自《余光中集》，天津：百花文艺出版社，2004年版，不一一注引。如遇引用集中文章，则下文直接标明篇目、卷数与页码。

② 余光中：《先我而飞》，《文汇报》，1997年8月10日。

远的理想。但在某种程度上，余光中实现了这一点。

余光中与中国古典诗歌传统的关系，不是简单的继承，因为他时常从传统中发掘出内在的生机，以用来改造和更新这传统。这是余光中诗歌创作的一大特色。余光中的诗歌中，很早就出现了李白的影子。据其自述，他最早的诗歌《沙浮投海》作于一九四八年。到一九五〇年八月六日，诗人作《沉思——南海舟中望星有感》时就写到了李白。其时，诗人在南海的舟中，对着大海尽情地想象："海风把薄雾慢慢地牵开，/一颗颗的星星渐渐醒来，/智慧的眼睛默视着大海，/我想起中外的无尽天才：/最高的星星莫非是李白？/最亮的星星一定是雪莱！/最远的那颗恐怕是济慈，/最怪的那颗可是柯立治？"在这里，诗人将李白比作"最高的星星"，足见李白在其心目中很早就占有非常重要的位置。就一切文体而言，余光中似乎最推崇诗。"原则上说来，一切文学形式，皆接受诗的启示和领导。"故他认为，"对于西方，中国古典文学的代表，不是文起八代之衰的韩愈，而是诗人李白。"（《剪掉散文的辫子》，《余光中集》第4卷，第155页）这是余氏对中国古典文学被西方接受所做出的一种判断，当然亦可见出李白在他心目中的分量。

大家最熟知的余光中写李白的作品，可能是他的"李白三部曲"——《戏李白》《寻李白》《念李白》，此外以诗题直接写李白的，还有《与李白同游高速公路》等诗。据余光中2002年为百花文艺版《余光中集》做的"自序"中所言，他写诗人李白的诗有5首。可见，除此之外，至少还有一首写给李白的诗。据笔者对百花文艺版《余光中集》（九卷本）的不完全统计，余光中在诗歌中写到李白，除了前面提到的四首之外，还有23次之多。如果将他的散文和文论等作品也统计在内，李白出现的次数就更多了。据对上述《余光中集》（九卷本）的统计，余光中散文中，李白出现的次数有138次之多，文论、评论、谈翻译的文章中李白出现的次数也高达80次。因此，有人称余光中心中有挥之不去的"李白情结"，有人称余光中为李白的"嫡系传人"，这些论点都不是空穴来风。

一、为李白造像："婉转的怀乡"

一九八〇年四月二十六、二十七日，余光中在香港忽然来了兴致，一口气写下了《戏李白》和《寻李白》两首诗，大概十天之后，又写了《念李白》。在此前的诗中，余光中已很多次提到李白，但是这一次不同。这一段时期，余光中"写的诗大概不出两类：一类是为中国文化造像，……另一类则是超文化超地域的"①。写李白的这三首诗，一如诗人所言，就是"企图为李白造像"（同上）。就像当年的诗人杜甫，一生写下大量"赠李白""怀李白""梦李白""忆李白"的诗，虽然其并未直言是为李白造像，但却实实在在为世人留下了一个丰富而又鲜活的诗人李白形象。余光中的这三首诗也是如此。余光中曾说："到二〇〇〇年为止，我一共发表了八百零五首诗，短者数行，长者多逾百行。有不少首是组诗，……《戏李白》《寻李白》《念李白》虽分成三首，也不妨当做一组来看。"（《炼石补天蔚晚霞——自序》，《余光中集》第1卷，第3页）明确指出，此三首诗可当作组诗来看。下面我们具体地来看一下，余光中是如何通过这三首诗为李白造像的。

三首诗中，最早的一首是《戏李白》："你曾是黄河之水天上来/阴山动/龙门开/而今反从你的句中来/惊涛与豪笑/万里滔滔入海/那轰动匡庐的大瀑布/无中生有/不止不休/可是你倾侧的小酒壶？/黄河西来，大江东去/此外五千年都已沉寂/有一条黄河，你已够热闹的了/大江，就让给苏家那乡弟吧/天下二分/都归了蜀人/你踞龙门/他领赤壁"。此诗通俗易懂，一个"戏"字，虽有开玩笑之意，但并非嘲谑，实际上主要是赞美。夸赞李白与苏轼，一个以诗写活了黄河，一个以词写活了长江。如果要问"戏"的意思主要在哪里，我认为就在最后"让"的这几句中。有议者认为，余光中是暗写李白写长江写不过苏轼，有点小人之心了。其实在余光中看来，李白写长江并非写不好，如其《峨眉山月歌》《早发白帝城》《黄鹤楼送孟浩然之广陵》《渡荆门送别》等诗，无一不好，而"让给苏家那乡弟"，其好处则是"天下二分/都归了蜀人"，一踞龙门，一领赤壁。这样的表达才可以称之为"戏言"。就像当年李白作诗"戏赠杜甫"一样，是以玩笑的言语表达肺腑之心。戏言之谓，从余光中为诗所做的"附注"也可见出些意思来："我认为诗赞黄河，太白独步千

① 余光中：《隔水观音》"后记"，见《余光中诗歌选集》（第3辑），长春：时代文艺出版社，1997年版，第211页。本文所引同选集中的内容，不一一注引。如遇引用集中文章，则下文直接标明篇目、辑数与页码。

古；词美长江，东坡凌驾前人，因此未遑安置屈原和杜甫，就径尊李白为河伯，借举苏轼作江神。这两位诗宗偏又都是蜀人。据考证，李白生于中亚之碎叶城，五岁随父迁回中原，在四川江油的青莲乡长大，其后在诗中也一再自居蜀人。四川当然属于长江流域；把中国两大圣水都给了南人，对北人似乎有失公平。或许将来北方会出一位大诗人，用雄词丽句把黄河收了回去，也未可知。"（《余光中集》第2卷，第478页）

从"造像"的功能而言，《戏李白》并不是十分成功的。严格上说，《寻李白》和《念李白》这二首才像是真正为李白造像准备的：

> 那一双傲慢的靴子至今还落在／高力士羞愤的手里，人却不见了／把满地的难民和伤兵／把胡马和羌马交践的节奏／留给杜二去细细地苦吟／自从那年贺知章眼花了／认你做谪仙，便更加佯狂／用一只中了魔咒的小酒壶／把自己藏起，连太太都寻不到你／怨长安城小而壶中天长／在所有的诗里你都预言／会突然水遁，或许就在明天／只扁舟破浪，乱发当风——而今，果然你失了踪
>
> 树敌如林，世人皆欲杀／肝硬化怎杀得死你？／酒入豪肠，七分酿成了月光／余下的三分啸成剑气／绣口一吐就半个盛唐／从开元到天宝，从洛阳到咸阳／冠盖满途车骑的嚣闹／不及千年后你的一首／水晶绝句轻叩我额头／当地一弹挑起的回音
>
> 一贬世上已经够落魄／再放夜郎毋乃太难堪／至今成谜是你的籍贯／陇西或山东，青莲乡或碎叶城／不如归去归哪个故乡？／凡你醉处，你说过，皆非他乡／失踪，是天才唯一的下场／身后事，究竟你遁向何处？／猿啼不住，杜二也苦劝你不住／一回头囚窗下竟已白头／七仙，五友，都救不了你了／匡山给雾锁了，无路可入／仍炉火未纯青，就半粒丹砂／怎追蹑葛洪袖里的流霞？
>
> 樽中月影，或许那才是你故乡／常得你一生痴痴地仰望？／而无论出门向西笑，向西哭／长安都早已陷落／这二十四万里的归程／也不必惊动大鹏了，也无须招鹤／只消把酒杯向半空一扔／便旋成一只霍霍的飞碟／诡绿的闪光愈转愈快／接你回传说里去
>
> ——《寻李白》

现在你已经绝对自由了／从前你被囚了六十二年／你追求的仙境也不在药炉／也不在遁身难久的酒壶／那妙异的天地／开阔只随你入神的毫尖／所有人面鸟心的孩童／远足一攀到最高峰／就觉得更远的那片锦云／是你仿佛在向他招手／现在你已经完全自由

列圣列贤在孔庙的两庑／肃静的香火里暗暗地美慕／有一个隐者自称楚狂／不饮已醉，一醉更狂妄／不到夜郎已经够自大／幸而贬你未曾到夜郎／愕然回头儒巾三千顶／看你一人无端地纵笑／仰天长笑，临江大笑／出门对长安的方向远笑，低头／对杯底的月光微笑

而在这一切的笑声里我听到／纵盛唐正当是天宝／世人对你的窃笑，冷笑／在背后起落似海潮／唯你的狂笑压倒了一切／连自己捶胸的恸哭／你是楚狂，不是楚大夫／现在你已经绝对自由了／儒冠三千不敢再笑你／自有更新的楚狂犯了庙规／令方巾愕然都回头

——《念李白》

前者在题下引了杜甫《赠李白》中的诗句"痛饮狂歌空度日，飞扬跋扈为谁雄。"后者在题下引了李白《庐山谣寄卢侍御虚舟》中自我描述的诗句"我本楚狂人，凤歌笑孔丘。"从某种意义上说，余光中这两首诗即是对杜甫和李白这两句诗的现代版的赋笔演绎。具体地看，《寻李白》中具体刻画了李白"让高力士脱靴""借酒佯狂""树敌如林，世人皆欲杀""一贬再放""抛杯化碟"等情节，将一个"痛饮狂歌""飞扬跋扈"的李白为我们活脱脱地展现了出来。《念李白》则写李白升仙，从尘世获得解脱之后，获得了"绝对自由""完全自由"，一方面借李白自身的"狂"来形成对照，同时也借世人对他的"窃笑，冷笑"与不理解从反面来加强这一点认知。其实，这就是李白对自己的定义！那个佯狂一世，敢于嘲笑世俗礼法的人，不也正是我们心中理想的那个诗人吗？

这两首诗对李白造像的成功，首先得益于杜甫和李白的诗句对李白所作的刻画；其次，余光中在诗中运用现代手法所做的演绎也功不可没。前者刻画李白，如"用一只中了魔咒的小酒壶／把自己藏起"，将李白嗜酒的特征细致而又俏皮地传达了出来；又如"酒入豪肠，七分酿成了月光／余下的三分啸成剑气／绣口一吐就半个盛唐"，寥寥几笔，就将李白的风神呈现得历历如在

目前，成为新诗中的"经典"。现代人称引现代诗中对于李白的描摹，很少会有人不想到余光中的这几句诗。后者刻画李白，一是写他死后得到绝对的自由，二是典型地刻画了李白的"纵笑"——长笑，大笑，远笑，微笑。李白是以狂笑压倒"窃笑，冷笑"、压倒一切的人。他以"狂"让"儒冠三千不敢再笑""令方巾愕然都回头"。这就是余氏为我们塑造出的李白。

　　一九八二年秋末，余光中说："目前我正在读徐霞客和龚自珍，等到'时机成熟'，或可各写一诗为之造像，正如本集中企图为李白、杜甫、苏轼造像一样。"但接着他也悠然点出："这当然还是一种婉转的怀乡。"（《隔水观音》"后记"，《余光中诗歌选集》第3辑，第211页）从某种程度上看，回到李白、杜甫、苏轼，回到徐霞客、龚自珍，即是回到汉语文化的源点，回到中国文化的故乡。所谓"婉转"，或许即指文化意义而非地理意义上的。其实，在很多作品中，余光中都将李白诸人及其诗歌作为一个文化的象征来对待，如其《多峰驼上》就如此写道："湫溢的唐人街，满地旧报纸与果皮/祖孙三代，一块破招牌，卖菜又洗衣/名士在麻将桌上，英雄在武侠小说里/暗街陋巷，何曾西域驼队来进贡？/醉酒的李白，违警的贾岛/超级公路东西驶千条/哪条是通向长安的大道？/指南针的国度啊给你的孩子们方向/举头见日，不见洛阳与咸阳"。此诗是诗人一九六二年所作长诗《天狼星》中的一首[1]，尽管一些批评家和诗人自己都承认这首长诗是失败了的，但亦并非完全无可取之处。如诗人自己所说："在十五年后的今天读来，表现的技巧虽嫌稚拙，但其中的情操，身为作者，我仍是乐于肯定的。"（《天狼仍嗥光年外——〈天狼星〉诗集后记》，《余光中集》第1卷，第477页）那么，诗人所肯定的这"情操"具体是指什么呢？以我看，可能即指其中所反映出来的中国意识，或曰传统文化意识。据作者交待，一九六一是台湾现代诗反传统的高潮。但作者却认为，"深厚的传统应该有信心接受外来的挑战，而一位真正的作家也往往始于反传统而终于汇入传统，为传统所接受，并开出传统的新机。"（同上）在做具体分析时又说："《天狼星》共分十一章，其中《鼎湖的神话》，《四方城》，《多峰驼上》，《大武山》各章，不但有确定的时空背景，中心主题，而且是极富

────────────────

　　①按：《天狼星》这首长诗，诗人后来曾于一九七六年重新进行修订，此处所引为修订后的新稿。

中国意识的。"（同上）可见，在《多峰驼上》一诗中，诗人以"醉酒的李白，违警的贾岛"入诗，都不是随意撷取的。

关于这样的"婉转"，我们去读两岸开放交流以后诗人所作的乡愁诗，或许会有更深刻的体会。一九九二年九月，诗人曾受邀到北京访问。其间写下《登长城》《访故宫》《小毛驴》等诗，在后来的诗集后记中，余光中提出了一种"大乡愁"理念："所谓乡愁，原有地理、民族、历史、文化等等层次，不必形而下地系于一村一镇。……乡愁并不限于地理，它应该是立体的，还包含了时间。……真正的华夏之子潜意识深处耿耿不灭的，仍然是汉魂唐魄，乡愁则弥漫于历史与文化的直经横纬，而与整个民族祸福共承，荣辱同当。地理的乡愁要乘以时间的沧桑，才有深度，也才是宜于入诗的主题。"（《〈五行无阻〉后记》，《余光中集》第3卷，第427~428页）应该说，这种超越了地理的乡愁，才是真正的余光中的"乡愁"，是他诗歌中最深刻的主题。

不过，两岸交流也使诗人的乡愁发生了一定程度的解构，尤其是地理上的乡愁。不过，文化上的乡愁却似乎有了加深。于是在诗人的笔下，乡愁的变奏乃成为一种必然。一九九三年二月十二日，诗人写下一首《桐油灯》，径由这灯的亮光，诗人一下子回到了深处的"童年"："如果我一路走问去/回到流浪的起点/就会在古屋的窗外/窥见那夜读的小孩/独自在桐油灯下/吟哦韩愈或李白"。那个"独自在桐油灯下/吟哦韩愈或李白"的孩子是谁？经由诗的后半部，我们可以发现，这就是小时候的诗人自己，或者至少有诗人小时候的影子在内。这是一颗从小就喜爱着诗、深爱着李白和韩愈的种子，这样的童年，在诗人长大后不被一次次回望才怪？诗人自己也曾说："两岸开放，解构了我的乡愁主题。不过在这本《五行无阻》里，乡愁变奏之作仍有《洛城看剑记》、《嘉陵江水》、《桐油灯》、《火金姑》等首。其中《桐油灯》的一幕长在心头，我的散文集里早已一再出现，如今引入诗中，成了童年的神话，仍然令我低回。"（同上，第428页）因此，这就很容易让人理解，为什么诗人一直以来在对"乡愁"的建构上会有如此刻骨铭心的表现！

二、"双重"李白："加倍地繁富而且具有弹性"

余光中诗中所提及的李白，当然有很传统的一面。比如一九六二年所作的《中元夜》中，诗人写道："伸冷冷的白臂，桥栏拦我/拦我捞李白的月亮/月光是幻，水中月是幻中幻，何况/今夕的中元，人和鬼一样可怜"；此处，"李白的月亮"就仅仅是作为一个经典的文化意象出现的。类似的表达，还有诗人在《独白》中所写的："月光还是少年的月光/九州一色还是李白的霜"。很显然，这里化用的乃是李白《静夜思》中的诗句。应该说，这其间所用的都还是一些传统的技巧，传统的表达，新意不足。

但是更多的地方，余光中都会采用现代手法来刻画李白，比如当余光中将现代世界的"月光"化为李白的酒时，那现实中的"月光"便一下子因为李白的因子表现得与众不同了，如其一九九四年五月四日所写的《停电》一诗："猝不及防，下面那灿亮的海港/一下子熄尽了灯光/不料黑暗来突袭/被点穴的世界就停顿在那里/现代，是如此不堪一击/我起身去寻找蜡烛/却忘了杜牧那一截/在哪一家小客栈的桌上/早化成一滩银泪了/若是向李商隐去借呢/又怕唐突了他的西窗/打断巴山夜雨的倒叙/还是月光慷慨，清辉脉脉/洒落我面海的一角阳台/疑是李白倾侧了酒杯"。在描述中，诗人因为停电去寻蜡烛，他去寻"杜牧那一截"而不得，去"向李商隐去借呢/又怕唐突"，最后是月光有情有意地降临，而诗人则幻想着，这"月光"乃是李白的酒倾洒而来。仅此一点，就可以见出李白在诗人心目中占有不一般的分量！或许，有人认为这与传统的李白还是没有太大不同，不过就是美酒化作了月光，甚至还不如《寻李白》中所写"酒入豪肠，七分酿成了月光/余下的三分啸成剑气/绣口一吐就半个盛唐"表现得豪放！那我们略做一点延伸。如果说，《寻李白》中表现出的风格是豪放，此处诗人要表现的则恰恰是柔情，是自由中的那一点柔情，"月光慷慨，清辉脉脉"，这不能是李白在潇洒地挥杯弄盏，只能是李白在轻轻地倾侧酒杯。一股脉脉的清辉，人在这样的情景中，也才能生出有一种好情致，就像诗的后面，诗人所说："我索性/推开多繁重的信债，稿债/闭上光害虐待的眼睛/斜靠在月光里，像个仙人/吐纳爱迪生出世以前/那样闲闲的月色与宁静"。只有用如此眼光看，诗人用现代手法所描摹的境象才算是一种完满。

余光中之所以要采取现代笔法来为李白赋形，显然也是出于某些"顾虑"。一九六七年三月五日诗人做了一首《狗尾草》。在这首诗中，诗人曾透过这样的方式来理解"死亡"："总之最后谁也辩不过坟墓/死亡，是惟一的永久地址"，"最后呢谁也不比狗尾草更高／除非名字上升，向星象去看齐／去参加里尔克或者李白／此外／一切都留在草下／名字归名字，骷髅归骷髅／星归星，蚯蚓归蚯蚓"，在此处，诗人显然是将里尔克和李白当作"名字上升，向星象去看齐"的诗人来看待的。从表面上看，余光中是将他们当作"天上的星星"来看待，认为他们是不可多得的天才；而从深层的情形看，这仍然可以从文化的角度来进行解说。由于李白、杜甫、苏轼、里尔克等人的能量太过强大，这成为了诗人的一种文化焦虑。《狗尾草》收录于诗人的诗集《在冷战的年代》中，这部诗集是诗人1966年夏天回台以后大概三年间的作品。在诗集的《后记》中，诗人曾深刻反省这一问题，"现代诗发展到了今天，我们在心理的背景上，仍然不能摆脱巴黎或长安。让萨特或李白的血流到自己的蓝墨水里来，原是免不了也是很正常的现象。但是如果自己的蓝墨水中只有外国人或唐朝人的血液，那恐怕只能视为一种病态了吧？如果说，生活是一个考场，则进场的时候，无论夹带的是萨特或是李白，总不是一种诚实的态度。"（《余光中集》第2卷，第238页）

也许是为了摆脱这种影响的焦虑，余光中不得不采取各种各样的现代手法，融李白入诗，将古典与现代汇于一炉。如一九六〇年八月所作的《放逐季》中写道："无论如何，也不能把巴士站牌／幻想成一株可爱的菩提树／况且衡阳路明明没有人乘麒麟／况且碧潭明明没有木兰舟／你以为警察不没收李白的酒壶／十三妹中不可能有乔治桑"；又如："当三期肺病烧死了蔷薇？／最后的一枚炮弹开后／能不能拾来为李白铸像？"（《天狼星旧稿·海军上尉》）又如："那仙镜里迷离斑驳的是李白／或是苏轼的魂魄？一海客问道／或是阿姆斯壮的靴印？又一人说"（《中秋夜》）；又如："那时的长安，你嗅嗅看／有多严重的空气污染／街灯之上如网的霓虹灯／——恰巧李白那夜在山顶／酒杯里蓦然异样的倒影／非月，非星，在稠靛色的夜里／青幽幽一盘盘的怪光，倏来倏去"（《飞碟之夜——罗青画展所见》）。当然，最为精彩的现代演绎非诗人一九八五年十一月十三日所做的《与李白同游高速公路》莫属：

> 刚才在店里你应该少喝几杯的／进口的威士忌不比鲁酒／太烈了，要怪那汪伦／摆什么阔呢，尽叫胡姬／一遍又一遍向杯里乱斟／你该听医生的劝告，别听汪伦／肝硬化，昨天报上不是说／已升级为

第七号杀手了么？／刚杀了一位武侠名家／你一直说要求仙，求侠／是昆仑太远了，就近向你的酒瓶／去寻找邋遢侠和糊涂仙吗？／——啊呀要小心，好险哪／超这种货柜车可不是儿戏／慢一点吧，慢一点，我求求你／这几年交通意外的统计／不下于安史之乱的伤亡／这跑天下呀究竟不是天马／跑高速公路也不是行空／速限哪，我的谪仙，是九十公里／你怎么开到一百四了？／别再做游仙诗了，还不如／去看张史匹堡的片子——咦，你听，好像是不祥的警笛／追上来了，就靠在路旁吧／跟我换一个位子，快，千万不能让／交警抓到你醉眼驾驶／血管里一大半流着酒精／诗人的形象已经够坏了／批评家和警察同样不留情／身分证上，是可疑的"无业"／别再提什么谪不谪仙／何况你的驾照上星期／早因为酒债给店里扣留了／高力士和议员们全得罪光了／贺知章又不在，看谁来保你？／——六千块吗？算了，我先垫／等《行路难》和《蜀道难》的官司／都打赢之后，版税到手／再还我好了；也真是不公平／出版法哪像交通规则／天天这样严重地执行？／要不是王维一早去参加／辋川污染的座谈会／我们原该／搭他的老爷车回屏东去的

在此诗中，余光中将李白放置于现代语境之下，对其进行现代转换。在出场设计中，李白这一次被定位为当代现实世界里的一名司机。李白因常年喝酒，喝出肝硬化。这一次，在汪伦处，忍不住胡姬的劝，又大喝一场。喝完后还开车载着"我"上了高速公路。然后，超车、超速，最后因为酒后驾驶，被交警逮住。"我"代缴了罚款，寄望他作品版权的官司打赢后还钱。这所有的一切，都是在现代语境之中发生的，包括最后提到的王维"去参加辋川污染的座谈会"。或许很多人认为，这样写出来的李白已经不是真正的李白了，这其中哪还有李白的影子？表面上看确实如此，不过大家细细地去品一下，这其中的李白不仍然是那个抑郁不得志而"狂歌痛饮""飞扬跋扈"的李白吗？其实，只要稍微认真地作一番思考，就能够明白这样的演绎合不合理。早在一九八〇年九月，余光中就曾设想过这样的场景，准备写一首这样的诗出来："车性即人性，大致可以肯定。王维开起车来，想必跟李白大不相同。我一直想写一首诗，叫《与李白同驰高速公路》。李白生当今日，一定猛骋跑车，到

见山非山见水非水的速度，违警与否，却是另一件事。"（《秦琼卖马》，《余光中集》第6卷，第31~32页）如果李白生活在我们这个时代，他会成为一个什么样的人？余光中给出的，正是这样一个答案。

一九五七年十二月二十六日，诗人所作的《杞人的悲歌》中也提到李白。不过，这一次，诗人写到的李白和苏轼、但丁等人更让人感到震撼了。此诗所写乃一个"杞人"对宇宙的乡愁，此时的"宇宙凉了，银河的白披肩飘着。……人类的喧嚣飘逝在星云的大沉默里。"紧接着，诗人感叹："后羿死了，最后的一轮太阳也老了，/月桂谢了，远征的火箭也熄了；/是的，苏轼死了，但丁死了，欧马康颜死了，达·芬奇死了，/我是最后一个记得蒙娜丽莎怎么笑，/老子怎么出函谷关，李白怎么失踪的人——/当我死时，历史将葬在我的心里，/木乃伊中有木乃伊……"。很显然，在这个伟岸的"宇宙乡愁"里，李白、苏轼、老子、但丁等人都是不可缺少的一支。余光中一直被两岸视为"乡愁诗人"，如果仅仅从其《乡愁》一类的诗来定义他，实在是过于狭隘了。前文已经提到余光中的诗歌中有"大乡愁"理念，《杞人的悲歌》中的"乡愁"则在"大乡愁"的基础上更进一步，俨然成为了一种"宇宙的乡愁"。这样的乡愁绝不是"一湾浅浅的海峡"这样局促的地理所能承载的。这也是余光中以现代笔法经营古典所取得的突出成就。

三、结语

关于古典与现代的关系，余光中曾有过很多反思。他的很多作品都受到古典芬芳的启示。如他说："古典文学更是一大宝库，若能活用，可谓取之不竭。理想的结果，是主题与语言经过蜕变，应有现代感，不能沦为旧诗的白话翻译，或是名言警句的集锦。若是徒知死参，古典的遗产就成了一把冥钞，必须活用，才会变成现款。从李白的诗与生平，我曾经企图转化出《戏李白》、《寻李白》、《念李白》、《与李白同游高速公路》等作。杜甫感召了《湘逝》与《不忍开灯的缘故》。屈原附灵于《水仙操》、《漂给屈原》与《召魂》。"（《艺术创作与间接经验》，《余光中集》第7卷，第555~556页）对于诗歌这种艺术对"古典与现代矛盾/张力关系"的运度与利用，他也有自己深刻的体悟："不成熟的看法，会认为'古典'是和'现代'截然相反的本质。

事实上，有深厚'古典'背景的'现代'，和受过'现代'洗礼的'古典'一样，往往加倍地繁富而且具有弹性。……诗的艺术，往往藉对比而达到浮雕甚至立体的效果。"（《莲的联想·出版后记》，《余光中集》第2卷，第86~87页）江弱水先生曾这样评价余光中："60年代中期开始，余光中进入了诗风的成熟期。个人生命的体验，家国现实的思考，古典的韵味，现代的技法，以及来自摇滚乐的节奏，诸多因素汇聚到一起来，筑成了中国现代诗中个性鲜明的'余体'。"[1]通过这样的了解，我们似乎对余光中为什么能够在古典与现代之间尽情游弋有一个全面的认知了。而李白作为其写作中的一个资源，一个题材个案，无论是为李白"造像"，还是为了使诗歌具有"加倍繁富而且具有弹性"的效验，余光中都做到了精彩的呈现，非常值得为诗歌而艺术的人进行学习和借鉴。

---

①江弱水：《编后记》，见黄维樑、江弱水编选《余光中选集》（第1卷），合肥：安徽教育出版社，1999年版，第269页。

第三节
"气氛性写作"与浪漫精神
——痖弦诗歌艺术论

　　痖弦是台湾"创世纪"诗群中的代表人物。其诗歌创作的生涯并不长，繁盛期主要集中在1957—1965年之间。从数量上而言，痖弦的诗歌作品也不多，但是其影响力却一直持久不衰。以至于台湾评论家罗青将其称为"以一本诗集而享大名"者。罗青在此处所指涉的诗集是痖弦1968年在台湾出版的《深渊》，后来痖弦又以《深渊》为蓝本出版过《痖弦自选集》（1977年由台北黎明文化公司出版）和《痖弦诗集》（1981年由台北洪范书店出版），主要是增收他二十五岁以前的作品。对比后出的这两部诗集，《痖弦诗集》是他最全面的集子。本文对于痖弦诗歌的探讨，以洪范书店授权广西师范大学出版社2016年出版的《痖弦诗集》为依据。

一、"气氛性写作"

　　痖弦的诗歌中透着一股强烈的"气氛"味。无论是早期，还是后期，痖弦对于"气氛"的执著一直没有衰减，可以说"气氛性写作"一直贯穿了他创作的始终。台湾诗人叶珊（杨牧）在为痖弦诗集《深渊》所做的后记中有一番话，"我们费了一整个暑假的时间在北投华北馆饮酒论诗，……我们谈音乐，戏剧和诗。我们自称'性情中人'，提倡'气氛'——口头语是：'除了气氛，什么都不是！'"尽管他提到那时他们的作品还有"有限性"，以及痖弦后来的一些诗作发生了变化，但是痖弦在诗歌中展现"气氛"的习惯，一直都没有改变。更何况那时"处在一种过渡的虚空状态下，有一种懊恼、愤懑和矛盾。而我们显然也生活在最充实的预备状态里：一种山洪欲来的气候铺在每个人的额际，又像是拉得满满的弓，在烈日下预备飞逸。"①抱着如此的一种姿态，情绪必然也是时时张扬的，气氛自然也不在话下。

"气氛性"的症候，在诗歌中主要表现为弥漫于字里行间以及透过文字所传达出来的能够影响读者内心感受的景象、情调或者氛围。痖弦诗歌中的"气氛性写作"，首先表现为戏剧性的凸显。这一点可以在很多人的评价中得到证实。比如，余光中曾说，"痖弦的抒情诗几乎都是戏剧性的。……他将自己的戏剧天赋和修养都运用在诗中了。"②痖弦自己也承认他的诗歌会"使用一些戏剧的观点和短篇小说的技巧"③。这可能与他出身于戏剧专业有关，而且他有一定的舞台经验。痖弦早期的作品如《工厂之歌》《剧场再会》《我的灵魂》，中后期作品如《一九八〇年》《盐》《乞丐》《水手·罗曼斯》《船中之鼠》《坤伶》《马戏的小丑》《疯妇》等，在戏剧性的发挥上表现得最为典型。

痖弦诗歌的戏剧性，首先体现为"口语腔调"的尽情挥洒；其次体现为诗歌剧情"表演"上的突兀，或者骤然转变；再次体现为人物描写上的活灵活现。对于痖弦而言，第一个方面他表现得尤为熟稔。先以其早期诗歌《工厂之歌》为例来看：

> 啊啊，诞生！诞生！
> 轰响与撞击呀，疾转和滚动呀，
> 速率呀，振幅呀，融解和化合呀，破坏或建设的奥秘啊，
> 重量呀，钢的歌，铁的话，和一切金属的市声呀，

---

① 叶珊：《〈深渊〉后记》，见《痖弦诗集》，桂林：广西师范大学出版社，2016年版，第282~283页。

② 余光中：《诗话痖弦》，引自《台湾现当代作家研究资料汇编·痖弦卷》（以下省称《痖弦资料汇编》），台南：台湾文学馆，2013年版，第121页。

③《有那么一个人》，见《痖弦自选集》，台北：黎明文化事业股份有限公司，1977年版，第251页。

烟囱披着魔女黑发般的雾，密密地

缠着月亮和星辰了。

啊啊，神死了，新的神坐在锅炉里

狞笑着，嘲弄着，

穿着火焰的飘闪的长裙……

啊啊，艺术死了，新的艺术抱着老去的艺术之尸。

（那是工人们在火门边画着玩的一尾小鲫鱼）

首先，诗歌的这种口语腔调在一般的写法中，是很难出现的。这纯粹就是戏剧的"声音"。其次，在所引这一段的最后，诗人通过类似于以括号加注的方式来交代前文的谜底，在形式上也形同一种骤然转变。因为如果没有这一注解，读者很难理解"艺术死了，新的艺术抱着老去的艺术之尸"到底是在表达什么。此诗作于1955年，时年作者23岁，可见作者很早就已熟悉了戏剧手法在诗歌中的运用。下面再看诗人1958年写的《盐》：

二嬷嬷压根儿也没见过托斯妥也夫斯基。春天她只叫着一句话：盐呀，盐呀，给我一把盐呀！天使们就在榆树上歌唱。那年豌豆差不多完全没有开花。

盐务大臣的驼队在七百里以外的海湄走着。二嬷嬷的盲瞳里一束藻草也没有过。她只叫着一句话：盐呀，盐呀，给我一把盐呀！天使们嬉笑着把雪摇给她。

一九一一年党人们到了武昌。而二嬷嬷却从吊在榆树上的裹脚带上，走进了野狗的呼吸中，秃鹫的翅膀里；且很多声音伤逝在风中，盐呀，盐呀，给我一把盐呀！那年豌豆差不多完全开了白花。托斯妥也夫斯基压根儿也没见过二嬷嬷。

据痖弦自述，此诗写得是"对家乡的怀念"①。只不过，那是一个特定年代的家乡，那里正因为缺少盐而发生着悲剧。诗歌的开头一句和结尾一句互相照应，其实如果不能了解作者的用意，这看起来都是非常突兀的话。二嬷嬷本就是中国的一个小人物，托斯妥也夫斯基虽然鼎鼎大名，但他们二者之间很难发生什么关联，这是情理之中的事。然而诗人如此安置，在效果上却有惊人之处。在情节上，诗人也并不以展现故事为指归，只是用几个镜头捕捉出现实的切面，"利用音乐的流动（包括民歌式的重复，变化）和语调构成的气氛，把欲表达的情感推到感受网的最前端。"②另一方面，细节的描写如："她只叫着一句话：盐呀，盐呀，给我一把盐呀！天使们嬉笑着把雪摇给她"，这样"戏剧化"的呈现也非常震撼人心。当然，二嬷嬷这个人物，虽仅仅只有一两处描写，三句台词，但也被刻画得呼之欲出了。此外如《坤伶》，这是作者直接写"戏剧"的诗篇：

十六岁她的名字便流落在城里
一种凄然的旋律

那杏仁色的双臂应由宦官来守卫
小小的髻儿啊清朝人为他心碎

是玉堂春吧
（夜夜满园子嗑瓜子儿的脸！）

"苦啊……"
双手放在枷里的她

有人说
在佳木斯曾跟一个白俄军官混过

---

① 痖弦：《诗是一种生命》，见《痖弦资料汇编》，第141页。
② 叶维廉：《在记忆离散的文化空间里歌唱》，见《痖弦资料汇编》，第197页。

一种凄然的旋律

每个妇人诅咒她在每个城里

其中，第五节的插入相当突兀，或者可以视为情节上的一种陡然转变。曾经有人评痖弦此诗"和《上校》有短篇小说的野心"[1]，其实仍可以看做戏剧的表达。当然，对坤伶的刻画与二嬷嬷一样，虽然着墨不多，但人物已经是活灵活现了。诗歌的戏剧性还有可能是通过记忆性来传达，这一点在在《红玉米》中表现得最深刻："宣统那年的风吹着/吹着那串红玉米//它就在屋檐下/挂着/好像整个北方/整个北方的忧郁/都挂在那儿//犹似一些逃学的下午/雪使私塾先生的戒尺冷了/表姊的驴儿就拴在桑树下面//犹似唢呐吹起/道士们喃喃着/祖父的亡灵到京城去还没有回来//犹似叫哥哥的葫芦儿藏在棉袍里/一点点凄凉，一点点温暖/以及铜环滚过岗子/遥见外婆家的荞麦田/便哭了"。不过，这种戏剧性的烘托与《二嬷嬷》《坤伶》的相似之处在于，它们都是通过小的事物（人物）来映射时代的大背景，但由于诗歌不进行宏大叙事，于是气氛的渲染便成为一种必须。何寄澎评析《红玉米》一诗说："这首诗文字背后的故事应该是很浓厚的，但诗人并不明晰地叙述，他只是塑造了一种气氛，一种充满了悲绪幽幽的故事气氛，留给读者巨大的想象空间。"[2]而《坤伶》似乎也是如此，除了某种复杂的情绪可以追忆，似乎也只能拜托于对"弦外之音"的索求。

此外，痖弦诗歌的戏剧性还有一个非常重要的特征，那就是：化己为人，或者化己为物。这是一种身份的互换，它体现出作为"演员"的诗人在"戏剧"中的所做的努力。覃子豪先生很早就洞察到了这一点："他的诗之所以富戏剧性，在他不固定的身分，他用第三人称的手法，将自己融化于所要表现的事物中，以什么的口吻表现最适合，他便将自己溶化于什么的人物。这是戏剧的特质。"[3]这一类诗篇主要有《乞丐》《船中之鼠》《疯妇》，它们分别是以

---

① 痖弦：《诗是一种生命》，见《痖弦资料汇编》，第142页。

② 何寄澎：《〈红玉米〉评析》，见《痖弦资料汇编》，第302页。

③ 覃子豪：《三诗人作品评》（节录），见《痖弦资料汇编》，第126页。

乞丐、船中之鼠和疯妇的视角来展开的。通过以上阐释，大家都能够感受到，诗歌中的"气氛"由于戏剧性被大大地调动和加强了。如《工厂之歌》的气氛是紧蹙的，《盐》的气氛是舒缓而紧张的，《坤伶》是慢而凄然的。而《乞丐》《船中之鼠》《疯妇》由于其叙述的主体被写作者取代，其气氛就更加自由地被烘托出来了。

痖弦诗歌中的"气氛性写作"，还表现在对西方"民谣风"的学习。痖弦曾经对西班牙诗人洛卡的民谣风一类的作品非常着迷，后来他尝试着把这一艺术形式和气氛带入中国，用中国的民谣来写具有民谣风味的作品。比如他在《乞丐》一诗中，就加入了"小调"，第二节和第五节最为明显：

> 依旧是关帝庙
> 依旧是洗了的袜子晒在偃月刀上
> 依旧是小调儿那个唱，莲花儿那个落
> 酸枣树，酸枣树
> 大家的太阳照着，照着
> 酸枣那个树
>
> 谁在金币上铸上他自己的侧面像
> （依呀嗬！莲花儿那个落）
> 谁把朝笏抛在尘埃上
> （依呀嗬！小调儿那个唱）
> 酸枣树，酸枣树
> 大家的太阳照着，照着
> 酸枣那个树

这一形式的融入，一方面使得诗歌的风格显得倍加轻松，同时也极大地调节了诗歌的"气氛"。此外，像《荞麦田》也是如此，"布谷在林子里唱着/俳句般的唱着/那年春天在浅草/艺伎哪，三弦哪，折扇哪/多么快乐的春天哪（伊在洛阳等着我/在麦田里等着我）/俳句般的唱着/林子里的布谷"。诗人叶珊（杨牧）说："痖弦所吸收的是他北方家乡的点滴，30年代中国文学的纯朴，当代西洋小说的形象；这些光谱和他生活的特殊趣味结合在一起。他的诗是从血液流荡出来的乐章。"①应该说，痖弦对于歌谣风的借鉴使他的诗歌形成了一种新格调，这在当时的诗界是非常少见的。但是必须指出，痖弦的这一类写作虽然模拟或者以谣风的形式出现，但其诗歌本身却并非民谣民歌，一如叶维廉所指出的，痖弦只是想"利用其中的'跳脱性'、'鲜活性'、'声调'、'调子'所构成的音色与气氛。"②可见痖弦对民歌民谣的化用，"气氛性"是其主要结点之一。

痖弦的诗歌的"气氛性写作"，另一重要表现是注重趣味性的拓展。中国古代的作家、诗人中，也曾有过"趣味性"一类的写作，像明清时的李渔和袁枚。李渔的诗歌在"趣味"方面主要侧重"情趣"，如悠闲、享乐、自嘲、参禅等；袁枚则时常以生活中的所闻所见为乐，以游戏的态度对待人生，注重语言的戏谑。但痖弦的趣味性展现，与古典的风格有很大不同。正如覃子豪所说："他是一个现代人，所表现的是现代人的趣味，戏剧性的趣味。"③其写作根源，主要来自西方。这一类诗歌的主要作品有《殡仪馆》《蛇衣》《土地祠》《无谱之歌》《船中之鼠》《妇人》等。如其写殡仪馆，本是肃穆、感伤的主题，然而全诗之间却总是充斥着一股排斥主题的倾向，时时以各种场景、语言来荡涤气氛，比如："明天是生辰吗/我们穿这么好的缎子衣裳/船儿摇到外婆桥便禁不住心跳了哟"；诗的结尾也是调侃的调子："啊啊，眼眶里蠕动的是什么呀/蛆虫们来凑什么热闹哟/而且也没有什么泪水好饮的/（妈妈为什么还不来呢）"。不过，也有人指出，痖弦诗中某些不合时宜的气氛烘托，如在死亡的悲凉中故意反奏儿歌（民谣）的调子，其实是一种反讽的手法，类似于以"乐景衬哀情"。此外如《无谱之歌》：

> 像鹁鸪那样地谈恋爱吧，
>
> 随便找一朵什么花插在襟上吧，

---

① 叶珊：《〈深渊〉后记》，见《痖弦诗集》，桂林：广西师范大学出版社，2016年版，第288~289页。

② 叶维廉：《在记忆离散的文化空间里歌唱》，见《痖弦资料汇编》，第197页。

③ 覃子豪：《三诗人作品评》（节录），见《痖弦资料汇编》，第127页。

跳那些没有什么道理只是很快乐的四组舞吧，

拥抱吧，以地心引力同等的重量！

旋转吧，让裙子把所有的美学荡起来！

啊啊，过了五月恐怕要忧郁一阵子了。

（噢，娜娜，不要跟我谈左拉）

……

跟月光一起上天堂去。

跟泉水一起下地狱去。

结婚吧，草率一点也好，

在同一个屋顶下做不同的梦吧，

亲那些无聊但不亲更无聊的嘴吧！

（噢，绿蒂，达达派的手枪射出来的真是音乐吗？）

啊啊，风哟，火哟，海哟，大地哟，

战争哟，月桂树哟，蛮有意思的各种革命哟，

用血在废宫墙上写下燃烧的言语哟，

你童年的那些全都还给上帝了哟。

  诗歌似乎写的是以"恋爱"为中心的"爱情"主题，全篇都以一种"达达达"般的语言来铺展，格调激越，节奏明快。从对气氛描写的角度而言，此诗以语言取胜，但从整体内容看，也同样充满了对情趣的渲染，尤其是某些句子的叙述，如"旋转吧，让裙子把所有的美学荡起来！""亲那些无聊但不亲更无聊的嘴吧！""你童年的那些全都还给上帝了哟。"真的是趣味横生。

  不过，仍然要提醒的是，痖弦诗歌中的"气氛性写作"并非是为了烘托气氛而凝聚气氛。痖弦诗歌中的"气氛性"之所以凸显，首先是"气氛性"的营造本就是现代诗的一种重要表征。透过痖弦在《诗是一种生命》中的叙述，我们可以看到，他写诗的每一个阶段都受到西方诗歌的影响。即使早年写故乡的诗篇，也有模仿西方作家手法的痕迹。而西方现代诗，在对"气氛性"的渲染上相当着力。比如，痖弦早期曾受到里尔克的影响，里尔克是象征主义诗人的代表，而象征主义诗歌强调音乐在诗歌中的重要性，强调外在事物与内在精神之间的感应关系，注重通感现象和类比方式在创作中的作用，

注重想象的艺术创造。可以说，象征主义的一系列理论，为诗歌在"气氛"的生成上提供了非常有力的依据。此仅为一例，因为痖弦还受到很多西方现代派诗人的影响。其次，痖弦诗歌突出"气氛性"，还与其对语言的态度有关："至于语言的锻炼，首重活用传统的语言。我们听乡村的地方戏、老祖母的谈话、平剧的对白，那种语言的形象，丰富而跳脱，真是足资采风。因此我们不但要复活传统文学的语言（当然是选择性的），也要活用民众的语言；从口语的基调上，把粗砺的日常口语提炼为具有表现力的文学语言，这比从文学出发要更鲜活。目前我们语言的欧化和语言的创新是自然的演变，只要不脱离自己语言的根，应该大量吸收外国的语言、乡土的语言，来丰富生动文学的语言。"①不可否认，传统语言——像乡村地方戏中的语言、老祖母谈话时的语言、平剧的对白语言等——本身就气氛十足，而口语亦是因为其粗粝的表现，对气氛的调动倍加有力；外国的语言，当然也有这方面的魅力，比如西班牙诗人洛卡的诗歌就常常充斥着民谣之风。除此之外，"戏剧的语言"采纳更是痖弦的本色，2016年他在接受采访时说："从一个话剧演员的角度出发，因为话剧的台词，不像是视觉的阅读过程，一遍看完，还可以再看、再看，'戏剧的语言'出现的时候，就是它消失的时候。所以说，我就希望我的诗，可以通过声音的'考验'，有很好的声音效果，基本上由口语来完成，仅仅用'听'的，都可以是一首好的诗。这样我语言的习惯、文字的习惯，慢慢趋向'口语化'，这样的口语化变成我的创作上的'限制'，可是从某一方面来看，却成为我的优点、长处、风格。"②这即是痖弦诗歌语言的独特魅力所在，"戏剧的语言""口语化的语言"其实恰恰都是创造的"气氛"的本色语言，而痖弦几乎都把它们发挥到了极致。

二、浪漫精神及其异化

痖弦曾自言，其"写诗的时候，正是整个文艺思潮承袭着五四运动流风遗韵的时代"，五四的西化精神震撼了他，以至于在写作上也是一直向西走，

---

①痖弦著：《中国新诗研究》，台北：洪范书店，1981年版，第16页。

②《痖弦：发现灵魂深处那文学的光》，《中国出版传媒商报》，2016年5月6日第15版。

"狂热地拥抱西方现代主义的作品。"然而，他虽深受法国作品的影响，但却不懂法语，"正因为懂得少，对它的神秘与向往也就特别强烈，这也可以说是一种浪漫精神。"①通读痖弦的诗歌，我们发现其作品中有不少充满异域情调的诗篇，尤其是《痖弦诗集》第四卷"断柱集"中的作品，大都充满了他对不可知事物的强烈渴望与幻想。这也是欧洲文学史上浪漫主义时代常常强调的东西。当然，在此基础上所形成的想象"延伸"或"变异"，我们也将之视为一种"浪漫精神"。这是痖弦诗歌的第二个重要特色。

《痖弦诗集》中的第四卷"断柱集"共13篇作品，除了《在中国街上》之外，其他均是对异域的想象之作，如《巴比伦》《阿拉伯》《耶路撒冷》《希腊》《巴黎》《伦敦》《西班牙》与《印度》等。他坦诚自己在写这一系列作品的时候并未去过这些地方，但是却写得"活灵活现"。因为"对远方未知事物充满幻想，是很多人会有的经验。"②我们先以《阿拉伯》的首段为例来看："自雕花的香料盒子/自破旧的红头巾/自骆驼的双峰/自大马士革刀黑暗的长鞘/自我忧郁的胡髭的阴影/或人哪，夜已来了/自我忧郁的胡髭的阴影"。诗人作诗时虽然没有到过阿拉伯，但是阿拉伯的风土人情却常常为人们所熟悉，像其深厚的香料文化、包头巾的风俗、常用的交通工具骆驼、著名的兵器大马士革刀等等，以之入诗都是典型的阿拉伯征象。不过，从作者写作这一系列的用意看，风土人情的描写并非诗歌的重点，作者也许是想借助对这些地方的刻画来凸显一种精神，或者开掘一些独到的想象体验，如《阿拉伯》的末节所述："一些哲学/一些乱梦/而夜已来了/一些时间的斧子在额上凿着年轮/一些钉棺椁的声音/啊啊，或人哪/一些钉棺椁的声音"，透着的其实是一股对生命或死亡进行探察的神秘气息。此外，像对巴黎的书写，连《阿拉伯》那样的开篇也摒弃了，完全没有一点风土景物记式的套俗，而是径直以A.纪德的"奈带奈霭，关于床我将对你说什么呢？"为导引直接宣示出所要阐释的主题："当一颗阴星把我击昏，巴黎便进入/一个猥琐的属于床笫的年代"。很显然，作者是试图透过对这座城市某个切面的描摹来反映一个时代的风气，并对其堕落的现代文明进行批判，对被陷落的精致文化进行叹息。余光中认为："异

---

① 痖弦：《我的诗路历程：从西方到东方》，见《痖弦资料汇编》，第129页。
② 痖弦：《我的诗路历程：从西方到东方》，见《痖弦资料汇编》，第130页。

国情调如果只是空洞无灵魂的描写，则必沦为肤浅的‘异国风光’。”[①]痖弦是深谙这一点的。

在这一系列的诗篇中，《印度》最受人们的好评。此诗直接抓住印度的灵魂——圣雄甘地——作为抒发的对象，结合印度的文化元素，以汉赋式的铺排来酣畅淋漓地挥毫情感，给人以强烈的震撼：

夏天来了呵，马额马
你的袍影在菩提树下游戏
印度的太阳是你的大香炉
印度的草野是你的大蒲团
你心里有很多梵，很多涅槃
很多曲调，很多声响
让他们在罗摩耶耶的长卷中写上马额马呵

……

衰老的年月你也要来呵，马额马
当那乘凉的响尾蛇在他们的墓碑旁
哭泣一支跌碎的魔笛
白孔雀们都静静地夭亡了
恒河也将闪着古铜色的泪光
他们将像今春开过的花朵，今夏唱过的歌鸟
把严冬，化为一片可怕的宁静
在圆寂中也思念着马额马呵

痖弦曾自曝：“我喜欢这首诗，因为他比较有人格精神，比较有崇高感。……这首诗是一段一段，用印度人一生的生老病死来歌颂他。”[②]在痖弦的

①余光中：《诗话痖弦》，见《痖弦资料汇编》，第122页。
②痖弦：《诗是一种生命》，见《痖弦资料汇编》，第148页。

其他异域诗篇中，再没有任何一篇是用一个国家为题来歌颂某个人人格的伟大。余光中曾称瘂弦诗歌的第三个特色是他的"异域精神"（"exoticism"），并且指出"瘂弦对于异国有一种真诚的神往，因而他的作品往往能攫住该地的精神。《印度》一诗是他在这方面空前的成就，其感人处已经不限于艺术上的满足了。"① 余先生的评价是中肯的，如果没有"真诚神往"，瘂弦的诗歌是达不到这一阅读效应的。

以上这种浪漫精神，从某种程度上而言乃出于作者的一种主动想象，因为作者对所写的对象并未真正"遇见"。然而，如果本身先有一种"遇见"，而后透过象征或隐喻来加以"抗争"或"隐藏"，这似乎也构成一种想象，只不过这种想象是一种被动的出击，当然它也自动成其为一种"浪漫精神"，只不过是一种被异化的"浪漫精神"。瘂弦曾指出自己受到超现实主义的深远影响，这一方面与超现实主义的理念和艺术技巧深得诗人之心有一定关系，另一方面也受到当时时代因素的制约："1950年代的言论没有今天开放，想表示一点特别的意见，很难直截了当地说出来；超现实主义的朦胧、象征式的高度意象的语言，正好适合我们，把一些社会的意见、抗议，隐藏在象征的枝叶后面，这也是当时我们乐于接受西方影响的重要因素。"②

瘂弦及其同时代的诗人曾因为作品的社会性不足而遭到质疑，其实这是人们对他们作品的一种偏见。即就瘂弦的作品而言，体现社会性的诗篇就不在少数，如其《一九八○年》《战神》《红玉米》《盐》《乞丐》《战时》《在中国街上》《巴黎》《芝加哥》《坤伶》《弃妇》《疯妇》《赫鲁晓夫》《深渊》《工厂之歌》《我的灵魂》等，都可以视为这方面的代表性作品。只不过如瘂弦所说，这类作品主要是因为写得隐晦而不被读懂罢了。我们以《深渊》为例来看。《深渊》一直被视为瘂弦的代表作，一如萧萧所言："《深渊》一出，瘂弦在诗坛上地位已稳若泰山，为群岳所拱。"③ 通读瘂弦此诗及其大约同时创作的《从感觉出发》《献给马蒂斯》，我们能够很明显地觉察到，诗的风格已与此前大不相同，其主要原因即是瘂弦此时深受超现实主义的"剧毒"，他把对

---

① 余光中：《诗话瘂弦》，见《瘂弦资料汇编》，第122页。
② 瘂弦：《我的诗路历程：从西方到东方》，见《瘂弦资料汇编》，第132页。
③ 萧萧：《瘂弦的情感世界》，见《瘂弦资料汇编》，第164页。

文明的批判和对历史存在的沉思写得太具有游离性色彩了，以下摘录《深渊》的最后两段：

> 这是深渊，在枕褥之间，挽联般苍白。
> 这是嫩脸蛋的姐儿们，这是窗，这是镜，这是小小的粉盒。
> 这是笑，这是血，这是待人解开的丝带！
> 那一夜壁上的玛丽亚像剩下一个空框，她逃走，
> 找忘川的水去洗涤她听到的羞辱。
> 而这是老故事，像走马灯；官能，官能，官能！
> 当早晨我挽着满篮子的罪恶沿街叫卖，
> 太阳刺麦芒在我眼中。
>
> 哈里路亚！我仍活着。
> 工作、散步、向坏人致敬，微笑和不朽。
> 为生存而生存，为看云而看云，
> 厚着脸皮占地球的一部分……
> 在刚果河边一辆雪橇停在那里；
> 没有人知道它为何滑得那样远，
> 没人知道的一辆雪橇停在那里。

　　尽管诗的开篇引有沙特的话语——"我要生存，除此无他；同时我发现了他的不快"——作为导引，但是诗的意图仍然不甚明朗。痖弦说："把自己心中的不满，对社会的批判，对政治黑暗现象的呐喊，通通经过象征的手法处理。你要拨开象征的枝叶，才能了解里面的内容。……《深渊》也是一种批判的诗。……我就是写个没有人格的人，但是他有人格反省力，他无奈于如何改进自己。"[1]由此看，《深渊》实际上是写那些在无奈中生存的人，他们卑微，有欲望，"向坏人致敬"，但也可以"微笑和不朽"，其时有人指斥"这

---

[1] 痖弦：《诗是一种生命》，见《痖弦资料汇编》，第148页。

首诗的作者没有人格，是个人格破产的人。"显然是误读了痖弦的原始意图。还是叶维廉先生说得好："是在这样一种似自由而非自由的空间里，在一种似已豁出去一切无所谓而实在极沉痛的语调中，是介乎童话式的跳接与荒诞世界不按理的游离之间的想象里，痖弦推出了他存在主义式的'深渊'。一面承着1940年代杭约赫和陈敬容对现代文明的批判，一面透过奥他维奥·百师（Octavio Paz）对着古代废墟历史的沉思和沙特的生存哲学，他唱出现代中国生存中的悲怆与无奈"。[①]值得注意的是，叶维廉在最后又着重强调痖弦的《深渊》"是他介于主观悲怆无奈与客观轻佻幽默之间的声音，和童话式的跳接与仿佛超越情景，潇洒地进出时空所给他想象的自由。"[②]由此我们更可以断定，这是一种变异的"浪漫精神"，只不过在格调上，它是沉痛的和悲怆的。

　　这种具有浪漫精神的想象，也体现在作者通过追忆的方式对传统与现代关系以及中西文化交互碰撞的想象式处理上。痖弦诗歌中有不少作品都触及到了传统（或历史）与现代的关系，典型的如《京城》《红玉米》《盐》《坤伶》等。以《红玉米》的后半部分为例来看："就是那种红玉米/挂着，久久地/在屋檐底下/宣统那年的风吹着//你们永不懂得/那样的红玉米/它挂在那儿的姿态/和它的颜色/我底南方出生的女儿也不懂得/凡尔哈仑也不懂得//犹似现在/我已老迈/在记忆的屋檐下/红玉米挂着/一九五八年的风吹着/红玉米挂着"。诗歌的语言朴质而通俗，完全没有超现实主义那样的隐晦感，诗人只是将自己记忆中的东西写了出来，但是因为有一个时间上的落差（从"宣统那年"到"一九五八年"，差了四十多年），诗意也有了一个距离感。这种想象与异化的"超现实主义"想象相比，自然是轻松的，因为它有记忆作为想象的基础。但尽管如此，诗人对于"红玉米"这一意象的选择也不是没有深意。何寄澎指出："由于诗人年岁的关系，诗中宣统那年的那串红玉米，自然应是非真实经验的记忆、传闻的记忆。但这串红玉米——在风中吊挂在屋檐下的这串红玉米，却象征着整个北方的忧郁。""容我们回忆一下历史：时代的动荡似乎自宣统那年以后就没有停止过，北方尤其是分崩离析、各自为政的局面，民生之不聊乃是可以想象的。整个北方的忧郁是这般浓烈，就像挂在檐

---

① 叶维廉：《在记忆离散的文化空间里歌唱》，见《痖弦资料汇编》，第204页。
② 同上，第207页。

下的红玉米那般鲜明！"①经由何寄澎的分析，我们对痖弦的"浪漫精神"有了一种更深人的理解，它不是一种简单的追忆，也不是一种单纯的想象，它需要处理好历史事实与现代审美的关系，把历史背后的"忧郁"诗意地传达出来，供人回味与咀嚼。较之更深一层的"浪漫精神"则体现在诗人对中西文化关系的想象上，代表诗篇有《在中国街上》《庙》等。以前者为例来看：

　　　　梦和月光的吸墨纸

　　　　诗人穿灯草绒的衣服

　　　　公用电话接不到女娲那里去

　　　　思想走着甲骨文的路

　　　　陪缪斯吃鼎中煮熟的小麦

　　　　三明治和牛排遂寂寞了

　　　　诗人穿灯草绒的衣服

　　　　尘埃中黄帝喊

　　　　无轨电车使我们的凤辇锈了

　　　　既然有煤气灯，霓虹灯

　　　　我们的老太阳便不再借给我们使用

　　　　且回忆和蚩尤的那场鏖战

　　　　且回忆嫘祖美丽的缫丝歌

　　　　且回忆诗人不穿灯草绒的衣服

　　　　没有议会也没有发生过什么事情

　　　　仲尼也没有考虑到李耳的版税

　　　　飞机呼啸着掠过一排烟柳

　　　　学潮冲激着剥蚀的宫墙

　　　　没有咖啡，李太白居然能写诗，且不闹革命

　　　　更甭说灯草绒的衣服

---

　　① 何寄澎：《〈红玉米〉评析》，见《痖弦资料汇编》，第303页。

惠特曼的集子竟不从敦煌来

大邮船说四海以外还有四海

地下道的乞儿伸出黑钵

水手和穿得很少的少女调情

以及向左：交通红灯，向右：交通红灯

以及诗人穿灯草绒的衣服

金鸡纳的广告贴在神农氏的脸上

春天一来就争论星际旅行

汽笛绞杀工人，民主小册子，巴士站，律师，电椅

在城门上找不到示众的首级

伏羲的八卦也没赶上诺贝尔奖金

曲阜县的紫柏要作铁路枕木

要穿就穿灯草绒的衣服

梦和月光的吸墨纸

诗人穿灯草绒的衣服

人家说根本没有龙这种生物

且陪缪斯吃鼎中煮熟的小麦

且思想走着甲骨文的路

且等待性感电影的散场

且穿灯草绒的衣服

此诗对中国传统文化的态度似乎是矛盾的，一方面赞其伟大，另一方面也在哀其衰颓。但是其中最主要的则是它穿插了对东西方文化的对较，叶维廉将这种想象称之为"另一种空的跳接"："我们中国文化与现代西方文化在一个难以圈定难以看清的空间中相遇时，对我们的文化产生怎样一种戏剧呢？这是痖弦另一种的空的跳接，或者应该说，在跳接的回忆的空间中的徘徊，不安，无奈。""中西文化异质的征战，引起的民族文化自信的让渡：外来文化的中心化，本源文化之被分化、渗透、淡化以至边缘化，

使得诗人在驰骋纵横于中西文化间之际发出半嘲半愁的语调。像我前面说过的，语调近乎幽默，戏谑和驰骋仿佛超然潇洒的背后是极其深沉的悲伤与焦虑。"①如此看，这种"浪漫精神"的确是要比《红玉米》一类的想象要深沉许多。这可以从痖弦的经历中找到一些原因。痖弦曾经饱受流亡之苦，见到许多前所未见的场景，比如杀戮、抢劫，人性的卑微，国家的危难，这股巨大的力量促使他写出了很多悲愤与呐喊的诗篇，于是在深层意识上，诗人也必然会进一步思考现代精神与传统文化，这正如痖弦的宣告："写诗，写好的诗，写真正属于我们这个民族，这个时代的诗，乃是做为一个现代中国诗人应有的抱负和责任。"②他是将写诗作为一种抱负和责任看待的。

三、结语

痖弦是一个有突出格调的诗人。尽管他的创作生涯仅仅只有十余年，作品的数量也不多，但他的诗歌却由于卓尔不群一直盛行不衰。"在短短十余年的创作历程里，他其实'压缩'了多种风格、主题、技巧、观念。"③并且，在这些风格、主题、技巧与观念上，他都取得了成功。本文认为痖弦诗歌的主要特色主要集中在两个方面，首先是其诗歌表现出"气氛性写作"的文学症候，其次是其诗歌中充满了强烈的"浪漫精神"。痖弦对诗歌"气氛性写作"的追求，突出地表现在三个方面：一是其诗歌常常使用戏剧性的表现手法；二是注重借鉴西方歌谣式的写作引中国谣风入诗；三是注重对诗歌情趣化的开掘。痖弦诗歌的这一表现特征，一方面是由于诗人追求现代诗本身的风格所造成的，同时也与诗人对特定语言的追求有莫大关系。痖弦诗歌中的"浪漫精神"也主要体现为三个方面：一是充满了对异国情调和不可知事物的强烈渴望与幻想；二是透过象征或隐喻对熟稔的"遇见"加以"抗争"或"隐藏"，这是"浪漫精神"的一种异化；三是通过追忆的方式对传统与现代或者中西文化的关系进行想象性处理。痖弦诗歌的这种浪漫精神，一方面与当时的文艺思潮有直接关联，另一方面也受到那个时代文化与政治的约束，当然也关涉到诗人的抱负与责任。

---

① 叶维廉：《在记忆离散的文化空间里歌唱》，见《痖弦资料汇编》，第204~206页。
② 痖弦：《我与新诗》，见《痖弦资料汇编》，第113页。
③ 刘正忠：《暴力与音乐与身体：痖弦受难记》，见《痖弦资料汇编》，第229页。

第四节
"夜惊于尘世自己的足音"
——袁可嘉诗歌论

一

批评家谢冕曾经表达这样的观点:"袁可嘉先生在'九叶派'诗人中,素以理论著称,他被认为是这个诗人群体中始终高举理论精神旗帜的一位。……人们读'九叶派'诗人当中的袁可嘉,在内心深处更愿意接受他作为理论家、批评家和翻译家这样的身份,而有意无意地忽略了他的创作。也许别人没有这样的看法,但至少在我个人内心曾是这样认为的。"①我相信谢冕先生的这一番话在诗歌界肯定带有一定的普遍性。无论是相对于"九叶派"中其他诗人的诗歌,还是相对于他自己的诗歌理论与翻译,袁可嘉先生的诗作都显得不够突出。这是一直以来对袁先生的一种带有偏见的看法,他的诗歌创作成就显然被他头上其他的光环给遮蔽了。

这种被遮蔽有一个很重要的缘故,那就是袁先生诗歌创作的数量比较少。据同是"九叶派"诗人和理论家的唐湜言:"袁可嘉是九叶派中最年轻的诗

---

①方向明主编:《斯人可嘉:袁可嘉先生纪念文集》(以下省称《斯人可嘉》)序二,杭州:浙江文艺出版社,2014年版。

人，……诗写得比八人都少，……一起约有五十来首。"①他也是九叶诗人中唯一一位没有出版过个人诗集的人。不过，幸好有1981年江苏人民出版社出版的《九叶集》，和1994年人民文学出版社出版的《半个世纪的脚印——袁可嘉诗文选》（以下简称《半个世纪的脚印》），使其本来流播不广的那些诗歌得以传世。新时期以来，批评家对于袁可嘉的诗歌给予了较大程度的关注，并且给予了较高评价，如谢冕先生认为："作为诗人的袁可嘉被理论遮蔽了，他的诗歌创作立意高远，意境空旷，而且诗韵极为精美。"（《斯人可嘉》序二）屠岸先生说："他在'九叶派'诗人当中并不是二流的。"（《斯人可嘉》序三）其实，综合审视袁可嘉先生的诗歌，谢冕先生的评价还带有一定的模糊性，并不完全准确。屠岸先生的评价也只是一句笼统的概括。

二

根据袁先生个人的叙述，他真正动手写作是在1946年大学毕业后到北京大学西语系任助教期间（1946—1948）。但从1941年起，他就开始发表诗歌了。经过认真分析袁先生对写作时段的裁断②，我将他的诗歌约略划分为三个阶段：

第一个阶段为1941—1942年。大一那年，袁可嘉主要沉浸于英国十九世纪的浪漫主义诗歌，诵读雪莱、拜伦、济慈、华兹渥斯等人的作品，深受感染，以为天下诗歌至此为极，不必再做它想了，也学着写些青春期感伤诗。（《半个世纪的脚印·袁可嘉自传》）尽管袁先生如此说，但他最初那些描写青春感伤的诗篇，我们却不能一窥究竟。袁先生正式发表的第一首诗作《死》刊登于1941年7月间重庆的《中央日报》上，其意图是"悼念重庆大轰炸中的死难者"，当是作于在重庆南开中学读书期间。或许是出于一个读书人的责任感，他对于传统的现实主义诗风进行了涉猎。他公开发表的第二首诗作《我歌唱，在黎明金色的边缘上》刊登于1943年7月7日的香港《大公报》副刊上，后来冯至先生又拿去刊在昆明的《生活周刊》副刊上。这是一首歌颂抗战的

---

①唐湜：《以诗论诗的思想者——袁可嘉论》，见其所著《九叶诗人："中国新诗"的中兴》，上海：上海教育出版社，2003年版，第196页。

②参考《半个世纪的脚印——袁可嘉诗文选》的自序及该书附录《袁可嘉自传》，北京：人民文学出版社，1994年版。

浪漫主义诗篇，可以见出当年浪漫主义对他的影响。

第二个阶段为1946—1948年。1942年以后，袁可嘉接触到西方现代主义文学、卞之琳的《十年诗钞》和冯至的《十四行集》，觉得现代派诗另有天地，更切近现代人的生活，于是兴趣逐渐转移。他学习他们的象征手法和机智笔触，力求把现实、象征和机智三种因素结合起来，使诗篇带上了硬朗的理性色彩。（《半个世纪的脚印·自序》）但据袁先生的自传，在1942—1945这几年，他似乎并未有什么诗作发表（除上文所言《我歌唱，在黎明金色的边缘上》外），或许这几年他正处于沉寂学习的阶段。然而接下来的1946—1948年，诗人在沈从文、朱光潜和冯至等主编的报刊上，连续发表了20余首诗歌和以"论新诗现代化"为总标题的系列评论文章，倡导新诗走"现实、象征和玄学（指幽默机智）相综合的道路"。但是，像一般学院出身的文艺青年一样，他开头也只是写些青春期感伤诗，空灵飘忽，或是内省的体验，或是对生命的沉思。但日益逼人的民族苦难也促使他写了一些暴露现实的诗，反映了兵荒马乱年代一个知识分子无可奈何的心态。（《半个世纪的脚印·自序》）后来袁先生于1946年撰《论现代诗中的政治感伤性》，对这一问题进行了反思。

如果从更细的角度来划分，这一阶段似又可以划分为两个小的阶段，因为1947年是袁可嘉诗歌发生重要转变的一年，此前（主要指1946年）他是一位"古典的现代主义者"（郑敏语），受中国古典诗词影响较大，更明确地说是受卞之琳的影响，因为他曾经师从卞先生。而1947年，他的诗歌有了转机，"这便是脱离卞之琳象征式风格，接近奥登式现代主义。"[1]开始了对城市诗以及描写时代不安心理的诗篇的发掘。

这为期三年的第二个阶段是袁可嘉的诗歌和理论同时并发的时期。从某种程度上讲，他这一阶段的诗歌乃对其诗歌理论的一种实践，而其理论也可以看作是他对这一阶段诗歌创作理念的有力总结。该阶段是袁可嘉诗歌创作理论最为重要的时期，故留待下一节再做详细论述。

第三个阶段是1958—1988年。1958年10月，诗人被派往农村进行劳动锻炼，受新民歌运动的影响，写了一组歌谣体的诗歌，如《抗旱歌》《劳动乐》。

---

①张同道著：《探险的风旗——论20世纪中国现代主义诗潮》，合肥：安徽教育出版社，1998年版，第387页。

1959年在被下放之地，他还创作了一些散文诗（三篇）。70年代后期，也创作过一些小型诗歌，如《自勉》（古典绝句形式），《即兴》《名字》（注：此首在《半个世纪的脚印》中据手稿于1947年作于北平，在《八叶集》中则云1978年作于北京）等。这些诗歌后来被收入《八叶集》中。对于这一段时间内创作的诗歌，木令耆在为《八叶集》所作的序中说："袁可嘉五十年代到七十年代的诗短小精悍，烙印时代的里程，有记载他抗旱、荷锄的乐，这是他下乡劳动的经历，诗里充满乡土气，与他早年的城市诗大有区别。他是经过劳动锻炼的诗人，希望接近土，更接近神圣的劳动力。"[①]但有些短诗也充满长远的哲理，比如《即兴》。到80年代，诗人也零星地创作了一些诗歌，如《街头小演奏家》《断章》《水、泪、爱》《空中的表》《贝贝百日歌》《茫茫》等，这些诗歌后来被收录到《半个世纪的脚印》中。不过，从整体而言，诗人这一阶段的诗歌是"与现代主义无缘"的。

三

很显然，袁可嘉诗歌创作最重要的阶段就是其人生当中的1946—1948年，这三年中，他创作的诗歌数量最多，质量也最高，可以说是他诗歌创作的黄金时代。《半个世纪的脚印》一书是袁先生为"回顾50年来的足迹"所编的诗文集，是他对个人一生创作的自我认定。该书共选诗32首，其中作于1946—1948年间的有22首（即第一辑）。此外，1947年7月他还发表有《号外三章·三》，1948年10月2日在《新路周刊》第1卷第21期还发表了《香港》和《时感》。他自己曾坦言："只是1946—1948年间才发表较多诗作"（《半个世纪的脚印》自序），这是"我生平第一个创作旺盛期"[②]。但是，袁可嘉此时对现代主义诗歌理论也发生了浓厚的兴趣，并且对那时中国的诗坛情势有着清醒的认识："三四十年代是西方新诗潮和我国新诗潮相交融，相汇合的年代。在西方，艾略特，里尔克，瓦雷里，奥登的影响所向披靡；在我国，戴望舒，

[①] 辛笛等著：《八叶集》，三联书店香港分店、美国《秋水》杂志社联合出版，1984年版。

[②]《半个世纪的脚印——袁可嘉诗文选》附录《袁可嘉自传》，北京：人民文学出版社，1994年版，第575页。

卞之琳，冯至和后来的'九叶'诗人也推动着新诗从浪漫主义经过象征主义，走向中国式现代主义。这是一个中西诗交融而产生了好诗的年代。但截至四十年代中叶，诗歌理论明显地落后于实践，对西方现代诗论虽已有介绍，可对西方和我国新诗潮的契合点还缺乏理论上的阐明。"（《半个世纪的脚印》自序）基于这样一种对理论迫切性的认知，他将大量的心血投入到了对现代主义理论的译介和创建中。主要体现就是他后来在沈从文和朱光潜主编的报刊上发表了有关"新诗现代化"的二十几篇文章。

对于"新诗现代化"的实质，袁先生将其总结为极其简明但又极为深刻的一点，那就是："最后必是现实、象征、玄学的综合传统。"①可以说，他对整个"新诗现代化"的集解和实践都是围绕着这一基点展开的。

从袁可嘉先生现存这一阶段的诗歌作品看，其内容大致可以归纳为四个方面：一是反映动荡年代知识分子的彷徨、无助和焦灼的内心情怀，如《沉钟》《空》《岁暮》《墓碑》《无题》《归来》《名字》《穿空唳空穿》等；二是描写新中国成立前夕中国大都市的没落状态，如《冬夜》《进城》《上海》《南京》《北平》等；三是描写现实的动荡不安及其作为时代背景之下的人的"慌乱"和惶然，如《旅店》《难民》《出航》《孕妇》《号外二章》等；四是对亲情和爱情的抒写，如《母亲》《走近你》等。其实，无论如何划分，都逃脱不了袁先生对于"现实"要"表现于对当前世界人生的紧密把握"（同上）的"现代性"诉求。当然，在诗艺上袁先生所设想的"象征"和"玄学"的要求也在其诗中得到了良好的呈现。"象征"和"玄学"，亦即他所概括的："象征表现于暗示含蓄，玄学则表现于敏感多思、感情、意志的强烈结合及机智的不时流露。"②对于象征手法的具体运用，袁可嘉先生曾经指出一条明路，那就是运用"客观对应物"来迂回、曲折地进行情感和经验的传达，比如《母亲》这首诗，虽然是一首歌颂母爱的诗，但是诗人并没有采取直接抒情的方式来进行情感宣泄，而是通过一系列"客观对应物"对主观的情感进行了"转移"，诗的开头以"堆一脸感激/仿佛我的到来是太多的赐予"来反衬母亲对我归来的盼望，接下来以"顽童探问奇迹"的比喻来突出母亲"万分关切、急于知道一切的

---

①同上书，第52页。

②同上书，第52~53页。

心态"。第二节，诗人又以"从不提自己，五十年谦虚，/超越恩怨，来建立绝对的良心"来显现母爱的伟大，然后又以"全人类的母亲"来升华主题。第三节，诗人以母爱的伟大来对比自己的渺小，将自己比作狂士，将母亲比作佛，来进一步耀示母亲的无私至爱才是"根本的根本"。而对于"玄学"的应用，我们可以《冬夜》这首诗来作分析。在这首诗中，诗人独特地运用了讽刺和机智的手法来进行渲染，比如第四节中，诗人以"括弧"来比拟"圆城门伏地"，这显然是一种机智的表达，而后面所谓的"括尽无耻，荒唐与欺骗"则是一种美妙的讽刺。同样，诗人接下来对测字老人测不准自己的命运和读书人"几文钱简直用不出去"的反讽与自嘲，也是对讽刺和机智的巧妙应用。这与他后来在《诗的戏剧主义》中强调运用"机智""似是而非，似非而是""讽刺感"和"辩证性"的理论是互为印证的。当然，袁先生对于现实、象征和玄学这三者并不主张割裂开来使用，他强调的是它们的有机统一。这在他的诗篇《墓碑》和《时感》中有着鲜明的体现，不再赘述。

后来袁可嘉先生对"新诗现代化"进行了技术层面的透视，就其学理看，其核心主要是突出诗歌表现上的"间接性"，亦即"以与思想感觉相当的具体事物来代替貌似坦白而试图掩饰的直接说明"；以"表面极不相关而实质有类似的事物的意象或比喻""准确地，忠实地，有效地表现自己"；以想象逻辑对诗篇结构进行布局；以文字经过新的运用来获取意义的弹性与韧性。[1]他的这一技术分析，与他后来所主张的"新诗戏剧化"也有很多共通之处。他所说的"新诗戏剧化"，"即是设法使意志与情感都得到戏剧的表现，而闪避说教或感伤的恶劣倾向"，其要点无非是"尽量避免直截了当的正面陈述而以相当的外界事物寄托作者的意志与情感。"[2]这一方面体现为其诗歌常常使用戏剧的手法来进行建构，比如《难民》一诗对于"戏剧性冲突"的设置，《冬夜》和《母亲》对于"戏剧化情境"的构筑，《名字》一诗对于戏剧化结构的匠心独运，等等；另一方面也体现为其诗歌对"大跨度比喻"（亦即将"最异质的

---

[1] 同上书，第60~63页。

[2] 袁可嘉：《新诗戏剧化》，见《半个世纪的脚印——袁可嘉诗文选》，北京：人民文学出版社，1994年版，第68页。

意念强行拴在一起")的使用，比如《冬夜》一诗中，诗人用"上紧发条就滴滴答答过日子"来比喻在当时极为紧张的时代背景下普通老百姓混天聊日的麻木状态；比如《上海》一诗中以"魔掌般上升"来比喻"新的建筑"的崛起，等等。最后还体现为他对思想知觉化的注重，即注意"发挥形象的力量，并把官能感觉的形象和抽象的观点、炽烈的情绪密切结合在一起，成为一个孪生体"[1]，从而形成"肉感中有思辨，抽象中有具体"[2]的综合性诗风。这一特点，仍可借助《母亲》《走近你》《难民》《进城》等诗篇来作详尽的分析。

1994年在给张同道的信中袁可嘉曾坦言自己作品的现代性在艺术手法上表现为："强调象征和联想，使用大跨度比喻，矛盾对比的语言（如《进城》一首把城市比作沙漠），有较强的知性因素，接受过意象派和奥登等人的影响（如《上海》《南京》）。"[3]在分析自己的《冬夜》一诗时他也曾总结个人受西方现代派诗的几点影响："一、多处运用大跨度的比喻；二、突出机智和讽刺的笔法；三、运用强烈的对照。"[4]袁可嘉论新诗现代化的文章大多发表于1946—1948年，这对他的诗歌创作无疑有着巨大影响。

当然，袁可嘉先生的诗歌对于新诗"现代性"的探索还有很多，比如他从要表达的思想内容入手来决定对于诗体的选择，"我在奥登《在战时中国》的启示下，用并不十分严格的十四行体，描绘上海、南京和北平几个大城市的外貌和实质，力求用形象突出他们各自的特点。"（《半个世纪的脚印》自序）另外，他十分注重对诗歌形式的探索，"他很关注形式的营建，一建诗节，二建诗行，三建节律，四建韵式。"[5]在这方面，他最为典型的诗例，即是《岁暮》和《沉钟》。这些都是我们应该加以注意的。

---

[1] 袁可嘉：《九叶集》序，南京：江苏人民出版社，1981年版，第16页。

[2] 袁可嘉：《西方现代派诗与九叶诗人》，见《现代派论·英美诗论》，北京：中国社会科学出版社，1985年版，第378页。

[3] 张同道著：《探险的风旗：论20世纪中国现代主义诗潮》，合肥：安徽教育出版社，1998年版，第390页。

[4] 孙光萱、张新、戴达编：《新诗鉴赏辞典》（重编本），上海：上海辞书出版社，2013年版，第583页。

[5] 屠岸：《袁可嘉对中国现代诗的贡献》，见方向明主编《斯人可嘉：袁可嘉先生纪念文集》序三。

四

但无论如何，相对于其所编著的《欧美现代十大流派诗选》《现代主义文学研究》《西方现代派文学概论》《现代派论·英美诗论》《论新诗现代化》等大量著作，及其所翻译的《布莱克诗选》（合译）《米列诗选》《彭斯诗钞》《英国宪章派诗选》《美国歌谣选》等数量庞大的英美诗歌，其诗歌创作在数量上确实显得有些捉襟见肘。尽管余光中先生说："他对中国新诗的贡献，在创作、翻译、评论各方面都令人不能忽视。"（《斯人可嘉》序一）但相对于批评界所给予他的"40年代中国最重要的现代主义诗歌批评家"（臧棣语）的称誉，其诗歌的地位仍然显得有点相形见绌。当然，这也是一个不容辩驳的客观事实。但是袁可嘉先生一手理论，一手创作，并且将二者有机地结合起来，虽说未能做到"天衣无缝"，但也可以说实现了二者最大程度的"合流"。这种现象在整个中国新诗史上都是极为少见的。

在诗歌《空》的结尾他这样写道："我乃自溺在无色的深沉，/夜惊于尘世自己的足音。"或许，他当年对自己在诗歌领域的期许并不太高，但是当回过头来在某个夜晚聆听当年的"足音"，也还是有些惊异吧！

第五节
诗歌作为一门"手艺"
——诗人多多论

我写青春沦落的诗

（写不贞的诗）

写在窄长的房间中

被诗人奸污

被咖啡馆辞退街头的诗

我那冷漠的

再无怨恨的诗

（本身就是一个故事）

我那没有人读的诗

正如一个故事的历史

我那失去骄傲

失去爱情的

（我那贵族的诗）

她，终会被农民娶走

她，就是我荒废的时日……

（《手艺——和玛琳娜·茨维塔耶娃》，1973）①

这是诗人多多1972年开始诗歌创作后不久，写的一首"和"俄罗斯诗人玛琳娜·茨维塔耶娃的诗。"和"是中国古典诗学的一个术语，讲究起来还有步韵、依韵、次韵等方式，有些复杂。对照茨维塔耶娃的原诗《手艺》："去为自己寻找一名可靠的女友，/那并非依仗数量称奇的女友。/我知道，维纳斯是双手的事业，/我是手艺人，——我懂得手艺：//自崇高而庄严的沉默，/直到灵魂的肆意践踏：/从——我出生直到停止呼吸——/只是整个神性的一个梯级！"②多多的诗显然并非一首严格意义上的"和诗"，多多强调的不过是对原诗的一种呼应，亦即两个文本之间的"互文"或共通——那就是诗歌是一门"手艺"。在诗坛上，茨维塔耶娃的诗歌向来以"技艺"的丰富性为世称道。有鉴于多多对玛琳娜·茨维塔耶娃的这样一种"酬和"，我们可以界定多多在很大程度上也是将诗歌作为一门"手艺"来看待的。这从他在《冬夜女人（选）》中对诗人所做的定义："诗人/的原义是：保持/整理老虎背上斑纹的/疯狂"，亦可见出。

但多多的诗歌，曾经也有一段历史像他在诗中对茨维塔耶娃所"回应"的那样，遭遇堪忧："哦，我那青春和死亡的诗，/还不曾有人读过！//它落满尘灰，一直摆在书店里，/（没有人会向它瞅一眼！）"（茨维塔耶娃《我的诗，写得那么早》）③因为他们"从不遵从诫律"。然而，好的"手艺"永远都不会被埋没。

---

① 多多著：《诺言：多多集1972—2012》，北京：作家出版社，2013年版。文章凡引多多诗篇出此书者，不再一一作注。多多诗集另有《行礼：诗38首》（漓江出版社1988）、《里程：多多诗选1973—1988》（首届今天诗歌奖获奖者作品集，今天文学社刊行1988）、《阿姆斯特丹的河流》（北岳文艺出版社2000）、《多多诗选》（花城出版社2005）、《多多四十年诗选》（江苏文艺出版社2013）等，所引诗篇不在《诺言：多多集1972—2012》中的，据这几部诗集录入，不另做注引。

② （俄）茨维塔耶娃著：《茨维塔耶娃诗集》，汪剑钊译，北京：东方出版社，2011年版，第192页。

③ （俄）茨维塔耶娃著：《新年的问候：茨维塔耶娃诗选》，王家新译，广州：花城出版社，2014年版，第4页。

一

所谓"手艺"，即匠人们用手工从事的技艺。"在很多严肃的诗人那里，他们提到'手艺'一词时，不仅仅指单纯的诗歌技巧或技艺，而是在一种原初的意义上使用它的，即在类似海德格尔'技艺'（techn ē）一词的内涵上来理解'手艺'的。在海德格尔看来，'技艺'（techn ē）不是一个单向度的语汇，而是'联结技术与艺术的中间环节'，也就是，它一方面指示了现时代技术的根源，另一方面意味着'美的艺术的创造（poiesis）'，而恰恰是后者才真正构成现时代'拯救'力量的来源。"（见张桃洲对多多诗歌《手艺——和玛琳娜·茨维塔耶娃》的细读）可见，"手艺"并不是一般的手工产出物，而是匠人的"技艺"达到一定境界之后的产物。对于诗歌而言，它对现时代"拯救"的力量不言而喻。作为一种精神产品，在建构的难度上当然也高于自然属性的"手工艺品"。

应该说，"技艺"的体现从多多一开始的诗歌创作中就存在着。据多处资料表明，1972年是多多诗歌写作的开端年，《当人民从干酪上站起》常常被认定为他最早的诗篇之一，其带有总结性的诗集《多多诗选》（花城出版社2005年）、《多多四十年诗选》（江苏文艺出版社2013年）、《诺言：多多集1972—2012》（作家出版社2013年）都将其排在第一首。这的确是一首能够引起人们震撼的诗篇。且不论其他，只"歌声，省略了革命的血腥/八月像一张残忍的弓"这两句，就足以让人在脑海中留下深刻的记忆。更何况，标题本身就带给人异样的感受。有人分析，此标题影射了宏大的政治主题。处在当年那个时代氛围之中，这样的猜想不一定失真。但据多多自言，其父母有美国背景，"干酪"对于他而言不是一个陌生的事物。大意是，以"干酪"入诗题并非刻意而为。但不论如何，"干酪"这一意象的出现，打破了人们的惯常思维，使诗歌带上了一种"异国情调"，给阅读和领悟带来了冲击，给诗歌的阐释带来了"障碍"。但有没有更深一层的意义？如王家新所指出的："诗人想要以此颠覆并置换那个时代诗的修辞基础。"[1]这似乎才是创作者的深意。当然，"干酪"并非"异国情调"的孤例，作于1973年的《祝福》和《无题》（浮肿憔悴

---

[1]王家新：《当人民从干酪上站起——读多多的几首诗》，《上海文化》，2012年第4期。

的民族哦），诗中突现"伦敦的公园和密支安的街头"与"西洋贵妇"或许也有这种"意图"。

此外值得注意的是，标题"当人民从干酪上站起"是作为一个背景出现的，它与正文是融为一体的，完全可以被看作是诗歌正文的第一句。检视作者70年代的其他诗篇，再无这样的例证；而就算在多多的所有诗篇中，除了《妄想是真实的主人》（1982）、《当我爱人走进一片红雾避雨》（1987）、《我和你走得像摇船那样》（2001）、《我梦着》（2001）、《今夜我们播种》（2004）等少数诗篇，这样的笔法也不多见。仅此一点，即可见出这首诗的独到之处。由此可见诗人在建构此诗时的"匠心"。从结构上看，全诗正文八句，又可以分为两个部分，以"韵脚"的转换为标识，每四句为一个部分，如下：

> 歌声，省略了革命的血腥
> 八月像一张残忍的弓
> 恶毒的儿子走出农舍
> 携带着烟草和干燥的喉咙
>
> 牲口被蒙上了野蛮的眼罩
> 屁股上挂着发黑的尸体像肿大的鼓
> 直到篱笆后面的牺牲也渐渐模糊
> 远远地，又开来冒烟的队伍⋯⋯

依据中国古典诗学的惯常呈现，诗歌在转韵的时候，上下层之间的意义也会随之变换。审视多多此诗，前后的场景恰好也是转换的，而且可以"相对独立"。这种换韵所带来的效果，无论是否有意回应古典，多少也让人感到惊喜。

从文学史的角度看，多多早年并不是被作为"朦胧诗人"来对待的。尽管后来被"误入"，而他本人则持一种"否定"或"无可奈何"的态度。通观多多70年代至80年代初的诗篇，尽管其写作题材与朦胧诗人有着部分一致的选择，但是在表现这些题材时，在"技艺"的处理上则迥异。比如对于宏大题材的书写，在批判、怀疑、否定的声浪中，他往往表现出一种沉重的思考，如作于1973年的《无题》中提到对民族的焦虑："浮肿憔悴的民族哦/已经硬化弥留的躯体/几个世纪的鞭笞落到你背上/你默默地忍受，像西洋贵妇/用手帕擦掉的一声叹息：哦，你在低矮的屋檐下过夜/哦，雨一滴一滴……"在这里，"像西洋贵妇/用手帕擦掉的一声叹息"这样的表达，微妙而又极具感染力！此诗短小而深刻，多多在处理时将举重若轻与举轻若重并举，显示出他异于同代人的超常能力。

此外，多多在对很多题材的处理上，还充斥着一种反讽的基调，这在其他朦胧诗人那里也是罕见的，比如他的另一首《无题》（1973）中，就出现了对人民和君王处境的微妙比较："醉醺醺的土地上/人民那粗糙的脸和呻吟着的手/人民的面前，是一望无际的苦难//马灯在风中摇曳/是睡熟的夜和醒着的眼睛/听得见牙齿松动的君王那有力的鼾声"。即使在今天看来，这也是一种大胆和无所忌讳的书写，极具震撼力。他写《青春》也是如此："在我疯狂地追逐过女人的那条街上/今天，带着白手套的工人/正在镇静地喷射杀虫剂……"奚密指出："在一个清教徒式的社会，戴着白手套的工人镇静地喷杀虫剂的画面也就含有权力结构给人民生活'消毒'，官方审查制度强加公共道德规范的潜在意义。"①多多在诗中并未表明个人态度，但当你深入到那个时代的语境之中，反讽的味道便跃然而出了。写对待"敌人"也是如此："他们把铲中的土倒在你脸上/要谢谢他们。再谢一次/你的眼睛就再也看不到敌人"（《从死亡的方向上看》1983）。表面看来有一种泯灭恩仇的意思，其实文字背后所蕴藏的是巨大的愤怒。当然，这些诗篇，一方面让我们见证了多多的反讽能力，另一方面也使人见出多多对很多情事有辩证性的思考。

多多与朦胧诗人的不同"技艺"还在于，他的有些诗歌是"直白"的，他直面现实，犀利地提供现实中所发生的证据："自由，早已单薄得像两片单身汉的耳朵/智慧也虚弱不堪，在产后冬眠/教育和儿童而脏手扼住喉咙/知识像罪人，被成群地赶进深山"（《钟为谁鸣——我问你，电报大楼》1972）；或者直接上演狂暴的灵魂独白："当我的血也有着知识的血/邪恶的知识竟吞食了所有的知识/而我要让冷血的冰雪皇后听到/狂风狂暴灵魂的独白：只要/

---

① 奚密：《"狂风狂暴灵魂的独白"：多多的诗与诗学，1972—1988》，《现代中国》，2012年第1期。

神圣的器皿中依旧盛放着被割掉的角/我就要为那只角尽力流血/我的青春就是在纪念死亡。"(《当春天的灵车穿过开采硫磺的流放地》1983)

1988年，多多获首届"今天诗歌奖"。授奖词认为："自七十年代初期至今，多多在诗艺上孤独而不倦的探索，一直激励着和影响着许多同时代的诗人。……他以近乎疯狂的对文化和语言的挑战，丰富了中国当代诗歌的内涵和表现力。"（见多多诗集《里程：多多诗选1973—1988》，今天文学社刊行）我认为，授奖词中突出"诗艺探索"和"语言挑战"，恰恰是对其二十世纪七、八十年代诗歌写作（尤其是"技艺"上）的一种认可。

二

诗歌是一门语言的艺术。将诗歌作为一门"手艺"，显然必须让人见出对语言的尊重。然而，由于五四以来对于传统诗歌"匠人精神"的一面排斥得太过，以致现当代以来的诗歌理论很少对汉语的本体性运用进行强调。江弱水先生曾指出："流行的文学理论对诗人作为匠人的一面贬损太过，结果，杜甫式的注重斟酌和推敲的诗学被拘囿在狭小的修辞范围里，而不曾提升到更高的层次上，导致一般读者都以为诗是巫术，用不着锱铢必较的计算。殊不知，诗本来就是工艺品。在诗人那个不起眼的作坊里，有着大脑在沉寂中运转的听不见的机床声。"[1]这话说得实在是太妙了。

讲求炼句炼字是中国古典诗学早已形成的传统。对于新诗而言，这传统已有些遥远，过分地强调固然不对，然而作诗丝毫不讲求语言的锤炼，没有任何对语言的敬畏，亦非常态。新诗百年以来，在语言上过于考究的诗人并不多，多多可以算得上是其中的一位。在谈到"炼句"的问题时，多多曾言："我的每首诗至少七十遍，历时至少一年，但是我同时写作，同时写多少首诗。我的后期制作，我的投入是谁也比不了的。到现在也一样，我不仅七十遍，都不知多少遍了。我有很多句子，我的储存量至少是十年以上，就是不让它出来——让它瓜熟蒂落"。[2]他追求"写出更好的诗"，为此十分注重苦

---

① 江弱水著：《古典诗的现代性》，北京：生活·读书·新知三联书店，2010年版，第147页。

② 凌越：《我的大学就是田野——多多访谈录》，《书城》，2004年第4期。

吟炼句，注重诗歌语言的张力，注重词组之间的安排以及词组的秩序完成之后所形成的强大力量，以期达到"语不惊人死不休"的效果。在多多的诗歌中，类似于古人苦吟而出的"秀句"非常多，略举几例：

八月像一张残忍的弓（《当人民从干酪上站起》1972）

太阳像儿子一样圆满（《蜜周·第三天》1972）

月亮亮得像伤疤（《大宅》1972）

毛茸茸的村庄在黑暗中卧伏已久（《我记得》1976）

死亡，已碎成一堆纯粹的玻璃/太阳已变成一个滚动在送葬人回家路上的雷（《一个故事中有他全部的过去》1983）

秋天是一架最悲凉的琴/往事，在用力地弹着（《告别》1983）

窗外天空洁净呀/匣内思想辉煌（《醒来》1983）

歌声是歌声伐光了白桦林/寂静就像大雪急下（《歌声》1984）

大地有着被狼吃掉最后一个孩子后的寂静（《北方的海》1984）

灰暗的云朵好像送葬的人群/牧场背后一齐抬起了悲哀的牛头（《马》1985）

大船，满载黄金般平稳（《告别》1985）

夕阳，老虎推动磨盘般庄严（《北方的夜》1985）

你拉开抽屉，里面有一场下了四十年的大雪（《地图》1990）

多好，恶和它的饥饿还很年轻（《痴呆山上》2007）

满帆的空无鼓胀起逝者所有的表情（《献给萌萌的挽歌》2009）

……

这种现象在整个当代诗歌史上是绝无仅有的。黄灿然看到了多多在句子上的用心："他把每个句子甚至每一行作为独立部分来经营，并且是投入了经营一首诗的精力和带着经营一首诗的苛刻。"① 多多确实是这样的。多多曾言："我基本就是张力说，没有张力的诗歌，或者说不紧张的诗歌我是不读的"②，

① 黄灿然：《多多：直取诗歌的核心》，《天涯》，1998年第6期。
② 凌越：《我的大学就是田野——多多访谈录》，《书城》，2004年第4期。

虽然据多多夫子自道，其有意识地运用语言的韵律、节奏等问题是后来九十年代的事，但是不自觉的潜意识的推动同样可以使诗人对语言保持有效的敏感。黄灿然曾指出多多的写作是"直取诗歌的核心"，观点非常独到，因为它抓住了多多诗歌写作的内核。不过，"炼句"的现象在多多90年代及至以后的写作中变少了，这是其诗歌写作上的一个变化。

黄灿然在文章中指出多多诗歌"直取"的"诗歌核心"主要有几个方面：一是处理诗人与汉语之间的关系（张力）；二是音乐；三是"句子超越词语的表层意义，邀请我们更深入地进入文化、历史、心理、记忆和现实的上下文"。在论述第一点时，黄灿然还曾感叹，"传统诗歌中可贵的，甚至可歌可泣的语言魅力，在当代诗歌中几乎灭绝。美妙的双声、象声、双关等技巧，如今哪里去了——那是我们最可继承和保留的部分，也是诗歌核心中的最重要一层——乐趣——最可发挥的。"[1]关于最可发挥的"乐趣"这一层，多多的写作应该得到肯定。且不论多多是否在自己的诗歌中有意识地在实现这一点，但至少为我们提供了可足依凭的文本：

> 一些鹿流着血，在雪道上继续滑雪
> 一些乐音颤抖，众树继续付出生命
> 开始，在尚未开始的开始
> 再会，在再会的时间里再会……
> ——《北方的夜》（1985）

> 五杯烈酒，五支蜡烛，五年
> 四十三岁，一阵午夜的大汗
> 五十个巴掌扇向桌面
> 一群攥紧双拳的鸟从昨天飞来

> 五挂红鞭放响五月，五指间雷声隆隆
> 而四月四匹死马舌头上寄生的四朵毒蘑菇不死

---

① 黄灿然：《多多：直取诗歌的核心》，《天涯》1998年第6期。

五日五时五分五支蜡烛熄灭
而黎明时分大叫的风景不死
……
　　　　——《五年》（1994）

台球桌对着残破的雕像，无人
巨型渔网架在断墙上，无人
自行车锁在石柱上，无人
柱上的天使已被射倒三个，无人
柏油大海很快涌到这里，无人
沙滩上还有一匹马，但是无人
你站到那里就被多了出来，无人
无人，无人把看守当家园——
　　　　——《白沙门》（2005）

黑树白树，一夜只有白烛
整日都是夜，白烛与树齐高
黑字流血，翻转过来生者的草
红花白花，铺出可被追问的家
字透出字，白寺白瓦白塔白马
歌专杀夜莺，剑专斩白花

从这些名字的尽头，残墙血墙
朝我们看，血迹字迹，朝我们来
血不是水，水不是水
相会多出来的人，再见的人……
　　　　——《追忆黑白森林》（2010）

　　此外像《醒来》（1983）、《歌声》（1984）、《天亮的时刻》（1984）、《北
方的土地》（1988）、《早晨》（1991）、《没有》（1991）、《在一起》（1992）、

《只允许》（1992）、《捉马蜂的男孩》（1992）、《为了》（1993）、《依旧是》（1993）、《归来》（1994）、《从不做梦》（1994）、《五亩地》（1995）、《没有》（1996）、《感谢》（2000）、《诺言》（2001）、《我和你走得像摇船人那样》（2001）、《今夜我们播种》（2004）、《红指甲搜索过后》（2005）、《思这词》（2007）等也都或多或少地含有"乐趣"的成分。非常明显的是，多多的这一类诗歌自二十世纪九十年代起逐渐增多。这与他有意识地注重语言对诗歌的铸造、注重借助语言使诗歌"升腾"有很大关系。在此一时期，多多曾向民俗、民间艺术（比如说相声、山东快书、快板等）学习，注重从口语获取灵感，因为它们也是语言艺术的一部分。总之，二十世纪九十年代之后，多多的诗歌写作变得"越来越理性""越来越自觉"，越来越靠近诗的核心和本源，这是他诗歌发生新变的重要因素。布罗茨基曾经说："一个诗人在技艺上越多样化，他与时间、与韵律的源头的关系就越密切。"（《布罗茨基谈茨维塔耶娃》）①难怪近年来，研究者越来越开始关注起多多诗歌与"音乐"和"声音"的关系。加以多多本人就是有着专业水准的男高音歌手，这一点更让人相信其诗歌一定与"音乐"和"声音"有着不谋而合的深层关系。难怪张闳要说："在对于内在精神渴望的强有力的挤压下，多多把汉语抒情推到'高音C'的位置上，以一种精确而又纯粹的、金属质的声音，表达了自由而又完美的汉语抒情技巧。"②而黄灿然则进一步推进了多多诗歌与音乐的关系："多多的激进不但在于意象的组织、词语的磨炼上，而且还在于他力图挖掘诗歌自身的音乐，赋予诗歌音乐独立的生命。"③

2012年的时候，多多还曾经非常严肃地说："我这辈子就是要和诗歌较劲。我要一辈子写诗，并且每一首都要写好。"④而曼德施塔姆夫人"作为诗歌劳作之见证人的奇特经验表明"："写诗是一项艰苦繁重的工作，它需要诗人

---

① （俄）茨维塔耶娃著：《新年的问候：茨维塔耶娃诗选》，王家新译，广州：花城出版社，2014年版，第203页。

②张闳：《多多：孤独骑士的精神剑术》，见其所著《声音的诗学——现代汉诗抒情艺术研究》，上海：上海书店，2016年版，第86页。

③黄灿然：《多多：直取诗歌的核心》，《天涯》，1998年第6期。

④霍俊明：《谁能比我们更执着于生活和诗歌——关于多多》，见其所著《无能的右手》，北京：北京大学出版社，2013年版，第32页。

付出巨大的心力和专注。在诗人写诗的时候，没有任何东西能妨碍那或许具有巨大控制力的内在声音。"①多多有他的抱负，这比什么都好。

三

多多的"手艺"还让我们见识到，他的诗歌中有一种类似于"冷幽默"和"谐谑"的写法，黄灿然在《最初的契约》中已经提及这一点。尽管此类诗歌的数量不多，但是仍然表现得非常突出。幽默性的诗歌写作以美国诗人艾米丽·狄金森为代表。在中国的诗歌传统以至于现当代诗歌史上，这类诗歌都非常少见。其实这类写作是现代性的一种呈现方式，它与现代主义时期的时代境遇有关，当然也关联着创作者的个人境遇。多多的这类写作应当是向西方学习的结果。

多多的此类写作，并无特定的主题，多是以戏谑的笔法对一些严肃的主题进行昭示。例如《妄想是真实的主人》（1982）："而我们，是嘴唇贴着嘴唇的鸟儿/在时间的故事中/与人/进行最后一次划分：//钥匙在耳朵里扭了一下/影子已脱离我们/钥匙不停地扭下去/鸟儿已降低为人/鸟儿一无相识的人。"这首诗就仿佛一个时代的寓言，"鸟儿降低为人"的"真实"让人深感惊异。人与鸟在一种非同寻常的思维中被宣判高下，而鸟儿"降低为人"的方式——"钥匙在耳朵里扭"，这种"童话"式的想象、轻松的幽默感只有在多多的诗篇中可以见到。此外，像《那是我们不能攀登的大石》（1982）：

那是我们不能攀登的大石

为了造出它

我们议论了六年

我们造出它又向上攀登

你说大约还要七年

大约还要八年

---

① 江弱水：《写诗是一门手艺活》，《诗建设》总第12期，北京：作家出版社，2014年版，第142~143页。

一个更长的时间

　　还来得及得一次阑尾炎

　　手术进行了十年

　　好像刀光

　　一闪——

　　此诗非常"幽默"的一点，呈现为"大约还要八年 / 一个更长的时间 / 还来得及得一次阑尾炎"这样的游戏笔墨。奚密曾经将此诗解读为诗人"艺术创作的寓言"，将得阑尾炎比拟为创作的痛苦过程，也是一个非常形象的解释。但我认为应该还有另外的阐释。

　　《吃肉》（1982）是另一类非常有谐谑感的诗，但已经化荒诞的谐谑为非常轻松的"幽默"了："真要感谢周身的皮肤，在 / 下油锅的时候作 / 保护我的 / 肠衣 // 再往我胸脯上浇点儿 / 蒜汁吧，我的床 / 就是碟儿 / 怕我 // 垂到碟外的头发吗？// 犹如一张脸对着另一张脸 / 我瞪着您问您 / 把一片儿 // 很薄很薄的带咸味儿的 / 笑话，夹进了 / 你的面包 / 先生：/ 芥末让我浑身发痒！"诗歌的标题写的是"吃肉"，是一个主观的人的视角，然而正文在叙述的时候采取的却是"被吃者"——肉的视角，这一叙述视角本身就导致了诗歌必然是一种"俏皮"的呈现，给人一种调侃的味道。有人指称这种写作为"机智"的写作，从某种程度上看，它所带有的游戏成分更大一些。轻松而欢快的幽默还出现在《舞伴》（1985）、《搬家》（1986）等诗篇中。《舞伴》（1985）也是一首带有"童话"色彩的小诗，叙述的笔调细腻而柔和，只有结尾带来一点小小的惆怅："一只羞涩的小动物 / 在你的嗓子里说话 / 一个小小的感觉 / 你的指尖 / 在我背上划着 / 哎，对它们的注意 / 让我的感觉过时了 :// 你压抑的小模样 / 让我想起一个男孩子 / 你俩互相看 / 我就忽然衰老"。

　　当然，多多的幽默并不总是给人轻松，有时候他"俏皮"的语言之下，抖出来的是一个沉甸甸的时代包袱，比如他的《十五岁》（1984）所带来的：

　　播种钢铁的十五岁

　　熟透的庄稼在放枪

大地被毯子蒙住了头
世界鼓起了一个大包

斗争就是一个大墩布
看不见血可是拼命擦

一个夏天的肚子敞开了
所有小傻瓜的头都昂起来了

世界是个大埋伏
世界是个大婴儿

张开了残忍的眼睛：
有时候流血才有开始

有时候开始被用来止血
把新皮鞋踢进村里的十五岁

黑暗攥紧了一个
伸向前去的爪子的尖端——

此时作于1984年，是作者对自己十五岁那年的一个回忆。诗歌语言中不时地抛出逗人的小幽默，如"一个夏天的肚子敞开了/所有小傻瓜的头都昂起来了"，这看起来新颖同时又略带"童话感"的表达，让人"忍俊不禁"。不过，一旦你将诗歌的背景弄清楚，这首诗便一下子沉重起来了。诗人多多生于1951年，十五岁那年正值1966年"文革"发端，于是那些"昂起头来"的"小傻瓜"便被明确了身份。加以"熟透的庄稼在放枪""斗争就是一个大墩布"等冷幽默的烘托，被幽默所掩盖的东西便显露出来了。这是对一个时代的历史见证，让我们从诙谐中窥见到历史在某些特定时间中的"深刻"。而这正是诗人要运用"幽默"传达的。

同样能够以"冷幽默"或"谐谑"的方式引起我们思考的还有《当我爱人走进一片红雾避雨》(1987)、《我姨夫》(1988)、《钟声》(1988)、《大树》(1988)、《我和你走得像摇船人那样》(2001)等诗篇。在这一类诗篇中，多多的严肃性和幽默感同时存在，其作用是，既建立起了吸引效应，又给读者带来意想不到的"暗示"。但由于数量不多，这类诗篇并不能从整体上构成一种风格。不过，美国诗人罗伯特·弗罗斯特说得好："风格是作家诗人自己采用的方式……如果它表面上是严肃的，那它肯定有内在的幽默。如果它表面上是幽默的，那它肯定有内在的严肃。严肃性和幽默感谁缺了谁都不行。"[①]多多的此类诗篇也大都存在这样的魅力。

四

江弱水曾说："一首好诗应该是一个有机体，从意象到音韵，从句法到体式，都牵一发而动全身。最初的程度需要匠心，最高的时候去掉匠气，但无论如何，诗，不管说得多崇高，多神秘，多玄，最后还是一件手艺活。"[②]为此，它是需要诗人精心投入和付出的。多多即是这样一位愿意为诗歌投入的诗人。多多曾经将诗歌的写作分为三个阶段，"第一就是先在，被赋予，给你了；第二个阶段——智性投入，那是毫无疑问的，要求你极高的审美眼光极好的批评能力极广泛的阅读视野，对知识的占有，你知道自己在哪里，你知道在做什么。第三段就是一个整合，全部的完美的契合。第一个阶段记录，第二个阶段你就在那儿搏斗吧，第三个阶段成了，合成，这个合成又是神奇的，由不得你。苦功也好悟性也好阅读也好，你要使出全身解数，每一首诗都要这样写。"[③]由此可见，多多对于诗歌的写作是虔诚的，他对每一首诗的创造，都像是在完成一门"手艺"。当然，他也不负众望，为我们奉献了许多优

---

①（美）罗伯特·弗罗斯特著：《弗罗斯特集：诗全集、散文和戏剧作品》（下册），（美）理查德·普瓦里耶、马克·理查森编，曹明伦译，沈阳：辽宁教育出版社，2002年版，第950页。

②江弱水：《写诗是一门手艺活》，《诗建设》总第12期，北京：作家出版社，2014年版，第145页。

③凌越：《我的大学就是田野——多多访谈录》，《书城》，2004年第4期。

秀的文本。首届"安高诗歌奖"的授奖词认为："他1989年到1992年期间写下的那些诗，是明晰的洞察力、精湛的语言、最吸引人的节奏和一种负责而又温暖的品格高度融合的结晶。"其实并非只有这几年间的作品呈现出这样一种品质，多多几乎所有的诗歌都是如此。俄罗斯诗人茨维塔耶娃认为："心灵天赋和语言达到平衡者——才是诗人。"①我们深感欣慰，四十多年来，多多经由创作实践让我们见证了这一点。

---

① 王家新：《她那"黄金般无与伦比的天赋"》（译序），（俄）茨维塔耶娃著：《新年问候：茨维塔耶娃诗选》，王家新译，广州：花城出版社，2014年版，第21页。

第六节
论海子诗歌中的"春天"主题

　　在海子的诗歌中,"春"是一个不可忽略的重要意象。且不说其诗歌中充斥着大量涉及到"春天"的描写,仅仅其短诗中以"春天"标目的诗篇就有《春天》(两首同题),《春天的早晨和傍晚》《春天(断片)》《面朝大海,春暖花开》和《春天,十个海子》等数首。而前者书写春天的诗篇,从内容上看,也是多而繁复的,如写"空旷的野地上,……/那些寂寞的花朵"(《我,以及其他的证人》)①,写"疼成草叶"的"美丽"(《燕子和蛇》(组诗)1.离合),写"在春天的黄昏"对爱的告白(《给你》),写"魅惑"之中感觉到的不美好状态(《我感到魅惑》"我的身子上还有拔不出的春天的钉子"),写对春天中"树根之河"的体验(长诗《河流》(二)长路当歌,2.树根之河),写"五月的麦地"(有同题诗,另外在《两座村庄》和《诗人叶赛宁》(组诗)"6.醉卧故乡"中写到"五月的麦地"),写"长发飞舞的姑娘"(同题诗,又题"五月之歌"),写"北方暮春的黄昏"中的"树林"(《北方的树林》),写"向外生活""向外生长"的"内心的春天"(《灯诗》),写"孤独返回"时的"晨雨时光"(《晨雨时光》),写"头枕斧头和水/安然睡去"的"少女"

---

①本文所引海子诗歌均出自作家出版社2009年版《海子诗全集》,下文不再一一注引。

背后所依存的宏阔背景（《诗人叶赛宁》（组诗）"3.少女"》），写"桃花"（共计6首），写"风吹遍草原/马的骨头绿了"（《风》），等等。谭五昌先生曾依据其随机抽取的海子前后期诗歌各100首抒情短诗进行统计，发现"春天"这一季节性的意象在其中出现了46次，仅次于"秋天"和"秋"的58次，并由此认为："海子更加愿意阐释'春'——生命开始的季节和'秋'——收获的季节"[①]。

　　海子有一首写秋天的诗："秋天深了，神的家中鹰在集合/神的故乡鹰在言语/秋天深了，王在写诗"（《秋》），有学者认为这首诗"走到了汉语失去的本源"[②]。这是一个伟大的意义。海子在对《土地》一诗进行"辩解"时曾说："对于我来说，四季循环不仅是一种外界景色，土地景色和故乡景色。更主要的是一种内心冲突、对话与和解。在我看来，四季就是火在土中生存、呼吸和血液循环、生殖化为灰烬和再生的节奏。"[③]可见，海子对于四季的书写各有其存在价值，春天也不例外，尤其是其经典短诗《面朝大海，春暖花开》和《春天，十个海子》所带来的憧憬与复活效应，更是使"春天"成为了其诗歌写作中的经典意象。

玄秘："把古老的根/背到地里"

　　海子早期（1983—1985）诗歌中写到春天的诗篇并不太多。在1983年4—6月期间写就的《丘陵之歌》中，有"丘陵是少年/是石榴花，在故乡的五月/红喇叭吹散清明坟头的白花"这样的句子，显然，这里描写的乃是暮春天气中常见的景象，不过"红喇叭"隐喻的"石榴花"吹散"坟头的白花"却是难得的好笔法。在《阿尔的太阳——给我的瘦哥哥》（1984.4）这首诗中，海子曾写及凡·高——"你的血液里没有情人和春天"，很显然，这里的"春天"

[①]谭五昌：《海子短诗中的重要意象浅析》，见金肽频主编《海子纪念文集（评论卷）》，合肥：合肥工业大学出版社，2009年版，第187页。

[②]余虹：《神·语·诗……——读海子及其他》，见崔卫平编《不死的海子》，北京：中国文联出版社，1999年版，第115页。

[③]海子：《诗学：一份提纲》，见西川编《海子诗全集》，北京：作家出版社，2009年版，第1038页。

也是一种暗喻，我们可以将之理解为"幸福、美好的时候"；在《我，以及其他的证人》（1984）中，诗人还曾将故乡"空旷的野地上""那些寂寞的花朵"比喻为"春天遗失的嘴唇"（同年写作的《历史》一诗也有同样的句子），很显然这也是一种形象的比喻。除了第一例，后二者这样的诗篇其实没有直接触及到对春天的书写。

应该说，海子早期（1983—1985）诗歌中写春天的诗篇，以《春天的夜晚和早晨》最为典型。此外，长诗《河流》第二部分"长路当歌"中的第二节"树根之河"中也融合进了大量有关春天的复杂体验。前者作于1984年10月，后者作于1984年6—9月间。限于篇幅，本文只讨论他的短诗。《春天的夜晚和早晨》全诗引录如下：

> 夜里／我把古老的根／背到地里去／青蛙绿色的小腿月亮绿色的眼窝／还有一枚绿色的子弹壳，绿色的／在我脊背上／纷纷开花
> 早晨／我回到村里／轻轻敲门／一只饮水的蜜蜂／落在我的脖子上／她想／我可能是一口高出地面的水井／妈妈打开门／隔着水井／看见一排湿漉漉的树林／对着原野和她／整齐地跪下／妈妈——他们嚷着——／妈妈

从对"春天"的书写上看，《春天的夜晚和早晨》已迥异于中国古典诗歌传统和海子以前中国现代诗和当代诗中对于"春天"的那种写法。与中国古典诗歌中"伤春咏怀"传统的书写差异自不必说，由于语境的巨大差异和文言、白话两种语言范式的不同，两者之间必然存在显著的可辨析度。而与中国现当代经典诗歌中对于春天的书写进行比较，我们会发现海子此诗也有所颠覆和超越。穆旦的《春》在中国现代诗歌史上被推为写春的典范之作，其诗在对春天的摹写中渗入了人的情感、欲望，有"感性化，肉体化"的一面（王佐良语），并且"光、影、声、色"浑融交织其中，以致于形成了一种带有玄学色彩的神秘意味。而海子这首诗，一开篇也不同凡响，也有一种神秘的色彩在，但与穆旦的神秘大相径庭。通读第一节之后即能感受到其中有融合人与自然的味道。在春天的夜晚，诗人背着"古老的根"到地里去，在地里，他见到绿腿的青蛙、绿眼窝的月亮、绿色的子弹壳等象征春天的诸多事物，

并且那些"绿色的"在其脊背上"纷纷开花"，这就让我们联想到诗人与其所背负的"古老的根"之间的微妙关系。根是一种象征，是它繁衍出了大好春天，而诗人的"脊背"也是万物的"生长之地"，这其中的关联不言而喻。谭德晶先生将夜里的"我"所背的古老的"根"理解为"一种养育万物的生生之德"①，我非常认同，但他说这"其实是很可以理解的一种表现手法"，对于一般不熟悉海子与中国道家传统文化关系的人而言，这一点并不太容易理解。

诗歌的第二节伊始，写诗人早晨回到村里敲门时蜜蜂落在脖子上的场景。值得注意的是，诗人这里叙述的自然基点，由第一节的"土地"转向了"水"，饮水的蜜蜂把"我"当成"一口高出地面的水井"。为什么会如此？依我个人的理解，土地是生长万物的地方，水亦是万物之源，"我"（被隐喻的水井）在这里实际上仍然是一种"生发""养育"的象征。谭德晶先生在阐释第一节前三行时认为"这就像庄子所说的一样，道即自然，自然即道，同时道又在万物之中。因此，这里道与我在此同一。"我认为"道与我同一"的阐释是正确的，但不应该理解为"像庄子所说……"云云这样的表述。我以为应该理解为老子《道德经》中所说的"道"，老子所云之"道"既有创生作用，又有养育功能，正好对应了作者化身的"古老的根"和"水"。而"我"其实正是"道"的化身。第二节的后半部分（从"妈妈打开门"到结束）是衍生出的另一层意思，但紧紧承接住了第一节的内涵，前面说到："绿色的/在我脊背上/纷纷开花"，在春天它们很快长成了"湿漉漉的树林"，这些在我脊背（隐喻为"古老的根"）上"繁衍"出来的事物，可以被认为是"我"的"生成"。下文的"原野"，可以理解为实体的土地，"她"则可以理解为母体的化身、虚体的土地。在文中"原野"和"她"虽然并置，但是有先后之分，有形下和形上之别。但尽管如此，二者都是"母体"的象征，于是从"我脊背上"生长出来的"湿漉漉的树林"（隐喻万物），它们"整齐地跪下"喊出了"妈妈——""他们嚷着——/妈妈"。诗中的"隔着水井"本也不容易理解，但是联系《道德经》中第十四章所建构的"道"的特征："视之不见""听之不闻""搏之不得"，这一问题就迎刃而解了，因为"我"所化身的"道"本就是一种"无状之状，无物之象"。

---

① 谭德晶著：《海子抒情诗精解》，合肥：安徽文艺出版社，2014年版，第35页。

批评家燎原先生曾指出，"在海子和诸多重要诗人的写作中，往往都存在着以地理类型或题材类型为资源的穷尽性使用这一特征。这是那种怀有宏大野心的诗人，建立自己江山的基础。这种穷尽性资源的使用，以类型上的最高隆起为目标。"[1]在写作《春天的夜晚和早晨》不久前，海子曾使用南方水资源写出了史诗性的长诗《河流》，在其中他就曾以"我"与河流（水）为主要脉络，贯穿起"母亲的梦""父亲"等章节，后来又在1985年8月完成了《但是水、水》这首长诗。在《寂静》（《但是水、水》原代后记）这篇文论中，海子曾这样阐释大地、水与母性的关系："后来我觉得：大地如水，是包含的。全身充满大的感激和大的喜悦。土地是一种总体关系，魔力四溢，相互唤起，草木人兽并同苦难，无不深情，无不美丽。它像女人的身体，像水一样不可思议。因为它能包含，能生产。""我追求的是水……也是大地……母性的寂静和包含。东方属阴。"[2]联系这一段文字，我们再看《春天的夜晚和早晨》这首短诗，就能够体会到海子建构此诗的思想基础。

海子早期（1983—1985）书写春天的这首诗，既有现代意识，又深刻融合了传统道家文化，这种带有混沌经验的创设，使其诗蒙上了一层玄秘的神话色彩。当然，这是海子诗歌的一大特色，也是我要指出的海子在对春天书写上不同于前人和超越前人的一点。

孤独："我坐在一棵木头中"

海子中期（1986—1987）诗歌创作中，写到春天的诗篇逐渐增多。从数量上讲，这与其诗歌创作的历程是同步的，因为1986—1987年是海子诗歌创作的疾速增长期。这一阶段中，海子直接描摹春天的经典诗篇主要有《春天》《春天（断片）》《北方的树林》《晨雨时光》，另外《我们坐在一棵木头中》《灯诗》《秋天的祖国》诸诗也涉及到对春天的"虚写"。

在《我们坐在一棵木头中》（按，海子诗集的诸种版本都未标明此诗的具体写作时间，从2009年作家出版社出版的《海子诗全集》来看，此诗当

---

[1] 燎原著：《海子评传》（修订版），北京：作家出版社，2016年版，第76~77页。
[2] 海子著：《海子诗全集》，西川编，北京：作家出版社，2009年版，第1024~1025页。

作于1986年）在这首诗里，诗人描述了自己一种非常不可思议的生存状态："我坐在一棵木头中，如同多年没有走路的瞎子/忘却了走路的声音"，接下来他别出匠心地对自己的耳朵做了一个奇特的想象："我的耳朵是被春天晒红的花朵和虫豸"。有的学者引述此诗认为，"海子表现神秘的幻象和灵象的这种感性化的思维方式"称之为"体感式的灵性"，并认为它"决定着海子诗歌的独特面貌"[①]。应该说，这首诗仍然有中国道家"人与自然合一"的思想浸染其中。在诗中，人与树是合一的，如此，人的耳朵也便可以理解为春天树上开出的"花"，或者爬在树上的"虫豸"。虽然此诗并非直写春天，但关于"耳朵"的新颖比喻，以及"晒红"一词的别致运用，都使独具海子特色的春天一下子被激活了。《灯诗》大约作于1987年（《海子诗全集》将此诗置于1987年，但存疑），在诗的开篇，诗人将现实之"灯，从门窗向外生活"比喻为"内心的春天向外生活"；在第三节，又说："你是灯/是我胸脯上的黑夜之蜜/灯，怀抱着黑夜之心/烧坏我从前的生活和诗歌"，大概反映的是诗人在情感上所遭遇的悲伤；最后一节，写到："灯，一手放火，一手享受生活/茫茫长夜从四方围拢/如一场黑色的大火/春天也向外生长/还给我自由，还给我黑暗的蜜、空虚的蜜/孤独一人的蜜/我宁愿在明媚的春光中默默死去/'有这样一只美丽的手在酒上生活'/要让白雪走在酒上享受生活"，透露出作者意欲从暗夜的春天中得到解脱的强烈愿望，为此他"宁愿在明媚的春光中默默死去"。因此，从"春天"的角度来看，此诗着重写"内心的春天"的一种突围，有一种挣扎的意识。《秋天的祖国》（按，海子诗集的诸种版本都未标明此诗的写作时间，从2009年作家出版社出版的《海子诗全集》来看，此诗当作于1987年秋），从诗题看主要想传达的是以"秋"之气象为主导的"祖国"的"苦难"意识。值得注意的是，为了凸显秋的"燎烈"，诗人在诗中有意以"春天"或其所"滋生"的事物作对比，例如："一万次秋天的河流拉着头颅　犁过烈火燎烈的城邦/心还张开着春天的欲望滋生的每一道伤口//秋雷隐隐　圣火燎烈/神秘的春天之火化为灰烬落在我们的脚旁"。燎原先生称，这是一首"雄狮振鬣、光焰万丈的诗篇"，描绘了一种

---

①张家谚：《海子诗歌与诗性精神》，见金肽频主编《海子纪念文集（评论卷）》，合肥：合肥工业大学出版社，2009年版，第16~17页。

"焰火流苏、龙翔凤翥般瑰丽奇幻的场景"。①从诗歌所呈现的气象看，确实如此。燎原先生分析，这与当时海子迷恋气功并从中有所"觉悟"有关。当然，从具体的写作技巧来分析，这与诗人在诗中穿插使用对比的手法也是分不开的。

我们都知道，海子在1984年冬天开始了他人生的初恋，后来情感发生波折，"一直到1986年秋天彻底结束这次恋爱。"②在情感发生波折，直至结束的这一段时间中，海子将其强烈的"苦痛"和"孤独感"像"血融入雪地"一样无声地注入了诗歌中，如《我请求：熄灭》《打钟》《初恋》《孤独的东方人》《得不到你》《海子小夜曲》《在昌平的孤独》就是这方面典型的诗篇。而这其间写到"春天"的诗也受到这股气息的有力感染，浸入了浓郁的孤独情绪。1986年2月，海子在故乡写下了组诗《叶赛宁》，从中可以很明显地见出，他仍未从失败的情感中走出："说声分手吧 松开埋葬自己的十指/把自己在诗篇中埋葬"（第8节）。其中的第3节写到：

少女／头枕斧头和水／安然睡去／一个春天／一朵花／一片海滩
一片田园
　　少女／一根伐自上帝／美丽的枝条
　　少女／月亮的马／两颗水滴／对称的乳房

这是一段唯美而带有朦胧感的描写，在春天宏大背景下烘托出的"少女"很难说没有海子初恋女友的影子。海子的诗集中还有一首《春天》（你迎面走来），未标明年月，从2009年作家出版社出版的《海子诗全集》，以及海子的人生历程来推断，此诗当作于1986年。边建松认为海子此诗中的"大地微微颤栗"一句是借用顾城在1986年6月"新诗潮研讨会"上的发言《生命是美丽的，生活也是美丽的》中的句子③。那么，海子做此诗的时间当在1986年6月后不久。

---

① 燎原著：《海子评传》（修订版），北京：作家出版社，2016年版，第170~171页。

② 边建松著：《海子诗传：麦田上的光芒》，南京：江苏文艺出版社，2010年版，第96页。

③ 边建松著：《海子诗传：麦田上的光芒》，南京：江苏文艺出版社，2010年版，第136页。

在这首诗中，我们仍然能够感受到诗人内心的煎熬，孤独之味清烈可闻：

你迎面走来 / 冰消雪融 / 你迎面走来 / 大地微微颤栗

大地微微颤栗 / 曾经饱经忧患 / 在这个节日里 / 你为什么更加惆怅

野花是一夜喜筵的酒杯 / 野花是一夜喜筵的新娘 / 野花是我包容新娘 / 的彩色屋顶

白雪抱你远去 / 全凭风声默默流逝 / 春天啊 / 春天是我的品质

很显然，诗人指出他"更加惆怅"的原因，是所爱已经远去，独留下他一人承受苦难的感伤。诗歌的结句是一句很值得玩味的表述，诗人说："春天啊 / 春天是我的品质"。但我们明显可以感觉得到，诗人的春天并非明媚灿烂、绮丽斑斓的春天，而是一种嵌入了深深孤独感的春天。为此，我们是否可以做出这样的理解，诗人此时的春天，其最突出的品质就是惆怅和孤独。此时，"白雪"抱走了理想的所爱，只有风声在默默地流逝。

我们对比来看诗人作于同年的另一首《春天》（断片），此诗共分8节（以0-7标示），内容并不完全集中于一点，其中写到故乡，写到母亲父亲，写到"诗人家中的丑丫头"，尽管其中有些片段写得比较隐晦，但仍然隐隐地暴露了诗人并未愈合的伤口。比如诗歌第3节（诗中标示为2）中所描述的："远方寂寞的母亲 / 也只有依靠我这 / 负伤的身体。母亲 / 望着猎户消匿的北方 / 刮断梅花"，诗人的身体依然"负着伤"，所谓"猎户消匿的北方 / 刮断梅花"无疑也是情感遭遇挫折的暗示性表述。本节的后半部，"孤独的父亲"对弟弟讲述："那位受伤的猎户 / 星星在他脸上 / 映出船样的伤疤"，似乎也隐隐地呈现出这一点。此外，诗歌的第4.5.7节（标示3.4.6）也有一种这样的迂回性的暗示萦绕在里面："两个温暖的水勺子中 / 住着一对旧情人""突然想起旧砖头很暖和 / 想起河里的石子 / 磨过森林的古鹿之唇 / 想起青草上花朵如此美丽如此平庸 / 背对着短树枝 / 你只有泪水没有言语 // 而我 / 手缠树叶 / 春天的阳光晒到马尾 / 马的屁股温暖得像一块天上落下的石头""我就在这片乌黑的屋顶上坐下 / 是不是这片村庄 / 是不是这个夜晚 / 有人在头顶扔下 / 一匹蓝色大马 / 就把我埋在 / 这匹蓝色大马里"。因此，对于诗人而言，此时的"春天"并不温暖，因为这是一个"有伤的季节"（第8节，标示7）。

深入了解海子的人生轨迹后，我们发现海子在1987年前后又陷入另一段情感的漩涡之中，而最终这一段情感也以失败收束。这一年，海子有三首作于暮春的诗。从中我们能够深切地感受到，这原本美丽的暮春在诗人那里也沾染上了一种孑然的"灰暗"。在《北方的树林》（1987.5）一诗中，诗人首先写到山脚槐花盛开这一美丽的暮春景象，在第三节也为我们具体地展现出一个宏阔的背景："这是一个北方暮春的黄昏/白杨萧萧　草木葱茏/淡红色云朵在最后静止不动/看见了饱含香脂的松树"，后来他们"躺在山坡上　感受茫茫黄昏/远山像幻觉　默默停留一会"，这本来也是暮春中非常惬意的黄昏之一种，然而当摘下的槐花"在手中放出香味"，这"香味"却慢慢地变了味。因为想到自己当时的爱情处境，诗人陡然起了无尽的伤悲，于是诗歌很快就转出了另一层意思，诗人说：这"香味来自大地无尽的忧伤/大地孑然一身　至今孑然一身"，"莫非这就是你我的黄昏/麦田吹来微风　倾刻沉入黑暗"。很显然，在诗歌中，诗人将对春天的刻画融入了个人彼时彼地的凄凉心境，因此可以说，这诗中的春天乃是一种"有情绪"的春天，这春天之存在的每一境遇都是随着诗人的情绪在走。这种"移情"的手法固然常见，但是对于春天的那种具体而又细微、诚挚而又入骨的情感体验，却深深地烙上了海子诗歌书写的独到品质，那就是"孤独"。

诗人诞于暮春的另外两首诗，虽然并不见得一定与爱情有关，但其中的孤独感依然汩汩地洋溢和起伏着。在《晨雨时光》（1987.5.24）中，诗人首先为我们描绘了一个生机勃勃的暮春丽景："小马在草坡上一跳一跳/这青色麦地晚风吹拂"；"青麦地像马的仪态　随风吹拂"。然而随着灯"一盏一盏地熄灭"，随着雨一直不断地下，"下到深夜下到清晨"，诗人内心的落寞和孤寂感也涌上来了："天色微明/山梁上定会空无一人//不能携上路程/当众人齐集河畔　空声歌唱生活/我定会孤独返回空无一人的山峦"。有学人解读此诗中的"不能携上路程"，是因为海子此时所结识的女孩不是真正理想的爱人，所以内心有了巨大的失落[1]，我认为这种阐释并不准确。从此诗的上下文来看，

---

① 边建松著：《海子诗传：麦田上的光芒》，南京：江苏文艺出版社，2010年版，第160页。

诗中并未涉及有关爱情的内容，此时做这样一种阐释是突兀的。从此句的下文看，所谓"不能携上路程"应该是不能与众人一起上路，或者说是不愿与众人一起上路，而后者更符合当时的实际，因为下文的"空声歌唱生活"传达了这一点，海子显然不愿与众人一起"空声歌唱生活"。他自己的歌唱尽管痛苦，但却充实而丰盈。鉴于这种认知，所以他才坚定地说："我定会孤独返回空无一人的山峦"。这就是海子在彼时彼地的心境中所传达出的对"晨雨时光"的观感。很显然，诗人所写暮春中之晨雨时光，有宁静空灵之感，而诗人的孤寂加剧了这种"宁静"，并使春天也带上了孤独的气息。谭德晶先生认为诗末节的"这种写法有两种作用：第一是通过对比，更突出下雨后山峦草坡宁静空明的美感。第二就是表明他对这种孤寂、与自然更加接近（远离繁嚣）的状态的喜爱……"[1]我认可这样的观点。但要指出的是，海子对于这样的孤寂之喜爱，和对于远离繁嚣的自然之热爱，并不是凭空产生的，爱情的失败是一个催化剂。

《五月的麦地》也作于1987年5月，我们可以认为它是诗人写给"麦地"的一首诗，但它显示出了诗人对暮春中另一种孤独的高蹈言说：

全世界的兄弟们／要在麦地里拥抱／东方，南方，北方和西方／麦地里的四兄弟，好兄弟／回顾往昔／背诵各自的诗歌／要在麦地里拥抱

有时我孤独一人坐下／在五月的麦地　梦想众兄弟／看到家乡的卵石滚满了河滩／黄昏常存弧形的天空／让大地上布满哀伤的村庄／有时我孤独一人坐在麦地里为众兄弟背诵中国诗歌／没有了眼睛也没有了嘴唇

海子并未在诗中渲染关于五月麦地生长的任何气息，他一入手即是"全世界的兄弟们／要在麦地里拥抱"，下文所传达的基本上也是这样一种诉求，而这种"要"其实已经无法实现，它只是一种"往昔"的盛景和如今期待实现的强烈愿望，所以在第二节中，诗人说："有时我孤独一人坐下／在五月的

---

[1]谭德晶著：《海子抒情诗精解》，合肥：安徽文艺出版社，2014年版，第232页。

麦地　梦想众兄弟";"有时我孤独一人坐在麦地里为众兄弟背诵中国诗歌/没有了眼睛也没有了嘴唇"。谭五昌认为,"在这里,'麦地'和'诗歌'象征着一种至为圣洁而美好的情感。……'麦地'的'温暖'和'美丽'所散发出来的精神光芒无疑能够给海子脆弱的心灵带来最为深情的抚慰,使他深切地体味到大地(土地)的母性温暖与关怀、呵护",从海子整个"麦地"写作的大背景来看,这样的阐释是没有问题的,然而就此诗来说"从而忘却他在现实生存中的孤独、痛苦的处境"[①]却值得商榷。至少在这首诗中,诗人未能做到忘却"孤独、痛苦的处境"。相反,诗人的孤独感充盈其中,并且一时无法得到排解。燎原先生说:海子"明白了自己以农村为根的心灵本质,并在这种本质上把自己与他人划分开来。……所谓'中国诗歌',自然是他从麦地和中国乡土中延伸出的这类诗歌。在他同时还强调了自己的'孤独一人',并且背诵得进入了没有眼睛和嘴唇这种与土地同化的忘形状态时,他还要表述的,是他孤独一人地建造着本质性的'中国诗歌'。也就是说,他对自己所干的事情的性质和意义此时已非常清楚。立志建造'中国诗歌'的抱负,浓化了他内心那种'王'的创造感。但相对于同代诗人的整体格局,这种独自一人的建造,又让他感到了某种悲凉和孤独。这就是我们在海子的诸多诗歌中,常常感受到那种'王者的孤独与感伤'的原因。"[②]这种总结和分析无疑是合理的,也是准确的。作为局外者的我们很难说清这种"没有了眼睛也没有了嘴唇"的"孤独"。但即使如此,有一点却可以进行想象,那就是:五月的麦地,丰沛、饱满、壮实、摇曳多姿,孤独的诗人独坐于麦地之中,他的孤独也一定同五月的麦地一样,是丰沛的、饱满的、壮实的、摇曳多姿的。

以上便是海子中期创作中涉及"春天"的主要篇什。经过分析,我们可以发现,海子此一阶段的"春天"书写融入了强烈的落寞之感,以及艰苦卓绝的"孤独气息"。经过爱情的灼烧和对尘世更深入的体认,海子正在一步步脱离那个思想单纯、朴实的年纪,逐步成长为一个困惑、矛盾、疯狂、尖锐的海子。

---

①谭五昌:《海子论》,见崔卫平编《不死的海子》,北京:中国文联出版社,1999年版,第196页。

②燎原著:《海子评传》(修订版),北京:作家出版社,2016年版,第123页。

复活："春天，十个海子"

海子的诗歌创作中，写到春天的诗篇还有几首关于"桃花"的诗（有两首《桃花》，《桃花开放》《你和桃花》《桃花时节》《桃树林》等）。这些关于桃花的写作，时间不一，其中4首（《桃花》《桃花开放》《你和桃花》《桃花时节》）作于1987年，1首（《桃树林》）作于1988年，1首（《桃花》）作于1989年。尽管其中4首是在1987年就已写就，但是从《海子诗全集》中所注明的时间看，这6首诗中的前5首，都在1988和1989年进行了集中修订。第一首《桃花》修改于1988年2月5日；《桃花时节》于1988年修订两次，1989年3月14日修订一次；《桃花开放》《你和桃花》《桃树林》也于1989年3月14日或15日做了修改。因此，海子的这几首诗虽然不集中出现于写作的后期，但是却于1988—1989年进行了规模性处理（5首修订和1首创作），这是一个值得关注的现象。这种集中性处理，反映出海子在创作后期对"桃花"这一意象有了明确的关注意识。

从海子对"桃花"诗歌的叙述看，其写桃花并不是针对春天发言，亦无对政治变迁、人世沧桑的隐喻，其诗歌中的"桃花"叙事，完全是一种现代经验，主要突出死亡和对爱情的欲望意识。正如谭德晶所言：这些桃花诗"基本的主旨主要有两个：一是把'鲜红的'桃花与鲜血、太阳等血色意象联系起来，以表现他那种疯狂的死亡意识；另一个就是把桃花与女性的美丽和肉体等联系起来，以表现他对女性的那种疯狂的赞美和欲望。"①第一类诗篇，如《桃花》（1987.11.1）开篇即是："桃花开放/像一座囚笼流尽了鲜血/像两只刀斧流尽了鲜血/像刀斧手的家园/流尽了鲜血"，《桃花开放》也有"冬天的火把是梅花/现在是春天的火把/被砍断/悬在空中/寂静的/抽搐四肢"这样的描写，这种热烈而疯狂的对死亡的燃烧式书写，既令人震惊又令人恐惧。第二类诗篇，如《你和桃花》中写到："部落的桃花，水的桃花，美丽的女奴隶啊/你的头发在十分疲倦地飘动/你脱下像灯火一样的裙子，内部空空/一年又一年，埋在落脚生根的地方//……桃花，像石头从血中生长/一个火红的烧毁天空的座位/坐着一千个美丽的女奴，坐着一千个你"；《桃树林》中有这样的

---

① 谭德晶著：《海子抒情诗精解》，合肥：安徽文艺出版社，2014年版，第336页。

叙述："内脏外的太阳/照着内脏内的太阳/寂静/血红/九个公主/九个发疯的公主身体内部的黑夜/也这样寂静，血红//桃树林，你的黑铁已染上了谁的血/打碎了灯，打碎了头颅，打碎了女人流血的月亮/他的内脏抱住太阳"，从游移的笔调看，海子对女性所持的性欲望也有一种癫狂状态，也许这与其后期精神上的谵妄有一定关系。"桃花诗"中的死亡书写，使我们只见到诗人对死亡的"血腥"描写，未见到"复活"意识的萌蘖。燎原先生分析说："当'桃花'成为生命的主体意象，也就意味着他们巅峰中的生命，开始从太阳的炽烈向着桃花'温暖而又冰凉'的状态降位——他们内生命的大火已经烧空，他们装在'大大的头'中的脑体已经用伤。"①暗示海子在此时已经到了生命的最后时分。

不过，1986年2月，海子在故乡时却曾写下一组有关叶赛宁的诗，其中的第4节写到："不曾料到又一次/春回大地/大地是我死后爱上的女人/大地啊/美丽的是你/丑陋的是我/诗人叶赛宁/在大地中/死而复生"，其中已经流露出以"春回大地"来预示"死而复生"的意识，只是此诗中诗人的经验与叶赛宁交织在一起，不容易分辨出具体的所指。或者，我们可以做这样的推断，在此时诗人借助春天渴望"复活"的意识还不明显。但是在1987年7月，海子写的另一首《春天》中，"复活"的意识已经完全凸显出来。在《海子诗全集》中，此诗的尾部明确注明"1988.2二稿"，可见诗人于作诗后的次年对此诗进行过有意识的修订。为此，我们可以将这其中的"复活"意识认定在诗人写作的后期。在此诗中，诗人开篇即道出渴望在"春天的时刻上登天空"的意旨，然而"春天空空荡荡/培养欲望 鼓吹死亡"，"春天，残酷的春天/每一只手，每一位神/都鲜血淋淋/撕裂了大地胸膛"。为此，诗人质问，那"太阳的傻儿子""秋天的儿子"（诗人自指）他去了何方？后来又对着"天空上的光明"指出："你照亮我们/给我们温暖的生命/但我们不是为你而活着/我们活着只为了自我/也只有短暂的一个春天的早晨"，然而后来又表示愿意通过死亡的方式（诗的后面屡次出现"斧子"这个意象）"在这个宁静的早晨随你而去"，并且想象着自己"住人"了太阳。在以下的叙述中，我们还发现，诗人似乎陷入了一种精神迷狂："那前一个夜晚/人类携带妻子/疯狂奔跑四散

---

① 燎原著：《海子评传》（修订版），北京：作家出版社，2016年版，第271页。

/这是春天/这是最后的春天/他们去了何方？　//天空辽阔/低垂黄昏/人类破碎/我内心混沌一片/我面对着春天/我就是她的鲜血和黑暗/我内心浑浊而宁静/我在这里粗糙而光明/大地啊/你过去埋葬了我/今天又使我复活//和春天一起/沉默在我内部/天空之火在我内部/吹向旷野/旷野自己照亮//在最后的时刻海底/在最后的黎明之前　他们去了何方？"可以见得出，诗人在诗中虚构了一个春天的事件，在那个"最后的春天"中，诗人一方面与春天和大地浑融在一起，一方面又在苦苦追觅那一对"奔跑四散"了的恋人。也许在这种耽于妄念的混沌的神智中，诗人仍然未忘当年那一段深刻的恋情。由此来看诗人笔下的春天，这是多么神秘而谲怪的一种春天呀。

1989年，临近登上天空之前，诗人写下了流传后世的两首典范之作《面朝大海，春暖花开》和《春天，十个海子》。这两首诗，一写个人的乌托邦情怀，一写绝命之时的无望与隐忧，使人充满了向往和怜悯之心。毋容置疑，这两首诗是海子"春天"书写中称之无愧的代表作。在这两首诗中，诗人都将"春天"打造为一个宏阔的存在背景，前者宁静宏大、明朗高远，为理想中的乌托邦之美好做了有力的烘托；后者则荒凉疼痛、空虚寒冷，将野蛮而悲伤的诗人心境衬托得相得益彰。

《面朝大海，春暖花开》这首诗，据说创作时受到"所恋之人即将远赴太平洋的另一边"这一事实，以及老农卖菜时"一幅暖暖地生活图景"的触发[1]，其间所传达出的，本有一种孤寂难言的心境在。然而，诗人以对"诗意栖居"主题的美好想象为旨归，将其理想化的幸福与关爱倾泻于诗中，使得此诗产生了一种超越世俗同时也引诱世俗的强大功效，加以语言上的轻松自在，审美上的宁静明朗，这首诗很快成为了新诗史上不朽的典范之作。臧棣甚至将其称为"最为人们熟知的关于幸福主题的诗歌"[2]。通过题目我们很容易看出，这首诗是以"大海"和"春天"为背景来构筑的，但显然诗歌的主题并不是"大海"和"春天"，而是对"诗意栖居"和"幸福"人生的理想欲求。不过，"大海"和"春天"虽只是诗歌的意象要素，但又是不可或缺的，因

---

[1] 边建松著：《海子诗传：麦田上的光芒》，南京：江苏文艺出版社，2010年版，第229页。

[2] 臧棣：《海子诗歌中的幸福主题》，《文学评论》，2014年第1期。

为"大海"和"春天"正是建构"诗意栖居"和映照"幸福"人生的有机组成，尤其是"春暖花开"的自然境界，诗中的"明天""马""柴""粮食""蔬菜""闪电""河""山""有情人""尘世"等意象都与之既有风格上的关联，又有情感上一以贯之的依附。因此，我们可以说，正是"大海"和"春天"让诗人及其倾心者对未来产生了超乎想象的精神憧憬，也让"爱和美"这"两种崇高的精神价值"作为"海子个体生命幸福价值的重要内容"①有了更好的体现。这也是此诗成功的关键。由于海子在尘世生活的不如意，在尘世获取幸福已经成为一种不可能，故而我们可以将此诗中的生存状态认为是海子的另一种"活着"。"他已完全把自己视作'尘世'之外的人。他真的已完全与这个世界和解，但那不是浪子回头的和解，而是彻底自我完成后的解脱，是沐浴在天堂之光中与现世的和解。"②因此，从这个角度而言，我们可以认为这是海子在想象中的一种"复活"，是他对尘世的解脱。

《春天，十个海子》作于1989年3月14日凌晨3点至4点，也就是海子去世之前的十二天。肖鹰引述此诗与《九月》等诗时认为："死亡，对于海子已经具有某种归宿意义，是一切努力的必然远景。"③为此，许多研究者都将此诗看作是海子的绝笔，如燎原先生认为："真正属于绝笔的诗篇，便应是1989年3月14日黎明时分写就的《春天，十个海子》。"④谭德晶先生认为此诗"像极了绝笔"⑤。因此，此诗与《面朝大海，春暖花开》在风格上便有了很大不同。从时间上看，《面朝大海，春暖花开》作于是年1月，还处于冬天，然而因为被赋予了飞腾向上的理想境界，故而显得有盎然的生机充斥其中。而《春天，十个海子》虽然作于是年3月中旬，正值大地回春，然而却因为诗人精神中死亡意志的炽盛而在风格上显得绝望与消沉。大自然中的春天，尽管正热烈地到来，然而无论其有着多么妩媚明艳、多彩耀人的光影，始终都抵不过

　①谭五昌：《海子论》，见崔卫平编《不死的海子》，北京：中国文联出版社，1999年版，第191页。

　②燎原著：《海子评传》（修订版），北京：作家出版社，2016年版，第282页。

　③肖鹰：《向死亡存在》，见崔卫平编《不死的海子》，北京：中国文联出版社，1999年版，第228页。

　④燎原著：《海子评传》（修订版），北京：作家出版社，2016年版，第282页。

　⑤谭德晶著：《海子抒情诗精解》，合肥：安徽文艺出版社，2014年版，第346页。

命运的秋收冬藏。诗人在诗的开篇说:"春天,十个海子全部复活/在光明的景色中"。这本来是一片光明的世界,然而"复活"的十个海子却在"嘲笑这一个野蛮而悲伤的海子/你这么长久地沉睡究竟为了什么?"由此,诗人便开始进入到一个自我狂欢、自我剥离、自我剖解、自我渺小的反应过程。诗歌的第三节说:"在春天,野蛮而悲伤的海子/就剩下这一个,最后一个/这是一个黑夜的孩子,沉浸于冬天,倾心死亡/不能自拔,热爱着空虚而寒冷的乡村"。无疑,这是诗人对自我的一个总结性体认。值得注意的是,诗人自认为"是一个黑夜的孩子,沉浸于冬天,倾心死亡/不能自拔",这样的海子显然是一个痛苦的海子,所以"在春天,野蛮而悲伤的海子/就剩下这一个,最后一个",这也就意味着,春天里的海子才是持守着最终的快乐与幸福的海子。以此,我们就能够很好地理解,为什么诗人在诗歌的开篇说:"春天,十个海子全部复活",并且可以理解,那些复活了的海子为什么在嘲笑这个尘世中疼痛无力、执著而又焦灼的海子。张清华认为,"'十个海子'是喻指大地上自然的海子,它们在春天到来时自动绽放出生机和美,而面对大自然的杰作,海子感到渺小、迷惘和缄默,并感到死亡的降临"[1],这种观点用来解释诗的第一节是没有问题的,但是解释诗的第二节:"春天,十个海子低低地怒吼/围着你和我跳舞,唱歌/扯乱你的黑头发,骑上你飞奔而去,尘土飞扬/你被劈开的疼痛在大地弥漫",就有些困难。边建松认为:"这是一首太阳的幻象诗歌,人与太阳幻成一体,'十个海子'就是'十个太阳',诗歌里的'你'就是海子自己而不是读者,'围着你和我跳舞'的'你'指太阳也指海子自己;这也是一种海子自身体验的诗歌,他听到内心深处的'低低地怒吼',感到'扯乱''劈开的疼痛',他难过地自我观照是个'野蛮而悲伤'的'黑夜的海子',他无法解决'你所说的曙光到底是什么意思'。"[2]这里将"十个海子"理解为"十个太阳"也很牵强,尤其是在解释第二节的时候,太阳"怒吼"及其所产生的"扯乱头发"等一系列行为很难让人拆解。在我看来,海子在迷狂的状

---

① 张清华:《"在幻象和流放中创造了伟大的诗歌"》,见崔卫平编《不死的海子》,北京:中国文联出版社,1999年版,第181页。

② 边建松著:《海子诗传:麦田上的光芒》,南京:江苏文艺出版社,2010年版,第240页。

态下，时而清醒，有安分光明的一面；时而诞妄，有野性疯癫的一面。这里的"十个海子"应当理解为海子幻觉意念中各种分裂的自己。陈超先生也说："'十个海子全部复活'，不排除其喻指对自己身后留下的诗作极其自信的成分，但更主要是指诗人在内心曾经发生过的多重自我争辩/分裂。"[①]如此，诗的第一、二节便都焕然冰解了。边建松认为"'围着你和我跳舞'的'你'指太阳也指海子自己"，也是有问题的。海子在这里将"你"和"我"并置，这里的"你"一定有特殊的所指，我认为就是指海子的初恋女友。关于这两点可以参看谭德晶先生的解释，但其在解释"十个海子"时亦不全面，他只解释了第一节光明境地中"十个海子"的所指，未分析第二节狂乱境地中的"十个海子"不理性的举动到底何为[②]。此外，诗的结句"你所说的曙光究竟是什么意思"也是一个带有含混性意指的句子。我们无法判断，诗人的这句话到底对"复活"持一种什么样的态度。肯定，还是否定？谭德晶先生将两种内涵并存，张力十足，但不置可否。以我个人看来，这一悬疑可能也与诗人的爱情有关。从海子短暂的人生历程看，他似乎从未放下并淡然于自己的人生初恋。他因为爱情的永远失去（初恋女友于1989年远赴太平洋），对于"曙光"的到来是持怀疑态度的。我推断，海子的初恋女友远赴大洋彼岸之前可能曾对海子说过一番诸如"曙光会到来"这样安慰性的话，而海子对于初恋的执著使他始终不能从爱情的阴影中走出。因此，诗的结句之前的"大风从东刮到西，从北刮到南，无视黑夜和黎明"一句也应该是有所暗示的。于是他在质问，在诘难，在惆怅，在怀疑……也正因为此，《春天，十个海子》乃存有一种强烈的怅惘之感。海子在这首诗中对于"曙光到来"式的"复活"是犹疑的，然而荷兰汉学家柯雷却就此指出："十个海子这意象尤其如此，就是因为作品的平静的、悲哀的、怀疑的语调，才避免《祖国，或以梦为马》那种妄自尊大"[③]。因此，这"悲哀、怀疑的语调"乃是一种对"妄自尊大"的收敛，或者反拨。从这个意义上说，此诗的风格有些灰暗，但这丝毫不影响

---

① 陈超：《海子论》，《文艺争鸣》，2007年第10期。

② 谭德晶著：《海子抒情诗精解》，合肥：安徽文艺出版社，2014年版，第346~349页。

③ 柯雷：《实验的范围：海子、于坚的诗及其它》，见《现代汉诗：反思与求索》，北京：作家出版社，1998年版，第402页。

它成为海子1989年痛定思痛之后写的"一批最好的抒情诗"[①]之一。

以上是海子诗歌创作从中期向后期过渡以及创作后期涉及春天书写的诗篇。"桃花"虽然是春天中的事物，然而在海子集中于后期处理的"桃花诗"中却并无多少针对"春天"的展开，即使涉及死亡的诗篇，也没有"复活"意识的出现；倒是其另外一首《春天》（1987.7作，1988.2二稿）中出现了"上登天空"的明确意识。而其《面朝大海，春暖花开》虽然是对于理想世界的构建，但其中的描绘却可以看作是对"复活"的想象。《春天，十个海子》从诗题看，就已经是对"复活"主题的有效生成。因此，海子后期诗歌创作中涉及春天的书写，有明显的"复活"气息，我们可以用这一点来概括它。

结语

从某种程度上说，海子对"春天"意象的经营，经历了一个由无意识到潜意识到有意识的发展过程。其早期（1983—1985）诗歌中，对春天的书写属于一种自然而然的状态，以"春"的意念入诗并无太多"别出"的"顾虑"，都是写春天中日常生活的场景，或者以简单的比喻来处理有关春天的写作；不过需要指出的是，其早期作品中有一首特殊的诗篇，融入了现代意识和中国道家传统文化经验，那就是《春天的夜晚和早晨》，它完全颠覆和超越了中国古典诗歌中的伤春咏怀传统，以及现当代诗歌史上有关"春天"主题书写的诗篇。到了创作中期（1986—1987），海子出身于村庄的身份意识，及其人生"不偶"的经历，时时翻滚在他的"追忆""倾听"和"怅望"当中，于是其涉及春天书写的诗篇，如写"五月的麦地"及其所映带的村庄，写北方暮春中"北方的树林"以及"晨雨时光"，其中无不充斥着强烈的孤独和落寞意识。在创作的中期，海子还在对其所青睐的艺术家和诗人的献词中经常表现出对死亡的赞美（如《给萨福》《莫扎特在〈安魂曲〉中说》）。到创作后期（1988—1989），他内心中的死亡情结开始膨胀，同时，其"为诗歌献身以期永生"的理想也陡然加剧，为此，其生命后期诗歌有意识地借助春天表达对"乌托邦"的幻想，以及试图借助春天重返人间来预言个人"复活"和"不朽"

---

① 崔卫平：《海子神话》，见崔卫平编《不死的海子》，北京：中国文联出版社，1999年版，第109页。

的愿望越来越强烈，尽管他对这种"复活"的意识有时坚定，有时怀疑。

"春天"这一意象或主题之于海子，既具有普遍意义上的书写价值，又带有鲜明的个人象征，有其重要的生成逻辑和诗学建构价值。海子曾言："做一个诗人，你必须热爱人类的秘密，在神圣的黑夜中走遍大地，热爱人类的痛苦和幸福，忍受那必须忍受的，歌唱那应该歌唱的。"[1]海子正是那个发现了并热爱着"人类的秘密"的人，尤其是到了生命的后期，虽然精神幻象重重，但他仍然一边"忍受"着，一边"歌唱"着。诗人西川说："每一个接近他的人，每一个诵读过他的诗篇的人，都能够从他身上嗅到四季的轮转、风吹的方向和麦子的成长。……海子最后极富命运感的诗篇是他全部成就中最重要的一部分。"[2]尤其是《面朝大海，春暖花开》和《春天，十个海子》，其重要性更是不言而喻，因为正是它们使海子完成了"上登天空"以后在尘世的另一种形式的"复活"。

---

[1]海子:《我热爱的诗人——荷尔德林》，见西川编《海子诗全集》，北京：作家出版社，2009年版，第1071页。

[2]西川:《怀念——〈海子诗全集〉（代序二）》，见西川编《海子诗全集》，北京：作家出版社，2009年版，第11页。

第四章
生长在想象的雷声中

DI SI ZHANG

第一节
自选本视野中的"80后"先锋诗歌

一

从某种意义上说，"80后"诗歌在当年也是以先锋的姿态登上中国诗坛的。

2001年11月，春树在"诗江湖"论坛发了一则帖子，帖子的标题是："所有八十后诗歌爱好者联系起来！！！"如今，这一句呐喊声犹在耳。据春树自述，其当时的目的是要"号召所有'八十后'的诗歌爱好者抱成一团，走出70后和前辈的阴影与影响，努力创造自己的风格，沟通有无，真正贯彻一个'八十后'的概念。"①颇有一点要"杀出重围""自立门户"的味道，甚至对当时诗坛颇有影响力的"下半身"这一先锋诗派也认为是到了"外强中干，今非昔比，问题多多"的时候。2002年6月27日，丁成在"诗理论"论坛发表"给80后出生的诗人们一记棒喝"的帖子："60年代、70年代的诗群轰轰烈烈，如火如荼，同时也掌声四起。最近又有安琪、黄礼孩擎起'中间代'的大旗，同样沸沸扬扬、热闹空前。为他们那个年代的诗人们狠狠赚了一票。借此机

---

① 春树：《八十后诗歌的速食一代》，见春树主编《八十后诗选》（第一辑）前言，内部资料，第5页；另见丁成主编《蓝星诗刊·80后文论卷》，2002年11月印制，第31~32页。

会'中间代'哗啦啦一大群，以迅雷之势，登陆人们的视野。实力之强、来势汹汹，有目共睹。80年代后的诗人呢？虽偶有那么几个勇跳龙门的悍将不时地跑出来折腾几下，但多是构不成气势。……我们得自己给自己垒一片天空。"①从春树和丁成这里的发言，我们可以很明显地感觉到，对于"80后"而言，"影响的焦虑"横亘在前，就如老刀所说："这一'群体'从出现开始就真的是紧接着七十年代的，完全活在'70后'的阴影下。"②这种焦虑从春树对当年为什么要号召"八十后"联合起来所作的解释也可窥见端倪："1.我们的诗还没有形成气候。2.没有人关心我们，没有人扶植我们，我们自己关心自己，我们自己扶植自己。3.可能也是太无聊了吧，青春本来就需要轰轰烈烈的事件来点缀。"③

有人认为春树在当年是被伟大的市场"运作"到诗人面前的，但其诗与其人确实有着无比强烈的内在同一性，她是"一个悲伤的快乐的清醒的可爱而摇滚的年轻的疯子，一个跳着狐步舞的诗人。……她的诗歌集中表现了一个女人想要说话的欲望多么强烈。……她依靠一个女人的天赋把反叛和伤感表现出来了。这是不同于男性的愤怒。这愤怒是赤裸裸的，是抒情的。春树在诗中展现的那个人，可以肯定就是她自己。如果非要扩大这层意思，那么我们说，或者这就是这个时代的女人。"④她当年信奉的是"玩诗"的观念，认为诗歌不是形而上学、阳春白雪，而是像金钱、网络、音乐、足球一样，是"玩物"，所以对诗歌表现出一种无所顾忌的态度。阿斐当年也是被"莫衷一是的下半身诗歌运动造就"⑤，其早期诗歌带有明显的"语感分明、节奏明朗、容易上口"的口语特征。回首当年的写作，阿斐表示："还是会很喜欢，是

---

①见丁成主编《蓝星诗刊·80后文论卷》，2002年11月印制，第86页。

②老刀：《无效的重复与复辟——关于"八十年代"的一些随想》，见春树主编《八十后诗选》（第一辑），第245页。

③春树：《八十后诗歌的速食一代》，见春树主编《八十后诗选》（第一辑）前言，第6页；另见丁成主编《蓝星诗刊·80后文论卷》，2002年11月印制，第32页。

④陈错、操刀子：《中国80后诗人排行榜（代序）》，见陈错、申道飞主编《刻在墙上的乌衣巷》，重庆：重庆出版社，2005年版，第7页。

⑤同上，第5页。

它们至少让我拥有了一个理念：诗歌没有阴暗面，诗歌无所顾忌。"[1]而口语的特征和"无所顾忌"的姿态，在当年恰恰代表了不折不扣的"先锋"。诗人丁成也一直渴望着写作上的突破、冲锋和一骑绝尘！这曾经使他赢得了"精神领袖""天才""异端"等诸多先锋性的称谓。对于诗歌的先锋性，他也洞若观火，在谈先锋的重要性时，他认为："时间不老，先锋不死。正是先锋褒有了诗歌存在的意义，以及不断生长的可能。"[2]如果细致地去读他们当年的作品，观察他们当年的处世态度，我们对这一代诗人的"先锋性"将会有更深刻的体会。

从边缘出发的"80后"诗歌的先锋性体现之一，即是在二十一世纪第一个十年涌现出了一批"80后"诗人自编的诗歌选本。其中有春树主编的《八十后诗选》（2002/2003/2006各出一辑，共三辑）、诗人丁成酝酿许久而出的《80后诗歌档案》（2004年编竣，2008年出版）、诗人辛酉、胡桑、茱萸主编的《中国80后诗全集》（即《辋川》三册合订本，2010年编就）、陈错、申道飞主编的《刻在墙上的乌衣巷》（2005年出版）、玉生主编的《80后诗选》、北残主编的《80后朦胧诗选》、老镜主编的《80后诗典》等数部，而以前三部影响较著。

二

春树是"80后"中较早登上诗坛的女诗人，先锋性的姿态很强。其诗以口语立足，多抒写日常生活以及围绕日常生活所展开的个体体验与不经意的思考。从写作向度上看，春树承接了"第三代"和"70后"诗人中的口语精神，一方面，她以自己为主体尽情挥斥青春，同时以语言为工具，将这种挥洒作行云流水般的叙述，并且将这种叙述驾驭得灵活自如；另一方面，她的叙述虽有时激情万丈，有时冷静客观，但都表达出了最真实的个人意志。口语精神的最重要内涵就在于以最真实的吞吐表现最真实的身心境遇，不虚饰，不诈伪。从某种意义上说，口语写作虽然从一定程度上消弭了语言自身的魅力，但透过这种消弭却可以洞见到人之"存在"的真实。不过，为口语的流水性

---

[1]《阿斐：外物以"我"而存在》，见丁成主编《80后诗歌档案》，青岛：中国海洋大学出版社，2008年版，第8页。

[2]《丁成访谈："时间不老，先锋不死"》，http://blog.sina.com.cn/s/blog_477793b70100acg2.html

所"灌倒"，春树的叙述总是呈泛滥之势，无节制和稍微隐性的含蓄。她最大的优长就是以口语写日常自然，写普通生活，以口语与所言、所思进行直接对接。"春树的文字风格其实可以归结为身体性，意识性，率真和女权。她集中了八十年代人的共同特点，简洁、真实、肆意、先锋。"①并且带有强烈的自信："我相信，我的诗，和中国一流诗人的诗，放在一起比较也毫不逊色。我没有思量过形式转变的问题，这很自然，不同的状态写不同形式的文字。"②她对诗意的凝结和鲜活似乎也不在意，比较注重的是个人的"在场感"，"我手写我口"与"我手写我心"的惯性节奏在她那里一以贯之。

春树主编的《八十后诗选》，分别于2002年、2003年、2006年各出一辑，共三辑。也许出于对个人诗歌美学的这种认知，春树在编选《八十后诗选》时也表现出一种"无节制"和"随意"的心态。《八十后诗选》的第一辑入选的作者，诗作部分有萧颂、春树、阿斐、水晶珠链、非击、但影、封原、小宽、狂飙、什么什么、马骚、鬼鬼、KURT、抑果、李傻傻、巫女琴丝、小虚、果酱、土豆、何殇、老刀、邓兴、NUDE、王兮兮、亡蛹、王圆圆、新鲜虫子、木桦、花童、积木、四月天、谷雨、邢娜、麻六、游牧人、春如旧、月亮下的蛋、寺人、陶四四、玛丽或者高小虎、秦客、裴锡军、山叶、云郎、黑裳美男孩、弟弟的演奏、新力军、元齐、张弓长；小说随笔及评论部分有Zhuzhu、萧十一、健崔、老刀、口猪、巫昂、管党生等。③除了阿斐、谷雨、秦客、李傻傻、何殇、木桦、老刀等少数"80后"至今还在诗坛有一定的影响之外，其他多成为了默默无名者。《八十后诗选》的第二辑同样如此，选录的诗人作者主要有：AT、NUDE、王兮兮、果酱、黎幺、肉肉惶惶、COLY、阿斐、艾蒿、陈小四、三米、臭、春树、但影、东升、艾蔻泪了、管路、鬼鬼、裹诗布、黄晓强、积木、健崔、离、李异、六回、马各、莫小邪、木桦、人面鱼、什么什么、图15、巫女琴丝、小尘、小宽、旋覆、烟鬼、张紧上房、

①私奔锦：《青春洒在旗帜上》，见春树著《她叫春树》，北京：中国青年出版社，2006年版，第38页。

②《春树：我并未感觉自豪》，见丁成主编《80后诗歌档案》，第24页。

③参看春树主编《八十后诗选》（第一辑）目录。另据春树提供的word电子文档，初选作者还有没留名、UNPACK、yuyang83421@sohu.com、混子余、兔乎、马梦、墙墙墙、儿歌、老挝人、吴楚狂、刑天、春树裙下死、烂烂、辛泊平、芦花、黑河、子弹等人。

张维、张小静、张小民、朱隶、小虚等人①，除了阿斐、春树为早期"80后"实力派，AT、但影、莫小邪、木桦、李异、莫小邪、旋覆较有影响之外，其他也多是籍籍者。《八十后诗选》第三辑编订于2006年，与第二辑的出刊在时间上拉开了一定距离。按道理讲这一辑应该有些变化，因为在此数年间，"80后"诗人中涌现出了一些有实力的人物，但其中所选诗人亦复如是：111、9/18、beast、阿鲁、擦肩而过的风、蔡依依、陈东、陈小三、春光窄浅、春树、大伙去乘凉、但影、道子、疯了疯了、阿立、傅宁、嘎代才让、佛之鱼、改良六面兽、革、郭小狼、鬼赖赖、鬼狼、横、红布、贾贾、贾宁、赖小皮、镭言、李异、李子悦、林溪、流诗雅悯、麻六、马梦、梦笑中秋、夏宏、小村、小猴子、小宽、晓冰、心地荒凉、依然颓废、鱼玄机、郁央、郁醉、张浩民、张拓宇、钟一、拙腹媚奔、子村。②除了春树、但影、嘎代才让、鬼狼、镭言、李异、林溪之外，其他亦多是如风者。

从以上名单还可以看出，很多诗人的笔名在选取上比较随意，比如没留名、黑裳美男孩、弟弟的演奏、新力军、混子余、新鲜虫子、墙墙墙、口猪、儿歌、老挝人、春树裙下死、烂烂、子弹、三米、什么什么、图15、111、9/18、beast、擦肩而过的风、春光窄浅、大伙去乘凉、疯了疯了、改良六面兽、流诗雅悯、梦笑中秋、小猴子、心地荒凉、依然颓废等，有的甚至即以数字、英文单词、邮箱署名，这与世纪初刚刚兴起的网络诗歌环境有莫大关系。春树曾声言："诗选大部分的诗歌是从各个论坛选用，少部分是投稿"③，而且诗选上都赫然印着"春树下诗歌论坛"的网址。可见在当时有一个以春树为主导的、以"春树下论坛"为中心的"80后"诗歌圈子。这在二十一世纪之初是一个非常普遍的文学现象，因为二十世纪八十年代出生的这一代诗人当年都正值风华正茂的大学时代，网络论坛是他们结成团体壮大力量的重要载体。按照啊松啊松的归类，春树、木桦等是口语诗派的代表，以他们为中心的这一部分诗人主要集中在春树下、秦论坛和诗江湖论坛，其中大部分倡导并且

---

① 参看春树主编《八十后诗选》第二辑目录。

② 参看春树主编《八十后诗选》第三辑，据春树提供的word电子文档。

③ 春树：《八十后诗歌的速食一代》，见春树主编《八十后诗选》（即第一辑）前言，第7页。

跟随下半身写作。①春树选编的这个选本就带有这一圈子的明显印记。

《八十后诗选》在"80后"诗歌的发展史中占有比较重要的地位，因为从时间轴上看，它是"80后"诗人编选的最早的"80后"诗歌选本。但是从十余年后的"80后"诗歌格局看，其所选诗人的分量要逊色一些。当然，这也让我们产生一些思考，为何在春树的周围积聚了这么一大批诗人，但却与丁成、辛酉等主编的诗选有这么大的区分度。也许这暴露了当年网络乍起时代诗歌创作中的一些弊端，比如说鱼龙混杂、泥沙俱下，而春树囿于当时的环境未慎重地进行选择和编集，甚至某些非"80后"诗人也被误选其中。但是"先锋"概念所耀示的"实验""特异""松散""瞬间"等特征却在这一选本中都昭示了出来。无论如何，春树选本对再现当年"80后"诗坛的热闹和繁杂景象功不可没。

三

"80后"诗人自编的各个选本，可能因编选者的审美、视野、视角等不一而呈现出较大差异。但无论这些选本的编选出于何种考虑，它们都导向一个文学"动机"，那就是这一代诗人对于身份的焦虑，以及渴望进入历史的意识。丁成曾坦言："既然叫档案，显然我们有梳理这一代人阶段性写作的野心。"②对于史的概念，他也曾说过一句非常强悍的话："我不要历史过几年才来找我，我要历史现在就找我。"③这有点近乎狂妄的大言，在很多人那里都会被视为"狂狷"之语。其实就史才的层面而言，它正体现出一个人对诗的自信和承担的勇气。这正如他对自己所作的断言："就已有的文本和目前自身状态而言，我必然是中国当代诗歌创造历史的人，我不会假模假式地菲薄自己，我更没有权力去替自己谦虚。"④

---

① 啊松啊松：《"80后"，游戏的开始与结束》，见丁成主编《80后诗歌档案》，第217页。

② 丁成：《80后诗歌档案》后记，第252页。

③ 孙曙：《异端的成立："后中国"症候之丁成篇》，见其所著《文字欢场与声色天下》，上海：上海三联书店，2013年版，第126页。

④《丁成访谈："时间不老，先锋不死"》，http://blog.sina.com.cn/s/blog_477793b70100acg2.html

丁成主编的《80后诗歌档案》于2008年由中国海洋大学出版社出版。此选本在2004年即已编竣，因故耽搁数年才得以面世。对于此书，丁成在"一个人的战争"的访谈中表述得很清晰："同以往所有介绍'80后'的书本所不同的是，读者在本书中看到不再是一个扛着'80后'大旗四处招摇的大优伶之喧闹，更不是一个扯虎皮当大旗式的'80后'的隔靴搔痒，而是一群真正的充满激情和创造力的诗人们在用自己的沸腾热血，披肝沥胆去践行并开创'80后'的艰辛历程，以及拓荒者们非同寻常的才智和毅力。对于当下以讹传讹传得近乎荒唐的'80后'命名真相，在本书也有详尽真实的记载。"[1]对早期"80后"中扛着"80后大旗"到处招摇撞骗的某些人，他非常愤慨。为此，我们似乎可以觉察到，为何在这部《80后诗歌档案》的扉页上赫然"镌刻"着对"80后"的三个定位："文坛的'少帅军团'""势如破竹的精神骑士""勇猛无匹的拓荒先锋"。我想，这三个称谓即是丁成对"80后"诗人的期许，他所渴望的是"真正的充满激情和创造力的诗人"。这部《80后诗歌档案》即是对这一理念的具体实践。

在《80后诗歌档案》中，丁成选取了"80后"诗人24家。从整体来看，这24位诗人基本代表了早期"80后"诗人中的最强大阵容，他们分别是：阿斐、巴彦卡尼达、崔澍、春树、丁成、饿发、谷雨、嘎代才让、何晴、解渴、李傻傻、镭言、木桦、秦客、师永涛、三米深、唐纳、唐不遇、王东东、熊焱、潇潇疯子、玉生、郑小琼、张进步。从多年以后的今天来看，他们当中仍然有几位是活跃于当下诗坛的"80后"主力，像阿斐、春树、嘎代才让、唐不遇、王东东、熊焱、郑小琼等，包括丁成本人，他们在诗坛的影响是可以看到的。按照啊松啊松的观点，丁成、啊松啊松、十一郎、秦客等人是从老"80后"中分裂出来的一派，年龄比所谓的老"80后"略年轻一两岁，主要由江苏、广西、湖南、湖北、陕西等地方的诗人组成。[2]但据丁成《光阴下的"80后"》一文所载，丁成对以春树、鬼鬼、土豆、果酱等为代表的口语诗人十分不满，认为"80后"的真正实力在很大程度上被这些人遮蔽了。后来在春树下、扬子

---

①《丁成：一个人的战争》，见丁成主编《80后诗歌档案》，第32页。

②啊松啊松：《"80后"，游戏的开始与结束》，见丁成主编《80后诗歌档案》，第217页。

鳄、瀑布等论坛还爆发了丁成派和春树派的论战。丁成分析指出：

> 20世纪90年代末，网络技术的发展和普及，带来了发表作品的便捷，和交流的方便，但同时带来的负面影响也不容乐观，起码网络的出现直接促成了诗歌的"快餐化"，诗人们在与外界相对隔绝的环境下，苦苦熬过一个物质极度匮乏，信息传输慢如蜗牛的年代之后，突然遇上的一根快速前行的"稻草"，都扒了上来。急功近利占据了诗人内心最深处的某个圣地，很多作品都缺少诗歌意义上的深层积淀！而80后由于正赶上网络这班车，可能还有诸如"春树下"之类的论坛挂着80后的招牌，格调不是太高，进去的人不是谈性就是谈色，你光看看那些网名就知道了，于是掌握诗坛话语权利的部分人便霸道地把此上种种都贴到80后身上，并居高临下，以偏盖全地"教导"80后还不够成熟云云。或许他们是在接触了部分受"下半身"影响太深而又不能自拔，于是便采用一种泛口语写作的"80后"们之后才采取这种反对态度的。①

丁成对当时"80后"诗歌所处的大环境的分析是比较客观的。而且，他对当时诗坛"80后"中的另一批诗人的观察也比较敏锐："他们目的可疑的'忽略'另一群正在以一种健康速度迅速成长的"80后"诗人们：熊盛荣、田荞、刘小翔、堕落精灵、谷雨、丁成、枫非子、张进步、刘东灵、方为、唐纳、莫蓝、伍开堂、汤成伟等等，在诗歌批评上极具潜力和爆发力的啊松、李原等等，以及一些诸如'瀑布''门''弧线'等质量比较高的"80后"聚居地。（当然这些都仅限于我的阅读范围，其他还有我视野不能到达的肯定还有一大批！）至少说他们这种盲人摸象式的解读方式，是很不负责任的。"②为此，在《80后诗歌档案》中，丁成将这些被忽略的比较有实力的诗人进行了收录。当然，后来丁成的观点趋于和缓，对于口语写作与知识分子写作主张兼容并蓄，

---

①丁成：《光阴下的"80后"》，见丁成主编《蓝星诗刊·80后文论卷》，2002年11月印制，第9~10页；后收入丁成主编《80后诗歌档案》，第214~215页。

②同上，第10页；第215页。

于是一些优秀的口语诗写作者也被选入了"档案"，春树的入选即可证实。"在编选的过程中，我们唯一遵循的尺度便是诗歌文本本身。……说到底《80后诗歌档案》是"80后"一代人继续前行的冲锋号和墓志铭。对于入选者来说，他们将继续在写作中深入汲取时代赋予的烙印和精血，最终完成自己有效的写作。对于另一部分来说就是悲壮的墓志铭。"①

几年前，我还比较反感看起来有点狂妄的人，甚至对那些过早地为"80后"诗歌下断语、作总结的人颇有不屑，近年突然转变了这种看法。至少在丁成这里，我由反感与不屑一变而为敬佩和尊重。值得敬佩的是，他与其他早期"80后"诗人一起，以先锋和异端的姿态替"80后"一代中的诗人率先冲击了诗坛，开启了一个诗歌的"新时代"，"八零后诗歌运动"从此蔚然而兴；值得尊重的是，他在不尽然的"狂妄"中实现着强烈的个人自信。他首先在诗歌上耀示出两个"先锋"：一个是时间上的，一个是文本上的；其次，他也向理论发起猛攻，他以历史的眼光构筑着属于"80后"诗人自己的文学理论和文学史，他主持编纂的《蓝星：80后文论卷》，尽管有些单薄和局限，但已然凸显出了强烈的理论建构意识。《蓝星：80后文论卷》以及《80后诗歌档案》在"80后"诗歌史上至少有着"领一代风气之先"的地位和作用。

2003年以来，丁成就一直在谋划着实现《80后诗歌档案》这样一部完整地归结"80后"诗歌写作的文献。这是一种梦想，但更像是一种责任。但如果要在这二者之间做一个抉择，他的选择是后者："其实并不是梦想，确切地说应该是一种自觉的责任。"②2008年，他实现了自己的这一"宏愿"。"我们并不伟大，我们也不敢是天才，对于时代赋予的责任，我们做到的仅仅是多一些承担的勇气。"③这是丁成作为一名"80后"诗人所具有的担当意识。

四

2010年，辛酉、胡桑、茱萸主编的《辋川》三册在诗坛尤其是"80后"

---

① 丁成：《80后诗歌档案》后记，第253页。
② 《丁成：一个人的战争》，见丁成主编《80后诗歌档案》，第35页。
③ 丁成：《80后诗歌档案》后记，第253页。

诗人群中引起了一定程度的轰动，其中的创刊号为"中国80后诗选·长三角专号"，第二、三期为"中国80后诗选·实力派专号"。后来辛酉将《辋川》三册合订，即为后来的《中国80后诗全集》。

在《辋川》创刊号的发刊词中，辛酉对"80后"诗歌在诗坛的形势和处境有着清醒的认识："80后到现在已经老大不小了，1980年出生的今年刚好是而立之年，相对于第三代诗人20出头攻城拔寨的辉煌经历，80后诗人到今天基本上属于被遮蔽的一代。当然，也有一些特殊的个例，比如王东东、唐不遇、郑小琼，但从整体上看，80后并没有浮出水面。80后不乏优秀的诗歌文本和诗人，至少和86大展时期的第三代诗人相比毫不逊色，但没有实现集体的突围。"按照初步设想，辛酉准备连续用四期《辋川》来推出中国"80后"诗歌，前三期为诗选，执行主编分别为辛酉、胡桑、茱萸，第四期为理论，执行主编为王东东。他希望通过他们的努力，"能够实现把80后最优秀的的诗歌文本和诗人呈现出来的目的，为中国诗坛提供一套完整的翔实可靠的诗歌档案，为一代人的青春树碑立传。"当然，选本的编选也有出于纠正诗坛上不良风气的目的："时至今日，这些人在评论家的文章中，仍然霸占着'代表'的位置，却引用不出一首像样的诗。因此，编辑一套能够客观、公正地反映这一代人的诗歌写作最高水准的选本，是一件非常有意义而且迫在眉睫的事情，也是我筹备了很多年的一个梦想。"① 他还指出了刊物的编选标准："倡导严肃而认真的写作，推崇对语言和技艺的探索，关注对社会和时代的承担，反对下半身、口水诗和梨花诗，对2000年以来的网络流行写作进行拨乱反正，对美和时间作一个交待。"② 为此，《辋川》的选诗，一般而言都比较纯正。从第一辑所选长三角"80后"诗人专号看，其中的诗人在当时诗坛都已经有了一定的名气，突出者如老刀、谷雨、肖水、辛酉、鱼小玄、郁颜、胡桑、洛盏、茱萸、徐萧、缎轻轻等，而且他们的诗歌各具特色。

在《辋川》第二期卷首语中，辛酉谈到了梦亦非的"返真写作"。梦亦非认为，这一百年来，中国从来没有严格意义上的诗人，从白话文运动的先遣队，到抗日救亡的敢死队，到政治运动的宣传员，到地下文学运动的救世

---

① 辛酉：《〈中国80后诗全集〉编后记》，http://blog.sina.com.cn/s/blog_3fa1c2b00100mqu3.html
② 参看辛酉主编《辋川》创刊号发刊词，辋川书院出品，2010年8月。

主，到80年代的文化英雄和大众情人，似乎都是策略性写作。因此，他提出诗歌写作要返回生活的真实、事物的真相、写作的真诚。而辛酉则借机重申了他个人的看法："窃以为并不全面，中国新诗一百年，林林总总的写作运动都是病态的，从诗人角度讲是策略性写作，但从接受角度看则是表演性写作，无论是郭沫若的'火就是我'，还是北岛的'我不相信'，莫不如此；如果从文化学和社会学进行考量，还有更深刻的原因。年轻一代的诗歌写作者，有责任纠正过去的病态行为，让诗歌写作恢复到常态之中——而返真，是恢复常态的一部分。"①《辋川》的第二期刊发了34位"80后"新锐和老将的代表作品，其中有1/2强是在当下诗坛有一定影响力的人物，如王东东、冯娜、冰木草、刘东灵、吕布布、羌人六、巫小茶、张坚、泽婴、郑小琼、秦客、唐不遇、唐棣、徐钺、彭敏、嘎代才让、熊焱、黎衡、AT等。

由于《辋川》前两期的编选带有编者比较强烈的个人倾向，为此第三期"试图以呈现这代人各式的写作面貌为出发点，凡是定向约稿和自由来稿的作品，都尽可能地挑选了一部分"，但是编选者茱萸指出，"团结起来"或者"来起结团"不是他的希望。因此，《辋川》的第三期虽然像是除前两期诗人之外的一次"80后"诗人大展，看起来"显得庞杂而缺乏编选立场？但这本身便是一种立场。"茱萸希求"同代的写作者之间应该有一层隐秘的心灵关系，他们互为镜像，互相提醒和验证，并各自获得音色各异的回声。"②应该说，这是他对"80后"诗歌所设想的一种美好愿景。《辋川》第三期所选入的均是当前在诗坛有一定影响的诗人，比较突出的有厄土、丁成、严正、侯珏、李浩、镭言、阿斐、余刃、乌鸟鸟、孙苜蓿、李成恩、夏春花、熊曼、罗雨、蒙晦、易翔、李双鱼、曹谁、刘化童、图兰者清、麦岸、一度、八零、池沫树、丁东亚、罗铖、三米深、王彦明、谢小青、暗篱、余子愚、张尹、榛莽、周鸿杰等等。

《辋川》的另一特色是在第三辑卷四做了台湾"80后"诗人小辑（笔者注：入选8人，与辛酉在《全集》后记中所称10人有出入），可以说已将当前活跃的中国"80后"诗人"一网打尽"。正如辛酉在《中国80后诗全集》后记中的总结："这套《中国80后诗全集》，厚达432页，共收入了178位80后诗人的1600多首

---

① 参看辛酉主编《辋川》第二期卷首语，辋川书院出品，2010年9月。
② 参看辛酉主编《辋川》第三期卷首语（茱萸撰），辋川书院出品，2010年10月。

诗歌，其中包括第一次以集体方式参加全国80后诗歌大展的10位台湾80后诗人的作品，堪称80后诗歌迄今为止规模最大、范围最广的一次集结。"①

对于常态的诗歌写作，辛酉指出："起码是尊重母语、有文化教养、技艺和灵魂高度统一、个人志趣和人类命运息息相关的写作，绝对不是无难度、低级趣味的分行口水。如果比照初唐九十年，我们现在正处于新诗发展的十字路口，抛弃口水，恢复常态的诗歌写作，既是中国当代汉语诗歌发展的自身要求和必然结果，也是优胜劣汰之后读者的明智选择。"②秉持这样的诗歌理念，《中国80后诗全集》对口水诗基本上是持否定态度的，但口水诗不等同于口语诗，这从选本中选取了阿斐等人的诗作即可看出。不过，也许是出于审美和诗歌理念的差异，辛酉选本始终将春树排除在外，这体现出了一定的局限性。讨论"80后"诗歌，春树在早期"80后"运动中的身影不可忽略。不过，辛酉也曾表达过个人的看法："80后诗歌群体最初得到广泛关注，却是作为70后下半身诗歌运动的附属品，在网络诗歌论坛刚刚兴起的混乱时期，通过'诗江湖'等网站的传播优势推向前台的，一些自身尚未发育成形的80后写手，被舆论强行'剖妇产'，制造成为一个个'代表'诗人。废话，口水，没文化，没有难度，回车键式写作……"③从这一角度来审视，该选本体现出了一种独立的立场。

赵毅衡曾指出，"先锋派的最后一个判别标准是：它有能力为艺术发展开辟新的前景的可能性。"④《中国80后诗全集》虽然尚不能在当下验证这一点，但是其中优秀的"80后"诗人，其前景是不可想象和估量的。

五

玉生主编的《80后诗选》，目前已很难看到。据玉生自己所言，该选本编选的目的有两个："一方面出于对一代人诗歌文本的梳理、记录、保存。另一方面是希望引起外界对这一诗歌群体的关注。"⑤由于编选的时间在大学时代，

---

① 辛酉：《〈中国80后诗全集〉编后记》，http://blog.sina.com.cn/s/blog_3fa1c2b00100mqu3.html
② 参看辛酉主编《辋川》第二期卷首语，辋川书院出品，2010年9月。
③ 辛酉：《〈中国80后诗全集〉编后记》，http://blog.sina.com.cn/s/blog_3fa1c2b00100mqu3.html
④ 赵毅衡：《先锋派在中国的必要性》，《新华文摘》，1994年第3期，第127页。
⑤《玉生：与"80后"有关写作》，见丁成主编《80后诗歌档案》，第182~183页。

经费主要是自己筹措，工作也主要是由他一个人完成的。陈错、申道飞主编的《刻在墙上的乌衣巷》是一个所谓的"80后诗歌排行榜"，入选的是唐不遇、木桦、谷雨、羊、阿斐、肖水、AT、蒋峰、春树、莫小邪十人。编选者认为，这十人是他们"迄今为止所见最优秀的中国80后诗人。他们以各自的方式抵达存在的真实或创造独特的审美空间。在他们的诗歌里，我们看到了新一代艺术家不懈努力和痛苦挣扎的身影，看到了诗人对世界和物质的反驳、对自我的嘲讽——世界在他们笔下逐渐呈现出原初的一切来。他们中大多数技巧成熟，有着自身独特的写作风格与道路。"①此选本因是"排行榜"性质，只能少而精，故只选10人，但所选诗人绝大多数都是"80后"诗人中的佼佼者。老镜主编的《80后诗典》，意在"塑造'80后'诗歌的风气，突显'80后'诗人的风貌。"故编选者试图"把各种写作风格的精华作品尽量集结出来，作为一个标本，冀望可以成为后来者的一个借鉴。"②然而，编选者虽然雄心满满，但囿于视野的局限，所选"80后"诗人60余人，除王发雷、许多余、吴小虫、钟国昌、南煜、董喜阳、舒雨湖、漆宇勤稍有影响之外，余者在诗坛的影响微乎其微。

从以上各个选本的编选态度和选本性质看，春树选本与辛酉选本有较大差异。前者突出前卫、新潮、口语，注重从语言的桎梏中解放个性，但网络特征和圈子化比较明显，所选诗人在此后诗坛上有较大影响者不多。后者则带有知识分子特征，由于编选者多出身高校，学历高，故亦有学院派气息，所选亦公正、客观、全面。该选本强调对母语、知识和文化的尊重，强调技艺和灵魂的统一，强调个人志趣和人类命运息息相关的写作，选本中的诗人多试图用智性的思想性的方式创作，具有"先导性"，在诗歌创作中既注重解构也注重重构，强调在破与立的统一中开辟新的前景。一些持论者认为知识分子写作与先锋写作背道而驰，其实并不尽然。"先锋又有某些知识分子特征，因为他们又是在用智性和文化手段反叛另一种文化，用一种新的自我意识反抗一种整体性文化

---

①陈错、操刀子：《中国80后诗人排行榜（代序）》，见陈错、申道飞主编《刻在墙上的乌衣巷》，重庆：重庆出版社，2005年版，第1~2页。

②老镜：《80后诗典》序，北京：中国文联出版社，2009年版，第2页。

板块结构。"①而丁成的选本又别具一格，他虽然主张口语写作与知识分子写作兼容并包，但对于诗人的选择仍很慎重。他的选本看重诗人个性，突出精英意识。对于文本，则比较强调"诗歌意义"的深层积淀。这是丁成选本的特色。陈错选本属于"排行榜"性质，与主流诗选有同步性，在"宣传"时也注重"心灵史"话语的表述；老镜选本，相对而言，视野较偏狭。

也许还受到《今天》杂志为中国诗歌写作所开辟的民刊"小传统"（西川语）的影响，"80后"诗人自编的这些选本在"民间性""自我性"和"独立性"上仍然比较突出，尽管丁成、陈错等主编的选本属于正规出版，但"失语"的尴尬仍然显示出"80后"诗歌没有摆脱掉被边缘的格局。不过，从某种角度看，先锋就意味着"被边缘"，或者被嘲弄。然而在短暂的历史瞬间，你无法判断出它价值的大小。奚密曾言："非官方诗歌一直是当代中国文学实验和创新的开拓者"②，"80后"诗歌选本的"民间性""自我性"正是实验和先锋的一种象征，同时也是诗歌品质独立的一种表现。

不过，与罗振亚当年对朦胧诗后先锋诗歌的断言一样，"80后"诗歌在经历了一番拼杀之后，也仍然没有完全接近所谓的话语中心，获得诗坛主潮的风骚和殊荣就更不用说了。这种境遇与"先锋"自身在情感上所体现的孤独、焦虑、痛苦、妄想等有许多共通之处。但深入研究"80后"先锋诗歌之后，我们会发现陈超先生当年所存有的"先锋诗歌自身内部对其刚刚培养起来的深入生存/生命能力的毁弃"③的担忧，在这一代诗人身上可以持一个比较乐观的态度。如果说，二十一世纪第一个十年的"80后"诗歌还处于一个由萌蘖发端到需要寻找"80后"诗歌代言人的时代，那么毋庸置疑的是，进入二十一世纪第三个十年的今天，"80后"一代中的诗人已经在当下诗坛上表现出不可小觑的力量。尽管"真正强大的实力派"还屈指可数，但此后的二三十年，"80后"先锋诗歌将逐步呈现出它更多的不可替代性。

① 尹国均：《先锋试验》，北京：东方出版社，1998年版，第43页。
② 奚密：《从边缘出发》，广州：广东人民出版社，2000年版，第206页。
③ 陈超：《个人化历史想象力的生成》，北京：北京大学出版社，2014年版，第43页。

第二节
向内的生长与向外的扩散
——关于"80后"先锋诗歌创作的考察

从"先锋"概念的历史源头看，它最早可能只是社会意义上的。后来因为波德莱尔对艺术纯正性的强调，文学艺术遂也兴起独立的先锋。不过，从"先锋"所发生的事实看，波德莱尔当年在论泰奥菲尔·戈蒂耶时所曾经指出的——"许多人认为诗的目的是某种教诲，它或是应该增强道德心，或是应该改良风俗，或是应该证明某种有用的东西……只要人们愿意深入到自己的内心中去，询问自己的灵魂，再现那些激起热情的回忆，就会知道，诗除了自身之外没有其他目的，它不可能有其他目的，唯有那种单纯是为了写诗的快乐而写出来的诗才会这样伟大，这样高贵，这样真正地无愧于诗这名称"[1]——这一观点，无疑是偏颇的。他对于诗之纯正性的强调在后来固然引起了一定的影响，但是诗歌与教化和社会现实之间的联系仍然没有被摒弃，从某种意义上说也不可能被摒弃。由此，诗歌艺术的"先锋"便不可避免地有了"向内"与"向外"的分别。

---

①黄晋凯等主编：《象征主义·意象派》，北京：中国人民大学出版社，1989年版，第4~5页。

向内的生长：他们如何制造先锋（上）

　　"个人化写作"是90年代诗歌的一个切入点和观察点。但一如姜涛所言：诗人们"虽然分享着某些共同的写作理念，但随着'个人诗歌谱系'的建立，其间的差异和分歧远远要超出假想的一致性。"[1]虽然这一段话用来指称的是九十年代的诗歌写作，但是将其移之以形容"80后"诗人的诗歌写作，又何尝不契合如一？即使是对"个人化写作"概念中所指称的"突出个人独立的声音、语感、风格和个人间的话语差异"[2]，以及它在某种程度上所标识的"对意识形态化的'重大题材'和时代共同主题的疏离"和突出"诗歌艺术的具体承担方式"[3]等方面，"80后"诗歌写作也与此有着惊人的一致表现。只不过由于时代变异，不同年代的诗人所疏离的"意识形态化的'重大题材'和时代共同主题"以及所谓的"承担方式"不同罢了。

　　"80后"中一部分诗人，在生活态度上，一方面加入愤世嫉俗的行列，一方面也对理想主义抱有不切实际的幻想。在对待诗歌的态度上，他们一方面渴望以自我个性来铸造别开生面的诗歌，另一方面也渴望以标新立异的诗歌来张扬独立的个性。他们的写作，以间接性地呈现现实生活和生命自我为楷矢，多注重向内的观照以及潜在的超我意识，并常常借助"省思"来达到对抽象意志的确立。唐不遇、阿斐、麦岸、徐钺、吴小虫、黄运丰、余刃、吕布布、憨园、田晓隐等的写作大都是在"向内的生长"中勾连出一种先锋性的叙事。

一

　　"80后"诗人迫于影响的焦虑，一开始便是以先锋的姿态登上诗坛的。读唐不遇的诗歌，你会发现他早期的诗篇也多是如此，最明显的一点就是"性"

---

[1] 姜涛：《可疑的反思及反思话语的可能性》，《九十年代备忘录》，北京：人民文学出版社，2000年版，第137页。

[2] 罗振亚：《朦胧诗后先锋诗歌研究》，北京：中国社会科学出版社，2005年版，第161页。

[3] 王光明：《在非诗的时代展开诗歌：论90年代的中国诗歌》，《中国社会科学》，2002年第2期。

元素在诗中特别突出。比如他2002年的作品《写给一个性无能的世界》，2003年的作品《毁灭的性交》，甚至在以诗谈论诗本身时也流露出这方面的倾向，比如他《关于诗歌的十四行诗》中《写诗》和《洞》这二首。当然，唐不遇并非以此来吸引"看客"。真正的读者能够从他的诗中读出他的诗究竟要挖掘并契合什么。除此之外，唐不遇的早期诗作也深陷感性写作与人物叙事当中，这也许源于阅历的不深和阅读的局限。其后期的诗作，渐渐锁定两个核心：生活与存在。在《十四行诗》中，他曾坦言："有一次我感到非常沮丧，/因为我发现自己不仅诗写得不好，/生活，也是一样糟糕。"于是，其诗的核心之一便是在现实中寻找诗与生活的平衡关系。其次，他在诗中反复书写生死、思考世界、反省宗教，表现出对"存在"的深入探索。在《末日三章·鱼的命运》中，他曾这样设想："如果人只是一个隐喻，/对这个世界也许更好。/世界会成为一个美妙的诗人——/重新成为一个上帝。"这仿佛隐喻了他理想中的人与世界、诗人和上帝所应有的美妙关系。从"性"到"存在"，唐不遇实现了一个深刻的内向型转变。

阿斐的创作始于1998年前后，他认为："诗歌要源于自己的生存状态，散发生命激情。"通读他这些年来的诗歌，可以发现2006年是他诗歌长足进步的一个节点，也是他散发生命激情最热烈的时候。这一年他发表了《以垃圾的名义》《他们的群众》《青年虚无者之死》《众口铄金》《红花草》等代表他创作实力的作品。此后几年他的状态一直持续，《东方已白》《我看见了灵魂》《所谓小人物》《英雄梦》《最伟大的诗》《安魂曲》《灵魂采集师》《父辈的挽歌》等代表性作品不时涌现。阿斐在谈对经典诗歌的感受时曾历数对自己有影响的中外作家，他喜欢顾城散发生活情趣的诗，迷恋博尔赫斯诗中的神秘气息，也深受米沃什、希尼等人的影响。为此他的诗歌写作体现出了一种由虚空世界到现实世界的转变，诗歌也由是成为他观察、思考世界的一把钥匙。同时，我们亦可看出后来他的诗歌写作在推崇日常、个人叙事的同时也注重对社会、历史、哲学等领域的渗透，不时地运用象征、神秘等表现手法，一方面表现和提炼日常生活题材，一方面又注重"抽象旨意"（陈仲义语）。这与前辈诗人对他的影响有关，也与他个人喜欢阅读国内外社会、历史、哲学等方面的著作有关，他热衷于从对这些领域的阅读中获取"智慧"而不是简单的知识。他"本以为，诗歌是不可说的，只可意会不可言传，说也说不清楚。但希尼有这个能力，他能把似乎不可说的东西说得清澈透底。他让我意识到，写诗者，应该让文字无所不能言，而非意在言外。"①阿斐的诗歌创作一直有一个焦点，那就是关注生存状态。他接受采访时说的一段话直指"根本"："我的写作轴心是关注生存，物化的生存状态以及精神化的生存状态，历史的生存状态以及现实的生存状态，包括愤世嫉俗的激情。"他热爱写作，而这又根源于他对生命、对世界的"热爱"："更多时候，写作是我存在的证据，也是我所判断的这个时代最有意义的行为方式。坦白来说，我更热爱我只能身处其中不满百年的这个世界，热爱这个世界我的眼睛和思维所能抵达的每一个人，也热爱自己，因为我热爱生命。"为此，他的写作与功利性写作格格不入，并且带有某种理想主义色彩："一种原本无关现实利益的行为方式，一旦与'职业'挂钩，不可避免地要落入现实的窠臼。我尽量避免，让写作本身往理想主义靠拢。……我写诗，用诗歌的手术刀，解剖自己所谓的灵魂。"②而正因为如此，他才能够"面对光阴的侵袭泰然处之，在散漫缓行的日子里寻找自我的突破，寻找现实和理想的最佳入口。"③阿斐曾有"80后第一人"之称，对于这顶桂冠或曰"草帽"他曾经表示抗拒，从一开始就试图甩掉它，但徒劳无功，"只好迎合命运的安排，继续被80后下去，（既）不以为荣，（也）不以为耻。"陈仲义先生曾说："第一人不是指写得最好，而是指出道最早，同时提供了某种标识性的东西。"④而后者尤为重要。"提供了某种标识性的东西"，这正是阿斐之于"80后"先锋诗歌的意义所在。

二

"80后"诗人中一部分人的写作，也多有朝着美与哲学这一方向努力的，突出思想性、精神性是这些诗人写作的重要特色，但是对个体思想混茫和精神惶惑的祛除才是他们写作的最终目的。由于每个人的写作都根植于独特的

① 阿斐：《影响我的10本书》，《诗选刊》（下半月），2009年12期。
② 阿斐：《抛开理想，写作"屁"都不是》，《西湖》，2013年第5期。
③ 阿斐：《真的是惰性、虚无在作祟吗？》，《诗选刊》，2007年第11~12合期。
④ 陈仲义：《底层经验：内心的惊恐与战栗——读阿斐〈众口铄金〉》，《百年新诗百种解读》，合肥：安徽文艺出版社，2010年版，第339页。

自我个性和内在气质，那么这也就成为了"向内生长"的先锋写作的一个理路。

　　"在我的这些诗歌里，永远是宗教（自然）、革命、娱乐的三重奏，我想把某些重要的逝去的仪式感，复兴为可交换的象征，我想把某些具体事件转换成共同事件，这是诗歌的意义。"①麦岸在一次访谈中如是认定自己的诗歌。哲学界历来有"认识你自己"的命题，其意认为人很难认识自己。但如将这一哲学问题措置在诗歌艺术上，我反而觉得，一个真正的诗人对自己诗歌的熟稔要远远大于他的读者。正如奥登所认为，"更多地了解我们自己和我们周围的世界"乃是"诗歌的基本功能"，因此，一个诗人如何能不了解自己的诗歌？麦岸对自己当下诗歌写作概括的精准性便是这一观点的最好例证。读麦岸的诗，首先感受到的是他诗歌中所潜藏的那种冲击性力量，这种力量体现为其诗歌叙事的主导性，同时体现为他对"内在现实"的介入以及"重铸内在"的思想性。与当下诗歌倾慕"对话"不同，麦岸的诗歌以叙事为主导，坚持在口语和书面语中同时进行冒险，体现出一种个性和胆量。从叙事策略上讲，其诗远离了"实在"的个人情感和日常体验，多选择以历史的、宗教的、艺术的甚至想象的事物来介入对诗歌的建构，故其诗歌有多元化的一面。在叙述中，麦岸也注重渗透理性之思，这是其诗歌获取连贯性的一个重要因素。在意象上，麦岸常借助西方和现代中国作家，但是其对意象所赋予的内核却自成其独特性。他对意象的抉择，内在于个我对宏大处境的审视，但也看重其延伸之下的秘密，正如他本人所言："意象有一天会大于我，覆盖我"。在对于代际的认识上，他主张写作应该打破这种分割，"我写我的，我不认为跟谁是一代，我又认为跟任何时代的诗人都可能是一代。"这种认识，为当下诗歌研究提供了一种思索。

　　关于这一方面的写作，徐钺是另一位开拓者。徐钺的写作体现出明显的三个特征。首先，诗中充满了存在之思，他注重从事物的隐性构成中提炼出饱含根源性的生命哲学。其次，他的许多诗歌深受古希腊哲学和神话的影响，从而将哲学的深度和神话的思维带入诗歌。再次，徐钺是一个有着"酒神意识"的诗人，在"心"与"物"的关系中，他更侧重以"心"来观"物"，而不是透过"物"来见证"心"。如此，他的诗歌常常以"主观"的狂放意识来

----

　　①冯雷：《夏日谈诗：访麦岸》，据麦岸提供的word文档。

统驭"存在"，努力追求自由和对现实的超越，从而将"心性"的无边发挥到极致。徐钺的诗也十分强调语感，注重语言的"及物性"和审美价值，注重个人化诗性气质的传达，从而使语言更好也更恰切地为表达生命的体验效命。

二十余年来，吴小虫的诗歌也是在逐渐成熟的。从更多地观照现实与内心的体验，到逐渐深入"万物"从而产生对世界和人性的哲学性思考，这既是人相对于生存理性的一种进步，更是一个诗人难得的向着诗意无限生成的衡量标杆。吴小虫也在努力地探索与实践着它对诗歌题材和语言的各种可能性突破。对于诗歌题材的表现域，他一方面试图贴近生活最本质的东西，另一方面也试图触探心灵中那些神秘的具有象征和暗示功能的灵异部分。就语言而言，他力图远离口语，尽可能地向语言所应该具有的生成意义和拓展能力推进，一切描述和对思想的表达都指向"已知"之后那些未知的"领域"。但是，在如何处理内心世界与外部世界在本质意义上的贯通上，他的诗歌还存在力有未逮的欠缺。对于一个诗人而言，要做到在精神上超越感官世界，并且与更高层次的超验世界形成一种契合绝不是一件容易的事情。吴小虫正是在这条有意义的道路上创造着他的诗歌艺术世界。

"80后"诗人潘建设说，他从接触黄运丰的诗而走向对其思想和生存困境的深切关注。读黄运丰的诗，我们确实很容易进入他对个人思想和生存困境的叙述当中。从黄运丰的诗歌看，他的情感总是炽烈的，尽管这种情感在表现出来时，有时显得低徊，有时显得激烈，但这只是诗歌表面上的呈现。黄运丰对事物总是持怀疑的态度，在诗歌中他力图还原或者追蹑某些根性的东西。不过，一切都导自"心源"，他不可能客观地还原一切。然而，他能够很好地平衡感性和理性二者的关系，感性的"迷狂"使得他在对个体经验的叙述上奔放自如，而理性的深刻也使得他没有在对"往事""意义"的探寻和"荒诞的闪烁""命运之弧的纷繁落错"以及"设若""虚拟""迷茫"的"致幻式"体验中忘乎所以。他冷静自持，最终都回归到那个矛盾激烈而又以"冷水泼面"方式得以清醒、平衡后的"自我"。潘建设评黄运丰的诗说："运丰始终是怀疑的，他有一种极大的毁灭性的力量。他的迷狂和过度清醒必然使得他是一个青春核能式写作的天才，像宙斯一样具有无限伸张而又风情万种，能在一次次多情的迷乱中、沉醉自我、对其他事物不屑一顾、否定以及怀疑中寻得水仙花般自恋和稳定感的人。"（潘建设：《不羁诗人的一路狂奔——研读黄运丰》）同为玄鸟诗社的核心人物，潘、黄二人交谊匪浅。从潘对黄的诗歌评价上看，二人也可算得上是一对"知音"。

余刃的诗也带有明显的向内生长的先锋气质。20世纪90年代，陈超先生曾指出当时先锋诗歌写作的显豁困境：如何在自觉于诗歌的本体依据、保持个人乌托邦自由幻想的同时，完成诗歌对当代题材的处理，对当代噬心主题的介入和揭示。[①]进入21世纪，新的时代环境发生了变化，诗歌所面临的写作题材和介入主题也随之而变。但可以很明确地看出，余刃的诗歌是在拆解时代、个人以及二者之间的关系问题。他曾为身处难堪的社会环境和集体精神境遇感到忧虑。他深知，"诗人作为精神的守望者，有必要对爱与罪行进行思考，对顽愚无知与谎言进行思考，对偏行己路和毫无敬畏进行思考，对信心的缺失进行思考，对永恒进行思考，以期待在场和回应"[②]，而正是这种对话让他在诗歌写作上有所觉醒和突破。他深深地领悟到思想与创作互相背离的问题，但他陶醉于与未知（或是已知但不愿意承认）力量之间的"角力"。对他而言，"角力"的完成才真正意味着平静的来临。

三

"80后"先锋诗歌的写作中，也有十分注重私密体验的一条写作路径，在表现方式上多采取联想、想象、象征等手段。这是一种非常不同的诗意呈现方式。他们的共通之处是在最大可能上向着写作主体最隐秘的"私处"进攻，并且通过探索都获得了成功。

初读吕布布的诗，会有晦涩之嫌。因为她的许多诗歌"里面似乎包含了太多的私密感受，完全个人，不能与人分享。她仿佛在有意抗拒维特根斯坦所说的语言的公共属性。"[③]并且由于其诗密度（信息量）很大，更不容易捕捉到她作诗的真正意图。就诗歌的表达功能而言，"兴观群怨"的社会性功能与"言志抒情"的个人性功能向来是并行不悖的。只不过随着时代的演进与诗歌自身的演变，它越来越趋于"深度个人化"。吕布布的诗，有一些注重语言技

---

① 陈超：《个人化历史想象力的生成》，北京：北京大学出版社，2014年版，第31页。
② 余刃创作谈，据余刃本人提供的txt文档。
③ 西川：《读吕布布》，《延河（绿色文学）》，2012年第8期。

巧，并且将内心隐秘与之关联起来，她似乎在脱离最低的现实，但她越来越成功地坚持着那些充满了"危险性"的私密体验。也许为个人经验所迫，她集中注意力于某些词汇和起组织作用的价值，但这本身对于诗歌而言就深具意义。"诗歌的事情永远不能只从一个角度切入。吕布布的晦涩、封闭给了她一种颇为罕见的语言激情。"①

憩园在"80后"诗人中也算得上独树一帜。他的诗总有一种情绪在推动。他善于从自己的情绪出发，吸纳一切可以作为其感性载体的意象入诗，然后将它们贯穿成连绵的流动体验。在他的诗中，所有的事物都打破平常的关系，一切为其生命体验服务。他作诗的过程，就是意绪统治诗中所有事物的过程。他的诗源于个人本性，意绪绵密，但流畅、自然，不艰涩，不凝滞。诗中时常夹杂些孤独，以及由孤独感所带来的富有弹性的睿智光辉。法国诗人瓦雷里曾经断言自己赋予诗歌的意义，既适合于自己，也不排斥别人。而憩园的诗只适合他自己。

田晓隐的诗歌写作因为"个人"主体经验及其想象力的占据而显得更加富有暗示意味，在当下诗歌对历史、语言、文化等领域的想象以及个体体验的真实性发起总攻击的时候，他却对个人化的诗性存在充满了想象。田晓隐并不是在简单地对自己进行一种不确证的认知，它希冀的是一种安置灵魂的方式，并觊觎得到外界对自己"最真实部分"的接纳和认可。田晓隐对个体存在的有力想象，与当下诗歌强调的"去蔽"与"在场"完全相反。并且，这种对存在想象的话语运用带有独特的古典气质。当然，每一位写作的人只对自己独特的话语创作机制有快感，这样的话语尽管极尽锤炼，但作为一种语言方式无可指摘。与对生命体验的直接呈示不同，晓隐的诗歌写作侧重缠绕、迂回，侧重对生命想象的内在玩味。从特殊的视角看，晓隐的诗歌中还带有一种"童话"和"寓言"的性质，这种写作在同代人之中非常少见。对个体生存的想象是艰难的。它首先让你回到人的最直觉的现实之中，然后遮蔽掉最敏感的感官，此后再向着一连串的物象事理出发，由此生发引喻，最后再通过语言的"派对"建立起它们之间的隐性秩序和想象关系。尽管词与物之间有着严密的区别，但是隐喻的机制让它们互相生发，这让原本自在的

①同上。

物本空间在语言的国度中思接内外，从而攫取出一种既矛盾又统一的组合体。田晓隐对个体存在想象的方法既有"近譬喻"，也有"远取义"，而后者最为常见。从对语言的态度看，晓隐的诗歌注重语言锤炼、字句布置以及意象的筛选、组合，那些"具体性"容易被遮蔽的意象，以及"在场感"容易被消融掉的意象常常成为他的"盘中餐"。这是一种以退为进的审美策略，与当下口语诗追求直接自然和诗意透明的风格特征背道而驰。任何一种想以语言形式将之澄明出来的企图都将失效。在接受美学的视域中，田晓隐的诗歌注定让读者成为一个"旁观者"，但其间弥散的想象力在很大程度上丰富着诗歌的能指，让诗歌成为一种独特的个体存在方式。

当然，"向内生长"只是一个相对性的概念。很多诗人的写作其实有一个内、外之间的转变，这是很多"80后"诗人写作的共同特征。但是深深考察他们的写作之后，"向内生长"或许是他们的诗歌得以立足的真正根基。除掉对艺术形式和新奇风格的追求与借鉴（比如口语叙事和诗歌结构的灵活性），他们大多注重发掘内心世界，广泛采用联想、暗示、象征、隐喻等方式，注重智性和思想深度的集成。他们写诗，实际上是用诗歌来解剖和分辨自己的灵魂。这是一种探源性的写作，当生命的本质与对个体存在的追寻和想象真实地与诗意融合呈现的时候，那种愉悦感是无法逾越的。其中的意志也可能无法确指，但它就原发地、自在地存在于那里。"向内生长"，实质上是诗人们在写作过程中对精神主体性的一种勘探，是对其内宇宙及其创造力的一种发掘。

向外的扩散：他们如何制造先锋（下）

诗歌先锋的内外之别，不一定纯是诗人主观意图上的"割裂"，或许诗歌创作实践本身即客观地呈现出了如此看似"对立"的两面。这样的客观呈现的一个局部即是："80后"诗人中的一部分，对社会、历史、文化、语言等外部资源持有一种天然的亲切感。他们或企图通过对现实的另类开掘来实现对"先锋"的正面诉求，如郑小琼、张二棍、乌鸟鸟；或以"胆识"和"材力"的双向架构来谋划"先锋"的旗帜性突围，如殷晓媛、曹谁；或以古典资源与现代性、当代性相融合，体现出再造古今传统的先锋意味，如茱萸、郁颜、雪马；或以人文性、自然性或者语言的某些特质为依托，从语言着手建立一种与众不同的创作风格，如西毒何殇、张漫青。他们的写作，都比较注重语言、知识与诗意的异样互文，在向外的扩散中涤荡出诗的高超技艺。

<h1 style="text-align:center">一</h1>

正如波德莱尔当年所不愿承认的，诗歌除了"纯正"的一面之外，也还带有某些其他的"面孔"。尤其是当诗人面对与个人密切相关的现实境遇的时候，其内心不可能毫无痛痒、无动于衷。如果当事人（诗人）再保有一个底层的身份，那这种敏锐的责任感更会瞬间涌上关头。"80后"诗人中有一些人正是通过对现实题材的发掘、开采或者"变形反抗"彰显了他们诗歌写作的特色。从某种意义上说，这也是他们得以耀示"先锋"的精神之地。

"80后"诗人中的郑小琼，是一个有着多重意义的人。郑小琼曾多次表示，"我不愿意成为某种标本"。在《东莞生存词》中她曾经写到："当我学习写诗，当别人在我的身上涂上一个80后的标签，但是从我的诗歌中他们却无法找到他们界定的那种80后的特性。……我开始寻找自己的身份：诗人、80后或者别的更为重要的身份。"① 由此看，她对自己在这一群体中的特立独行有着非常清醒的认识。就多年来的诗歌成就看，"80后"的标签放在她身上的确也不恰切。她更注重的，或许正是一个独立诗人的身份。而独立，正是先锋姿态中最稳健的一种。郑小琼对诗歌的态度是多元的，其实更有一个变化的过程。从起初的"去除孤独"，到后来的"完全面对现实、面对社会"，她的诗歌从仄狭视野一变而为广阔的天地，由此她也像完成了一次精神洗礼，"完全变成了另外一个人"。当然，郑小琼的诗歌还远不只"去除孤独"和"完全面对现实、面对社会"这二端。现在，我们大多数人只看到她的"面对现实、面对社会"的这一类诗歌的巨大影响，而往往忽视了作为这些诗歌的创作者的郑小琼的个人精神转型史。在这种精神转型中，郑小琼无疑是痛苦和焦灼的，但她是一个敢于承担的人，尽管她不无谦虚甚至真实地坦露过"我是一

---

① 郑小琼：《东莞生存词》，《江南》，2009年第4期。

个怯懦的人"。郑小琼曾谈到，"如果说早期《黄麻岭》是一部我在某地打工的现实，写的是一个地方的个体的事情，那么《女工记》强调的是一群个体，在这个时代遭遇到困境。我计划再写一部打工题材（的作品），以打工事件为线索，这样就会构成一个地方、人物、事情的系列。"我想说，仅仅有这样一个宏观体系的"打工"系列的诗歌构划写作就足以让郑小琼取得不俗的成就，获得不逊的地位，但她并不满足于这些，因为这不是她诗歌的全部，而仅仅是其中的一部分。郑小琼的写作中也有注重审美与内涵双重结合的诗篇，像她的《蛾》《江南似树》《古典》《深夜火车》等诗作就体现了这一范式。但你去读她的组诗《进化论》，又会明显感受到完全是另外一种风格。她的长诗也"自成一家"，如《挣扎》《耻辱》《内心的坡度》等，"节奏很快，密度很高，很有力量，很激烈，似乎是有很多猛兽在撕咬你的内心，读起来都让人喘不过气的感觉。"[①]但也有缓和一些的，比如《玫瑰庄园》。长诗是郑小琼的诗歌写作中"花时间最多的"部分，但很多人忽略了她的长诗。此外，她的《女工记》"以诗存史"，像司马迁一样为很多名不见经传的小人物作记录，但她为这些"女工"所作的"记录"比司马迁所作的小人物传记更真实，因为为了了解这些"女工"的生存状态，她往往亲自深入到她们的生活中。她曾经说："我知道自己将要写什么样的东西，我必须深入到邻居的生活中，成为她们一样的人，只有这样她们才会告诉我她们真实的生存状态。"[②]并且，在写作的过程中，她努力地还原她们作为一个"人"的尊严："我要将这些在别人看来微不足道的小人物呈现，她们的名字，她们的故事，在她们的名字背后是一个人，不是一群人，她们是一个个具体的人，她与她之间，有着不同的故事，不同的命运，她们曾经那么信任地告诉我她们的故事。'每个人的名字都意味着她的尊严。'"[③]在手法上，《女工记》的许多篇章采取了诗文互现的方式，这种写作方式与明末文学家钱澄之撰写《所知录》有着一致的体例，都

[①]郑小琼、王士强：《"我不愿成为某种标本"：郑小琼访谈》，《新文学评论》，2013年第2期。

[②]郑小琼：《女工记及其它》，《人民文学》，2012年第1期。此文后来以"后记"的形式收入郑小琼所著《女工记》（花城出版社2012年版）。

[③]同上。

是将诗歌书写与历史书写并置。不同的是，钱澄之的《所知录》在记载历史事件的时候，往往用他本人的诗歌来补充或重新叙述历史事件，这些诗歌或补充历史细节，或发表意见，或抒发感情，不一而足。而郑小琼的《女工记》则是在书写诗歌的时候用更为详尽的史料来补充或加深叙述诗歌中的人物。如果说钱氏是"以诗为史"的话，那么郑小琼则是"以史补诗"。当然，郑小琼处理不同的诗歌题材，用的表现手法不一，这反过来体现了她诗歌写作的多面性。作为一个诗人，她希望保持自己的个性，尖锐而极端一些。她一直对绝对化的东西保持警惕，她不愿意成为某种标本。但她是先锋与现实结合的优秀典范。

张二棍也是从底层打拼出来的"80后"诗人。他的诗歌总可以给人带来阅读上的愉悦。他有深刻的底层社会体验，有诗人之心，这二者合起来，使他的诗歌带有广博、宽厚的悲悯情怀和"青青"的风骨。同时，他诗中所表现出来的柔性诗意和别出心裁的构思，让人感觉出他天生就是一个具有诗人禀赋的人。张二棍的诗歌约略可以分为三种：第一种是具有介入力量的诗歌。如其《原谅》一诗，这无穷的"原谅"实在是一种控诉。这对俗世的深刻体验，每个人都会有深刻的共鸣。让我们再重复一遍此诗"结局"的发生："哦。原谅人民吧/等于原谅《宪法》/和《圣经》/它们，和人民一样/被摆放在那里/用来尊重，也用来践踏"，这是何等有力的介入！其次一种是书写个人情怀和风骨的诗。作为一个只具有"初中文化，从十八岁就开始游荡山野，寄身草莽的人，张二棍无疑是孤独的。这种"独自承受，明晃晃的敌意"的"孤独感"在他的诗歌中此起彼伏地呈现着。如其《旷野》一首，写因"孤独"以至于"害怕"，因"害怕"而期待有所慰安。"灰兔"正是诗人的另一个影子，它既然可被看做是"在荒凉中出没的/相拥而泣的亲人"，他又何尝不能生出"同是天涯沦落人，相逢何必曾相识"的感触。全诗对内心的刻画具体细微，而又丝丝入理，结尾深具脱颖之思。但诗人又不仅仅为我们展现出那卑怯的软弱，如其《让我长成一颗草吧》一诗，诗人将自己比喻成一棵草，尽管"平庸""单薄""卑怯""孤独"，但却始终要保持自己的"青"——这象征着"风骨"的颜色。第三种可以把它概括为带有命运性、乡愁感的抽离性诗篇。如其《娘说的，命》，这深刻的"命"，生于底层的人们会有最直接的共鸣。这种"命"是农村妇女身上所具有的"宿命论"的一个缩影，但作者亦正是通过对这"宿命"的白描式抒写，加深了对悲剧命运的认知。张二棍深具诗人禀赋，他的许多诗篇诗意具足，并且在结撰上别具匠心，表现出脱颖之思，但风格上又给人以自然朴实的感觉，可以将其称之为"朴素的先锋"。

2009年度"诗探索奖"的新锐诗人颁奖词中这样评价乌鸟鸟："乌鸟鸟在他的诗歌中以一种决绝的精神力量来分析、怀疑、抵抗着他的社会现实，……写出了时代的真正的具有黑色幽默感的'历史现代性'。"①时隔多年，乌鸟鸟的诗歌写作对这一评价的实践更加突出和有力。他的"狂想"诸曲呈现出三个明显的特征：一是他对荒诞主义手法运用的娴熟；二是他在看似荒诞不经的叙述中表现出对现实的讽喻；三是"狂想写作"本身所包含的"意识流"倾向，及其所必然导致的"以文为诗"的写作惯性。乌鸟鸟于2003年南下打工，这时的中国南方与十九世纪末二十世纪初的西方正有着某种程度上的相似，乌鸟鸟的诗歌写作就是在这一时代背景映照下进行的。从其大量作品看，他受到了现代主义文学思潮尤其是荒诞写作和意识流写作的影响。乌鸟鸟曾说，"我的写作就是一种呈现，对世界的荒诞与现实这两个面的呈现。"②照我的理解，乌鸟鸟"狂想式"的诗歌写作有这样两个方面：一是"在写实之中寓有部分荒诞"，此类写作侧重写实；二是"在荒诞之事的虚写中含有部分真实"，此类写作侧重荒诞；但此两类写作均有现实所指。乌鸟鸟所有的"狂想"都是在"荒诞"与"现实"一定比例的配制下完成的。但是，不论其"狂想曲"中"荒诞"与"现实"所占的比例为多少，乌鸟鸟都在看似荒诞不经的叙写中表现出了对现实的讽喻。"意识流"写作比较注重人物意识的自然流动，善于根据人的意识流、直觉、心理时间以及精神分析等观点，用内心独白、自由联想等方法描写人物心理活动的流动性、飘忽性、深刻性和层次性，以主观世界和直觉来代替对客观世界的反映，对于自然的时空顺序敢于大胆突破。乌鸟鸟的诗歌写作与这一文学表现形式保持了很大程度的一致性。对于荒诞写作，乌鸟鸟曾表示，"完全荒诞的最终结果就是远离读者远离大众变

①2009年度"诗探索"获新锐诗人奖诗人乌鸟鸟颁奖词，《诗探索（作品卷）》，2009年第二辑。

②乌鸟鸟、杨勇：《我想做一个无法定义的写作者》，http://blog.sina.com.cn/s/blog_59acc0a301009vp5.html

成了一种自娱自乐"，因此在创作一首诗的过程中，他考虑更多的是主题。乌鸟鸟的"狂想写作"注重诗歌的主题性，在这一前提下进行"意识流"式的"狂想"，与纯粹的"意识流"写作又不尽相同。关于诗歌的本质问题，乌鸟鸟曾经表达过这样的看法："诗歌之所以为诗歌，……最主要的，我认为是意象。……在我的内心里诗歌就是一种意象性的写作。"①从乌鸟鸟的"狂想写作"看，其所谓"意象"大抵是指其诗歌中大量涌现的"事物"（元素）以及其想象、联想到的感性对象，甚至包含了某些事件。这些元素、对象以及事件的连缀、组合或许即是其所谓的"意象性的写作"。他将主观的意识、思想情感投射到现实或联想对象之上，或顺物之性以当其心，或违物之性以强就其心。当然，对"意识流"下的"狂想写作"而言，其对"意象"的处理主要是前者。乌鸟鸟的"狂想"诗系列借助"荒诞主义"和"意识流"写作实现了其诗歌在形式和内容上的双重标志性建设，在诗坛上展现出了他的"新异"，为其在诗坛上赢得了一席之地，同时也使其成为"80后"诗歌写作者中的佼佼者。对于诗歌，乌鸟鸟曾说，"我喜欢的诗歌，我比较看重它的批判性和先锋性。"而德国文学理论家彼得·比格尔在其所著《先锋派理论》中曾同时将"新异"和"讽喻"列为先锋主义艺术作品的两大特征。②乌鸟鸟正是在这些特征上实现着他的写作理想。

二

抛去"先锋"内涵中比较复杂和繁缛的方面，张扬个性和敢于自树旗帜无疑是其最直接的体现。这一方面需要创领者有过人的材力，同时还要有不同凡响和不畏人言的胆识。在"80后"诗人中，敢于标新异和自树立的诗人有曹谁和殷晓媛。他们一个提出了"大诗主义"的诗学理念，发起了"大诗主义运动"；一个提出了"泛性别主义"写作，创立了所谓的"百科诗派"，并且将各自的诗学主张进行了有力的实践，彰显了他们"敢为他人所不敢为"的先锋的一面。

---

①同上。
②参看（德）彼得·比格尔著《先锋派理论》，高建平译，北京：商务印书馆，2002年版。

"80后"诗人曹谁是"大诗主义"的发起人，著有诗集《谁在苦闷中象征》（上下卷）、《冷抒情——亚欧大陆牧歌》，长诗单行本《亚欧大陆地史诗》，主编有《大诗主义诗选》。就诗歌成就而言，曹谁最杰出的要算他的诗学专著《大诗学》。曹谁等人的"大诗主义"是在海子和昌耀的"大诗"观念的基础上提出并系统发展起来的，其目的是要"关照诗歌万世一系精神"，"融化古今、合璧中西、和合天人，成就一种大诗学。"①曹谁认为，文学乃是对大宇宙自在精神的一种呼应，文学应该对这种精神加以祧继。大诗主义的主要主张可以用其"三合主义"来概括，其中"合一天人"是其理论体系秉承并且一以贯之的理念，而"合璧中西""融合古今"是他们推现的手段。不过，贯穿在《大诗学》之中的"大宇宙精神"似乎更多地体现了中国道家哲学的核心思想。在《大诗学》中，诗人认定"中西文学的最高意义都是追求那不可知的含义，……文本的最高追求，就是'大音希声，大象无形。'"②而祧继这种精神的方式则是"随物赋形"③。从实践的层面看，曹谁及其持相同理念的同仁确实是朝着"大诗"的方向出发的。尽管这是一个没有"远方"的时代，然而"俗世的情怀"依然在他们"一首首关涉人本初性的源头、自然的伟大、宗教的玄秘、静穆的神性、人文的力量、文化的根系的再次出发中获得救赎。"曹谁的诗歌理念及其写作恢复了汉语诗歌精神传统性的一面，"对当下中国生活和精神状态盲目的现代性集体冲动"作了一次高蹈的反拨与矫正。但"大诗学"牵涉到的问题都是大命题，不但跨学科、跨国界，而且横跨"世界四大文明体系"，做起来相当不容易。在当今的文学理论家们为各式各样的理论巧妙转圜或费尽心机的时候，"大诗主义"的出现表现出了理论建设者不凡的气魄和为文学担当的勇气。

　　女诗人殷晓媛也是"80后"诗人中独树一帜的一位。这是一位对长诗、组诗和系列诗情有独钟的写作者，其代表作主要有长诗三部曲《云心枢》《多相睡眠》《九次元》（这三部曲的长度合计在一万行以上）、章回体长诗《易》

---

①曹谁、霍俊明：《为精神寻求"王位"与远方——曹谁访谈录》，《滇池》，2013年第3期。

②曹谁：《大诗学：合一天人合璧中西融合古今》，《西风带》民刊，2013年创刊号。

③曹谁：《大诗主义宣言》，http://zonghe.17xie.com/book/10031580/33959.html

（2500行），以及大量组诗系列，主要包括魔幻主义系列《七宗罪》和《十二宫》、世界地理志系列《鳌足》、地质史系列《天演剧场》、心理学系列《九型人格拼图》、物理学系列《衡》、化学系列《无机之昙》、古典主义书法论系列《钤传》、音乐诗鉴系列《观徵》、生物学系列《XY》、读心术系列《微表情》、几何系列《投影几何》、摄影系列《幻术人间》、大气科学系列《光涌高磁纬》等。读这些系列诗，你会感觉到其中知识的驳杂与丰富。这些令人难以置信的"知识型"诗歌，正是殷晓媛显示其独特魅力的地方。她将自己的这一类诗歌写作有趣地概括为"百科诗"，可见她是有意为之，并且带有一种孤绝的"野心"。由于"百科"的特征主要在于涵盖和博杂，故而殷晓媛主张诗人应该走出单一的诗人身份，要求诗人在写作时兼顾自然科学与人文科学，亦即进行跨界、多元、学术和试验性的诗歌创作。为此，她提出了"泛性别主义"的理念，认为："'泛性别主义'是内在的个体人格整合、对自身多元特质的接纳与热爱，和外化的高知无畏、自他一体、全面释放的文本架构能力的综合体系。既尊重自己的物理和心理性别（无论二者并行或相悖），又对这简短概念蕴藏的富饶与可塑性充满信心，敢于进行复杂甚至不适的心理探索，从而摧枯拉朽破除散发着腐朽气息的遗老遗少式文本的边界。"并由此倡导"泛性别主义"写作，认为诗人应当博采众长，进行不拘于生活体验与社会身份的写作，指出："宏观如储存源流与突变的平行宇宙，微观如浸润甾体与香偶素的人类两性躯体，皆不外定位观想的'容器'。静滞、自封与单向性绝非欲大成者所寻觅，精鹜八极、心游万仞才是打通灵肉通道所趋化境。无物无我，骀荡无止，外象汪洋恣肆，内格不落窠臼，这才是'泛性别主义'意旨所在。目前已成功将物理学、天文学、地理学、地质学、历史学、数学、心理学、精神分析学、美学、哲学、伦理学、建筑学、社会学、几何学、生物学、医学、信息技术、佛学、神秘学、音乐、电影、雕塑、摄影、书法、建筑、行为艺术等学术与艺术声道复合入长诗构造的'百科诗派'，带来性别围城的颓圮与文本元力的磅礴再生，它预示着对称自我觉醒对文本基因的彻底颠覆，带来个体性别能量的击穿、重组与庄重可信的全新秩序。"①尽管"泛性别主义"

---

①殷晓媛：《"泛性别主义"：拒绝默许造物越俎代庖——"百科诗派"理念浅析》，《山花》，2016年第6期。

写作这一概念有些"泛化"，不易实指，但在内涵相对"狭隘"的"女性主义"写作之后，作为又一种关涉"性别"写作的诗学观念，它打开了人们对诗歌的另一种期待视野，值得引起相应的关注。

应该说，在诗歌的历史上，每一种诗学观念的提出都有它积极的意义，但能否在诗歌的历史上留下一席之地，最终还是要看这种诗歌理念与提倡者及其发扬者的创作实践能否结合得好，能否引起批评界的关注与认可。

三

传统与先锋的关系，也一直是一个非常有趣的话题。一般情况下，大家可能都认定二者是截然对立的，不存在互通的可能。其实，从某种意义上来讲，传统与先锋之间的距离只有一步之遥。梁实秋即曾指出："我们写新诗，用的是中国的文字，旧诗的技巧是一份必不可少的文化遗产。"[①] 当然，这还只是二者之间很微不足道的一个关系链。在事实上，先锋与传统的关系并不如此简单。"80后"中的一些诗人正是深谙先锋与传统之间的深奥与美妙关系，经由对传统的"再造"，实现了他们对"先锋"的"树立"。

茱萸的诗在"80后"诗人中独树一帜。他的诗汲取古今中外的优秀资源，然后将所处时代中的个体经验按诗的"混合运算法则"配置其中。这是一种比较特殊的诗歌写作技巧，它体现为诗对"知识"的包容，也体现为"知识"对诗的另一种进入。从一定程度上讲，茱萸的诗带有"知识人写作"的精神气象。但他明显摆脱掉"家国气息"和宏观历史语境所赋予的"承担"品格的拨弄，更多地呈现为"优秀资源"和私密经验的深度合流。这也许囿于诗歌的代际演变，当然更得益于他广博的人文阅读和强有力的对个体经验的"运营"能力。茱萸曾为自己的诗被贴上"古典色彩"的标签，以及被概括为具有保守倾向的新古典主义式作品而辩解，他不认为自己的诗歌写作仅仅是"接续传统，接续古典"，他从辨体的意义上认定自己的诗歌依然是"当代诗"，是从文本出发但最终返回到当代生活的现场的"当代诗"。但不可否认的是，他的诗深受中国古典和西方诗学资源的有力影响。他善于征用和转化，也善

---

① 梁实秋：《舟子的悲歌》，《自由中国》（第6卷），1952年，第30页。

于拆解和重构，以各种"歧异性"的接纳实现了对古典的谋求，主要有以下几种表现形式：一是重述古典，比如其《穆天子和他的山海经》，在保持古典神话原型的基础上，用现代汉语进行"重新讲述"。二是古典新译，比如其对李商隐诗的传译。三是以新为古，主要体现在其"谐律诗"的创作中。如其《出梅入夏》《桃花潭》《路拿咖啡馆》。四是隔空应古，以他的"九枝灯"系列为主。这一系列的诗，以古典标题为旗纛，以西诗引文为呼应，以借古对话为主体，以尾注后记为辅翼。整体结构谨严，而各自的功用相得益彰，实现了以一首诗而浑融古今中西的意图。①茱萸是一个"思想型"的诗歌写作者，这一征象暗含于他对诗歌的系列性写作以及"建构大诗"的野心之中。

郁颜曾经在山水里陶醉过自己的光阴。2013年他出版了诗集《山水诗》，在这本诗集中，郁颜所做的是要真正地效法古人"回归自然"，尽管当下时代"为天地立心"已经不可能，但是"胸怀一颗山水之心。以此，复活朴素的情怀，获取宁静的力量"②却还可以做到。在《山水间》一诗中，诗人深情地写道："徜徉山水间/仿佛就过不完这一生"③。一个如此执著于山水自然的诗人，对古典山水诗的传统也一定是汲汲追求的。同时，他也在光阴中超度自我。他也许懂得，只有两相超度才能成就一个完满自足的实在世界。作为一个价值存在的实现者，我们相信没有人愿意虚度光阴，然而"虚度"对于郁颜却有着不同寻常的意义，这意义就是省思以及由省思所带来生命沉淀。在《虚度集》中，他会通"虚度"，再不需要冥思和诘问；只需要随意地挦一挦虚度的流水和如谜的落日，然后将天地、自然、理想、死亡和普遍的烦忧等一并放逐。你若问诗意从哪里来？诗意便从这些被放逐的"虚度"来。郁颜善于捕捉到情感的基点，然后以此为本元漫延出浩荡的精神羁旅。他的诗是生命的，也是体验的和思辨的。中国哲学向来讲求对生命的超越，然而郁颜的诗却恰好生长于生命的流动之中。从统绪而言，他的诗深得"山水诗"的"真传"，《虚度集》虽然已不是着力于山水，但仍然对韵外之致充满了向往，诗中回荡着含蓄不尽的美学效应。

---

① 参看赵目珍《别有幽怀与歧异性接纳——评茱萸的〈出梅入夏〉》，《文学教育》（上），2017年第12期。

② 郁颜：《山水诗》自序，见其所著《山水诗》，桂林：漓江出版社，2013年版，第1页。

③ 郁颜著：《山水诗》，桂林：漓江出版社，2013年版，第2页。

诗人雪马于1980年出生于湖南涟源白马湖畔。他的诗歌透着时代的先锋性，内场有一股强大的冲击力，其代表作《我的祖国》写得淋漓豪迈，发自内心的"嚎叫"，读后令人颤动不已，他因此有"嚎叫的诗人"之称。此外，他因"明确以诗宣布'我想抱着女人睡觉'，同时说出'乳房开花'"，从而被认为带有"莽汉"气质和"湘匪"品格（周瑟瑟语）[1]。不仅如此，雪马的诗歌在先锋性上也与传统保持了一定的融合，他说自己的文学梦想是："在传统里复活，在先锋里死亡"[2]。其实，雪马奉行"先锋"的同时，也"复活"了中国文化传统。如其作品《江南》："一滴梅雨/落在西湖/惊动了江南/杨柳岸/晓风湿了月光/光下无影"。好多在古典诗歌里经年累月盘附的意象，在雪马的诗歌里复活了。但在这些意象的组合、排列之下，意境也完满自足了，但自足的是另外一种意义上的效果的"颠覆"。如果我们仅仅得意于这些意象的复活以及它们所带来的意境烘托，我们在阅读期待上便失望了。且看他接下来的表达："口吐宋词的女子/南山下垂钓/钓一湖水墨/一不留意/染了风寒/连夜撤回临安/古塔的钟声/夜半起来咳嗽/咳了千年仍旧/无人来疗伤/青山斜了/水乡瘦了/江南一点点旧了"。雪马不仅复活了"传统"，用他自己的话说，他的诗也"在传统里复活"。其"复活"来自于哪里呢？——来自于对传统的"破坏"，这种"破坏"达到了一种异样"不快"的效果，使你的原审美受到"挑战"。那位"口吐宋词""垂钓南山""钓水墨"的女子，那么美好的女子，你怎么忍心让她生病呢，诗人却荡笔回环，让她"一不留意/染了风寒/连夜撤回临安"。而且决绝，没有商量的余地。还有那千年的"夜半钟声"，或是在"女子"的感染下也病了，在千百年无数诗人准备"洗耳恭听"的时候，它成了让人厌恶的"咳嗽"。对于江南来讲，"身体"的部位出现了"微恙"，她的心情怎么能好呢？于是不该斜的"斜了"，不该瘦的"瘦了"，不该旧的"旧了"。"传统"与"先锋"在这里完成了绝妙的"会师"。作家聂鑫森说："雪马总是从传统文化中，剥离出一种古典的氛围和意蕴，同时又以先锋的眼光，观照现代生活的诸多元素，写出他独特的心灵感受。在短小的篇制中，让读

①雪马著：《雪马短诗选》，北京：中国文联出版社，2012年版，第150页。

②雪马：《语言在开花》，见其所著《雪马的诗》自序，北京：作家出版社，2006年版，第2~3页。

者获得最大的情感冲击力，或欣喜，或怅惘，或惊骇，或叹喟。使我们曾经拥有的审美规则，不得不予以破毁和重组，这就是雪马对诗歌的别具一格的贡献。"①这番评论可谓深中肯綮。

"一位诗人经过现代化的洗礼之后，应该炼成一种点金术，把任何传统的东西都点成现代，他不必绕着弯子去逃避传统，也不必武装起来去反叛传统。我认为：反叛传统不如利用传统，狭窄的现代诗人但见传统与现代之异，不见两者之同，但见两者之分，不见两者之合。对于传统，一位真正的现代诗人应该知道如何入而复出，出而复入，以至自由出入。"②余光中先生虽然此处指出的是传统与现代之间应该实现的自由"点换"，但由于"先锋"与"现代"是近邻，故而其观点对传统与先锋的转换亦有不小的启示。只不过，这种"自由出入"的境界对于常人而言，实在不易达到。而有意识地以"传统"为"先锋"就显得更难能可贵了。

四

囿于历史语境的变迁，脱离"崇高"和不重视"意象"虽然在"80后"诗歌创作中已是常见现象，但大多已经不是自觉的行为，因为经历八十年代中后期和九十年代的诗歌传承，它们已发展为了一种短暂的"集体无意识"。而"口语化"作为八十年代中后期发生的一种诗歌叙述策略，也仿佛根深蒂固，一直从那个时期延续到了二十一世纪的今天。口语化写作也是二十一世纪以来"80后"诗歌突出"重围"的一种手段。只不过，有的诗人在突出口语化的同时坚守了其他"高蹈"的精神质地，有的则专一于语言的阵地，致力于打造"语不惊人死不休"的诗意，同样让人倍感敬畏。

西毒何殇的诗在"80后"诗歌写作中属于先锋的一类，但又在"先锋"之外进行了有益的开拓。谓其"先锋"，是因为其诗歌具备了先锋诗歌的一些普遍特质，比如追求、借鉴其他艺术形式和风格的新奇；注重发掘内心世界；广泛采用联想、暗示、象征、隐喻等方式；注重智性和思想深度的集成；注

① 雪马著：《雪马短诗选》，北京：中国文联出版社，2012年版，第145~146页。
② 余光中：《掌上雨》，香港：香港兴业印刷公司，1962年版，第111页。

重口语叙事和诗歌结构的灵活性。但是，西毒何殇在坚持普遍性"先锋"的同时，更突出表现出个性化的东西，他认为："一首诗，要让读者看到你的私处。"故其"先锋"题材的触发多源于对亲躬生活的体验以及对所处时代的省视与开掘。他曾经夫子自道："我出去旅游时，……热衷拍剧情和特写，剧情就是当地的人，……就是一定要拍出故事感。特写其实就是拍一些物件，……这也是我写的最多的两种诗。"①不过，先锋诗歌在突出"个人化"元素的同时，向来讲究反对传统文化，西毒何殇的诗则往往在先锋之中透露出一股与众不同的"人文性"，诗人秦巴子认为："西毒何殇长于从生活中发现人性的诗意，并且在不动声色的叙述中完成从现实到诗艺的转换。他的诗，有着人性的正义与温暖，在当下浮躁的诗歌气氛中尤其具有一种珍贵的诗歌品质。"诗人伊沙也极度肯定西毒何殇为自己确定的"小而冷"的"现代诗的正确方向"，认为"其写作实践的结果是：以小见大，冷中有热"。这两种观点可谓精准地概括出了其诗独异于其他诗人（尤其是其他"80后"诗人）的地方。此外，西毒何殇注重写作的自然性，反对对有诗意的事物进行"深加工"，认为这样做是一种"犯罪"，为此他对口语写作情有独钟，但其诗歌语言"清新、活泼、明确"，这得益于他自觉地与语言进行斗争和拒绝被还原的努力，他"有意用一种螺旋式的重复的叙事方式，来对抗口语诗歌的天生弱点，来反抗任何将其还原为散文的努力。"②不过，他主张以各种形式来表现诗歌、重塑自我："不断地练习自己的手感，放下'作品意识'，尽情用形形色色的方式去写，"但又"对所谓成活率并不看重"，认为"写'好诗'和写'差诗'带来的愉悦感是一样的，好诗是公开的秘密，差诗是私藏的秘密。"③表现出对当下诗歌写作的一种独特态度。

作为"80后"女诗人，张漫青的诗歌也带有明显的"先锋"气质。就其诗歌所描写的内容看，回到个体的日常生活场景和生存体验是其主要关注点。在消弭掉"崇高"和"意象"的前提下，其诗意建构主要是借助口语化的语

①西毒何殇：《写真（1）：亲自写诗》，据作者提供的word文档。
②以上秦巴子、伊沙观点转引自姚诚《新一代人的诗歌写作》，《红岩》，2013年第5期。
③西毒何殇：《写真（1）：亲自写诗》，据作者提供的word文档。

言本身以及驾驭语言的某些策略。①比如以"物—我"身份置换的手法使诗歌增加富有弹性的意味，通过前置的诸多口语化叙述以及背景铺设为最后"精神内核"作准备。出于口语化写作的需要，揣摩和制造诗语张力也成为诗歌写作的一种必要手段。从整体看，张漫青对诗歌语言的把控比较到位，但由于诗语本身的"历险"千变万化，即便是一个从诗多年的人也不一定能够将之运用得完全自如和恰到好处。为了制造诗语张力和陌生化效应，张漫青在诗歌创作上也有与"第三代"的"非非主义"共通的地方，那就是通过制造"超越逻辑"、"超越理性"的方式来建构诗歌，将并无任何关联的事物悬置在一起，从而使"诗歌"具有了含混的内涵。张漫青的诗歌在语言上以有冲击力见称。颜非对张漫青诗歌的语言有"暴力美学"的评价，可见其在语言上达到的惊人效果。从诗的发生学看，张漫青诗歌语言的这种"暴力性"主要有两个来源，一个是主体性对诗歌的强力介入，另一个则来自于个人"突围"的需要或者先锋心态的作祟。二十世纪八十年代已有批评家指出，极端的汉语实验诗歌可以通过诗的语言本身而不是诗人来"说话"，但是诗人与语言之间毕竟不是简单的派生关系，诗人的生命和语言应该成为一种同构状态，二者应该建立起一种彼此发现、彼此抉择和彼此信任的关系。在这一点上，张漫青做了一些探索性的实验。

不过，德里达认为，"语言是一个区别性的物质性的系统——它本身从不封闭，也从未达到完善，但却处于永远运动之中。语言本身不仅组织思想，而且还在所有的思想上打下它的印记。"②有鉴于语言本身的这种特性，诗歌之"先锋"也很难在某一意义上仅仅与"语言"保持单纯的暧昧关系。经由以上分析也可以看出，西毒何殇和张漫青这种以语言为切口的"突围"并不仅仅是围绕语言展开的，它与其他的多种因素联系在一起。这也体现出了先锋诗歌复杂性的一面。

---

① 参看赵目珍《口语化的诗意及其策略之失》，《诗刊》（下半月），2016年第1期。按：拙文主要从"反面"角度谈张漫青的诗歌，其实其诗歌写作的主要特色也在文章有所论及，但由于受写作视角限制，不能深入全面地展开。

② 转引自彼得·比格尔著《先锋派理论》，高建平译，北京：商务印书馆，2002年版，第18~19页。

余论

二十一世纪以来的二十余年可谓"80后"诗歌全面进行的时代。尽管诗歌中的"先锋"大潮已被冲淡，但是平静的诗坛上仍然潜藏着许多"80后"诗歌中的暗流。他们的每一次现身，都是"先锋"的一次锋芒再现。早在2003年，"80后"诗人丁成就说出了"一代人的历史实际上就是精英的历史"这样的话语。精英当然是少数，但是"80后"中的精英却"是一群真正的充满激情和创造力的诗人"①，他们用自己的沸腾热血，披肝沥胆地践行并开创了"80后"的历史概念，并表现出了"非同寻常的才智和毅力"。在我看来，这些"非同寻常的才智和毅力"一经以诗的形式抵达历史，就成为了对"先锋"的一种耀示，并且难以抹杀。

"80后"先锋诗歌中的"个人化写作"，我从波德莱尔的言论中受到启发，"笼统地"将其划分为"向内"与"向外"两种路径。从差异与偏离上看，"向内的生长"多体现为断裂的、意识流的、口语的、感觉的内向型表征，"向外的扩散"多指向社会的、历史的、文化的、语言的、理性的外观性表征。但无论是向内还是向外，二者又同归于对生存和文化双重体验的综合性认知，都导向对生命的、当下的、还原的、超越性的诗歌冒险。当然，在不少诗人的写作中，这两种表征并不割裂，甚至深度合流。从写作的本质而言，文学艺术本就是一种"入心"的创造，一个人的写作无论如何致力于"外"，其写作都是"向外"与"向内"的复合型谋求，单纯的"向外"并不存在。本文所说的"向外"只是诗人在题材或者写作资源这一向度上的表征。这是需要特别说明的。

---

① 丁成主编：《80后诗歌档案》，青岛：中国海洋大学出版社，2008年版，第32页。

第三节
语言与思理的"新动向"
——略论"90后"诗歌

"90后"诗人是诗坛上正在崛起而尚未崛起的一代。前些时间在评论"80后"诗歌时还在断言,"80后"诗人尚未真正崛起,因为其中真正坚守诗歌阵地且已经形成了自己风格的诗人不多。今年,在中国诗歌流派网参与了数次对"90后"诗歌的评论,再悉数一读《诗歌周刊》第60期以来推荐的"90后"诗歌,深深觉得二十世纪九十年代出生的诗歌写作者中也必将有粲然崛起者。"90后"的诗歌写作,与传统诗学的关系若隐若现。在阅读中,印象最深刻的是"90后"诗歌在语言和思理两个方向上的新动向,下面就二者略论述之。

一、语言的"新动向"

"90后"诗歌的写作者在写作态度上大多表现出率真的一面,故语言上也不假雕饰,率意而出,造语直接。加以与传统诗歌写作理念的疏离,以及网络时代环境所造成的语言观念,"90后"诗歌的写作多表现为一种"说话"的诗体。试举二例:

富士康 / 阿然

换一个心情
健康的人是不会跳的
就只是这样看着下面
富裕的人
也是不会跳的
可在这种心情下
健康的人跳了
只要一小会儿
富裕的人
就会被扔下来

在主席像前罚跪 / 冯谖

小时候
只要我一犯错误
身为党员的爸爸
就会罚我在主席像前跪着

功课紧的时候
我得边跪边背诵新学的课文：
"以五十步笑百步，则何如？"
往往是这种时候
我和他最像一对天天向上的患难狱友

　　不论其他，只从语言来说，这两首小诗都以口语化方式结成，并无太多含蓄，直以言说的方式托出。

　　当然，并非说"说话的诗体"就是一种低俗、上不得大雅之堂的诗体。"说话的诗体"自唐宋以来，就一直在努力实践着，并且在很大程度上影响了中国新诗的变革。故而"说话的诗体"在五四时曾得到诸多学人的称誉。胡适在《逼上梁山》中说："我认定了中国诗史上的趋势，由唐诗变到宋诗，无甚玄妙，只是作诗更近于作文！更近于说话。近世诗人欢喜做宋诗，其实他们不曾明白宋诗的长处在哪儿。宋朝的大诗人的绝大贡献，只在打破了六朝以来的声律的束缚，努力造成一种近于说话的诗体。"[①]

前文说，"90后"诗歌与传统诗学的关系若隐若现，即指这样一层。但是与"五四"初期诗歌写作的不同是，"90后"诗歌在语言的表达上更近于"说话"。且看"五四"早期"尝试派"的两首诗：

从纽约省会（Albany）回纽约市 / 胡适

四百里的赫贞江，
从容的流下纽约湾，
恰像我的少年岁月，
一去了永不回还。

这江上曾有我的诗，
我的梦，我的工作，我的爱。
毁灭了的似绿水长流。
留住了的似青山还在。

和平的春里 / 康白情

遍江北底野色都绿了。
柳也绿了。

---

① 胡适：《逼上梁山——文学革命的开始》，见陈金淦编《胡适研究资料》，北京：北京十月文艺出版社，1989年版，第131~132页。

麦子也绿了。

水也绿了。

鸭尾巴也绿了。

茅屋盖上也绿了。

穷人底饿眼儿也绿了。

和平的春里远燃着几野火。

　　胡适、康白情的诗歌虽然也近于"说话"，但比较而言，"90后"诗歌在语言上更直接，处理的方式更干脆。

　　另外两点不同，一是在韵律上，一是在诗意上。在韵律上，"五四"时期的诗歌因为承续传统，所以还保持着诗的"本色"，但是后来的新诗在韵律上要求不严格了，这是"90后"诗歌与后来新诗衔接紧密、直承而来的一点；二是在诗意上，因"90后"写作者抒情写意的诗作较少，故而"90后"诗歌中主情的为少，偏于理性的为多。"五四"初期的新诗因为与传统一脉相承的缘故，胡适、康白情的诗歌也还是以抒情为主，但是到后来，偏于理性的写作也成为诗歌写作的一个重要路数了。

　　再从"语言"的角度生发到篇章，"90后"诗歌在创作上，篇幅都以简短见长。当然这也不一定是坏的。"作诗繁简各有其宜，譬诸众星丽天，孤霞捧日，无不可观。"（明·谢榛《四溟诗话》）但"言简者最忌局促，局促则必有滞累"（清·王夫之《姜斋诗话》）。从所选读的诗歌看，"90后"的诗歌言虽简，但"始学为诗，期于达意"（清·赵执信《谈龙录》），故局促者不多，然一旦有意在语言上"措刀用力"的，有时也受到语言的牵累。不过，虽是如此，却是深入诗歌创作的一个必经之途。再者，因篇幅的简短，和率意写作的态度，我们可以反观"90后"诗歌写作在构思上的不精心、不成熟。当然，这与他们的阅历以及个人体验有关，但又不仅仅如此。

　　其实"90后"诗人对自己写作的特点也深有体会，比如蛮蛮的《赫本是个好姑娘》："我把手机里的图片放给姥姥看 / 奥黛丽·赫本在非洲 / 背上一个瘦如骷髅的男孩 / 把赫本的话念给姥姥听 / 要拥有苗条的身材 / 就要把食物分给饥饿的人 / 姥姥想了一下　郑重其事地对我说 / 赫本是个好姑娘 / 但是你 / 给我好好吃饭"。"90后"诗歌的写作者阿煜就认为："这首诗没有太多技术，差不多是说出来的。它直陈其事，简单、真实，具有日记、手记的面目，是地地道道的'日常诗歌'。"①综合以上看，"90后"的多数诗歌与宋诗的"主理、发露，表现上意尽其中，风格上多赋，作法上径以直"的特点更趋一致。这些都是从诗歌语言上直观显现出来的。从这个角度讲，这是"90后"诗歌在语言上的"新动向"。

二、思理的"新动向"

在谈"90后"诗歌的语言时，谈到他们的创作与宋诗的特点近似。宋诗一个很重要的特点，就是以"思理"（议论）取胜。"90后"的写作者，在"思理"上取得了不少突破，给阅读者带来了意想不到的效果。非常难能可贵。比如林国鹏的小诗《你的名字》："你的名字由三个字写成/如果进行排列组合，会有六种情况。/你说一定会把每种情况都尝试用一遍/把熟悉的自己，念到陌生"。这首小诗虽仅简短的四句，读来也通俗易懂，但其间的逻辑推理透露出写诗者在写作时是用了心思的。

再比如杨景文的《一排树》：

一排树具有人的属性：
可相互联系可相互排斥可相互重合

它们共同享有并竞争的：
阳光，雨露，根系下的养分，赖以
生存的一小块土地

外观上的：高矮，胖瘦，X型或O型
内在的：品性，寿命，是否成

小诗简短，在语言上比其他白描、直叙的小诗又稍显枯燥无力，因为涉

---

① 参看中国诗歌流派网 "90后诗歌" 推荐第19期。

及许多物的属性概念。但是其在"思理"上的构置，却让人肃然起敬。诗歌虽写的是"树"，但又何尝不是写人，人与物在诗中被联想异化了。正如杨景文的诗观所说，她要"借助诗歌对生活保持清醒"，读了这首小诗，我们是否清醒了许多？

安氏的小诗《恶心》："对自己了解越多／就越是如此／然而还是不能阻挡／他从心底／赞美自己的欲望"，在语言上仍是直白，但其将人之内心挖掘的深度又何尝有半点浅白？这是诗歌对人类灵魂最直白的解剖。"90后"的写作者，用五句话、三十一个字就做到了。

在阅读过的三十余首"90后"诗歌中，最致力于语言营造的要算是李京涛的《这是我必须清醒的早晨》：

> 举起一只烫手的山芋，把风藏进口袋
> 唱起普通话的童谣，时光就这么缓慢地停顿
> 有人匆匆出现在我不曾回忆过的地方
> 祖母说了什么，有什么在我的窗前飞
>
> 我只是盯着日记，等它长出山川
> 河水与毛绒绒的梦，他一直坚持让我出去
> 离开我热爱的一切
> 他说年轻应该与金钱挂钩，文字像杂草
> 应该被剪去，冬天了，可以用火去烧
>
> 但是春天已经在窗外疯狂地汇聚
> 长满胡须的人就在不远的山下
> 这是我必须清醒的早晨
> 清醒的人都在楼下，一遍遍打着哈欠

这首诗在语言上异于前面所举诸诗，但所要告诉给人的也更隐晦。刘勰说："隐也者，文外之重旨也。"其实所隐的东西，正是诗文最重要的意义。至于此诗到底隐含的是什么，及其在使用诗歌写作技巧后达到了何种"程

度"，这里不做深入的探讨。我所要申明的是，"90后"诗歌在"思理"上又深入了一层。纪开芹评此诗说："这首诗之美，在于用有尽之言，表达出无穷之意。"（中国诗歌流派网"90后诗歌"推荐第21期）"古人为诗，贵于意在言外，使人思而得之。"（司马光《迂叟诗话》）"尤以不着意见、声色、故事、议论者谓最上"（吴乔《围炉诗话》）。虽然，并非所有诗歌尽应如此，但由于"思虑深远而有余意"究竟曾是中国诗歌写作的一重至高境界，"90后"诗歌写作对此种"思理"的深入不应当不加以注意。

最后再看一首无歌的《路过小城》：

> 在长江边上的一座小城里，
> 和尚和基督徒成了邻居。
> 但各穿各的袍子，
> 各念各的经。
> 我在雨洗的街边站着，
> 像一个没有信徒的神。

这首小诗，简短的6行，交代了一个关于信仰的大问题。精湛的诗歌，年轻的诗人，你很难将二者勾连起来，然而在诗歌的王国里，"相遇"就这么不期而然地发生了。评荐这首"90后诗歌"的三位诗评人都给予了这首小诗以很高的评价，"三个信仰各异的代表人物完成了一个大千世界的隐喻"，隐喻出"人心不古、机制失衡、信仰缺失、前途堪忧的社会现实""思想尖锐"（王法语），"语言直入诗的本质"（望秦语）。三人的评论中，最值得注意的是韩庆成的评价，其评中数语："我看到'90后'的自我觉醒，以及重构信仰的自信。这种自我觉醒从内涵上，已明显区别于80年代初期诗人自我意识的回归。"可谓对"90后"诗歌写作者寄予了厚望，可令"90后"的诗歌写作者发省。

中国文学史上大多数文学的大变动都是自然演变而来的，有意的、自觉的改革不多。"90后"诗歌的写作还只处在起点上，规模尚未建立，韩庆成的观点只对少数"90后"诗歌写作者才成立。对其群体而言，多少有些"超前"。真诚希望"90后"的诗歌写作者们开始"觉醒"，真正以更多、更成熟的"思理"形诸诗歌，并致力于作出开拓。

第四节
"生长在想象的雷声中"
——关于新生代女性诗歌的审视与考察

  美国诗人华莱士·斯蒂文斯曾有过一个非常俏皮的观点："诗歌必须是没有道理的"。在我看来，这种"没有道理"并非真的没有道理，而恰恰别有深意。从某种程度上说，这种"没有道理"深深地植根于诗人生命深处的美妙体验以及幽微的洞察之中，并且随着他们对语言启示性和可能性的发掘而变得更加丰饶。新生代的女性诗歌因为主观个体和生存时代的特殊性，在"没有道理"——体验的灵动、繁复、不可捉摸与不能以常理推断——这一点上呈现出一种更加开阔和特立独行的局面。

  艾茜的诗歌将轻盈的生命感与冷静、抽象的沉思糅合在一起，形成了一种极具语言质地和灵动风格的叙述，像其《局外人》和《从今天起》等皆是如此。其《在山顶》和《卜——题岸子红花图》也与众不同，并且表现出一种空灵之风。这种对体验的纯感觉表现无疑内在于一个人对语言的敏感和精准把握，并且也是诗歌写作追求崇高的一种象征。与之相比，丁薇的诗歌则多通过物象与人的对接将二者共通或者物象背后所遮掩的人的生存困境呈现出来，尽管有时候显得孤立无援（《画地为牢》《在梦里》《橘子》《雪》《午后》），或者变得更加隐忍（《针》《酸枣树》《落叶》），但是她始终向着"暗示"的中心不断抵达，让我们意识到这是一位善于开掘万物并且懂得与万物建立关系的一个人。蓝格子的文本读起来让人感觉到她很像一位经历了尖锐痛感的写作者。在其诗中，我们仿佛窥见到一个孤寂、深沉同时又在茫然若失中寻找自我"狂欢"的女孩形象，她总是不停地在与"孤绝"之物打着交道，比如在《一只干枯的松塔》中，她欣赏那"显得孤独，且从容"并且怀有"孤傲的心"的干枯松塔，大有孤芳自赏之感；在《山林之诗》中，她期待造访"藏身在密林深处的孤寂"；在《另一座朝阳寺》中，她"相信，总有一天/你也会和我一样，习惯这样的孤绝"；在《日常：练习》中，她要"练习自我安慰和治疗/练习寡言、薄情/二十五岁，怀揣一颗中年的心脏/被虚无左右，被孤独驱使"。为此，她的诗也呈现出一种孤绝之味，颇如一位独自于山中泼墨的隐者，冷寂而又自成风景。李咏梅、青河的诗多写亲情之思（如李咏梅的《丙申年，立秋祈祷词》《给母亲》《给爸爸的一首诗》，青河的《在南方，遇见一棵桑树》）以及独特的感性经验（如李咏梅《晨光辞》《颂诗》《花间词》《途中记》《思美人十二行》，青河的《画》《秋天的午后》《无题》等），有时候一颗悲悯和博爱之心也跃然纸上（如李咏梅的《离人歌》）。吴子璇的诗，在语言上空灵如风，飘散如雨，大多数文本都呈现出一种欲复活隐秘体验并且使之保持持久生长的姿态。对于自我与万物的关系，吴子璇比较注重内外转化，以期将"流动"与"凝定"的对立恰如其分地融合为一体。

当然，女性诗歌最擅长的还是透过柔和的内心来观照外部纷繁的世界，并且将对外在事物的那种最细腻的情感以以交叠或裂变的方式呈示出来。这种写作方式虽然不易凸显诗人独到的角色扮演与性格，但是忠实于内心深层的东西并对其加以精细化的处理正是诗歌写作的大智慧。比如艾茜的《世间万象》对于布偶娃娃所作的"纠缠性"的细节呈现，《逃生记》中对于"又黑又长的梦魇与艰险/将从绝境里流出……"的替代式感悟，《致2016》中对"雪，何时才落？"的隐忍之问。再如丁薇的《画地为牢》《针》《午后》分别以虫、针、鸽子的物象喻人，暗示出诗人内在情思的幽隐；而《在梦里》又以牵牛织女的寓言来寄托美好的爱情。蓝格子的《游戏：搭积木》写因"搭积木"而领悟到"危险就源于自己的双手"的美妙意识，《遗传》以"老年斑"这一"生命相连的凭证"为链接点沟通起三代人的生命关系；《有时》借由读《哈扎尔辞典》的态度引起对生活、时间、爱的沉思。李咏梅在《晨光辞》中由晨光而诉及对一天和岁月长河的感性态度。青河的《古泊河的春天》和《春天来临》借助春天的事物来渲染对春天的细密体验，《一种疼痛》连续以九个比喻来写诗人对某个特定的"她"对所"怀揣的隐秘的疼痛"的心理暗合与相通；此外像《她说》《一片移动的叶子》等也多以带有感性思维的智慧闪光来回应对外物的感应。吴子璇的《午后》，感性与理性交融，以"清浅的诗句"作开篇然后逐渐扬示自己对"午后"的清晰认知；《起舞》以外物的"刺激""狂野"来宣告自己的"自由自在"和所具有的"飞扬跋扈的热情"，以及对"大地"的渴望；《像小家碧玉一样地爱你》和《我的王国》则在隐约朦胧之中躲躲闪闪地闪烁出爱情的面容。

二十一世纪以来，及物性的写作作为一种诗歌的理想被广泛提倡，并且在当下成为一种写作的"时尚"。它要求诗人们摆脱掉凌空蹈虚的写作姿态，从而与外物在精神上建立起一种关怀与被关怀、信任与被信任的关系，真正让诗人的情感与语言的力量深入到诗歌的腹地。从这一角度来观照新生代女性的诗歌写作也很有意义。新生代女性诗歌对言之凿凿的及"物"的写作，主要可以分为"体物"和"赋物"两种形式，不过主要以前者为主。像丁薇在《橘子》一诗中对橘子细致入微的分析，就真的像是剥橘子一样，然而最后却将独到的情感嫁接于橘子"交织的纹理"，正所谓"曲径通幽"；她的《雪》也是如此，虽然以"雪"命题，然而渲染的却是下雪时个人对人间物事的观照以及突然萌生而来的对"还原"的期待。蓝格子的《一只干枯的松塔》写由"一只干枯的松塔"所引起的有关想象，然而也从中赋予了诗人对松塔不能承受之重的同情与怜悯；《浪花》则以个我反抗之"消极"来凸现浪花前赴后继、粉身碎骨之壮烈，表现出对浪花精神的敬畏有加；《有疤的苹果》写苹果的"伤疤"在内心中所引起的风暴体验，带着冰冷的深刻与小小的刺痛。艾茜的《梅花日记》和吴子璇的《紫薇赋》属于赋物的形式。艾诗主要侧重于对"梅花"的"假想"，吴诗则径以紫薇为赋，不过也带着柔软的抒情，将个我身体与"诱惑之境"对接，让"紫薇"与"孤独"两相对照，但仍以赋的成分居多。从表面上看，这种"及物"的写作体现的乃是人与物之间的相互介入，而实质上它仍然可以归结为一种体验式的写作，但由于在写作过程中贯穿着外物存在，所以诗歌也在某种程度上实现了物与我之间的冥合。

除此而外，新生代的女诗人们在诗歌写作上也还存在着一些出其不意的建构与想象。这些诗歌虽然在数量上不占优势，但是在个性凸显、质感与张力的张扬上却表现出非同寻常的一面。女性诗歌当中直接切入家国时事题材的，整体而言并不多见，艾茜的《论羞耻》是其中之一。不过相对于传统的讽刺与抨击模式，艾茜对时事写作做了一种创新处理，那就是她抛弃外在，将矛头直指自己的内心。对于女性写作而言，这是一种非常巧妙的处置方式，既达到了对时事的干预，又兼顾了对女性特殊心理的连结。青河的《一棵行走的树》虽然写的是"树"的处境，但明显也骧栝有时代的影像，隐隐透露出一种批判意识。丁薇的《我们》则以"人间波光"为隐喻，申发人类与历史和时间的关系，张弛有度，有开阔之境，也极具内敛的意识。丁薇这种崭新的感知粉碎了人们惯性思维中对女性诗歌——隔绝宏观以及哲思贫乏——的浅薄偏见。蓝格子的《河边的雪》追求事物的变幻与人事之间的关联，并且将个人之情并入不可把控的直觉和潜在意识，非常好地处理了两个"自我"之间的关系。整体而言，这首诗的情绪并不朦胧，具有深刻理性的自叙却使诗歌生出了一股透着生命悲凉的原动力。李咏梅的《花间词》抛弃主观感情与意义宣召，注重内在与外在合一的美感。诗人身处花间，站在美的旁边，静静地思考着美的精巧与完整性。吴子璇的《清晨长出了耳朵》在对隐秘体验的洞穿上呈现出了一种上乘功夫和绝佳之势，"时间如彼岸，冷酷如你/我羞愧不已，在青山白云里/虚构美好的往事"，这样的诗句轻快灵动，同时也带着一点超验的意识和特殊的美妙，给人一种如梦方醒的感觉。

个别诗人在对诗歌的认知上也给我们制造了惊喜。蓝格子对于诗歌的认识借由九月中生活的"悲伤"引出："把时代的隐痛交付于时代/把一个人的悲伤留给他自己/一再节制的欲念和语言会说出怎样的自由/诗是自由。但生活不是"（《九月之诗》）。她深刻地意识到诗与生活的不同，然而对她而言，她的生活与诗之间却建立起了一种紧密的关系。对诗歌的迷恋让她在诗歌中找到了宗教救赎的意义，于是她固执地认定："我真地需要一首诗/才能抵住该死的绝望"（《九月之诗》）。艾茜在《论羞耻》则引用仲诗文的话说："我经常为自己的诗歌感到羞耻"，而她自己也为诗歌不能介入沉痛的现实而感到羞耻。这两位年轻的女诗人，一个用生命的苦痛来换取炽烈的诗篇，一位基于写作上的道德羞愧而在内心中冉冉升腾起羞耻的诗学。她们的诗歌精神令人动容。

吴子璇在其诗歌《空》中如此构建诗意："我向空谷喊话，等了许久/才听到绵长的回音//我的眼泪/很快就掉下来了//一场虚空而无助的想念/在山中纷纷扬扬"。这些诗句透露了女诗人内心当中潜藏的焦虑和隐忧。然而她又说："这个冬天无名的小花/生长在想象的雷声中"，让我们感受到几分信心以及她们在生长中所潜伏的无限可能性。

第五节
"历史正在现场"
——2019—2020年度青年诗歌创作观察

抛开"一代有一代之文学"的宏观看法，不去讨论新诗在当代具有了何种优越的地位，也许是个明智选择。但具有了一百年历史的新诗，多少有了些"优越感"是无可否认的。尤其是在二十一世纪以来的历史境遇中，新诗更是多了一层与"一代文学"的对应关系。我们不妨换一个思路，来看所谓的"一代人有一代人之文学"。出生于二十世纪八、九十年代的一代新诗诗人，二十一世纪以来的二十年，正是他们透露出强烈个性精神、展露诗歌生命密码的关键时期。从时间的进程上看，这是一种自然而然的结果。然而从历史记录和诠释的角度看，却又具有一种无可回避的选择性。诗人袁翔在诗中说："历史正在现场"（《在普希金博物馆》），的确如此。但诗歌的历史如何选择现场呢？也许只能以诗人的文本来做出回答。

一、现实者：将现实与文学相联系

诗人批评家唐晓渡曾指出：对纯诗的追求，"也不应导致与现实（包括政治）无关的现象"①。这与当年雅斯贝斯强调"哲学思维的最终问题，还是追求

---

① 唐晓渡：《唐晓渡诗学论集》，北京：中国社会科学出版社，2001年版，第56~57页。

现实的问题"①有异曲同工之妙。不过，我们暂且搁置对纯诗在美学上的讨论，仅就新诗写作与现实之间的关系进行考量，也能够发现这是一个非常重要的问题。它能够见出一个诗人是否保持着对现实的敏感，是否在其作品中真正敞开了走向具有时代感的艺术的大门，是否有在保持现场感的前提下处理经验以传达历史感受的能力。介入现实的写作，在可能性上发挥余地较小。它不像处理知识性和私密经验的诗歌那样具有更多的可阐释性，但恰恰是因为这一点，它呈现出来的品质是可靠的，它使诗人将自身投入连续性的体验之中，使诗人停留在"现实"内部，停留在"现场"的震荡与深刻中，从而建构起自我作为"主体"的概念，使诗人有一种明晰的身份意识。

从青年诗人们的诗歌创作看，追寻个体生命在无边现实中的真实反应是"与现实有关的现象"中最重要的现象之一。比如王忆的诗歌《现实者》，真实地反映出在特殊时期自己如何"当了一回现实主义者"。疫情时期，出现一些困难，短暂的时间内，粮食和蔬菜的采购出现了问题，于是"与诗意相比，切切实实"的饥饿问题乃进入"斗争"之中，成为与精神角逐和较量的对象。同时，在经过对"确幸"的确认之后，诗人还发现本来往常很简易的现实如今也很难实现（如"早上的一杯咖啡也已经沦为了奢侈品"），于是对文学失去了"信心"，认为"此时此刻，似乎很难再将现实与文学联系/更不奢望能成为时代的记录者/因为时代的重创是无法用文字来愈合的"。不过，从客观上来看，诗人仍然深入到了现实的深渊之中，虽然没有一意孤行的意志，然而仍然将现实与文学联系了起来，停留在了"拯救"的意义上。高野的《祖国》，以宏大意象开局，然而却从小处着笔，从日常生活中朴实、鲜活的场景写起，"我的祖国很大。我爱她/九百六十万平方公里的每一寸。/但我只能先从母亲/幽暗的小屋，被反复搓洗的围裙爱起。然后才是/炊烟之上的天高，云阔。//从挂在墙壁上的镰刀和麻绳爱起。从一顶草帽破损的边缘我看见/时间的利刃划过脸腔。/哦，就从这无声的疼痛和忍受爱起。/从半夜里一声剧烈的咳嗽爱起。然后是/微微颤动的菜叶和麦地。……"这种借助日常现实照亮和发现"爱"的过程，有一种根源性的意义，它不追求庞大的"完整"，却有

---

① （德）卡尔·雅斯贝斯：《生存哲学》，王玖兴译，上海：上海译文出版社，2005年版，第55页。

一种自足性充斥其中。诗歌就是这样一种辩证的文体，通过张力的设置，可以使看似悖谬的逻辑，形成更有力量的形式。而诗人也正是采取这样的方式，将带有"终极关怀"的现实意识渗入到诗歌中，使诗歌有了更加高贵的意义。林萧的《一壶水烧开的过程》也是一首有重大现实意义的诗篇，虽然诗人并未具体地深入特定对象的内部现实，然而正是这样一种对日常场景的普遍性描述，使诗歌变得更加安静，也更有力度："一壶水烧开的过程中，夹杂着/楼下收废品女子的吆喝声/小巷里售卖东北馒头男子的叫喊声/消防车急驰而过的警报声/这是早上9时15分/7分钟加热的过程/多么像人的一生/有宁静也有嘈杂/最后由热变冷/悄然谢幕"。类似的诗篇还有漆宇勤的《大地黑了下来》："从延安坐着火车穿过秦岭/看不见微光背后一个家庭的日常/他们那么小又那么暗淡/仿佛大地黑下来之后就被完全消溶"。诗人们所描述的都是个案性的现实，却都写出了人的普遍困境。

与宏大和普遍性的现实反馈相映照，着重于思考个人及亲人在当下生存中的境遇也显得充满了必要性，因为它回应了现实书写在文学中的另一层意义。从某种意义上说，这样的议题书写有着更重要的价值，那就是透过对自我状态或亲人处境的审视，将情感与经验妥帖地经由语言合而为一。如诗人熊焱近几年来一直围绕"时间、生命、爱与孤独"几个重要主题来进行诗歌写作，通过书写个体生命中的故乡与亲人，来"表达自己的生活感受、生命体验和情感认知"，将个体生命与亲人之间那种深沉的关系透过时间、爱和孤独的主题呈现表现得淋漓尽致。如诗人所体会的那样："亲人与家乡，是我们生命历程中最深刻的情感与精神体验。"如果一个诗人连这样的现实主题都没有反映过，这样的诗人在情感上是值得怀疑的。分而言之，安然的诗《这般活着》，叙述自己"每天编书、写诗，按时站地铁/吃有毒的蔬菜，在一个人的小房间反省"，并且认真思考"活着的人该以怎么样的方式生活"这样的重大问题；康雪的诗《理发店》则透过一次理发来表露自己对"期望"的认知："一个陡峭的人，有了点线条。"而在更多数的情况下，诗人们还是通过亲人在面对现实时所采取的"撤退"来表现某种悲情意识。如林萧的《在人间》，写爷爷奶奶不知用了多大的力，"将一间房睡成一副棺木"，梦里的自己也是在"尽全身的力气将床睡塌/将房间睡成棺木，将忧伤埋进坟墓"；罗紫晨的《皱纹》和《菜园》则分别通过对父亲"打败泥土的信仰"与母亲"打理菜园的苦辛"的描写来获取亲情的慰藉。澳门诗人王珊珊的诗《我最先感受到她的衰老》和《被偷走记忆的人》分别透过某些细节来写对母亲和爷爷的怀想，充满了深情；余退的诗《菜摊旁》写一个在"简易的木板上埋头写作业"的小姑娘，此时"还不能完全理解 / 正在围困她的一些东西"，还不懂人间的"难题"，作者出于怜悯之心，"向她母亲，多买了两样蔬菜"。袁翔的诗《孩子，你的眼中有春与秋》写"活了小半辈子 / 锈迹斑斑的我从 / 孩子身上享受这片刻的欢愉"；尹宏灯的诗《与妻书》等也通过"不停地向尘世妥协，打磨"，"在昏暗和颠簸的路上"寻找"唯一的出口"，"专注普通的幸福"。从某种意义上说，这些诗歌所负载的现实有其更加沉重的一面，因为透过这些，诗人完成了个人在伦理中的站位，也复活了一个最真实的生存系统。

但是真正的现实，有时候并非我们所想象的那样直观。雅斯贝斯说："无论我想整个地把握现实也好，或通过个别的事实来把握它也好，最后现实总是我们的分析研究所永远达不到的那个边界。"[1]这是一种哲学的认知，它标志着人类对现实认识在理论上所达的程度。诗歌虽然不同于哲学，但无疑也应了"达不到边界"的这种认知。不论如何，诗人们没有放弃，他们依然通过诗的表达，实现了文学与现实的联系。如果从理性角度来思考，这本身即构成一种对现实的超越。

二、个体的历史：以碑文的方式记载

与宏大、深刻的现实叙述为邻的经验叙事，是诗人们在诗歌中大量地进行个体历史的建构。从某种程度上说，这类写作已经成为了当下诗歌创作的主流。它的兴起，大致源于二十世纪九十年代，彻底改变了人们对二十世纪八十年代及其以前诗歌的认知与理解，还明确提出了"个人化写作"的理念，由此延伸出相应的方法，以及对各种诗歌写作问题的新阐释、新理解。二十一世纪以来，诗人们对个体历史经验的建构，朝着越来越私密化的方向发展，这既与大的时代境遇有关，也与时代中的个体所具有的心理状况和精神状况有关。严格地说，这种作为个体历史的经验建构一定有一个发展的过

---

[1]（德）卡尔·雅斯贝斯：《生存哲学》，王玖兴译，上海：上海译文出版社，2005年版，第58页。

程。这其间虽只有短暂的演化，其异化与新变的细节性展开却很难把握。当然，对于脉络的梳理也并非一种必须。我们透过诗人对世界、社会与万物的认知，以及个体意识、意志的呈现，多少可以谈论一下这其中的"奥秘"。

对于一部分诗人而言，个人历史或者写作史的建构必须通过追忆才能发生。这是对个体经验最有效的探寻方式，因为他建立在一种最真切的认识价值之上，虽然有时候是朦胧的，却可以通过感官感觉得到。尽管周园园在其诗歌《困境》中这样叙述："一个透明的颗粒物自顶楼落下来/一个念头一闪而过，再怎么回忆/都想不起来。有时，困扰就是这样产生的。"但她仍认为这"不足以让人悔恨"，其原因就在于，有些事件本身就清清楚楚地刻在了我们的记忆中。比如她接下来的叙述："我记得新天鹅堡的冬天，下着弥漫大雪。/我们气喘吁吁，在覆雪的山巅/惊讶于壮阔的尖顶城堡。/雪花落在成片的松林之中/落进存在的虚无里。"她的《忽然》也是如此，诗歌写作者对某年夏天进行回忆，一方面回忆事件，另一方面也通过事件"向我们讲述：最美的风景，如最纯洁的爱情，不在别处/恰恰在你心里。"丫丫的诗歌《秋刀鱼》《星期天》经由秋刀鱼、螃蟹等的"牺牲"，将个体经验嫁接于对物的追忆之上，透过对物的体悟来唤醒或者反观自身；而《一根还俗的鱼刺》《灯神》《剥洋葱这项艺术》等诗则径由追忆"某次鱼刺哽喉""拨灯芯""剥洋葱"等情事来营造氛围，构筑诗意。不可否认，这种个人历史经验的建构，带有一定的目的性，但并非为了某个目的而去回忆，更多的情况下，是诗意促成了这样经验观念的生成。珥节的诗歌《杀鱼》，追忆自己的"第一次杀生"，并且以震撼的笔触来写杀生给自己的身心带来的戕害："它躺在砧板上，变成两半/我大汗淋漓浑身乏力/瘫倒在地板上，分离成两半/肉体麻木，而灵魂麻醉/我圆睁着眼大口地喘气/心脏跳动在生活的齿轮缝隙/空中悬着一把屠刀/我听到天外的审判声"。这种对个体经验史的建构，体现了创作主体在人生成长中比较神圣的一面，它透过生活中某个本真的事件让人获得了异样的认知。此外，谭畅的《这片海》、曹波的《遇见羊》、雪马的《路遇》、石慧琳的《失眠症》等也都具有这样的呈现。他们大多透过思想性的一面来回望事实，诗歌也因此带上了一种具有理性之思的深刻。

穿越本能的预感或预见，以及在理想化的审美中进行推理性的生成，从而促成一种看似偏颇性的意见，也是个体经验历史生成的一种方式。在这一穿越或者生成中，我们可以清晰地看到，诗人们常常把某些非合理的感性经验通过诗性的**处理**让人感觉到其合理性。比如张佳羽的诗歌《相信唯美主义大行其道》，流露出诗人对自我的一种潜意识判断，但不可否认，通过诗歌我们看到了一个真实的"诗人"——"相信唯美主义大行其道/做着快乐的事"，无论它是不是一种理想化的生存状态。冯果果的诗歌《背影》，穿越一种轻盈的"关连"，审视自己内心中那一道"苍凉的悔意"。诗歌的结尾，诗人"看到一前一后，两个人，/在甬道。"其实所见的两个人，可能是实指，也可能是虚指，至于在"逆行的过程"中，是不是"一个人替我说出罪孽，/另一个人替我准备赎金"，就更难以知晓。然而，诗人正是透过这样的想象，做这样一种渲染，使你相信这就是"结局"。并且对这样的事例，你感觉深刻，不去怀疑。这种脱离了世俗的、带有一定哲学认知经验的个人史重构，无疑是成功的，因为它很容易让读者在打量文本世界的时候找到作者作为创作主体的存在。庞洁的诗《我的痛苦还不够多》写："生活大浪淘沙/只有少数人是深情的幸存者"，《痛苦，多么纯粹》写"那莫名的痛苦""像童年走失的明亮的孩子"；刘旭锋的诗《言之成雪》写"那些口若悬河的人""游走在人群之中/又被人群束缚着"；蔡英明的诗《云与月》写"我抱起夜晚的亲人/失重的书。我的孤独/要盛在另一朵人间的云里"；王彦明的《锤子美学》写"火星都是自己的光/如果可以燃烧一片荒原/成为一块废铁之前/就尖叫着刺入/或许成功转型：/'哦，锤子！'"等，也都带有这样一种生成色彩。

在个人史经验的建构中，诗人常常采集自身的事例，当然也有一部分诗人主要采取倾听或观察的方式，他们喜欢做一个"倾听者"或者"观察者"，喜欢在"倾听"或"观察"中重建对经验的认知。从表面上看，"倾听"和"观察"带来的多是间接性经验，诗人们通过这种方式所建立的个人经验史，往往会带上创造的性质。就如石慧琳在她的诗歌中所描述的那样："那些漂浮在身体之外的东西/都来路不明/我们在认识他们的时候，已经无法/做到清晰可辨"（《忏悔书》），为此只能"把影子当做真实""用未完成的人生去等待下一个/未完成的人生"（《我饮入的悲伤》）。然而，即使是一种创造性的经验，也并非捕风捉影。所谓创造，指的是一种深加工，它使人与人（物）之间再次发生经验上的传递关系，使单独的经验构成经验的连续体。而且，需要郑重指出的是，诗人们的"倾听"或"观察"常常是对自我化身的一种反省，因此从这样的角度来剖析问题，不仅看不到"分裂的世界"，相反，使我们看到了另一种统一。如米心的《最佳》，诗人在其中尽情地想象："在午夜的时候//他孤寂地抽烟，在午夜的时候/一头沉默的老虎爬上他的船//现在它不用牙齿，也不用利爪/没有女郎在跳舞，椰子树令人悲伤//风暴只留给他几颗残破的星星/星星底下，撑大的孤独又瘦了些。"诗人的这种经验描述无疑有一种救赎的意义。从本质上讲，这是一种观察也是一种倾听，是透过想象对自我的倾听。董喜阳的《倾听者》则直接进行主体性的介入，"我在水边，你在对岸/我终将做一条过江之鲫。温吞/抑或慢热，游向你/尽管在谈情说爱方面/毫无才华，我愿成为倾听者/额头冒出的细腻的汗珠"；台湾诗人林思彤的诗《我想有一段柔软的时光》则借助对一段时光的虚拟性"想象"来展开自我慰藉："我想有一段柔软的时光/帮我整理整理凌乱的被子和冬日中的哀伤/它在一天清晨到来/在房里坐下，像个久未谋面的老友/对我说着体己的话/像一件棉衣，一条拖地的棉裙/掩盖我走过的足印/它像个老友告诉我，我并非一无所有"。不过，看得出来，诗人是在借自言自语式的"倾听"来整理生命中的哀伤。李东的《洱海之夜》将自己想象成一个"陌生人以陌生的方式闯入/把一段孤独的海岸线据为己有"，其主要目的是要展现自己"拥有漆黑的辽阔/和潮湿的孤独。"张元的诗有意识地借助地理来表达情志，疏散哀愁，当然他更希望在"一个人的史诗"中，安置好属于自己的一生。澳门诗人贺绫声则企图通过与"变成稀有动物"的阳光的对峙来勾画自己，只不过这种实力悬殊的博弈太过激荡人心了："我每天以身体的黑暗喂养它/就像喂养一头宠物"（《稀有动物》）。周香均的《时间装着一个奔走的人》试图透过时间"在夜里看清自己"，然而终因"陷入时间的迷茫之中太久/一生都无法选择离开/只能在夜里遮去悲欢和离合"。

超侠的诗中说："结构已成定局/记忆是固定的遵守"（《天龙之约》）。青年诗人李慧文在其诗歌中描述某个童年的故事时也曾表达："个体的历史以碑文的方式记载"。从某种意义上看，诗人们的这些诗歌，这些对于个体经验历史的建构，何尝不是一种对记忆的固定遵守呢？何尝不是一种带有神圣、庄严、肃穆特征的"碑文"呢？尤其是对那些有意无意试图通过诗歌写作来建构个人历史或者写作史的诗人们而言，他们的语言就是对自身、世界和万物的一种雕刻，其间所渗透的力量毫无隔绝感，因为它把诗人们重新带回到经验的"伊甸园"中去了。

三、狂想曲：在梦里完成更圆满的事

与现实经验相对照，想象的经验或许有更大的救赎意义。其原因就在于，想象的经验通过剥除残酷、悲伤的"实在内容"，让我们看到了更加圆满的一面，看到了更加美好的一面。尽管对于某些诗人或哲学家而言，"美包含在假象之中"是一个真实的美学命题。然而他们并不去追问"假象"的含义。他们常常透过生动的"狂想"，使生存蒙上一副古典主义的面孔。这些"狂想"充满了不可言说性，充满了对美或哲学的亲昵，充满了脱离现实的虚幻感，然而无论如何，你很难从中发现审美的敌意。在当下这个时代里，人们更加向往所谓的"内部生活"，尤其对诗人而言，"内部"的涵义除了经验的私密化之外，也有向"外"拓展的意图。所谓"狂想"，所谓"天马行空"的意念上的跌宕，正是因为不过多地牵涉人际意识，才有了更多更丰富的"内部"性和圆满性。诗人王文雪说："在梦里完成更圆满的事"（《狂想曲》），这不正是"狂想"所欲达到的吗？

从表现上看，"狂想"的一个重要特征是，诗人们普遍带有"理想主义"的影子。即使是现实主义的主题，也透过经验的美化，将其升华，如孔令剑的《铁管上的鸟》："而它的欢快蕴藏体内，像/童年的灵魂，一声声鸣叫/把一个个音符丢向空气/在太阳的舞台，它蹦跳着/来到铁管的断口，低头，啄水/一滴一滴，像捡拾，又像丢弃/水的礼物，光的记忆"，这只鸟在诗人笔下简直成为了一种"灵魂"之鸟，不能说没有理想主义的色彩；《光的弹奏》描写"楼下工地叮叮当当"引发的社会现实和心理想象，诗人置身其中，本应感到喧哗或者茫然，然而诗人一反常态，在内心经过一番"膨胀"之后，赋予了整首诗一种"梦的基调"，尽管最终诗人指出："初醒的人，已拿起铁锤，敲打今天"，但毕竟在此之前，它看见了"它们的存在之光，希望之光"。不过，像孔令剑这样的"狂想"毕竟属于少数。诗人们对"理想主义"蜃楼的想象，更多的是追求一种"雪夜访戴"式宏大背景的建构，或从象征内涵上对诗歌进行"包装"处理。他们更期待以"寓言"来消解尘世的不堪。如阿斐的诗《月明大寒》："打开窗户往外看/深夜小园一片清亮/大寒已至/春天不远/再多的忧惧也有停歇的时候/我长舒一口气/千万只白鸽振翅而飞/心里没有挂碍/明月高悬中天"。很显然，诗人在诗中为自己玄想了一片十分美好的天地。他所谓心无挂碍、月悬中天，既是对外在"宏大"的一种诠释，也是对内在"宏大"的一种诠释，诗人追求的是一种禅性境界和超然意识。也许这是每一个诗人的理想，但不得不说它与现实有着截然相反的特质。其《病中观雨》也是在寻求一种理想的意志，所谓"万物我都好奇，都关心/万物都是我胸中美人，而非块垒"，所思所想也与时代的气息相反，然而亦不得不说，这是所有人都沉浸和陶醉的一种品质。曹谁的诗《帕米尔堡的雪国》借"雪国"渲染爱情之悲，《桃花如火，照亮黑夜》和《泪痕姑娘》借桃花和"勒痕如泪痕"谱写幽暗中的伤痛与疼痛，尽管都没有超越出现实中类似的"悲苦"局面，其镜像却是寓言式或者象征性的，前者渗透进了强烈的童话之思，后二者带有浓郁的暗示功能。张不知的诗《寒夜不谈论爱情》，在古典清奇的语境中，传达出一种玄想唯美的意识。冯果果的诗《荒诞》明写各种不同的"荒诞"，实际上是在为我们被颠倒的世界进行招魂。超侠的诗《天龙之约》，幻想着有朝一日，"龙鳞漫天，金光闪闪的辉煌/把宇宙，瞬间点亮"。王文雪的诗，自在地在其个人的语言史中趋近玄想的最好状态："蓝天于白狐，有着更深邃的解释/如同过隙的白驹，将自由从困顿中解脱"，"被警醒的世人啊/你要知道：一只狐狸的潜伏，一定像桃花的盛开——/悄然怒放，却略带血色"（《狐》）；"我将到达烈火。经过瓢泼大雨/看见的是乌鸦还是蜜蜂，都不重要/准备遁入一脉土地/为自己安装绿色的秀腿，和粉红色的裙子//我有大把的时间，可以把自己看成是其他的/释迦摩尼，穆罕默德或者耶稣"（《狂想曲》）。高权的诗也带有古典唯美主义式的玄想，如其《若鱼隐于山林》："让一封信流落民间，查无此址/让漂瓶空空，拾获之人/无可怀想之事/让细水长流，流回山涧/让山中千树，不散烟云/让云与云的相遇，不只为雨雪/让树与树的交谈，不走漏风声/让古老的石头，不著一字/让初开的花朵，无关乎爱情/让花开着开着，种花人已老去/让蝴蝶，无可造访之梦境"，空灵而有韵味，不着一俗字，尽得风流。谷语的《水田星辉》写"灿烂的星空倒扣在平镜似的水田里/……/连通了现世的苦难和天堂的幸福"；《黄昏曲》则幻想"获得像羽毛一样飘荡的快感"，她笔下的"黄昏，万物停止沸腾，一种透明的宁静覆盖大地"，"最后夜晚君临大地，天空密布着星子的仪仗队"，最后，我们的诗人"感觉自己就要化为一滴露水，卧在矢车菊/的叶片上，""就要脱离肉身形骸/化为一股蒸气飘向夜空/无边无际，无形无相，成为自由的臣民"，多少也有些乌托邦的气息。理查德·沃林在谈本雅明的救赎美学时曾强调："寓言贬低一切被尘世玷污了的东西——即它的人形、寓意和境域的实在内容——的价值。"[①]诗人们在"狂想曲"中所完成的事情，其实也正是"寓言"里的事情。寓言所贬低的东西，也正是"狂想"所应贬低的东西。在某种意义上，"狂想"与"寓言"就像是一对孪生兄弟。诗人们在诗歌中对于它们的建构是乐此不疲的。不过也应当指出，相对于寓言，象征无疑是一种更加内敛的修辞形式，从王文雪等人的诗歌中，我们可以很好地窥见这一点。

"狂想"的另一个重要特征是，诗人们喜欢深入历史或者久远的事物中去"叫响现代文明中古老事物的意义"（王长征《岸边渔舟》）。从一定数量的观察阅读看，这构成了诗人们建立诗歌王国的一个"模式"。如王长征的《一块化石》，借助一个"叫不上来名字的植物"来观察、瞻仰"那些属于宇宙文明的秘密"。张妮的诗《昭君出塞》借历史上昭君的故事来谈绵缈无边的"离愁"。马文秀的《迁徙：祖先预留给勇者的勋章》以吐蕃王朝为对象，借一场迁徙来讲述某个特定王朝在历史中的崛起；王伟的诗《丝绸之路青海道（组诗节选）》将思想放飞于于阗、芒崖、格尔木、青海湖之间，重新追寻一段苍茫之路的历史，并试图发掘出它更多的文化意义。陈琼的诗《成都》，也以历史的眼光来审视城市，但诗人却不迷信历史，在诗的结尾，诗人说"历史或者现实/所有的一切/无非是保持偏执的形式"为我们证明了这一点。潘宏义的诗《玛尼堆》《天葬》，写异域风情，同时意欲实现一种文化上的彰显。左清的诗，以"仿古代唐诗七绝"为标识来作现代诗，有一种清新明丽的气息。高权的诗《唐朝心事》再造一种长安梦境："今夜，月色是新的/今夜的长安，也是新的/今夜，你我走在长安的街道上/初秋的风是新的。落叶三三两两/也是新的。风吹不过高高的城墙/墙上的旗子是新的。灯笼是新的/灯影里，绿水悠悠，不载离愁/护城河是新的。鱼水相欢/河畔的柳色，也还是新的/车水马龙，银花火树。那么多人/都是来自未来的新客么？/揣着新的晨钟暮鼓，

---

① （美）理查德·沃林著：《瓦尔特·本雅明：救赎美学》，吴勇立、张亮译，南京：江苏人民出版社，2008年版，第65页。

路过闹市/路过一处处——诗的装饰/他们已不是——诗的囚徒/而唯有诗是旧的，在长安/唯有你我这对故人，风尘仆仆/仍怀着唐朝的爱情和心事"，卓然有一种翻新历史的味道。何白水的诗致力于对古城进行雕刻，但最后昭示出一种生存的意义："人活一世。守一颗心/雕一座城，关一扇门/她说——这就够了！"（《古城雕刻》）阳春的诗以中国文化中的"五行"来对应古老城市，企图以某种特定的文化内涵来诠释城市在生长中就具备了的命运特质，如《木·成都》："你逢卯成柳，得子结李，遇兆结桃/秀于林中的你，又独自成林"。从一定程度上来说，借助历史和古老事物来进行狂想的诗人大多都有一点历史主义的观念。不过每位诗人对这种观念的实践却又有一定的差异。差异性其实还并不是太重要。重要的是，诗人们不容易实现对历史主义的诗性表述。那种既鲜活又注重思辨的历史，很难透过一般形式的写作来进行盘活。然而这样的写作又无法完全摒弃。既然不能从反复无常的写作中将其排除掉，那么这样的写作就显得仍有必要。最起码它提供了某种想象和思考。不过，相对于"狂想"所追求的"圆满"，这样的写作可能要略逊一筹了。

鉴于对诗歌历史与现场之间微妙关系的关切，我们选择了三个视角来对青年诗歌进行分析。这其中当然存在诸多遗憾，比如无法真正深入现场中的个案来审视他们的独立意志在写作中的重要意义，尽管这对"历史就在现场"的复述有着关键性的作用。不过细细想来，再精深再完美的个案研究也无法替代全部历史。历史与个案、历史与现场本就存在一种辩证关系。表面上看，历史是对过去事件的反映，排斥个人化的"现场"，而实际上，历史恰恰是对"现场"中人与事的精心挑选，具有一种特殊的"现场效应"。如果从某一时间段尤其是最近的时间现场来观察，这种"效应"会更明显。比如，从刚刚过去的两个年度来审视青年诗人的诗歌创作。他们如何在现场中写作？他们在写作中如何呈现自己？他们如何被带到历史的语境中？他们的写作如何面对历史？对于写作者而言，这其中有一个身份认知的问题。对于意欲建立诗歌历史的人而言，这其中有一个价值认知的问题。这两者合起来，才正好是对当下诗歌处境的一个合理诠释。"历史就在现场"，所以现场值得去细致剖析。况且，"历史就在现场"这话语本身不就像现场的诗意一样，也是一个极富意味的表达么？

第六节
直逼时代内心的话语生成
——山东中青年诗人论

霍俊明在评价《山东30年诗选》的《溃散时代坚卓的诗歌半岛》一文中曾经言说当今诗坛的基本情态：在我们的这个无限加速的虚幻时代，中国诗坛的现状从表面上看繁荣有加，而实际上其内部却是涣散无力的。而且"在越来越失衡的溃散时代，在越来越多元的所谓个性突出的文学时代，诗歌写作中重要的文化、历史、地理结构被有意或无意的消解掉了"，"只有以山东、广东、湖北等极少数的几个诗歌省份为代表的文坛以其整体性和独具个性的文化结构、历史积淀和美学征候成为突出的文坛景观。"①文章从整体上肯定了山东诗歌发展的良好态势。新时期以来，山东诗坛的确出现了不少有实力的青年诗人，其中以路也、朵渔、宇向、赵思运、王夫刚、孙磊、江非、轩辕轼轲、徐俊国、邰筐、蓝野、寒烟、辰水、老四、冷吟、韩宗夫、李云、忘川、成学新、爪哇岛、雨兰、韩簌簌、赵大海、海湄、崔金鹏和徐颖等为代表，他们在大的时代环境中具体而微地演绎着各自的作品，并且代表了诗歌发展的良性势头。

中国的诗人们曾一度以"个人化"书写和"非个人化"书写两种方式来

---

① 霍俊明：《溃散时代坚卓的诗歌半岛》，《中华读书报》，2009年7月22日第19版。

处理写作，然而时代的变异总会或多或少地给文学文本的产生制造出一些或利或弊的条件与机制。刘勰说："时运交移，质文代变。"①时代是文学发生、发展的中心，文学围绕着它不断演进。因此，不同的诗人在文学演进的道路上，不可避免地要进行写作方式和写作角度的采摘与选择。当然，身处当今时代环境的局限之下，诗人们在进行创作时所具有的内在心理机制也因人而异。不过，山东这一特殊地域的优秀青年诗人们在远离时代扰攘与回避"运动"和"主义诗学"的同时，都不约而同地采取了直逼时代映射下的内心叙写的方式，这一方面与与山东地域独特的半岛地理结构有关，但认真地考究起来也不尽然。

一

山东诗人、诗评家赵思运在接受《文艺争鸣》杂志社访谈时曾经谈到二十世纪以来在物质与精神双重畸形的中国社会实际上并不存在真正的知识分子精神的事实，那曾经让知识分子梦想已久的百家争鸣的自由空间看起来其实只是一场幻觉。"现代知识分子精神应该是双重超越的，一方面作为学人，比一般人更敬重学术，更具知识；另一方面作为公民，比一般人更具良知，代表公民的良心发言，肩负起干预现实的使命。双重超越后的精神内核是'独立精神、自由思想'。"而且认为中国当代文学创作的主要问题是"缺乏对灵魂的真诚的深层体验以及对这种体验进行表达的勇气。"②

的确，当代知识分子们身上所表现出来的可怕的精神症候正被赵思运所言中。幸好，作为一个有良知的诗人，赵思运在他的诗歌中继续实践着他所认同这种的"知识分子精神"。2012年12月31日，赵思运曾作《断章》一诗："阳光汤汤/烤地瓜和摊大饼的香气缠绕着公交车站的熙熙人群/城管隐遁/阴影透明/一幅太平盛世的拓片//西湖吐出一幅太平盛世/太平盛世的幻境中/冰糖葫芦红红的/山楂的红跟心形的草莓一样/一只风筝猎猎作响/那条无形的线

---

① 《文心雕龙·时序》，见周振甫《文心雕龙注释》，北京：人民文学出版社，1981年版，第476页。

② 朱竞：《双重畸形的二十世纪——访赵思运》，见赵思运著《边与缘——新时期诗歌侧论》，长春：时代文艺出版社，2006年版，第245、248页。

/拴住我的手脚/我的手冰凉而怯懦/藏在你的手中的《今天》里//在今天/我们讨论独裁者以独裁的手段打开了通往民主的大门/你斩钉截铁的态度/泄露了时代的秘密/'每一级楼梯都通向牢狱'"。诗评家刘波曾经指称赵思运的新诗史论具有"冒险精神",很多人不敢或不屑于去涉猎的领域,他往往能提供极富个人性的精辟见解。赵思运的诗与其新诗史论著一样,也往往如此。自古以来,知识分子常犯"针砭时弊"的"毛病",此诗也不例外。写阳光,写烤地瓜,写摊大饼,可动笔一转,就"刻薄"起"太平盛世",然后是"我的手冰凉而怯懦/藏在你的手中的《今天》里",然后从《今天》走向"今天",与另外一人谈起"民主"的话语,并且"泄露了时代的秘密"。这或许是阅读者所不曾料想的。不过,"泄露时代的秘密"——却正是知识分子的"使命"。但是,"牢狱皆由我们亲造",当个体面对真正的时代"使命",是"爱得吞吞吐吐",还是"爱得坚定"?是和光同尘,还是勇敢前行?这是知识分子永远都避免不了的歧路挣扎。但众所周知,"逃脱"终非知识分子的本性。[1]而赵思运就是选择了做一个"撄犯时代"的诗人,这从其近年的两部诗集——《不耻》和《丽丽传》的出版遭遇上就能够看出。当然,他的诗歌不仅体现出知识分子的担当精神,在写作的路数上也极具个性。他的诗带有绝对的先锋气质。有研究者评价他的诗很"黄",很"暴力",有很强的冲击力,这只是看到了其诗的表面。其实,赵思运的诗在"黄"与"暴力"之下,埋伏的是犀利的思想和戛戛独造的批判。他对制度和文化有着挑剔的眼光,他往往解构掉一些看似非常普通的事态、场景,让你感受到日常的深刻;有时也以细节性的"暴力"铺张来故意烘染"悲剧意味",让你心头不安;有时虽然很"黄",但又十分注重美感。他的诗属于口语化风格,但亦能有所节制,有时还留有余白悬想,让你回味其中。

朵渔是第三代诗人中的佼佼者。他主张"诗人不应该成为思想史上的失踪者","诗人应该回到时代的现场中,而不是自我边缘化……诗人必须领受一项道德义务"[2],他的这种观点与赵思运所秉持的"知识分子精神"是一脉

---

① 北残:《时代与个体》,《特区文学》,2013年第3期。
② 朵渔:《诗人不应该成为思想史上的失踪者》,见杨克主编《2009—2010中国新诗年鉴》,重庆:重庆大学出版社,2011年版,第428页。

相承的。为此，读他的诗，必然要为他诗中所蕴含的思想性和思辨色彩所感染与折服。他的语言有力度，有韧性，使诗本身呈现出一种弹性的力量。研究者认为，他将思想性和语言修辞进行了良好的对接，"他拒绝一切平庸的表达"。同时，对于诗歌写作他持有一种"羞耻感"，他说自己的"写作伦理基本上是对羞耻感的某种回应……就是这样被无可名状的生命本能激励着，心怀恐惧上路，仿佛前方有伟大的事物就要出现。"①朵渔对诗歌写作保有自觉性，他是一个注重"挖掘"的人，"把深远挖得更深一点"是他写作的一股原动力。就比如他在诗歌《夜行》中试图要昭示的："夜被倒空了/遍地野生的制度/一只羊在默默吃雪。//我看到一张周游世界的脸/一个集礼义廉耻于一身的人/生活在甲乙丙丁四个角色里。//我们依然没有绝望/盲人将盲杖赐予路人/最寒冷的茅舍里也有暖人心的宴席。//放我进去，我要坐坐这黎明前的牢底。"其诗歌所有的特征基本上都在此诗中得到了显现。

诗评家吴玉垒曾经指出，"诗歌中的王夫刚，似乎与轻无关，似乎与媚无关，似乎与逸也无关。"他的诗歌极有价值，能够"在每一个路标缺失的地方发出人类需要的声音"②（《愿诗歌与我们的灵魂朝夕相遇》）。从某种程度而言，真正的诗人都是为良心而写作的，他们都认同"诗依旧能够保持它愿意保持的品质，依旧能够局部地无愧于漫漫时光赋予它的超越自身的光荣。"③近年来，王夫刚写出了一大批优秀的诗篇。以《异乡人之死》为例："夏日正午的阳光下面，人民公社/懒懒洋洋，高音喇叭里播放着笑声不断的/相声。被高高吊起的异乡人/低垂着脑袋，半昏不醒的样子/无人理睬。这个缺乏诗意的/流浪汉，路过人民公社/但不该把手伸得太长。/面对烈日，唾弃，异乡人沉默着/像个哑巴（或许就是个哑巴）/在上学的路上，我看见被高高吊起的/异乡人；在放学的路上/我看见异乡人身上落满越来越多的/苍蝇：目睹一个人的死/是恐惧的。我，时年十岁的/小学四年级学生，不明白的事情/太多，

---

① 朵渔：第十五届柔刚诗歌奖"受奖词"，见黄礼孩主编《诗歌与人·柔刚诗歌奖专号1992—2006》，2007年，第113页。

② 吴玉垒：《在每一个路标缺失的地方发出人类需要的声音——关于王夫刚和他的诗》，《百家评论》，2013年04期。

③ 王夫刚诗观，《诗选刊》，2014年第Z1期。

而愿望，我是说/乡村孩子的愿望总是被拒绝/在日记中，我曾盘算着/给异乡人家里写封信，却没有谁/能说出他的名字和地址。/如今，人民公社已改称乡镇/掩埋尸骨的荒岭已变成一座/欣欣向荣的砖瓦厂——无论机器的/轰响，还是工人粗俗的玩笑/都不能把他惊醒，把他/送回父母身边。被高高吊起的异乡人/对于老家，他音信杳无，下落不明/似乎有点传奇意味；对于我/则像一团晃来晃去的阴影/不断加深着成长岁月的荒凉色彩/不管怎样，异乡人之死/这是一个伤心的话题——我目睹了他的/消亡，但至今无法通知他的家人"。王夫刚笔下的"异乡人"并非加缪小说全然意义上的"局外人"，但他们俨然同一处境，因为他们都和这个世界形同陌路。不同的是，"局外人"因感到对荒诞世界的无能为力而对这个世界不抱任何希望，对一切都无动于衷；而"异乡人"虽然感到了对此世界的无能为力，但对此荒诞世界还存有诉求。他因不能停留故乡而沦落他乡，在他乡又因生存问题触犯禁忌（"把手伸得太长"）而不被当地人所容，以致最后被高高吊起而死，甚至死后连家人都无从得知他的消息（也许他连家人也已没有）。"局外人"现象的产生无疑是由那个特定的世界本身所孕育的，"异乡人"的出现也同样如此。因此，诗歌的第一贡献在于反映了某个特定时代的"荒诞性"存在，从而揭示了在那种荒诞状态下生存的某些"小人物"的悲惨命运。"异乡人"是一个被"故乡"和"异乡"都放逐了的人，但他还没有被这个世界彻底遗弃。与小说家要故意展现出荒诞性的"力量"不同，诗人为我们确认出一个时代的"良心"。毫无疑问，诗歌从始至终贯穿了一个"小学四年级学生"的悲悯意识。王夫刚曾言："生命的轮回充满辩证意味，一代代人不会因为生命的了无新意而排斥生命，拒绝生命。"因此，他能在一个生命的尽头对生命表现出一种超乎想象的"留恋"和眷顾。阿多尼斯说："我写作，是为了让唯一能浇灌我内心的泉水继续流淌。"这"浇灌内心的泉水"，我们是否可以称之为"诗歌的良心"？①

一个诗人的写作——包括对诗本身的、传播文本的甚而上升到经典进入文学史层面的，等等——要想进入一定的状态，必须要发掘一种在普遍写作中突显个性的优势。这种发掘一般以人的情趣、禀赋而定，同时兼与后天的

---

① 赵目珍：《"异乡人"与诗歌的良心》，《特区文学》，2015年第3期。

个人习得史有关。老四的诗歌，在山东诗人以及"80后"群体中都耀示出了自己的特征，主要体现在两点：一是注重特殊个体体验在欲望方向的开掘与理性反思，这一类诗歌着意突出对个体"本真"的反省，深入剖析人的自然属性和社会属性，同时在二者的冲突中反观自我，锤炼驯服欲望的本能，这一类诗作以《见光死》和《谋杀时间的旅程》最为典型，尤其是《谋杀时间的旅程》，深具奇崛的想象。这是诗人登济南长清开山时的感受，以及有意识的对人性幽黯意识的洞烛。此诗读来并不复杂。前半截写登山，后半截写到山顶后遭遇到自己的前半生，以及由此带来的无限焦灼，并为之内省。诗人背负"西西弗斯"，实际上便是背负一个"沉重"，这个"沉重"便是潜藏在诗人人性深处多年的那个幽暗意识，它极易导致人内心的压抑，以至于造成精神的极端"焦虑"。"这么多年了，时间总是在空气的打压下/变得飘忽不定"，这说明潜有此幽暗意识的主体始终没有摆脱其中的困扰。由此看，诗表面写登山，其实是借写登山来写内心无法规避的焦虑与内省。①二是注重特殊个体体验在"史"（包括个人史、家族史、地方文化史）的方向上的开拓与融合，既表现个人特性，又突出社会性和历史性。这一类诗歌，深深打上了老四个人史及其家族史和山东地方文化史的烙印，比如写"爷爷百年诞辰"，写自己的"乌托邦"，写"河流史"，写"博物馆"，写"山楂林"、"茶棚村"都有个人家族和故乡村庄的影子。老四的这些诗篇将个人微观的人生体验与具有宏大视角的"史"的叙述结合起来，但并不刻意烘托"大"，或者单纯来渲染"小"，而是将二者很好地平衡起来，形成了一种独特的综合性的审美构想，这种构想别具意味，不妨俗套地概括为"老四式"。

二

陈超先生曾经指出："在有效的诗歌写作中，不存在一个能够为人们普遍'立法'的精神总背景，诗人天然地反对任何整体主义来干扰与阻挠个人精神和言说的自由。"尽管陈超先生接下来要指明的用意是："诗人通过创造自我的言说方式，挽留个体生命的尊严，在一个宏大而统一的生存环境里，倔强

①赵目珍：《一首洞烛人性幽黯意识的诗》，《特区文学》，2014年第4期。

地为活生生的个人心灵'呐喊'。"①但我想接着他的所谓"言说的自由"来表达另一种意见。那就是，当一部分诗人自觉地以诗歌为依据在努力地完成诗歌所要求的对知识分子的道德义务的同时，有一部分诗人正在个人的自然时空与生命宇宙中进行着或疼痛或愉悦的抒情。

在当下人们普遍认为抒情远离诗歌的时代，山东的部分青年诗人在抒情这条道路上走出了他们的足迹。这部分青年诗人以冷吟、韩宗夫、忘川、赵大海等人为代表。冷吟认为："缘自生活底部的、来自灵魂深处的，具有较高思想性、艺术性，具有实际内容和实际意义的（诗歌），无论是阳春白雪或下里巴人都能接受的"②，所以他的《风穿过尘世》（组诗）可以写如枫叶的浣衣女子和用乌黑手法揪住大地耳朵的乌鸦构成的"深秋"，可以写遗忘的"一场雨"和"记忆中的雪"；他笔下的"二月"可以让你心动不已，"四月"的表情则也可以一派纯净。与冷吟的恬淡情怀一样，韩宗夫"打开手掌上的阳光"送来温暖的诗意，在大地之上，让人欣赏鸽子花开的绚丽，让人感觉云雀刺向天空时的疼痛。忘川的《练习》（组诗）精于捕捉生活中的简单场景，而置攘往熙来的时代大潮于不顾，他不动声色的表情、冷峻的色彩以及睿智的光芒，在诗行中自然地闪现着。成学新的组诗《秋思》，写秋天带给人们的金黄的感觉和无情无尽的想象。而崔金鹏笔下的春天，却因为人的不同，有了直逼内心的独特感受。他们似乎都在远离大众与当今时代，然而文本的呈现依然在于通过对现实存在和语言文化的解剖来抵达对生命一定程度的呈现。在《徂阳镇的夏天》中，冷吟写道："太阳把白花花的银子洒满了天空。却买不到/半块云彩。忽高忽低的文化路仿佛一条/听话的蛇。背着你。一步步走进自己的影子/两旁的窗户都闭了眼。偶有干瘪的蝉鸣/从小贩的嗓子里伸出来。然后狠命揪你耳朵/你摇摇头。恰好看到一女同事拐出墙角/四十五六了吧。粉红的单车。一副大蛤蟆镜/使她的圆脸黑白分明。"怎么和特工似的！"/——你喝道。顺便将一个严肃的表情/挂在她的左把上。她大笑而去。

①陈超：《大众传媒话语膨胀时代的诗歌写作》，见其所著《打开诗的漂流瓶——陈超现代诗论集》（修订版），石家庄：河北教育出版社，2014年12月版，第22页。
②冷吟：《什么是真正的诗歌？》，http://blog.sina.com.cn/s/blog_4b5b19040102w485.html

一阵小风/轻轻掀起柳树的裙角儿。徂阳镇的夏天/多么干净。多么稳妥。注定不会有奇迹发生"。这是对最素朴的生活场景的表达，然而也是最恰如其分的诗歌表达，不掺杂半点虚构与夸张。"多么干净。多么稳妥。注定不会有奇迹发生"，其实也不必期望有什么奇迹发生，诗人对徂阳镇的细致观察已经深入骨髓。诗本身就是生活，生活的，也就是诗的。

韩宗夫写"手掌上的阳光"看起来也只是一己之得的快乐性生存，但这生存是喜剧式的，正如夏海涛在评述韩宗夫《手掌上的阳光》时所言："没有人可以比时间走得更远。但是，每个人都可以伸开手掌，看阳光的舞蹈，体会生命的温暖。"[1]没有人会处心积虑或者想方设法地去拒绝阳光以及它带来的温暖。这诗里的意志要实现的正是人类对美好生存共同的正当追求。这样的诗歌即是有价值、有判断和有指令性的，它没有偏移诗歌原初"对存在的敞亮"这一重要本质的叙述。崔金鹏的《立春》："雪，戛然而止于门外/春果断的出人意外//蓬乱的桃花动作轻快/时节发亮的句子长短抒怀//城市生硬的紧跟节拍/故乡，温雨在怀"，以及《寻找春天》："我一如既往的寻找/从开始雪的地方，寒冷里或是/冰层的暗流之中/我让希望与生命同在/在每根骨头上敲打，不留半点的倦怠/我的心脏适时发芽//一粒春 暖暖的/潜伏于我的灵魂深处"，前者充满了喜出望外、轻快、欣喜、歌唱与温情，后者充满了寻觅的倦怠与简单的失落，但是春的暖依然让人充满信心。无论诗人在诗中展示的悲喜程度有多大，这一切都是基于内心深处对自然的爱与坚毅。

赵大海在《向南》中说："粮仓里怀孕的种子、小河里白鹅挺起的脖颈/整齐向南/一定是谁吹了口哨，村庄一夜间/向南"。他的组诗《向南的村庄》，字里行间渗透着对村庄的人性之爱与深度关怀。诗人的叙述冷静如冰，主体的"我"超然于叙述之外，但是那吹着口哨的大地之神却被诗人深深地潜藏在了被遮蔽的人文气息当中，细细审视这其间有价值的人性之"根"，你仿佛能感受到那"吹响口哨的大地之神，跃上草垛的生命火焰，在村庄的静中闪动着永恒的光芒。"在诗人的诗中，"向南，是一种精神指向，那里既是来路，也是终点。"[2]在当下时代对村庄的疏离情境中，诗人在非常朴素的语态中泄

---

① 夏海涛按语，《山东文学》，2009年第9期，第79页。
② 夏海涛按语，《山东文学》，2010年第4期，第107页。

露出了自我隐藏的人性力量。诗人爪哇岛这样表述诗歌的意义："从某种意义上说，诗歌是灵魂登高的梯子，心灵的另一个出口。"①因此，除了对自然进行向往和对具有精神价值的"村庄"进行掘进之外，对个体生命和生存体验加以"深耕"，并且进行冷静的抒情更能显示出一个诗人对"时代内心"的观照。爪哇岛的组诗《这些风　那些事》，在"加了盐的风"和"闪动着瓷器光芒的往事"中歌唱着原本属于诗人自己的事情："这些风肯定加了盐，吹过这个傍晚/吹过那些事，裂开的口子里/疼痛丝丝缕缕地冒出来/扎得人　坐立不安//众鸟飞尽，剩下的都是这样的风/我们常常把生活一分为二/一部分给未来，一部分，给眼前的回忆/很多细节，藏在缝隙里/在来往的风里发酵/故乡的影子多么单薄/薄命的时光，被吹得七上八下"。一个真正良知未泯的诗人是不会放弃对生命和生存的深度体验和观照的，越是在最日常化的细节里越是能发现诗人硬质的思考。"行走人世，不断地被某些风拐一下/碰一下，无人地带/小心地摘下面具，躺在草地上/用辽远的蓝天，那些遥远的梦/淡淡地疗治心中无处诉说的创伤/让我们低下来，低过每一粒尘埃/让我们静下来，和每棵细草对视/让我们和泥土说话，跟一只沉默的虫子/聊天，让我们躲开那些风/那些事，把一些破碎的瓷片/小心地拼接起来"，那些往事，在诗人的低吟中，被通过默然的语调揭开了遮蔽的伤疤，它们逐渐变得清晰和让人悸动，最后变成了我们每个人梦中曾经经历过的往事。他的诗显示出了诗人良好的诗性表达，含蓄的叙述在生活的细节中被展现的更加完美：有隐微的感伤但是不存在颓废的感受，轻盈的表达里带着一步三摇的美感但是丝毫不显得轻浮；同时，诗人的情绪里还透露出了较强的理性色彩。从这些品质看，诗人的诗歌已经达到了中年期的成熟质地，并且这一成熟的质地在组诗中被保持了较好的平衡。

三

诗人韩东在《三个世俗角色之后》中曾经概括第三代诗人在极端对立情绪中"试图用非此即彼的方法论解决问题"，"一方面我们要以革命者的姿态

---

① 爪哇岛诗观，《山东文学》，2010年第1期，第99页。

出现，一方面我们又怀着最终不能加入历史的恐惧。"①在表现形态上，当年的女性主义诗歌也曾以"群体性"的方式出现，但是韩东这样的叙述显然不适合山东的女性青年诗人，因为她们在诗歌上的努力与作为从没有构成近于运动意义的行为，她们也从未想将诗歌打造成主义化层面上安身立命的手段。她们的诗歌都是以素朴的方式实现着自己在诗歌领域的"在场"，她们以自己最实在的生活方式实现着自己作为自然人的存在，既没有以革命者的姿态在诗坛上掀起暴风骤雨，也没有强大的功利之心，试图通过诗歌加入诗歌的伟大历史。正如诗人商震评价的路也那样："在当下，有着旺盛创作力的女诗人中，路也并不是一个活跃分子。她不张扬，不沽名钓誉，不自恋，不招猫逗狗。她独立，她自如，默默地生活，自在地写诗。她的作品量不大，但每一组作品都是她生活状态、精神状态的有效证明。她不是刻意地封闭自己，而是她骨子里就有一股孤傲的劲儿，有一种不和低俗苟合的姿态。"②路也在诗坛上是比较低调的女诗人，这正如她平静、质朴但又不缺乏热忱的生活："我就这样孜孜不倦地生活着/爱北方也爱南方，还爱我的破衣烂衫/一年到头，从早到晚。"（《我一个人的生活》）然而其诗歌文本的意义却远远超出一般意义上的认知局限，她的诗篇《江心洲》《身体版图》《木梳》等已经成为了女性诗歌史上的代表作品。何言宏指出："路也最大的意义，就是对本真的回归"，赵思运也认为："路也诗歌的最大意义在于，让我们在高度社会化、物质化、技术化、功利化的语境下，去体悟如何从社会化生存中抽离出来，去感受作为自然的活生生的生命存在。"③可见，路也诗歌对本真与自然的回归是研究界一致的看法。路也本人也谈到了这一点。当然，对于"人与自我的关系、人与大自然的关系、人与宇宙的关系、人与上帝的关系"，这都是路也在其写作中所重视的。④

山东"70后"女性青年诗人当中，如今声名较著者当属宇向。诗评家曾指称她的诗歌作品"能有效挖掘自身的直觉、痛感和超验的思维"，就比如她

---

① 韩东：《三个世俗角色之后》，见谢冕、唐晓渡主编《磁场与魔方》，北京：北京师范大学出版社，1993年版，第202页。

② 商震：《路也：自在的行者》，《文学港》，2015年第3期。

③ 何言宏、张立群、赵思运：《谈路也》，《名作欣赏》，2015年第10期。

④ 路也：《废墟之花——路也诗歌创作谈》，《名作欣赏》，2015年第10期。

听过镜子对自己的观察与审视："镜子中的那个人比我痛苦/她全部的痛苦和我有关/她像为挑剔我而生/像一个喜好探听别人隐私的婆娘"，"镜子中的那个人比我痛苦/她为与我一模一样而痛苦/为不能成为我而痛苦"（《痛苦的人》）。这可能与其作为女性的一面有关。从语言上看，宇向的诗歌介乎口语与非口语之间，但正是这样一种"似是而非"的平衡，使得其诗歌在表达上独具个性。从情感节奏上看，她的诗歌又介乎激情与冷静之间，时而有决堤之险，时而又平静如水，但是对于力度的把握又显得理性，符合以诗来运作意识流动的特征。从呈现方式上看，她的诗歌常常将日常体验与思想性很紧密地结合在一起，很符合她个人"在写作中勇敢地表达内心的真"、"不放纵内心"[1]以及"对怀疑感兴趣"[2]的个性。无疑，无论是路也的低调还是宇向的坚持，都呈现一种直抵时代之中个人内心的书写。正如宇向所言："我写作，我仍在为自己建构个人岛屿。"[3]

在山东的女性诗人们那里，较常见的一个主题是基于对内心"疼痛"和"不安"的迫然表达。李云、徐颖、海媚、雨兰等人的诗篇就体现出了这一点。李云的《鹤顶红》说："我再一次看见血蝙蝠/确切地说/这是第 N 次了/我看见它吸足了血/从禽飞向兽/从七月飞向八月//十一月十二月/它玩命地飞着/我从不怀疑它舌头上的蜜和毒/我从不怀疑它在疼里/埋下过罂粟//我还知道它飞过后/我就衰败了/我的血液再也不是血液/是一瓶鹤顶红"。"当诗歌和女性相遇，必然会产生令人痛楚的颤栗。她的《鹤顶红》组诗中传递出的纯美、疑虑、困惑和挣扎，让阅读者体会到诗人那敏感而脆弱的爱，正仿佛神滴落的眼泪……"[4]还有徐颖的组诗《你唤醒了沉睡在我体内的酒神》，在整组诗歌当中，诗人一直保持着一种紧张不安的状态："谢谢你让我有血可流/当刀子割破了我，爱情贯穿了我/谢谢你给我一间温暖的屋子/让我体温升高，身体轻盈//谢谢你给我一罐蜂蜜/谢谢你唤醒沉睡在我体内的酒神/救我出来，让

---

[1] 宇向：《关于诗歌》，《诗刊》（上半月），2012年第10期。

[2] 宇向：《你知道我是谁》，见其诗集《向他们涌来》，重庆：重庆大学出版社，2015年版，第151页。

[3] 宇向：《在石头下面》，见其诗集《向他们涌来》，重庆：重庆大学出版社，2015年版，第159页。

[4] 夏海涛按语，《山东文学》，2009年第10期，第109页。

我坐在一棵向日葵下/给你写信"，"我们是一个锅里炖着的土豆"，"井越来越多/地上的洞穴越来越多/他挠了一下头/感到了一些困惑"，"亲爱的，你不能因为它们的模样变了/就叫不出它们的名字/你应该还能认出它们，那时的浮力"。徐颖的诗歌有着细腻的内敛、直觉和略带微颤气息的诗性品质。夏海涛评价她"母性的低语，女性的温柔，有时候比雷鸣更震撼，因为她带来的是深入骨髓的痛感和爱。"①很有说服力。徐颖的诗歌在沉稳的叙述中节制感很强，她比较注重前面的铺叙和结尾处的张力处理，技艺比较娴熟。此前，曾有诗论家认为"无名的紧张"应该是诗人灵魂中应当保持的一种良好状态，徐颖的组诗对这一观点做了较好的阐释。这种状态其实也是一首好诗产生的重要源泉。同样，女诗人海湄也在她组诗《向日葵的颜色》中以单纯的视角传达着伤心之词。《菊与我》和《向日葵的颜色》通过菊花和向日葵这两个普通的意象来写干净的童年给自己带来的纯净忧伤，《伤心之词》则借一匹马引发的往事来写情感上引发的内在伤悲。《水是诚实的》和《我倾心于泥土》从"水"与"土"中生发出回忆中的酸甜与涩咸。海湄的诗歌明显带着女性特有的细腻与感伤，隐忍的文字中夹杂着内心奇妙的战栗，心境透过质性的叙述和简拔出来的意象烙下永恒的色彩。她的"疼痛"从不会带来疯狂的歌唱，而常近乎"是框，轻易地带走了昨天"那样淡淡的"憔悴美"。与海湄不同，同是女诗人的雨兰在疼痛方面的表达总是带着震撼的"美之力度"。对于文学艺术来讲，文字只是一种载体，但是它的功能又不仅仅是载体这一工具论所能涵盖的，因为从字的看不见处它传递着诗人内心的隐秘。正如海德格尔所说："语言是存在的家园。"在《为什么不》中，雨兰写到："为什么不热爱身体里那滚滚的隐痛和暗疾/把她们抬高到幸福的位置/然后看她们完成惊心动魄的蝶变//为什么不继续孤独/任性下去，向深处挖掘/我们就做繁殖词语的人/在文字里不停地搬运丰美的灵魂"。在《小兽》中，诗人以眼泪换出小兽的星星，以疼痛换出小兽的幸福；在《流年》中，诗人喊着一二一，让更多的疼痛在胸口集合。当代的女性诗人中很少有像雨兰这样在文字中种下如此孤独而绝望的"疼痛"的（《风寂静下来》）。那么，诗人为何如此钟情"身体里那滚滚的隐痛和暗疾"，并且还力主要"把她们抬高到幸福的位置"呢？

---

① 夏海涛按语，《山东文学》，2010年第7期，第63页。

我们在这里不能窥视到雨兰诗歌诞生的原初形态，因为随着文字的延伸和诗人情感的有效灌注，诗歌的意义被放大和无限增殖了。其实，在生命的诗性特质和现实之间，诗人总是会处于矛盾和悖谬之中。在《桃花年年开》一诗中，诗人写到："时间尖利的牙齿咀嚼着我/我用痛苦 更新着自己 /这与生俱来的忧郁/多么不可救药"。这是诗人组诗中最触目惊心的句子，时间的尖利使得诗人不得不进行残酷的蜕变，其悲剧性的意识不言可知。有诗论家说，诗是一种对话，好诗多为诗人情不自禁的呼号。而且对于"疼痛"来讲，愈是独语愈成有力的对话，于是这"疼痛美"也成为诗的最丰美和最不朽的价值。

在山东的女性诗歌写作中，非常值得一提的是韩簌簌这位女诗人对诗歌话语的建构与突围。乐黛云先生在归纳女性意识时曾将其分成三个层面，其中第三个方面的文化层面强调：女性意识应"以男性为参照，了解女性在精神文化方面的特殊处境，从女性角度探讨以男性为中心的主流文化以外的女性创造的'边缘文化'及其所包含的非主流的世界观、感觉方式和叙事方法。"[①]韩簌簌在其组诗《大风起兮》后面曾有一段独语言说其对自身的关照："就这样一路走来，一路将硌痛自己的砂从鞋子里慢慢移除。当人流都涌向打折区，面对等距离的车速，我们眼神忧郁，并担忧春天和花朵们会突然染上霜寒。深灰色的我们，却常常把郁郁葱葱的绿泼到山脚。就这样，与心中的圣地形成恒定的守望之势！"其实《大风起兮》首先隐含着女性对男权主义话语的颠覆与解构问题。在西方乃至东方，女性一直"是在逻各斯中心话语包围中被扭曲、被吞没的生存客体。"女性作为"他者"，处于"缺席"和"缄默"的地位，"不是被否定，便是不存在。"因此埃莱娜·西苏宣称"写作乃是一个生命与拯救的问题。"还声言："妇女必须把自己写进文本"。尽管在当前时代女性已经完成这样的使命，但是不可否认，韩簌簌在这里仍然进行着历史的颠覆。首先，在诗性文本中精心构造的"她"已经正大光明地进入了文本。尽管她的诗歌当中还传达着"既不要泛滥地绿，也不要肆无忌惮地红"这样看似不坚决和犹疑的惶恐，但是向来被作为传统女性修辞结构的"花朵、母亲或者充满欲望的野兽"在《大风起兮》中已毅然决然地被焚烧殆尽了，它们被以异化或者是神气十足的敢于反抗的女性形象堂而皇之地取代了："作为

---

① 乐黛云：《中国女性意识的觉醒》，《文学自由谈》，1991年第3期，第45页。

入侵者，她素有自己的矜持/手里的坚果有着霜后的白"，"就这样告诉春天吧/她依然不打算开花。"相较于历来被扭曲的女性形象，这可以算是轰轰烈烈对女性的生命力度美的崇高建构了。虽然没有人知晓这样强势的女性话语能够维持多久，但是女性话语与男性话语从对抗到制衡的人性空间已必然要来临了。其次，她还在诗中探讨了女性作为非主流的世界观、感觉方式和叙事方法的问题。这一点可以从诗中的"她"已被异化成罕见的形象来解释，而近乎故事化建构的以第三人称女性作为主体的全角度叙事，也颠覆了传统女性诗歌的定义。

结语

  无论是隐性的沉静，还是明亮的喧嚣，这个时代对于诗歌来讲都仿佛一个瓦解冰消的时代，诗歌越来越遭受"冷遇"。边与缘的处境，使新时期文坛上曾经热闹非凡的诗歌现场变成了后工业时代的小商品集散地。有些一度坚守内心的诗人，受制于时代也逐渐开始向往脱离"苦海"，以避免诗歌的边缘化造成个人危机。这是一个饶人揪心的时代，知识分子一度迷茫于时代大潮，困顿于知识与市场的双重夹缝当中。然而，多少给人安慰的是，再喧嚣的环境中也总有些安于时代内心的守望者，总有些沉浸于暗夜的"孤光"与"萤火"以潜行的方式为诗坛带来些希望与生机。霍俊明认为，山东诗人三十余年来的书写是"平静的、自足的"，"这平静的、自足的、以地域性和诗歌为本体性依据的"群体性呈现在诗学研究上有着重大意义，它以一种地域性的视角折射出中国诗坛"个人化"书写和"非个人化"书写的整体布局。从精神层面而言，山东的青年诗人们"在面对个体生存和整体时代时沉潜下来，以一种自足、朴质、拙沉的雕塑感质地承担起不能承受之重和不能承受之轻以及由此产生的'质疑'立场和自省精神。"①他们的诗歌体现了对当下诗坛活力和有效性的追寻，他们的表现是令人欣慰的。

---

① 霍俊明：《溃散时代坚卓的诗歌半岛》，《中华读书报》，2009年7月22日第19版。

后记

记不清从何时开始做起了诗歌的研究工作。现在有据可查的是，2006年曾写过数篇有关诗歌的小评论。2006年9月，我从华中农业大学跨专业考入华中师范大学中文系，在戴建业先生门下从事唐宋文学研究，才算正式开始专业的研究之路。但毕竟是跨专业来的，我做研究的基本功并不扎实。原来对文学的兴趣，更多的是出于感性的阅读而非理性的认知。后来在先生的指导下，我慢慢摸索，找到一些门路。但说实话，天性愚笨，加以在学术研究上不勤奋，并没有取得什么成绩。倒是花费了不少精力去做感兴趣的事儿——写现代诗。或许因为写诗是每个人年轻时都有的梦想，所以先生也一直没有规劝我戒掉这个习惯。一直到现在，我还在坚持写。攻读博士研究生期间，我又反省了自己的研究，最终觉得做考证适合自己的路子，并且坚信可以做下去。我有耐力，能坐得住，对于繁琐的文献检索不厌其烦，尽管伏案很累，但能觉出其中乐趣。

2012年博士研究生毕业，我到深圳工作，进入深圳职业技术学院从事人文通识教育方面的教学与研究。学校没有中文专业，时间一长，原来"考证"的功夫甚至古典文学的研究没有用武之地了，只有申报课题和零星发表论文的时候，让我找回一些往日的"灵感"。而由于常年写现代诗和做现代诗评论的缘故，我在诗坛结识了很多诗人和批评家，于是渐渐进入了中国新诗研究这一领域。当然，有时候我也感慨，反思自己当年从工科专业考取文学专业的研究生初衷是什么，以致于后来内心常有辜负师门之感。还好，建业先生为人通达，他固然希望自己的学生都能坚守初心，承续原来的专业研究，但他更尊重学生的选择。他认为无论你将来从事什么行业，生活得好永远是第一位的。故而对先生，我的内心既愧疚又感激。尤其是先生把我从早已倦怠的机械世界里拯救出来，使我走上了文学道路，这是我终其一生都会铭记的。

当然，对古典文学的学习和研究，我并没有完全放弃。平时的阅读，我向来是古典与现代穿插着进行的。这种阅读方式，常常给人带来一种意想不到的愉悦。此外，很多传统因子已经内化到了个人的血液里，就连写诗也受影响。很多研究者都注意到我的诗歌中存在古典元素，甚至感觉到有些诗歌的古典气息过于浓厚了。做研究也是如此，有时令人产生浑融古今的遐想，有时令人产生对比中西的冲动。更多的情况是，在对现代诗研究的过程中，总是会不期然地冒出古典诗学的观念来，从而为新诗研究打开一个切口。比如说，《诗经》为中国文学奠定的现实主义传统，在任何时代都不会过时。对现当代的现实主义诗歌进行研究，无法不溯源这一伟大传统。另外，现代学人在研究现代诗时也喜欢溯源杜甫，认为杜甫的传统就是现代诗的传统，这就很有意思了。因此可以毫不夸张地说，古典的天地里深藏着现代的景观，现代的景观里也蕴藏着古典的天地。如此，我倒是期望在这混一的天地里做一番遨游了。

本书收入我多年来研究新诗的二十多篇文章，第一章可以看作是现象类的研究，涉及"朦胧诗""世纪初狂欢化诗学""当代新城市诗歌""口语诗""山水诗"等话题；第二章是我近些年来对"批评家诗歌"的研究，该领域属于新诗研究中一个新领域，目前只有少数研究者写了几篇论文，我于去年出版了《探索未知的诗学——当代批评家诗人和他们的诗》一书，算是简单总结了这个现象。书的结构采取的是"短评＋批评家诗歌"的方式，故而对二十余位批评家的诗歌多是蜻蜓点水式的研究，没有深入论述。这一次，把此前综论"批评家诗歌"的一篇长文，以及对批评家诗人个案研究的六篇文章收入，汇为一辑，算是对这一现象的进一步研究。第三章涉及中西诗歌比较和古今诗歌浑融的各一篇文章，一是论中唐诗人李贺与法国诗人波德莱尔诗歌的异同，一是论现代诗人余光中心中的李白情结；另有三篇诗人的综论，分别是对台湾诗人痖弦、"九叶诗人"袁可嘉以及独立诗人多多的整体研究，最后一篇是对海子诗歌中"春天"主题的探讨与辩疑，涉及对一些研究者观点的质疑和辨析。第四章聚焦青年诗歌，涉及"80后"先锋诗歌、"90后"诗歌、"新生代女性诗歌""山东中青年诗人的创作"等领域。收录的这些文章多少都有自己的一得之见，期望能对诗歌研究起到一点作用。

这些文章有的已经在刊物上发表，有的正欲发表。为此，我要感谢为这些文章提供发表阵地的《当代作家评论》《南方文坛》《文艺评论》《扬子江诗刊》《中国当代文学研究》《东亚研究学报（韩国）》《星星·诗歌理论》《新文学评论》《中国诗歌》《西部》《延河·绿色文学》《雨花·作家研究》《名作欣赏》《山东文学》《文学教育》《中国诗人》等刊物的主编和编辑，感谢曾经向我约稿的罗振亚、张清华、张德明、马知遥、邹建军、王士强、刘波、马春光、程继龙、郑润良、李德南、李东、王琪（陕西）等师友。感谢百花洲文艺出版社，感谢本书的编辑杨旭老师，感谢为本书付出的所有人。

本书系广东省社会科学研究基地、深圳市人文社会科学重点研究基地深圳职业技术大学深圳文学研究中心成果，也是广东省哲学社会科学规划2023年度学科共建项目"新世纪以来广东诗歌精神图谱研究"（批准号：GD23XZW19）、深圳职业技术大学重点人文社科项目"中国当代诗歌与古典诗学资源关系研究"（编号：6023310007S）的重要成果。此外，本书还受到"第九批深圳重点文学作品扶持项目"的资助，在此一并说明并致感谢。

2022年3月27日初稿，2023年12月16日第六次修订